家父系

一个母系家族的演变

郭建新◎著

北京燕山出版社
BEIJING YANSHAN PRESS

图书在版编目（CIP）数据

母宗父系：一个母系家族的演变 / 郭建新著 . －－
北京：北京燕山出版社，2021.11
　　ISBN 978－7－5402－6227－3

　　Ⅰ . ①母… Ⅱ . ①郭… Ⅲ . ①长篇小说－中国－当代
Ⅳ . ① I247.5

　　中国版本图书馆 CIP 数据核字（2021）第 209597 号

母宗父系：一个母系家族的演变

著　　者	郭建新
责任编辑	金贝伦
排版设计	叶知舟图文设计中心
出版发行	北京燕山出版社有限公司
社　　址	北京市丰台区东铁匠营苇子坑 138 号
电　　话	010－65240430
邮　　编	100078
印　　刷	北京建宏印刷有限公司
开　　本	710mm×1000mm　1/16
字　　数	450 千字
印　　张	26
版　　次	2021 年 11 月第 1 版
印　　次	2021 年 11 月第 1 次印刷
定　　价	68.00 元

这是一部讲述远古人类家庭演变的小说，是作者的兴趣、经验、理解、推理和想象的集合。

"母系社会"一直被认为是人类发展过程中，必然经过的历史阶段。在这阶段中，母系家庭是普遍的家庭结构方式。甚至有一种曾经"主流"的说法：私有制产生，造成母系社会的解体与父系社会的建立；或者是父系家庭取代母系家庭，推动了私有制的建立。这两种说法都把家庭的演变与私有制密切关联，但是直到今天依然没有定论。

对这主流说法，这部小说所表明的是"未必"。

母系家庭何时、为何形成？是不是一定早于父系家庭？

母系家庭何时开始解体？为什么解体？什么样的解体过程？

父系家庭为什么普遍替代了曾经"普遍"的母系家庭？这两种家庭形式的转换是如何发生的？

母系向父系转换给人类群体带来了什么？

作者相信，这部小说会被专业研究者嗤之以鼻。没关系，作者以为大多数所谓专业研究缺乏了一个角度——人性欲望。

个人所见：所有的学术课题，都可以是小说题材。就此，这部小说是开创性的，也许能给远古人类家庭演变研究带来一些启发。

　　这部小说展示的只是母系向父系演变的一种过程，同时确信，这在人类历史上是完全可能发生过的故事。因为，这种变化符合人性欲望，故而就一定会成为群体选择。

　　如果读者对此有兴趣，作者期待你读下去。

目　录

母宗父系——一个母系家族的演变

母宗父系——一个母系家族的演变

背景 冰河冰川　母系宗门

人类何时出现？至今没有定论，可以定论的是：地球地质史上第三次冰河期来临前，人类就已经出现了。

毫无疑问，早期人类是众多动物群体中的一类群体；那时的人类并不知道自己的特殊性——将来是万物之灵。

地质上的冰河期到来，南北两极的冰川入侵大地，温度大幅降低；寒冷逼迫人类迁徙，寻找温暖的地方。迁徙异常凶险，大面积的冰川、冰盖步步紧逼，各种野兽跟随围攻，人类在未知的征途中挣扎，寻找生路。

最终活下来的人渐渐集中在地球赤道南北狭窄地带，其他地方是广袤无际的冰雪世界，厚达千米的冰川！

我们的祖先是幸运的，他们是极少数最终能生存下来的一员，严酷的环境，艰难的迁徙，活下来是偶然的。

最终活下来的这批人必须具备一个不可忽视的能力——将智慧转换成手中的火炬。只有掌握用火的人类群体，才可能在冰河期的残酷环境中生存。

这个故事中的人们会用火：能够保留火种，能够通过摩擦撞击制造火种。

他们运气足够好，在冰河期迁徙中，撞上了一条正确路线，熬过艰难险阻，在温暖地带找到了的生存之地。

他们住在洞穴中。这个绵长的洞穴好像是古老大地上一道不规则的裂痕，从高处向低处延伸，时隐时现，在阳光照耀下呈现各种色彩。在今天看来，这可能是地震火山加上地下暗河共同开凿的洞穴。

这是一个母系家庭，一个血缘明确清晰的群体，他们有自己的文明，神祇崇拜、自洽的规则禁忌；他们自称这个家庭为"宗门"。

宗门里的成年女性被称为"母姐"，"母"是生育喂养后代的女性，"姐"就是能够进行结亲的女性，也意味着能够生育。成年女人"母姐"的责任是养育后代，处理内部吃穿住用，采摘各种可当食物的植物果实，收获可以用于编织的茅草、荆条麻皮，磨制小工具，装饰品等多种事务，一天到晚都有忙碌的事务。

女性的首领是宗母，每个专门的事务都有宗母管理。

宗门的成年男人被称为"具夫"，就是拿着工具的成年人；具夫的首领被称为"首太"，顶头的首太被称作"大首太"。具夫们外出狩猎捕鱼，砍柴运木；回来后，搭建修理居住的山洞——居穴；保卫居穴的安全当然也是具夫的责任。

因为是母系家庭，也就是依照母亲的血缘关系确定家庭身份和长幼辈分，这个群体中的每一个成员都有生母，即使是野地里捡回来的孩子，也要确定一个"生身母亲"，由此确定这个人在群体中的辈分，这是长幼序列，很重要。

"老宗母"不仅是女性最长一辈中的母亲，她也是整个宗门的尊崇长辈。"老宗母"执掌宗门的禁忌原则；对老宗母的尊重是必须的，因为她是宗门繁衍、养育、凝聚的源头，是规矩禁忌的执行保障。

老宗母是宗门长辈中德高望重的智慧超人，是上一代老宗母精心培养的能人。但是，把最高的女性家长作为说一不二的王者，那是一种错误理解，母系家庭是按照传统规矩，男女各司其职，真正的男主外、女主内。

女性的"优越"在于宗门按照母传后系的规则，确定家庭内部关系；遗传繁衍这样的宗门大事，归为女人职责。因此，作为老宗母要能够"传说"，在重要的宗门祭祀上，歌谣历代传下来的宗门故事；老宗母还要能解释"结绳记事"，能够系结各种记事绳结；一串串绳结，记述了一个个重大事件；那复杂多变的绳结，老宗母可以读懂其中的意思。具夫们，即使是大首太也没必要理解那些"结绳记事"，具夫们掌握的是收猎中的各种信号——声音、动作和刻在石壁上的图案。

老宗母无所谓有几个亲生子女，有的老宗母甚至没有亲生子女，但是，宗门内的子女都是她的后代，老宗母是"宗门"这个血缘群体的最高长辈。

上一辈老宗母要培养下一代老宗母，她要在下一辈女儿中选择几个，着重培养各项职责和技能——结绳记事、祭祀传说、敬奉宗神；其中牢记并能歌谣"传说"很重要，宗门的历史由来，经验、禁忌、伟人壮举，都在传说中，结绳是记载，歌谣是展现。

老宗母口传心授，下一代老宗母人选被称为"少宗母"，一定要学会背诵，几个人一起培养学习；远古死亡率很高，人身一旦发生意外，多几个人会"传说"，断绝的可能性减少许多。

老宗母只能是一人，宗门各种内部事务都有宗母管理，母姐中的能人可以担任其他职责的"宗母"。

远古人类群体每天的生活分工明确，女主内、男主外，各司其职，共同抚养宗门后代。

这个自称"日月宗"母系群体有宗门图腾，是一尊刻着"日夜同辉"图案的立木。这个图腾表明崇拜和归属。

所有的母系群体都要有相对固定的"对偶结亲"的群体，这是群体生命延续的需要，也是成熟男女生理本能的需要。对偶结亲的群体，成年男女定期交往"结亲"，满足个体成熟的欲望，延续群体的生命。

距离"日月宗"不算太远的下游，他们的对偶结亲"黑白宗"居住在细长的洞穴中。

结亲是定期男性到女性宗门处，载歌载舞，送礼结亲。"黑白宗"就是"日月宗"对偶结亲的群体，他们的生活方式完全一样，两个群体关系密切，依照今天人际关系的解释，这就是两个群体互为夫妻，相邻而居，子女由母姐所在宗门抚养，世世代代，不离不弃。

在母系家庭女性群体是宗门延续的主体，宗门的所有后代来自这个女性群体，后代知道自己生母。而男人"具夫"们则没有这种可能，他们的后代是对偶结亲的那个宗门的成员，男人并不知道哪个孩子是自己的，也没有必要知道，男人们抚养的孩子是本宗门姐妹们的孩子。这就是"知其母不知其父"的时代。

第一章　出猎　江寒水满

这是远古初夏的一个午后，开阔的原野，金色的阳光，茂密的植被覆盖着大地，五颜六色的花朵，招来飞舞的昆虫；远处森林沉郁，丘陵绵延起伏，一条河流在阳光下波光粼粼，水势充沛流向远方，顺流向上望去，地平线上远处是隐隐约约、绵延不断的白色山脉，那里是一望无际的冰川，正在悄悄地发生着巨大变化。

近处的树林灌木，各种动物出没其间。鸟鸣啾啾，大型动物觅食行走，折断树木，发出高低大小不同的声响；在树林上一层，若隐若现的猴子，往来蹿跳，阵阵骚动，不时地发出各种尖锐的啸叫……

日月宗的几个猎手腰别短斧，手持长矛，步履轻盈机警，他们正在悄悄地接近猎物。

猎手们的矛有两支，一长一短，短矛护身，猎手们称之为"手矛"，长矛用于投掷，也称为"飞矛"，攻击远处的猎物。矛头都是用硬石打磨出来的，绑在精心挑选打磨出来的直杆上，成为利器。

还有一个年轻的猎手手里提着一个"抛石架"，跟在侧后方。"抛石"是使用结实的兽皮兜包住石头，在手中握住皮兜两端的麻绳，靠腰腿力量抡转起来，石头在旋转中获得离心力，瞬间释放飞出，经过磨制的石头飞出击中远处猎物，击中大型动物的要害，最好是头部，猎物受此攻击后跌跌撞撞，猎手围上去猎杀，中小型动物，击中任何一个部位都可以致其倒地，有的当场毙命；但是，抛石猎手是从小经过长期训练出来的好手，这里面有天才，眼下这个抛石猎手叫黑豹，身形矫健，是"抛石猎手"的天才，抛石甩得又远又准。

在围猎中，对大型猎物的致命一击的常常是"飞杀手"，猎手们会吊绳杆，隐身在树上，从空中无声荡下来，挥斧挺矛给予猎物致命一击。

飞杀手的得名是在树上吊绳荡下来，攻击路线在飞行中；攻击常常是从猎物后面或两侧先后进行攻击，这样从空中突然的攻击对猎物来说是致命的，一柄石斧劈头盖脸，一根特制短矛刺入体内，都会造成大量失血，无论是食肉动物还是杂食大型猎物，走不了多远就会倒地苟延残喘。

还有一种经常使用狩猎方式是在猎物出没的地方下套、陷阱、卡笼，一个好的陷阱可以多次使用，伪装很重要，但是陷阱一般只能抓住野猪、大羊，皮毛好的大猎物一定要围猎。

日月宗的猎手是这片猎场的主人，领头的是男性的首领"大首太天日两合掌四"，"大首太"是地位，"天日"是宗门名号，"两合掌四"是他的辈分；全部加起来就是"日月宗第二十九代男人大头领"。远古人计数根据自己的手，从一到四是四个手指，五就是一掌，十就是两掌合在一起，简称"合"；两合就是二十，"掌四"就是五加四，等于九，表明就是二十九代的大首太。只有大首太的称呼用辈分标识，而且"天日"是这宗门大首太的名号，代代继承。

大首太是一个精明沉稳的中年猎手，他手下两个狩猎首太——天火和夜风是家族中最好的猎手，所以都担任了狩猎"首太"，率领着宗门族群中的那行狩猎队，每天都要在猎场中狩猎，这是家族最重要的肉食来源，也是皮毛的重要来源。

最近，大首太年龄大了，力不从心，有意禅让大首太位置，男人们都知道，下一任大首太一定是天火、夜风中的一个，其他人的能力不能匹敌，或者还没有成熟，不足以担当宗门男性首领的重任。

猎手们的穿着都差不多，兽皮外套，腰系牛皮编绳腰带，腿上穿着长皮筒，与中腰麻底牛皮鞋连接在一起。那时的皮鞋与今天的皮靴有很大区别，一般的鞋底子是两块木头，用结实的皮革当鞋垫，用麻绳与皮革连接起来，脚掌、脚跟各踩一块，脚面上是两块皮子，经过简单裁剪形成鞋面、靴筒，麻绳与鞋底连上；也有一种细麻与皮革混合编织的鞋底，精细费工，但穿起来比木鞋底要舒服，母姐们都会给自己做皮麻底的靴子，具夫猎手立功了，会得到皮麻底靴子作奖励。会编织皮麻底的男猎手会拿着这种的靴子当对偶结亲的礼物。

天火、夜风的打扮穿衣差不多，天火穿了一件半旧的豹子皮外套；夜风则穿了一件黑灰色鹿皮外套，都拿着武器，听候大首太的指挥调度。

大首太话语不多，指着夜风手中的长杆绳索，伸出四个手指，向远方指了指。

夜风马上领会了，点点头带着三个猎手，提着长杆绳索向远方走去，他们要预设在哪里上树当飞矛手。

夜风几个猎手跟着大首太进入了树林，哨声夹杂这各种啸叫声，在树林里此起彼伏，听上去杂乱，猎手们可以听懂其中的含义，在向哪个方向，发现了什么猎物踪迹？公母小崽有多少？正在干什么？需要什么行动配合？等等，所有与这次狩猎相关的行动信号都要告诉其他合作的伙伴。

大首太坐在一边，让天火听猎手们发出的信号，指挥猎手们的行动。

天火竖着耳朵听了一会儿，对大首太说："扒皮刀已经看见那三头熊了，正在找蜂蜜，夜风领的猎手已经在老地方上了树，等着咱们把熊赶过去呢！"

大首太站起来，朝着天火一挥手，天火带着几个人提着长矛进了树林。

三只棕熊，体形庞大，一公两母，没有小熊跟随，正在树林中寻找蜂窝，兜兜转转，偶尔立起身躯听看远处传来的哨声，片刻又落下身躯继续兜转寻找可食之物；天火判断这三头体量巨大的棕熊，两只母熊都有小熊在窝里，它们并没有感觉到即将发生的危险，对猎手们的攻击一点都没有察觉到。天火发出攻击公熊的信号。

夜风接到信号，带着猎手悄悄地围了上去；忽然从周围的树丛中钻出几只小熊，围着两只母熊戏耍。夜风做出手势，意思是攻击那只公熊，这是打猎的规则，不伤害带着幼仔的猎物，既是保护种群，也保护了猎场的动物数量。

天日发出进攻围捕的信号，猎手们突然呐喊，敲起木梆子，原本只有鸟叫的寂静树林突然声音大作，母熊带着小熊夺路而逃，公熊则站立起来，发出怒吼声。一个猎手的身影被公熊发现了，摇摇晃晃走过来，好像是要看个明白。

天火等待时机，喊了一声："扒皮刀、大力熊，投！"

两支长矛从树后飞出来，画着弧线飞向那只公熊，一支长矛刺中公熊的左后腿，公熊愤怒地把刺进身体的长矛打掉，朝着长矛飞出的方向扑过来。

这时，黑豹的抛石飞到，砰！正中公熊的胸脯！公熊被击痛了，前爪朝前乱抓，口中发出粗重的吼声。

天火大喊一声"二熊投！"，随即扭身扬手，手中的长矛飞出去！两支矛一前一后飞出去，后面那支速度很快，追上前面的矛身，刺进公熊的右肩！

公熊长吼，狂暴地扑进草丛，一个猎手马上爬树，公熊赶到，一掌拍上去，没打着人，在树皮上留下一道抓痕！

公熊在灌木中站起来仰头向上看，找地方上树，天火看到喊一声"砲！"

黑豹知道什么时候用砲，他已经把砲绳子转起来了，天火的一声呼喊，砲手扭腰发力，扬手砲出，一个拳头大小的石头呼啸而出，打中公熊的后脖颈子！

公熊受此打击，脑袋肯定发昏，在猎手的呼喊中，跌跌撞撞，向前方奔逃，正好是进了夜风"飞矛手"预设埋伏的方向！

天火发出急促的"猎物到"呼哨声，很快收到回应的哨声！

一声长长的哨音，从前方树上并排前后，无声地飞过两个"飞矛手"，而公熊低头猛跑，对来自上面的攻击浑然不知，依旧向前迎头跑去。

夜风光着膀子，躬身两手挺矛，挂杆揽在怀中，两脚站在挂杆下面的横木叉上，另一个猎手在另一根挂杆上，同样的姿势，提着一把石斧。

挂杆是吊在树上的长木杆，一端是木钩挂在树杈上，另一端捆着站人的横杆，猎手腰里有根麻绳，与挂杆相连，保证人不掉下来；在加速度的作用下，靠近猎物的时候，掌握速度距离，猎手两小腿吊住横杆，双手握住石斧，与猎物相遇的瞬间，抢斧劈下，这里的技巧很强，斧子劈下，猎手起身站到横杆上，不能让荡绳杆子减速，最要命的是在猎物前面的晃动，人又上不了横杆，被有蹿跳能力的大家伙抓住，极其危险。所以"飞杀手"一般都使用短斧，当头一劈，感觉不对劲儿，马上扔掉斧子；只有夜风这种高手，敢用飞矛，身体下去的时候，将矛投出！夜风说投矛可以给荡绳加劲，回荡时再用短斧劈，保证大家伙受不了！

这是一个力量与技巧共存的狩猎方法，针对棕熊这样的大型猛兽，很危险却是很有效。两个猎手如同大鹏，无声高速，自天而降；临近那只公熊，夜风大喝一声！

公熊突然听到上面的声音，马上站起身躯，舞爪迎敌，胸口正对着"飞杀手"！

夜风下身的同时投矛，刺向公熊的胸口，那只公熊还不知道发生了什么，一根长矛已经刺穿了皮肉；随即跟在后面的猎手斧子也劈中棕熊的头顶，夜风和猎手飞身而过，留下那只公熊在狂暴地吼叫，母熊带着小熊钻进灌木丛逃跑了。

长杆荡到尽头，好猎手会在荡杆速度降低时，选择一个树杈抱住，看情况再确定是否荡回去，夜风很自信，他没有停止，而是转身抽出短斧，握在手中，让长杆加速返回；当长杆载着夜风返回时，受伤的公熊晕头转向，跌跌撞撞，夜风从后面荡过来照着公熊头部劈了一斧子；公熊受此打击，跌倒在地上，口鼻出血，不停地抽搐。

几个人抬着公熊出了树林，大首太看了看猎物，满意地说："这皮毛真好，看看，又亮又厚实！"

猎手们抬着公熊，带着陷阱中收获的猎物，几只长毛兔、一头棕鹿，没有带猎物的猎手，背着柴木，一天的狩猎收获甚丰，踏着余晖，朝着居穴走去。

日月宗居住的地方是一片看似平原的缓坡地带，一条宽阔静静流过河流展示着地形高低，在水流方向的尽头，有一个并不太大的湖泊；湖泊永远都不会漫水，因为在较低的一侧遇到了一个落差不大的断崖，湖水漫出形成瀑布就在那里坠下，瀑布落潭的声音能传很远。生活在这里的人知道，水流向远方。远方是什么？不知道，走不到的地方就是远方。

日月宗的人把自己居住的洞穴称为"多彩居穴"，这是因为洞穴在阳光照耀下，岩壁又呈现出各种颜色。洞穴内部构造复杂，裂缝通道，纵横交错，洞内宽窄不一，时隐时现。

根据结绳记载来看，日月宗的在这里到底住了多长时间？已经有三十一代人了，如果十五年是一代人，这就是将近五百年了。五百年前他们在那里，没有记载，只有老宗母的"传说"：寒冷冻住了一切，我们寻找温暖的地方……

洞穴外的入口外是一道又深又宽的壕沟，通过木吊桥，进入多彩居穴的"前场"。这是一片用石块、树干圈起来的"广场"，前场靠近壕沟的边缘是石头土堆围起来的矮墙，矮墙外是居穴最重要的外围保护设施"大沟"，沟深两人多，沟底是尖桩，这大沟很宽，要保证善于蹿跳的肉食动物跳不过来。

前场正中靠近洞口的地方是一堆终年燃烧的篝火，旁边永远守护着一个专门看守的具夫。这是一个全天候的岗位。这是一个重要而神圣的地方，成员们吃喝、议事、敬神等，都在篝火边。

火对远古人群太重要了！只要有火就有生命的延续！在人类的传说中太阳是最重要的神祇，而火把就是握在手中的太阳。如果没有用火，人类应该早就灭绝了。万幸！人类祖先在严寒到来之前，成为这个星球上唯一用火的动物，他们带着火种，逃离了寒冷，在冰天雪地的茫茫原野上，围着篝火，在火光中生存繁衍！

火不仅带来了温暖、光明、安全，还带来了其他所有动物都无法享用的熟食！食物在烈火的温度中发生了不可思议的变化，灭除了致命的病菌，构造出不同一般的营养！人咀嚼熟食不仅尝到了鲜美味道，最重要的是在吸收熟食营养中，变得更加健康，更加智慧！人之所以能够成为万物之灵长，原因在于发达的大脑；而智人的大脑之所以能够完美进化，吃熟食是获得更好营养的最重要原因；形成这个原因的最基本条件就是用火。人类的后代只能说，祖先们完成的这次文明攀登，拯救了每一个人。

前场上火堆边上的人们，主要是女人"母姐"们，看到猎手们满载而归，招手尖叫，半大的孩子们跑出去迎接。

老宗母从居穴走出来，在洞口边的一个高处，朝着猎手们招手。

猎手们很豪迈，呼哨着回应，跨过吊桥，走到前场，把大大小小的猎物放在一个大石台上，那是专门处理猎物的地方；人们围着那头熊议论纷纷。

老宗母赞叹道："好样的，几个人打到一头公熊不容易！"

夜风得意地说："我的一矛一斧，这个大家伙就受不了倒地流血了！"

扒皮刀说："是的，天火领着干的，把熊赶到道上，夜风领着飞杀手下来把它干倒了！"

大首太笑着说："都有功。"招呼大家坐在火堆边，开始狩猎后的休息与吃喝。

在火堆边，排列着一圈石头墩子，火堆里放着一些石头，每块都像是大鱼背，这是烤肉的台子。现在，几个狩猎回来的具夫正在石斧劈砍一头挺大的野猪，一个精瘦有力的具夫熟练地用石刀切割兽皮，扒皮刀走过去帮忙。

一般来说，"大首太"要比老宗母小一辈，大首太要带领具夫们外出渔猎，必须要体壮力强。狩猎要分组分头到猎场去狩猎收获，一个组的头目就是猎获首太。

年轻的猎手们吃喝热烈，还在讨论白天打猎的经历，还在和上了些年纪的司火首太说笑着。司火首太是专门管家族篝火的，因为火对生存安全太重要，柴火、火坑、清灰等，必须有专人值守，这些需要经验和责任，一般年龄大一些，外出狩猎体力不足的具夫担当司火首太，这是一个重要而受尊重的职务。

老宗母声音不大，低声对大首太说："我看你们今天回来得早，几天前你说腿疼，现在怎么样啊？"

大首太回话："还挺好，在外面看着，没跟着他们跑！"

老宗母低声问："你说要选一个大首太，你看好了哪一位首太具夫可以接你的位子？"

大首太话语有些低沉："老宗母，我看天火和夜风都挺好，都是最好的猎手，脑子灵、力气大、动作快！"

老宗母说："大首太是宗门具夫领头的，不仅要有力气、胆子大，还要能敬守禁忌，让具夫们从心里愿意遵从！"

大首太点头赞同："老宗母说得对，要选一个男人们都遵从的大首太，这样说来天火公平规矩，更好一些！"

"另外几个首太有什么想法？"老宗母关切地问。老宗母说的其他首太是宗门各种事务的男性首领，例如狩猎、制作、保卫、修建等等。

大首太回话："大首太的事情，我问了他们的看法，他们都说夜风性情急，遇事常会发脾气骂人，天火则很少这样，常常帮助弱慢者！"

"不用你说，我认为天火更合适，夜风不适合当大首太，"老宗母的回答很干脆，"我觉得夜风性子急风头大，再看看吧！"

大首太摇摇头说："最好抓紧确定大首太，我感觉已经很难跟着狩猎了，腿疼得到腰上，浑身不得劲！"

老宗母想了一下："那好吧，谁当大首太合适，你们具夫来定，主要是你来定！近期有具夫、母姐要办'姐具礼'，可以一起办了！"

大首太问："具夫这边是花豹长大了，要办'姐具礼'，母姐那边是谁啊？"

老宗母说："黄叶子，看到红了，到时候了！"

"姐具礼"就是成年仪式，经此仪式女人成为母姐，男人成为具夫，进入成年人的行列，可以定期参与成年人的对偶结亲，承担母姐、具夫的责任。说到个人，何时参礼没有年龄规定，远古人对年龄的概念不清晰，全都看结果；女性行经两次，母亲或者其他女性长辈拿着沾有经血的茅草，同时要有宗母做证，那经血确定是这个女人的；男性则是由其兄长报来，须发已全，阳物夜举，精满自溢。姐具礼成就可以对偶结亲了。

正在说着话，外面快步走进一个具夫猎手，到老宗母面前行了礼，对着大首太说："山后的流浪帮来了，带着礼物，要求结亲！"

大首太问："山后的？几个人？"

"不到一合，以前来过"报信的具夫回答。不到一合就是比五多不到十个。

老宗母问："以前来过，你认识吗？"

"认识，领头的就是那个'大马猴'！"

"礼物带了吗？"大首太追问。

"带了，皮毛和鹿肉！"

大首太看了老宗母一眼，老宗母点了点头，大首太说："叫他们进来，照老规矩办！"

流浪帮，这是母系宗门对这类特定男性群体的称呼。他们一般是十几个男人组成，人员来源于各个族群的"碎片"，大多是族群内部冲突的逃亡者，或者违反禁忌受罚被驱逐出门的，总之是一些能力不差却行为不端的男性；这种碎片组成的男性帮群历来就有，流浪帮中没有老人孩子，女人时有时无，有就是抢劫来的，没有就是因为女人而争斗，女人被泄愤而杀掉，或有人携带女人逃跑；流浪群的飘忽不定，不适合女性携带子女，这帮渣滓人也不想承担生儿育女的责任。流浪帮需要女人一般都是抢，所以常常会发生女人在采摘时遭遇劫掠的事情。

流浪帮找到机会抢女人，如此对父系家庭造成伤害；可对母系家庭，流浪帮就比较恭敬，首先是打不过：母系家庭是大族群，兄弟姐妹、母姐具夫成帮结伙，协同作战，配合默契，流浪群不敢蛮横；其次是母系家庭接受"礼结"，只要流浪群恭敬有礼，母系家庭就会考虑接受厚礼结亲。

流浪群与母系家庭相互需要：流浪群要解决自身的生理需求，母系家庭则要优化生育，远古人早就在实践中明白，近亲生育种族退化，所以在母系家庭中最重要的一条禁忌就是严禁近亲对偶结亲，而对血缘远的流浪群倒是"礼结"相待。

"礼结"，必须按照母系宗门规矩进行：一必须先验证族群背景，二要有敬奉礼，三由母姐女人挑选，有违血缘禁忌的绝对不行。

老宗母点头了，大首太同意让流浪帮进来。

七八个男人穿着粗犷随便，站在外面。日月宗的具夫放下吊桥，手持长矛站在进门处，做出手势让来者把手里身上的武器、行李放在一个架子上，然后，让他们走到火堆前，依次站好，把敬奉礼物放在自己面前，亮开前胸或后背上的印记，那是成年时烙烫印记，证明成年和族群所属。这些人都知道规矩，站在那里等待验证。

日月宗的一个年长宗母走过来，这是宗门负责接生、验红的宗母，验红就是查看女人是否成人。宗母挨个上下打量，查看了"印记"，对一个身体乱动的矮个子和一个面黄肌瘦眼斜的男人做出拒绝的手势，日月宗的具夫把这两个男人领到围栏边，转身就走了。

这种族群"印记"是各个族群确定本族成年人的记号，成年时，把刻着图腾的石头烧一烧，烙烫在身上，男人胸前，女人后背；没有印记的就是"野种"，受到歧视；未成年的孩子生死未卜，也不与外界打交道，所以不打印记。日月宗这样母系宗门中孩子生下来就由兄长们用木片做一个"系牌"，挂在腰里，牌子上刻有宗门图腾、辈分排序，用于成年后结亲验证。日月宗则有一个记载每个宗门成员的"宗门系挂"。

在宗门验证选择中，日月宗接受结亲的母姐们从洞穴中走出来，站在不远的地方观察挑选；母姐中谁先挑选是有规矩的，验证身份选定后，母姐按照排定的顺序，走到那几个男人前面，拿走被选定者的礼物，转身回到后面自己居住的穴屋里等待。

按照日月宗的规矩，或者说按照母系家庭对偶结亲的规矩，男人没有选择权，只有拒绝权；被选上了可以拒绝不应，礼物却已经被拿走不还。除了赔掉礼物的代价，这个男人会被记住，下次可能连门都不让进。故此，一般男人都不会拒绝放弃一次对偶结亲的机会，能被选上就挺好，身材高大相貌堂堂会被选中，瘦小猥琐、臭气怪味的男人很难被选中，所以，对偶结亲前，男人们通常要在清水里沐浴，用香叶擦拭身体，生怕被拒绝。

一切都很顺利，流浪帮结亲的男人被领进居穴内去结亲；那两个开始就被淘汰的男人可以坐到火堆边上喝水。其中那个会说日月宗语言的老家伙，有些瘦弱，额头上有个伤口，贴着树叶，一个柔软树枝编的环圈套住额头，把那片疗伤的树叶固定住，头上戴了一个羊皮尖角，喝水后他向天火要些吃的，"给我些吃的，我会告诉你们一件大事！"

天火看了他一眼，叫身边的花豹去给他切块烤肉。

火坑里的野猪肉烤得滋滋冒油，发出一阵阵香气；花豹走过去对司火首太说了一下，撕下一块野猪肉回来交给那个老家伙。老家伙从怀里拿出一个小皮袋子，从里面倒出一块盐，抹在烤肉上，随即撕咬大嚼，油汁顺着胡子流下来，滴落之前，老家伙熟练地用手捋了一把，用舌头把手上的油舔进嘴里；看得出，这老家伙吃得很兴奋。

天火看着他吃得很高兴，笑着问："烤肉吃了，有什么大事情要告诉我们？"

"这事情太大了，谁都没有看出来，我发现了！"老家伙很自信。

"肉也吃了，那就说吧！"天火递过去一个盛有清水的竹筒，"喝点水，说吧！"

夜风在一边冷嘲："他能看出什么大事情，就是想吃块肉吧？"

老家伙斜着眼瞟了夜风一眼，把手上的油抹在两腿的皮护腿上，抻了抻脖子说："我们是从上面过来的，他们都没有看出来，山沟里的河水越来越急，同一条路，这次走过几个地方都变成泥地了！"

这些人还没有年月日的概念，一个"冰开"就是一年；没有月份，只有季节，春季是"冰开"，夏季是"花盛"，秋季是"果熟"，冬季是"封冰"；一天就是一个黑夜。

夜风不以为然："这有什么，冰开时候，水都变大了！"

"这次不一样，不一样！"老家伙不停地摇头，"都没看出来，都不知道，上面的远处高处是个大平台，平台上面全是冰山，水大了，就是冰山开了！"

天火感到有些奇怪，追问老家伙："你怎么知道上面冰山开了？"

"冰山不开冰，哪里来的这么多水？"老家伙眯着眼睛看北方，"我上去过，想翻过山，根本翻不过去，全是冰山，大冰山！"

天火问："爬上去要走多少个黑白？"

老家伙听到天日的问话后摇摇头："不近啊，大冰山开化，大难临头啊！"

夜风不以为然："冰开下来些水，有多大的灾祸？"

老家伙眼睛里露出恐惧的神色："谁都活不了的灾祸啊！"

洞口传来一阵嘈杂，一个母姐追出来扯住一个长脸男人，大声说："这是个贼，他偷了大巫姐的坎肩！"

那个被抓住的瘦长脸分辩说："洞里黑，没看清楚，穿错了，穿错了！"

"瞎说，你跑到巫姐的洞穴干什么去了？你的袍子又没有放在巫姐洞穴里！"

流浪帮的大头领走过来，看了那个长脸一眼，照脸上猛击一拳，将其打倒，把一件豹皮背心从他怀里扯出来，交给那个母姐。

大首太和老宗母闻声走出来，大头领转脸对他们说："对不起，二位长者，我们的人犯了错，我已经惩罚了他！他已经流血蹲在地上，这个事情不要影响了我们来往，好吧？"

大首太说："你惩罚了不等于我们惩罚，在这里犯事，就要由我们惩罚！"

大头领问道："你们的惩罚？什么惩罚？"

"我们的规矩是断手，至少要砍掉一个手指！"一个老猎手回话。

大头领冷静地说："砍手？毁了一个好猎手！"话说完转身冲到门口的架子上拿起自己的石斧，其他几个也跑到架子上拿起自己的武器。

夜风站到前面对大头领说："打起来，你们肯定受伤，还是赔个礼，以后还可以来往！"

"我的人偷东西，我已经打了，"大头领看着走过来的天火，脱下自己穿的熊皮坎肩，双手捧着交给天火："我替他赔礼了！"

天火接过来把熊皮背心交给大首太："你看怎么办？"

大首太挥了一下手，天火转手把坎肩还给大头领："我们大首太接受赔礼，这个还给你！"

夜风掂着石斧，笑着问大头领："以后再偷怎么办？"

大头领看着夜风："照你们的规矩办，断手！"

大头领接过皮背心搭在肩上，拍了一下他兄弟的后脑勺，拉着他一起垂臂合手折腰行礼："对不起了，下次来一定重礼报答！"

说完，领着几个人出了围门。那个老家伙临出门对天火说："我说的都是真的，不信你们自己上山看看去！"

看着流浪群走远了，大首太问天火："那个老家伙说什么大事？"

"他说这次冰开以来水特别大，从来没见过的大。"天火回答，"他说应该上去看看，大平台后面的冰山开了。"

"他说的不假，我也有这种感觉，这可是大事，我们到正堂与老宗母商量一下！"

大首太和天火走进洞穴，经过具夫居住区。母系宗门男女严格分居，走到一个开敞的山洞，顶部是不规则的一条裂缝。白天，阳光充足，正堂光线很好；晚上有月光，还有靠在里面的大火塘火光明亮，墙壁上还可以插火把照亮。

老宗母的座位算是正位，正位是一个石头的平台，上面铺着草编厚垫，上面还放了一张灰白色的熊皮，围着一圈是石头墩子，上面铺着垫子和狼皮。

老宗母正对面是大首太的位置，长条石上铺着草垫和黑色熊皮，两侧依次是男性首领各个职责首太的位置，面对的是老宗母两侧的职责宗母。

老宗母是母系家庭最高的尊位，尊位不等于决策独断权，涉及群体生存安全的重要决策必定是共同商量，外面的事情主要是"首太"们说了算；内部的事情则以"宗母"们的主张为重，内外分工明确，首太和宗母两个领导层面很难有冲突，如果有意见不一致，那就听老宗母的，尊母是母系家庭的必须，这是对生命由来和养育长大的无条件尊重，这种尊重从小建立起来，更重要的是老宗母确实是最有学问的家长，单单那种对禁忌的敬重，对规矩的坚持，通过"传说"对家族历史的了解，这都是别人做不到的，无法替代的，这也是权威由来的一部分。

老宗母身后是岩洞的石壁，石壁上凿刻着一幅"日月同辉"的图腾，一个大圆圈，一个小圆圈，小圆圈中间多了一道弧线，大概意思是月亮会有圆缺方向的变化，周围一些表达光芒的点画，这意思表明对日月的崇拜，期待受到它们的保护并与之共生永恒。

图腾的左侧是"宗门系挂"，那是一个母系家庭的族谱，无比神圣；"宗门系挂"是一根粗大木立柱，顶端架着一根横杆，横杆上缠绕着一连串麻绳，分层拴系；这是结绳记事的家谱，最上面的几根特殊编结的麻绳只有三根，五颜六色，很粗，这三根粗绳是建立这个母系家庭最初三位母亲的系在长袍上的腰带，她们是三姐妹，她们的后代开始往下拴系，一代一层。

不知道从哪一代开始，每当出现新一代长女的时候，长女的生母就要在祭祖生养的仪式上，给系挂初始三根绳子上加粗一根精心编制的细麻绳，时间久了，最初的三根越来越粗，五颜六色，留下了一连串的传说。

从最初的三个姐妹系绳往下延续，已经是三十层，意味着三十代人；"宗门系挂"很长，缠绕在那根横杆上。

只要是生下来，经过祭祖生养仪式的每个人，都在这个系挂上留下记录，无论活了多长时间；但是，男女在这个神圣的系挂上有不一样的记录。

女性都有一根麻绳，如果生了后代，就可以在自己的那根麻绳上再做一结，生的孩子是女孩，就可以再系上一根麻绳，如果是男孩，那就打一个结；一根麻绳上没有结，也没有悬下延续的麻绳，这说明这个女性没有后代，要么少年夭折，要么没有生育；有结无绳，说明生了男孩没有生女孩。

一个女人要想自己的系挂能够延续下去，那就必须生育女孩，能够成为母亲的女孩；因为，母系家庭血缘代传都是依据女性，女性有确定的本人生育的后代，男人则是"送子观音"，定期与对偶通婚的另一个母系家庭中，对偶结亲，结亲女人不确定，每次不一样，男人从来不关心"结亲"后的结果，他们感到很快乐，结亲就是无可替代的成人娱乐；女人生了孩子是她们自己宗门的，男人对下一代的责任在自家宗门，对姐妹生的孩子要负责，这是要在一起生活一生的后代。

当然，孩子的生身母亲也说不清是哪一个男人在哪一次给自己送来了孩子，母亲只是知道孩子是自己和本宗门的财富！孩子的养育全部在本宗，与外宗那些对偶结亲的男人们无关，这是个"知其母而不知其父"的时代。

宗门系挂，"宗"说明了这个血缘群体由来、辈分；"门"说明了居住状态，这些人进出一个门，这个门就是后人说的家门。

大首太，这位四十多岁的男人，曾经是最精壮智慧的具夫狩猎首太，现在端坐在那里，面容憔悴。

与大首太相对的还有职责"首太"，但这样的具夫不排辈分，不标识宗门称号，说白了就是个具夫头头儿，认同你在哪一方面有特长。

大首太说咱们要议论两件事：第一件事是自从上次得病以来，浑身没劲，跑不动，跳不起，日后很难出猎了，我们需要选择新一代大首太"天日三合"；第二件事是刚刚知道的，远方上面水大，又说是山冰融化，此事不知真假，大家议一议。

老宗母看了大家一眼说："狩猎关系到宗门的肉食和皮毛，是具夫们天天要做的营生，推选大首太不是一个草率决定的事，我看这么办吧，大首太先歇息，不必外出领猎，让天火暂时领猎。大家看天火是不是可以领猎，大家说行不行？"

具夫们附和说："老宗母办法好！"

天火站起来想说话，老宗母说："天火，你要是推辞就不必了，现在没有决定让你接任大首太，只是你代大首太领猎，你把今天那个流浪帮的老家伙对你说了什么告诉大家！"

天火听到老宗母的话就接过话题，把今天流浪帮的那个老家伙说的话复述了一遍："大家看，我们是不是应该派人去上面查看。"

大家纷纷说："应该派出狩猎队上去查看！"

司水的宗母说："水大了，我也有发现，这事不可大意，居穴中暗河的水位比以往高了很多，两个黑夜前，我和老宗母一起查看过。"

"我们洞穴母姐居穴的后面有个裂缝，下面有一个地下河，以往可下看到水流过，现在可以听到水流声。"老宗母接过话，"水位确实高，不同以往。"

大首太说："这暗河我们查看过，出口在日落下面，归到河里朝着日出流走了！"

日月宗这些母系家庭的语言还是处在初民阶段，简单的名词动词，抽象概念较少，对东西南北的方向用简单直接表述，日出就是东，日落就是西，中照就是南，受照就是北，大首太说"日落下面，朝着日出流走"的意思就是暗河的出口在西面低处，河水向东方流去。

司水宗母建议："大家都说这水越来越大，我想应该先把那个裂缝堵住，防止水加大突然冒上来，后果危险。"

老宗母说："说得对，大首太可以派人把那个裂缝堵上，冰封天冷的时候再打开取水，现在可以到河边取水。"

大首太应诺："就这样办！派人上到上面查看的事可以再议，也要和黑白宗商定，最好一起结伴查看。天火从明天开始代我领猎吧！"

黑豹生母与夜风的生母是亲姐妹，黑豹弟弟花豹出生后，生母得了产后风，去世了，豹兄弟就一直由夜风的母亲管教，从小和夜风关系很好，豹兄弟头脑好用，善于思考，黑豹因为善于投砲，被任命为砲手头领，教习投砲；弟弟花豹则是将在近期举办姐具礼。

听到天火当上领猎首太，黑豹为夜风不平，说："领猎的首太应该在最前面，应该是跑得快、力气大的猎手担任，再说，狩猎都是分成几路，分头行动该听谁的呢？"

大首太知道黑豹这是在为夜风说话，但说得有道理；而在狩猎上，这都是具夫的事情，老宗母不便多说；大首太接话说："这样吧，共同行动的时候，听天火的领猎，分成两路时，天火和夜风各带一群，分别领猎，就这样定了！"

首太宗母纷纷表示赞成，夜风低头不语，依旧有些愤愤不平，但这是大首太的安排，他也不好反驳。

第二章　猎物被偷了　发现红头族

第二天早晨，洞口一片有序的繁忙，大火堆已经不像夜间那么明亮，坑石头上放着一些烤肉条，燃烧的灰烬中堆放着一些甘薯、芋头等各种可吃的植物块茎；肉食是具夫们狩猎的结果，植物根茎是母姐们采摘回来的，采摘回来的还有植物的果实种子，此时大火坑一侧有一个石臼，里面煮着一些各种植物的叶子、种子，这个石臼里永远在煮着，每次吃喝下去，马上再补充进来水和食材。

母姐们已经出门到附近的采摘场地去寻找块茎挖掘，还有人要去比较远的树林中采摘树上的坚果。具夫们狩猎走得很远，范围也很广，采摘坚果、带回"天浆"这都是狩猎的一部分。

"天浆"其实就是在自然界中天然酿酒，水果落地后堆积一处，一旦条件合适就开始发酵，逐渐转变成后来人说的酒，其成为初民们的天然美味饮品。

天浆的发现是个自然过程，具夫们在森林狩猎时，闻到了一些水果发酵后的香气，顺着香味寻过去，看到树下的发酵水果渗透出一些浆汁，味道诱人，有人喝一些，味道甜美，人们大喜过望，不禁喝多了，晕头转向，倒地睡觉，还有人手舞足蹈，不能自制。初民们发现了这个神奇的浆汁，认为是上天赐予的美味，不知哪一代的大首太赞美它叫"天浆"，从此这种好喝的浆汁就被称为天浆。人们发现天浆还有两个好处：一是在猎场有天浆的树下或者不远的地方，经常发现有倒地大睡不醒的猎物，小到松鼠、貂、狐，大到马猴、长毛鹿，甚至黑熊，于是人们发现"天浆"的香气能吸引动物，在陷阱中放上一匏瓜的天浆，就会招来动物，掉入陷阱；二是，带回洞穴的天浆，放在洞里的石窟里，把口塞上，很长时间都不会坏，而且时间越长味道越醇香，这可真是很神奇。

为了带回"天浆"，具夫们每人身上都带了两个匏瓜壳，就是今天的葫芦瓢，只不过那时的葫芦瓢都是野生的，这些葫芦瓢是主要的器皿，喝水吃饭，现在具夫们拿整个的匏瓜外壳装些水，到了野外用得到，最重要的是在树林中见到"天浆"，要用这些匏瓜盛装，带回来饮用。

宗门中还有一个重要的角色——大巫姐。这是个特殊的母姐，掌管着宗门的敬神告天仪式，大巫姐是唯一可以与天灵对话的角色。大巫姐对天浆极为看重，认为这是与神灵对话的特殊用品，自行储存许多，且从来不坏，时间越长，味道更香。每次敬拜神灵的仪式前，巫姐都会自饮大量天浆，直到两眼迷离，念念有词，手舞足蹈，装神弄鬼。其他人只有在重大宗门庆典活动的时候才能有天浆，猎手们可在狩猎时喝到天浆。

最近宗门内有两个年轻人行"姐具礼"，这不算是大礼，但也是宗门高兴欢聚的日子，人人都可以大喝天浆狂欢。

花豹这两天就要行"姐具礼"了，心里有种莫名的兴奋，早晨在前场有具夫看到花豹，与他开玩笑"可以对偶结亲了，生瓜要变成熟瓜了"，花豹知道具夫们每隔几天就要到黑白宗去对偶结亲，黑白宗的具夫们也到这里来对偶结亲，五天一次，从来没有停止过，乐此不疲。

对偶结亲那一天，具夫母姐们高高兴兴，梳妆打扮；具夫们在院子里准备礼物，兴高采烈；母姐们则在自己的居穴里，不时传来嬉笑声，晚上出来的时候都是穿着自己最好的袍裙，插花挂彩。

作为不懂事的孩子站在院子里看这些大人对偶结亲的歌舞仪式，觉得很好玩，事后，母姐们还要议论哪个具夫好，下次如何如何；具夫们回来有的高兴，有的沮丧，相互开着一些他听不懂的笑话，有时候还会因为笑话打起来。

花豹是宗门里的巧手，喜欢琢磨渔猎的工具，他最喜欢跟着具夫"扒皮刀"转，扒皮刀本名叫"石丸子"，是小而结实的意思，脑子好用，知道好多别人不注意的事情，尤其对石头的软硬纹路有独特的发现，这在石器时期就是一个天才！别人看不上的一块石头，扒皮刀就会捡回来，打磨，变成一把结实好用的斧子、锋利的矛尖，宗门内有这样一个天才，那就是真正提高了这个群体的猎杀御敌的能力。可以想象，石器时代两柄格斗中的石斧碰撞在一起，其中一把碎裂，另一把依然锋利，格斗的结果就可想而知了。此外，生皮毛上的血筋需要用锋利的刮刀铲掉，再经过温泉边的白沙子揉搓晾晒，才能变得柔软、无味、温暖。鞣制皮毛的母姐们都找石丸子请教，打磨扒皮刀，所以具夫们称他为"扒皮刀"，他在宗门中很受尊重。

花豹佩服扒皮刀的能力，特别喜欢和扒皮刀混在一起，帮他做事，学本领。可是花豹发现每次对偶结亲回来，扒皮刀都不太高兴，后来才知道他很少能被黑白宗的母姐们选中。具夫拿来开玩笑时，花豹才知道扒皮刀对偶结亲不顺的原因，具夫们说他对偶结亲就像他打磨的刀刃，太快！花豹不知道这个"太快"意味着什么，又不敢问扒皮刀，这让花豹对结亲感到紧张，他内心中的跃动、神秘，激动不安，他在前场准备河边"拦鱼"拦兜，脑子里在胡思乱想，几个要和他一起去拦鱼的小伙伴问他一些话，他也心不在焉。

狩猎的具夫们在天火的带领下，准备外出狩猎的各种物件。

天火方脸高鼻、敏捷矫健，原来就是狩猎队的右首太，也就是狩猎队右队长，左首太是夜风。

天火的名字来自出生当晚下大雨，生母难产，一道雷鸣后电闪劈天，天火出生。接生宗母说这孩子就是那道闪电，大首太随即起名为"天火"。

夜风的名字也是来源于出生当夜风声大作，所以起名"夜风"，大首太领猎时常说"我一右一左，天火、夜风，势不可当"。今天，是天火领猎的第一天，目标是河对岸猎场，那边还有早两天下的套子和陷阱。

大首太送行，天火第一次作为大首太带着狩猎队外出，两个目标，狩猎并收回套子和猎物，寻找去上游探寻的道路。

老宗母和大首太一同到了前场，把天火、夜风叫过来，大首太叮嘱："冰开后河水宽了，过河后注意查看上山的路，回来咱们商量如何上山查看大平台！"

老宗母叮嘱："要相互照顾，顺利回来就好！"

天火、夜风带领带着打猎队到了河边，男人们带着打猎的梭镖、石斧、抛石带、绳索、干粮袋，扛着四条轻便的皮艇，准备过河。

黑豹拿着一个梭镖、背着一副抛石兜。

花豹喊："黑豹哥，我想跟你一起出猎。"

黑豹挺挺胸："不着急，等你过了姐具礼自然就要跟我们狩猎了！"

花豹高兴地说："老宗母说了，很快就给我和黄叶子办'姐具礼'！"

黑豹笑着说："好啊，那你就是个具夫了，可以对偶结亲了！"

狩猎队呼喊着，放下皮筏子，十几个人分乘四个条皮筏向河对岸划去。

目送具夫们的狩猎队过河，清晨柔和的阳光中，花豹背着栏网，领着几个十岁出头的孩子往河边走去，迎头遇到少宗母和几个母姐，每人背着一捆匏瓜，里面都是清水；母姐们要出门去采摘，匏瓜中的水是准备采摘时喝的；匏瓜都是挑大的，四个或六个捆在一起，身材高大的水宗母穿着长袍，背水的藤编绳子把两个丰满的乳房挤得鼓鼓的，司水宗母看到孩子们问：

"花豹，你带他们下河吗？"

花豹尊重地站定回答："水宗母，我带他们去河边拦鱼，晚上可以煮汤！"

黄叶子是过两天要和花豹一起过姐具礼的，圆脸大眼睛，身材丰满，插话说："花豹，母姐们都夸你会钓鱼！"

不知道为什么，花豹看到黄叶子兴奋紧张，可是还老想看她；听到黄叶子夸自己，花豹很高兴："真的吗？我今天一定多拦几条大鱼给你们吃！"

水宗母笑了："到河边要小心，我看着河水又大了！"

"看到了，这些天水一直在涨；水宗母放心！我们都会浮水！"

"胡说！大水来了，会浮水也没用，转眼就冲没了！"

花豹在河边看着岸边，大声地对其他人说："这水真是大了很多！上次搭好的围栏全都给冲走了，咱们先去找树枝藤条，搭好围栏！"

随后指挥小伙伴，钻进小树林，折采柔软茂密的树枝，在岸边的一个水湾处，围着浅水岸边，插下桩子，编制围栏，搭建捕鱼的围子。

渔猎是远古初民主要的生产活动，从小就要跟着长者学会这些技能。花豹的这些技能仅仅是比较简单的，就在居住地附近，浅水岸边，没有选择的捕捞；这也是劳作实践，男人必须掌握的生存技能。

日月宗狩猎队的四条皮筏子，划过了激流宽阔的河面，上岸后，皮筏子被竖插在岸边高处，在很远的地方就能看到，回来时便于寻找。

天火与夜风商量，分头行动，各带一个狩猎群，天火向上游寻找将来探查大平台的上山路，夜风带着人到对岸远处猎场，前去收获上次狩猎设下陷阱中的猎物；两群人都有随时围猎的任务。

天火的探路组六个人，都是善于行走攀爬的高手，扒皮刀、公羊腿兄弟，抛斧投矛，都很在行；夜风那一组都是高大有力的具夫，大力熊、二熊、黑羊、大块头、快手等七个人。

天火带着几个人顺着河边向上游走去，越走越高，上山的路开始偏离河流，向山里延伸，应该说那根本就不是路，只是走路人认为好走可以走通的一个通道，公羊腿兄弟走在前面，眼观耳听，随时判断前后左右的异常，果然，公羊腿弟弟发现了一个狩猎陷阱，招呼大家过去查看，井内没收获。

天火蹲下仔细地看了看，指着井底下拴套子用的藤麻："看看这茬口，明显是斧子砍断留下的，猎物已经被拿走了，也许是被盗了，如果是自己的猎物就不会砍断套子！看茬口刚偷走的。走，我们到前面去看看！"

几个人跟着天火继续往上走，到了拐弯复杂的地方，黑豹就会做一个记号，用石斧在树干低处砍一个痕迹，这个痕迹指向来路方向。

天火模拟鸟鸣的声音，发出发现猎物的信号，远传山坳的平地上有两头大角鹿！正在游荡吃草，不时地东张西望……

他们居高临下，很快发现雄鹿的踪迹，于是分为两路，悄悄地追踪包抄过去。黑豹跟着天火，动作敏捷，身体健硕，在密林中快步跑在前面，忽然，黑豹看不见鹿的踪迹了，等天火过来后问："怎么办？"

天火低声说上树高处查看，叮嘱黑豹："认准方向，用手势告诉我们！"

黑豹心领神会，把矛尖钉在地上，"噌噌噌"几下就上了树，向山坳方向望去；忽然，他发现山坳后面的河沟边上的芦苇中有几个人，抓住了一对男女在往蓬草中拖拉，那两个人在拼命挣扎，逃脱了，跑到河边，毫不犹豫，两个人从几人高的悬崖跳到下面的河水里，随流而下。

那几个红头的站在岸上悬崖边上，指着下面漂远的男女向后方的同伙喊叫，因为水声大，距离远，黑豹听不清楚他们说什么，只是看到这几个人头发都是红褐色；情况紧迫，黑豹下了树，对首太三十讲了看到的情景！

天火问："他们什么穿戴？"

黑豹："头发都是红褐色，立在顶的！"

"红头族！专门吃人的！"公羊腿哥哥神色惊恐。

天火说："不怕，我们人也不少，不要惊动他们，悄悄过去看看，看他们要干什么？是不是他们盗走了陷阱里的猎物！跟着我！"

天火指挥黑豹带着两个猎手横向走，自己带着公羊腿兄弟往另一个方向，分为两路包抄，悄悄地向目标靠近。

那几个"红头族"在下面沼泽边缘，被他们围住的显然是一个父系家庭，父母二人带着两女一男三个少年，一个女孩已经倒在地上，母亲正抱着她的头，另一个女孩紧张异常，藏在父亲身后，父亲手提石斧，护着家人，少年张弓搭箭，步步后退，三个红头族男人手持木尖矛、石锤围着这一家人，他们身后是沼泽已经没有退路了！

此时，芦苇中又钻出两个红头族的男人，参与围攻，青年男人射出一箭，射中一个红头族男人，取箭搭弓，尚未开弓，遭到侧面飞来的石锤攻击，头部被砸中，摇摇晃晃倒在泥泞的地面上。那个年长的男人极其愤怒，抢开石斧连续砍倒两个围攻者，第二个被砍中面门，面部凹陷倒地而亡。同时，年长男人被木尖矛刺中后腰，这一矛很疼，年长男人大叫一声，抓住长矛，回手一斧，正中偷袭者头部，后脑破裂，花白血浆喷出，但是这个年长的男人也被领头一锤子砸中后脑，大叫一声倒地！

两个女人被拉到芦苇中，发出挣扎的惨叫声……

几个人都注视天火，扒皮刀问："要不要管？这不是咱们的地盘！"

天火愤怒地大喊："不管是谁的地盘，把红头族全干掉！"

六个人怪声大叫，打着呼哨从山坡上自然分成两路，奔跑着包抄过去！

这时，芦苇里跑出一个红头族男人，摇摇晃晃的，脖子上斜穿出一根竹尖桩，尖桩穿透皮肉，还挂着脖筋，那个红头族两只眼睛翻着白眼仁……他的皮裙拖在小腿上，那根阳具无耻地晃动着……他的身后是那个年长成熟的女性，披着兽皮上衣，裸着下身往沼泽里跑，没有几步陷进了泥潭。

站在外面的两个红头族男人看到自己的伙伴脖子上插着竹尖桩，惊愕不已，忽然听到呼哨尖叫声，惊慌失措，转身钻进了芦苇消失了。

黑豹领先冲过去，泥地里躺着那几个人，那个被竹尖桩刺穿的无耻之徒已经扑倒在地，只有出气没有进气！他们盗取的一只大野羊在沼泽边草丛中，年轻的女人坐在泥水中，在芦苇边上，衣着凌乱，手里拿着一根短竹尖桩……

沼泽里传来挣扎的声音，天火看到那个年长女人陷进沼泽，泥水已经淹到脖子，很快就剩下一只手在挣扎。黑豹想去拉那只手，往前跨了几步，一下子陷入泥淖之中，泥水瞬间淹到胸口，天火马上跨步上前，趴在地上，把自己长矛探过去横在黑豹的下巴下面。黑豹用下巴搭在长矛杆上，从泥水中抽出一只手，抓住长矛，几个人一起动手把黑豹从泥中拉出来，黑豹知道自己差一点就丢了命，躺在地上大口地喘粗气。

那个女人淹没的泥沼处，留下一些气泡……

天火问那个年轻女人："从哪里来的？"她似乎听不懂天火在说什么，神情依旧惊慌。黑豹已经缓过来，看到那个女子脸色苍白，就走过去给了她一块肉干。

年轻女人看到这个与自己年龄相仿的男人充满善意，放下短竹矛，接过肉干，谨慎地咬了一小块儿，黑豹鼓励她吃下去，自己也拿出一小块跟她一起吃，那个女子头也不抬，开始大嚼起来。

扒皮刀问天火："这些死人怎么办？"

天火看了一眼说："死人只能按照老规矩办，把猎物抬回去！"

公羊腿哥哥问："这个女子怎么办？"

天火沉吟片刻说："她愿意跟着走就回去给老宗母当守护，让老宗母给她定辈分，她要是不愿意跟着走，那我们不管了，走！"

大家把几具尸体抬到干燥空旷的地方，盖上茅草，到了夜晚，各种食肉动物就会跑来分食，余下的残破尸体，由啮齿类动物瓜分，最终是蚂蚁等昆虫收拾得干干净净，关键是放到一个通风干燥的高处，不到十天就踪迹难寻了。

死人的武器全部被收拾起来，黑豹捡起那个年轻男子身边的那张弓，拿起皮袋子，里面有三四支箭；弓和箭都做得挺好，黑豹转手交给年轻女人，让她斜背在身上。

青年女子流着眼泪把自己家人的尸体拖到另外一侧，离开那三个红头族，然后开始捡柴火；天火几个人知道她的意思了，火化是处理死者的一种办法，几个人帮助她很快捡来干树枝，架起"火床"，天火用随身带着的火种引燃了火床，很快大火开始燃烧。那个女人看着大火，背着弓跪在地上掩面悲鸣；大家抬着猎物，默默无声地向回去的路走去，黑豹还不停地回望，那个女人的哭声越来越远……

在路上，黑豹不明白红头族为什么攻击这几个人？天火让年龄大的公羊腿哥哥讲讲"红头族"。公羊腿哥哥开始讲述，"红头族"是这块土地上最古老的土著，是个猎杀食人族，猎杀其他族群的男女老幼，还相互残杀，他们的特点是把头发用红泥粘在一起，脑门染成红褐色，红头族没有固定的居住地点，随着季节和食物，在田野中游荡，什么都吃；红头族的交配混乱，毫无禁忌，怪胎残疾特别多，红头族处理怪胎就是杀死，吃掉！他们认为把"怪物"吃了，怪物的灵魂就没有了。近亲交配，怪病易亡，红头族越来越弱小。天气寒冷，外来人到这里生存，红头族虽然生性凶狠，但是身材矮小、头脑笨拙，渐渐地被其他种族打败赶走！很长时间看不见"红头族"的踪迹了，这几个不知从哪里钻出来的。

天火说："不知道为什么？可能是没吃食了！最近怪事有点多，水大了，丢猎物，红头族也冒出来了！"

黑豹回头看见了那个年轻女子，背着那张弓远远地跟在后面。黑豹告诉天火：“那个少女子跟在后面呢！”

天火回头看了一眼，对黑豹说：“你给她肉干吃，她感谢你，你去问问她要干什么？”

转弯的地方，黑豹躲在草丛中，那个女人过去了，黑豹跟在后面，看到这是一个身材匀称，臀部浑圆、皮肤棕亮的女人。黑豹走上几步，“嘿！”

那个女人吓了一跳，回头看见是黑豹，马上不害怕了，笑着朝黑豹走过来。

黑豹正要说话，那个女人向他招手，转身进了路边的草丛；黑豹不知何事，跟着走近草丛。那女人已经躺在地上，敞开兽皮裙袍，双手朝黑豹伸出，热情地说：“呀呀！呀呀！”

黑豹已经结亲一年多了，他知道这是女人激情如火的诱惑，表明她喜欢你，一下子不知所措，身体反应却是不可抑制的，但是，狩猎结亲禁忌让黑豹呆立在原地，满脸通红发热……

那个年轻女人看黑豹呆呆地站在那里，露出困惑的神色，马上起身跪在地上，抓住黑豹的手向自己怀里拉，向后仰发出“呀呀！呀呀”的恳求声。

黑豹知道宗门禁忌——“择时选门结亲，五天一次，狩猎采摘中严加禁止私下结亲！”

黑豹压抑住冲动，把她推开，“不行不行，我们有禁忌！”黑豹用她的裙袍把她裹住，拉着她到路边，指着天火几个人的方向，拍拍胸膛，转身走了！

黑豹向前面追去，在杂草丛生的坡地转弯时，他回头看了一眼，那个女子原地向这边张望，黑豹向她招手，指指西斜的太阳，他告诉她：“已经下午了，一个女子在猎场走动，肯定要被野兽捕食。”那个女子看到黑豹的手势，似乎明白了意思，快步追了上来。

黑豹等到她，带着她追上天火几个人。天火问黑豹：“她要跟着我们吗？”

黑豹说：“是！”

天火：“你能知道她说什么吗？”

黑豹摇头：“不知道，她就是呀呀的，听不懂！”

站在一边的女子听到黑豹学她说“呀呀”，惊讶地看着黑豹。两人四目相对，一时间神情紧张。

天火发现了黑豹神色的变化，感到奇怪，问："你怎么了？"

黑豹忙说："没什么，就是听不懂她说什么！"

天火忽然问黑豹："她身上背的是谁的弓箭？"

黑豹说："是她兄长身边的东西，刚才射死了一个红头族。我看到这弓箭做得挺好，又是她兄弟的东西，就给她背上了！"

天火把那张弓拿在手里，比日月宗的弓大而有力，伸手拉了拉弓弦，又拿出箭看了看，把它交到那个年轻女子手中，指了指远方问她："你会用吗？"

年轻女子接过弓箭，搭箭拉弓，对着不远的一棵树射过去，只听弓弦弹出来清脆弹击的声音，那根箭快速飞出，"噔"地一声扎在树干上！日月宗的几个人一看一起叫好！

黑豹仔细看手中的箭：这是一根细竹子，头上有一个磨出来的黑石尖，黑石尖后面两边各有一个槽，底部有一个钻磨出的小洞，细竹子的头部插在小洞中，再用皮绳通过黑石尖上的槽沟把竹棍与黑石尖紧紧地绑在一起，很像是一把缩小的尖矛。

女子举起那张弓说"弓！"拿起那根箭说"箭"，然后用手指着远处，指向天空的飞鸟。

黑豹不断地点头，反复查看那支箭，他知道这根箭的制作不一般，对日月宗来说这是一种新武器！可以在远距离攻击目标！

天火领着这个几个人带着猎物，还有一个解救出来的女人，踏上归程，他们先要与夜风几个人会合。

第三章　上游漂来"死尸"　林里来了"长毛怪"

这时候，花豹正在与其他伙伴热火朝天地围网捕鱼呢。

围栏搭好后，他叫了三个年龄大的孩子，带着拦网，跟着自己游到深水处，横排成弧形，拉好拦网向围栏入口赶鱼；在此过程中，孩子们不断喊水冷，比过去这个时候冷多了，一会儿就跑到岸上，生火取暖。

终于到了围栏范围内，孩子们站成半弧形，听花豹的口令，"浑水！"孩子们把手中的树杈子放到水中，一个劲奋力搅和。

"走！"半弧形搅浑水向做好的围子走过来，半弧圈越来越近，围子口已经看到鱼的脊背在水里翻滚。

"关门！"孩子们把栏门挡在围子口。

花豹大声喊："一起动，合围子！"

大家一起动手推着围子往岸边走，离岸边越近，越能感到鱼在乱撞。

"站住！淘鱼！"大家都不动了，花豹和另外几个男孩跳到水里，用手抓住鱼扔到岸上，随着各种兴奋的尖叫声，一会儿岸上就出现了几条欢蹦乱跳的鱼！

"好啊！孩子们，都有本事了，晚上有鱼汤喝了！"汲水路过的母姐们高兴地夸赞这帮大孩子，孩子们听见了就更来劲了！

花豹几个孩子开始了第三轮围捕，上游不远处围鱼的一个男孩子忽然大声喊："水面上有人漂过来了！"花豹搭手眺望，晃眼的河面上果然发现了几具尸体和杂草树枝顺流漂下，这一地段河面宽，水流慢，那大片的水草顺着水流漂到岸边，被河边的树杈钩住，在岸边搁浅。

有一个男孩要过去看，花豹马上喝住："不许过去，老宗母说这种东西不能动，走，拿上鱼，我们回去告诉老宗母去！"

花豹带着孩子们提着鱼，一起跑回洞口。

日月宗居住的山洞有两个出口，一上一下，下面这个洞口是前场主门，上面那个洞口在山坡上面，不明显，洞口前有小一片平地，这是通往母姐居住区的，具夫不能上去，也不能走这个洞口。在这片不大的平地上，母姐们晾晒各种皮毛、茅草，这些都是宗门的保暖材料，皮毛做袍裙，茅草经过编制成为垫子，最大的用途就是搓麻编绳。

前场靠山坡的上面是瞭望台，原木搭建，遮风挡雨；登着木梯子可以到达最高处的瞭望观察哨所，几个上了年纪不外出狩猎的具夫在这里驻守，这类事情需要有经验的老具夫，身体衰老外出狩猎不行了，但是经验丰富。宗门里的瞭望放哨、劈柴烧火、摔打茅草、制作兽夹、修补山洞等，都是老具夫的活计。瞭望台有通到母姐居穴洞口的独木桥，太阳一落山，就拆下来，截断通路，保证母姐孩子们的安全；母姐居洞口两侧是导水沟，防止山坡上的雨水灌进洞里。

在坡顶瞭望的老具夫看到孩子们往回跑，就敲响了竹梆子，节奏是报急。

老宗母听见报急的梆子声，马上安排少宗母派人查看原因！

少宗母带着几个上年纪的具夫，还有年轻力壮的母姐拿着斧锤、尖矛出洞口到了前场；这时候花豹带着几个孩子气喘吁吁地跑回来，少宗母上来询问：

"怎么了？为什么跑这么急？"

花豹指着河边说："大水冲下来死人了，进了浅水湾！"

少宗母问："死人，有几个？"

花豹回答："没走近看，老宗母和大首太们都说过，不许靠近漂过来的死物！"

少宗母称赞："做得对，领着我们去看看！"

远古时期，天高地阔，人迹罕至，日月黑白两宗居住在这片广阔的丘陵坡地上，除了流浪群来访，他们就没有见到其他人类族群，偶尔上游水流冲下来的尸体，让他们知道在遥远的山上，有人居住，是个男人当家的"猴王群"。

母系家庭称父系家庭是"猴王群"，其实是一种误解，只是看到父系家庭是男人当首领，交配结亲在群体内部。其实父系族群与母系族群同时存在，有自己的发展轨迹，也许在早期与猴群很相似，但是发展到后来，首领已经不像猴王，独占交配权；父系家庭分成一个个小家庭，也有结亲规矩和禁忌。没有禁忌的群落很快就会衰败，遇到冰河期的残酷竞争肯定被淘汰殆尽。能够在这个地方找到生活空间，长期生存，肯定有他们的生存法则。

日月、黑白母系宗门与他们说的"猴王群"距离遥远，而且相互之间没有结亲与易物往来。在两种族群中间游荡的是流浪帮这样的男人群体。前面说了，流浪帮与母系宗门之间是一种各取所需的协作关系，流浪帮拿着礼物在日月宗获得无风险的求偶"享乐"，即使是"抢亲"掳走母姐，只要附带一些礼物"送回来"，两家都不会成为"仇家"。因为"抢亲"没有冲犯母系家庭的禁忌。

但是流浪帮对父系家庭就是一个威胁，流浪帮还看到父系家庭门户分散，户与户之间还常有矛盾，于是乎看准机会就"抢亲"盗物，严重冒犯了父系男人的利益，必须拼命，所以，父系族群认定流浪帮是祸害。

多少年来，日月黑白两宗表现出生存优势，在宗门繁衍、安全协作、生存条件上，结盟互助，占据了这个物产丰富的地方已经很多年，只需防备那些可能主动袭击人的野兽，还没有遇到逼迫他们迁徙的巨大威胁。

花豹带着少宗母急匆匆向河边水湾处走去，少宗母带着特殊的头饰，那是红蓝黄彩色石头编织成串的头饰，这是上一代少宗母传下来的，据说已经传了很多代了，每一代少宗母都会对头饰加一些自己的喜好，本代少宗母把垂在脑后的装饰留得长了一些，能够和头发编在一起，很好看；宗门内会有具夫母姐在山野之中发现了美丽的石头，就会带回来，反复打磨成光泽鲜亮片状，磨出四个小孔的，送给老宗母或少宗母，成为权威家长的头饰。

少宗母是宗门排第二的女性家长，没有意外，她就是下一任老宗母的人选。为了宗门的延续，老宗母会在下一辈选几个有能力的母姐教化培养，让她们管理宗门事务。在此过程中，老宗母渐渐发现未来继承自己的宗母，让她先担任少宗母。可以这么说，当上少宗母不见得就能成为"老宗母"，但是下一任老宗母一定是由"少宗母"接任。没有人怀疑，现在这一任少宗母会在不久继承老宗母的位子，这是一个体态俊美带有威严的成熟女性，具备了所有优秀宗母的长处。

少宗母招呼来了几名年长具夫携带着武器、工具，跟着花豹到了那个浅水湾。水湾的岸边长满了各种水生植物，冰开季节，水里开满了五颜六色的小花，芦苇很密，成片延伸到远方。黑豹指着芦苇边缘。一堆漂浮物被阻拦那里，似乎有两个人卧在上面！

做这样的事，就要让宗族里的成员，尤其是孩子们躲得远远的。他们都知道老宗母在传说中的故事：很久以前，日月、黑白两宗住得很近，一切生活都很方便；某日，上游漂来几具女性尸体，没有伤痕，包裹得完整，多少都戴着很漂亮的饰物，几串透明光滑的彩石，长短不一，人们摘下后带在自己身上。不久，怪病来了，上吐下泻，死了很多人，活着的人把死去的人堆在一起，不断地烧，最后连那几串彩石也烧掉深埋，日月、黑白两宗没得病的人分头迁徙，离开了原来的居住地，这才逃过灭绝灾难。从此两宗门形成一个忌讳：水中漂过来的尸体上的任何东西都不能要，任其漂走，没有漂走的，架火烧为灰烬，毫不含糊。

杂草枯树枝勾连成一堆杂物，滞留在水草丛生的水湾里，上面有两个人浸泡在水中；两个老具夫用树权做的钩子，把那一堆杂物钩到岸边，操作过程中，具夫们连连说水冷。

一对年轻男女半泡在水中，两个人的手用一根皮条绳子拴在一起；看得出他们是抱着这堆柴火顺流而下，身上没看出伤痕，却已没有任何气息。

冰开后、水宽流急，大水会持续到下一个冰冻期前，河里偶尔漂下来尸体。日月宗的人一般不会触动那些尸体，任其漂流到下游，但有的会随水流漂流到河边水湾里。那就需要判断一下：一般说尸体上的伤痕如果不是野兽撕咬的，而是劈砍砸刺造成的伤亡，说明死亡是族群冲突争斗结果。如此，具夫们必须处理，拿长杆把尸体推到河边一个堆起的土坡上，架起干柴，祈告神灵，点火烧掉。

少宗母面容凝重，老首太判断这是落水淹死的，但是为什么落水？必定是危机临头，什么危机，那就很难说了；少宗母同意狩猎老首太的看法，让他指挥几个老具夫，用长树枝子把这两具尸体钩到岸边，架起柴草；老具夫指挥把柴火和两具尸体放在大柴堆旁边，到晚上烧掉。

少宗母让孩子们躲得远远的，站在那里看着柴火架好了。

老具夫建议："派人守在这里，天火、夜风快回来了，让他们看看后再烧！"

少宗母赞成，因为要看死尸是哪个族群的人，这些死人的事会不会给日月宗带来什么后果。

当天火在上游的时候，夜风带着几个人在下游本宗的猎场，狩猎回来的路上，查看两天前下的陷阱套子，没有猎物；看着被砍断的麻藤绳子，猎物被盗跑了！

大家很是气愤："前两天刚刚被盗，这次又被盗了，看样子咱们周围有了盗贼，而且很多！"

大力熊憨厚地说："也可能是猎物自己挣脱的！"

夜风愤恨地说："看看这麻藤的断口，这是砍断的，猎物挣脱不是这样的茬口！"

几个人感到沮丧，坐在地上不说话，二熊愤愤地说："猎物被盗，运气太糟！"

"少瞎说！"夜风制止二熊的丧气话，"那套子的茬口是刚砍断不久，看那片踩倒的草，盗贼应该是向咱们回去的路走了，追上去找找看，准备厮杀！"

六个猎手提着长矛利斧跟着上去了。

二熊走在前面，在一片洼地边上，突然站住了，做出"安静"的手势！

二熊拉着夜风到前面的灌木丛边上，探头看了看前面的下方，三个"长毛怪"在洼地里撕扯一只棕鹿。

长毛怪是日月宗对这种灵长类的叫法，实际上是在远古冰河期与"智人"共生的种群，但进化不如智人，进化落后停滞的原因说不清楚。长毛怪类似"红头族"，很可能就是当地土生土长的灵长类，日月宗很少能看到他们，通过日月宗"传说"中知道，这是宗门刚到此地时最险恶的野兽，长毛怪食人，脖子短，身高体壮，可以站立，后背高覆盖着长毛，行动喜欢横跳，也可能如同猩猩，与人类根本就是两类。长毛怪不会用火，但并不怕火，其前爪类似人手但更加宽厚，会扔石头，可以使用棍棒攻击，但不会制作随身携带的工具，工具石块都是临时寻找。

长毛怪七八个成群，大大小小，两三个雄性，其余的都是雌性，没有见到幼小的长毛怪，应该是放在一个相对安全的地方，长到一定大的时候才会跟着出来；长毛怪没有"衣服"，有一块兜裆皮毛的，肯定是雄的，那块兜裆皮毛是防止上树被树枝刮伤阳具，也是防止雄性特征在打斗中成为薄弱环节。猎手们发现长毛怪有一个方法，因为长毛怪在树林灌木丛中交配，声音很大。

长毛怪纯粹吃生食，杂食，什么肉都吃，人类被他们认为不仅是美味，而且是雄性长毛怪的奸杀之物，雄性长毛怪专门掳走女性，随后几个雄性怪物争抢着不停地交配，直到女人气息奄奄，结果是雌性长毛怪怀着仇恨上来，咬死撕碎这个女人，当作食物吃掉，那些雄长毛怪也一起大嚼。

幸亏这种畜生脑子愚钝，容易受诱惑上当，再加上长毛怪对待同类残忍，受伤衰老的同类一概被杀掉吃净，这种同类相食造成族群怪病叠发，数量规模渐渐缩小，对日月、黑白两宗的威胁渐渐变小，很长时间了，几乎看不到长毛怪，现在看到这几个长毛怪令夜风和其他猎手感到惊讶！

藏在灌木丛中的夜风等人，看到洼地里三个长毛怪，正在撕扯猎物，他们认定这就是自己丢失的猎物！几个人看着领头的夜风，夜风非常气愤，压低声音狠狠地说:"杀死长毛怪,抢回我们的猎物!"

夜风决定动手,随即他们分成两路左右夹击,杀死或者赶走长毛怪。

夜风和大力熊各带一组,悄悄地靠近。接近长毛怪的时候,一个长毛怪似乎闻到了气味,抬头东张西望,并对另外两个长毛怪发出警告,纷纷停手,拿起棍棒,东张西望。其中一个似乎发现了大力熊那一组,朝那个方向吼叫!

此时,夜风三个人迅速靠近目标,突然发起攻击,"大块头"奋力投出石斧,石斧犹如流星,砍在正在转身的长毛怪的右肩膀,长毛怪鬼叫一声,摔倒在地;夜风和"快腿"担心抛矛斧会伤到对面的大力熊一组人,手持斧子和长矛跑了过去,另外两个长毛怪转身跑到旁边的树下,迅速地爬到树上,夜风投出手中的长矛,长毛怪向上蹿爬,正好躲过这一矛,地上的长毛怪也跑到一棵树下,但因为肩膀受伤,动作迟缓,被大块头赶上飞出一斧子,砍在后背上,长毛怪发出哀号,挣扎着把斧子拔出摔到地面,正好大力熊、二熊一组赶到手起矛出,刺进长毛怪的后背,长毛怪大叫一声,抱着刺穿的矛头,发出了死亡信息。

夜风带领会合一处的猎手,循着长毛怪逃跑的方向往树林里追去。

长毛怪呼唤声此起彼伏,二熊突然停住,神色紧张地对夜风说:"我听着叫声不是两三个长毛怪,至少有五六个!"

"五六个?"夜风很惊讶。

大力熊急促地说:"长毛怪记仇,咱们都知道!"

"快腿"急促地说:"咱们不能追了,不知道前面有多少长毛怪,我们应回去和天火会合!"

夜风不高兴地说:"就这么几个长毛怪,全部干掉!"

话刚说完,几个长毛怪从前面左右的树后闪出来,这几个家伙喘着粗气,嘴里流出一些涎水,眼睛直勾勾地看着夜风、快腿、大块头、大力熊兄弟六个人,其中两个从地上捡起石头,另外三个提着粗大的木棍,一步一步朝夜风等人逼过来。

夜风喊了一声:背靠背,举矛,看眼前的那个!

这都是训练有素的猎手,四个人迅速背靠背站成一圈,举起长矛,盯着自己眼前的那个目标；但在夜风和快腿之间，还少了一个目标，夜风狠狠地说："这个是我的！"

双方对峙，远处树林里又有了声响，快腿说："快打，又来了几个！"

"举起来！对准！"夜风吼叫，"杀——"

几个猎手同时腰腿发力，扬手抛出，长矛飞向自己对面的目标——长毛怪！

听到一声怪叫，两支矛刺中目标！

夜风面前的那个粗壮的长毛怪被刺中喉咙，长毛怪抱着脖子上的长矛，发出"呃呃"怪声，忽然板直倒地，喷血，抽搐，翻白眼。

大力熊的矛也刺中了，但不是要害，刺中肩膀，长矛落地，长毛怪捂着伤口，双脚跺地，发出尖锐的呼号声。

另外三个长毛怪看到这种情况，哇哇怪叫，扑了上来。

夜风喊了一声"斧砍！"几个人几乎同时抽出后腰上的石斧！

这是具夫们的贴身狩猎防身短武器；木柄做成尖桩状，尖桩下方绑着特殊石料专门打磨出来的斧头，这种斧头可劈砍，可刺杀。斧头是从各种石头中精心挑选出来，扒皮刀就是挑选石料的"鹰眼"。斧头都是在长辈高手的指导下自己打磨的，这种打磨工具武器的事情，具夫从小开始，各种打磨的方法也是在群体中学会的，在姐具礼上，具夫要拿出自己打磨的斧头、矛尖给大首太看，首太由此判断这个具夫发工具制作能力，这一点对成年男性很重要，好猎手的斧子就是自己最可靠的伙伴！

四个长毛怪张牙舞爪，六个具夫手持利斧左劈右砍。那个被大力熊长矛刺伤的长毛怪，动作迟缓，又被大力熊连续砍中前爪，受伤的左臂又被重重地砍了一斧子，转身逃跑，大力熊并没有追他，而是转脸帮助力弱的二熊。

二熊已经被长毛怪抓住前胸，压在身下，满脸是血，显然是被长毛怪抓了一把；大力熊跑过去，朝着那怪物的后脑就是一斧子，只听一声怪叫，那怪物就软绵绵地扑倒在地，二熊从那怪物身下钻出来，长出一口气，还没站稳当，"嘭、嘭"，树上又跳下两个长毛怪，面露狰狞，站在大力熊和快腿面前，步步逼近……

夜风、大块头与两个大家伙厮打，未见胜负，不远处的树林中，传来长毛怪的恐怖的叫声。这时，天火的牛角号声传来，快腿马上把胸前的牛角号含在嘴中，鼓气吹响，发出长短不一的声音，这是告急的号声。呼应的号角声传来，夜风等人信心倍增。夜风大喊："跟他们耗着，咱们的人来了！"

那几个长毛怪不明白这声音什么意思，摇晃着脑袋继续找机会攻击面前的人。

天火几个人听到不远处树林中有长毛怪的呼喊声，天火马上意识到要与夜风猎手们联络，牛角号吹响后，远远传来告急的牛角号声。天火喊着："夜风他们遇险了，快去！"

黑豹身手敏捷跑在前面，其他的猎手扔下猎物，加快速度向那道小坡奔去，看到夜风六个具夫正在与长毛怪对峙，怪叫声从侧面树林中传来。天火发现一个大长毛怪已经蹿到夜风几个人背靠的大树上，黑豹喊："我们来了！"天火等人悄悄接近与大力熊兄弟对峙的那两个长毛怪侧后方，天火示意黑豹、扒皮刀举起长矛，对准那两个高大的长毛怪，自己看准了树上准备跳下来的家伙。

天火喊出投矛的口令："投出！"

几个长毛怪听到喊声，愣神，转身观看。

两支长矛飞出，几乎同时，一矛刺中一个的胸部，另一支刺中肚子，大家伙疼得惨叫，暴躁异常，一把拔出长矛，血如泉涌，瞪着眼睛，朝着飞矛过来的方向冲过来！

天火没有理会这两个大家伙，快步冲到夜风身旁。

树上的长毛怪没有看到天火，从树权的缝隙中朝着夜风的脖子跳下去！正好天火赶到，竖起长矛，矛尖从长毛怪裆下穿到后背，一声凄惨怪叫；天火放弃了这个必死无疑的家伙，抽出短斧与夜风两人靠树并肩而立，天火抽出别在后腰上的一把可以抛出的飞斧。

这种飞斧手柄长，斧头细长，一面刃一面尖，绑在木柄上，可手握劈砍，必要时抛出，虽然飞行不快，但短距离很有杀伤力。

冲到山坡上的那两个被长矛刺中的长毛怪步履踉跄，走在后面的几步后一头撞倒在地，抽搐。另一个冲上山坡，黑豹、扒皮刀站在坡顶，手提石斧迎头一斧，长毛怪倒地，黑豹、扒皮刀和公羊腿兄弟一起冲到洼地，协助夜风一组与长毛怪搏斗。

看到被刺伤同伴儿倒地抱着长矛哀号着翻滚，另外两个长毛怪愤怒异常，但看到三个猎手冲下来，长毛怪犹豫不决，夜风趁此冲上去挥舞石斧劈砍，天火也跟着上前。

长毛怪向后倒退，一个长毛怪躲开夜风的劈砍，跳开逃跑了；另一个被天火抓住机会，扬手投出飞斧，翻滚中斧刃深深砍入那个长毛怪的肩膀根部，那长毛怪叫一声，择路而逃。

夜风转身围攻另外两个长毛怪；这两个看到突然人多了，转身跑到树林里。

天火带着快腿、大力熊追赶，天火找回自己的斧子，叫大家聚到一起。

那个被飞矛刺伤的长毛怪在地上有进气无出气，夜风走过去，挥起飞斧，砸碎了长毛怪的脑袋。长毛怪一声怪叫，倒地而亡，远处传来长毛怪的哀鸣。

天火说了一句："长毛怪很记仇！"

夜风愤愤地说："来多少都要干死他！"

扒皮刀在一旁说："刚才没有天火这个从树上跳下来的就会咬断你的脖子！"

夜风不以为然："他敢跳下来，我就砍死他！"

"你根本就来不及拿斧子，……"

天火拦住扒皮刀，问："猎物怎么样？"

夜风说："就是这群长毛怪偷走了猎物！"

天火问："猎物还有没有？"

"就在那边，肚肠已经被吃掉了，血喝了。"

"有肉有皮就行，别的陷阱呢？"

"刚看了两个，就和这帮长毛怪打上了！"

天火说："马上去看看，尽快回去！"

他们会合在一起，又看了两个陷阱，取出里面的猎物，野猪、鬃毛大角羊。

　　逮住大角羊的陷阱边上还有两只小羊，哀鸣不断，人来了，也不躲开，好像是乞求来人救它们的妈妈。

　　天火说放了这只母羊，它还有小羊要喂养！

　　大力熊感到可惜："它的皮毛多好，又密又亮！"

　　天火说："母羊没有了，羊会越来越少，咱们要抓也没了，放了吧，这是开冰后的第一胎。"

　　母羊被拉上来，带着两只小羊一起走了，上了山还回头望了望，咩咩叫了几声，貌似是感谢，大家一起挥手，那只紫毛大角羊带着小羊消失在树林中。

第四章　火堆钻出两个活人

狩猎队扛着猎物，回到居穴，太阳已经下去了。

天火和夜风把今天狩猎激战红头族、长毛怪的经历讲了讲，周围的猎手和母姐不断发出惊叹。猎手们都累了，吃喝后席地而睡。

少宗母带着天火、夜风到河边柴堆处看了看；天火面色沉重，对少宗母说：

"周围的怪事忽然多了，晚上大首太、老宗母要在一起商量一下，我们该怎么办。"

天火指着远处坐在河边的年轻女子说："这是我们从红头族手中救下来的女人，我们不知道她的族人在哪里，她要跟着我们走，那就按规矩把她交给老宗母处理吧！"

少宗母已经见过那个女子："已经长熟了，看后背印记已经过了姐具礼了，

42

好吧，交给老宗母定辈分，不能让她到处走动，既然是咱们的母姐，就不能坏了规矩禁忌。"

昏暗中，老宗母、大首太带着大巫姐举着火把走过来了，老宗母对天火和少宗母等几个领头人说：

"你们看出什么来路了吗？如果不知道，我和大首太商量了，现在就点火把这不知来路的东西烧掉，防止有什么瘟病，其他事回去商量！"

大家一致赞成。面对石头台子，大家按照上下长幼站好，巫姐叫两个副手把一个专用于仪式的石臼放在石台上，点着了火，巫姐口中念念有词，两个副手各挥舞两支火把起舞，巫姐也拿起石臼中的一个燃烧的木棒，有规则地画出各种符号，口中敬告苍天神灵，意思是祈求上天神灵允许点火处理尸体，保佑宗门平安，防止灾祸降临……

随即，两个副手把火把捆绑在长木杆上走向柴堆，从两个方向点着了柴堆，浓烟弥漫，火焰跳动，渐渐烈火升腾；火光照耀中，站在远处的日月宗众人庄严肃穆……

忽然，小火堆中发出很大的声音，凄惨叫喊，浓烟中站起一个人，随即又站起一个人，烈火熊熊中，两个平躺在柴堆上的"尸体"站起来了，相互拉扯，连滚带爬，滚到河滩上，拉扯着跌跌撞撞走向岸边。

这边，老宗母等人很是诧异；大首太说："不是死人，还活着呢！"

两个手拴在一起的年轻男女，走过来，倒卧在众人面前，人没有烧坏，只是灰头土脸，衣衫破破烂烂，满脸的惊慌紧张，女人又昏倒，男人说着一些没人能听得懂的话。

原来这两个就是跳水逃命的那两个人，水冷人乏，呛水晕过去了。花豹一帮孩子捞鱼，把他们拉上岸，刚才点火燃烧的温度和烟熏，让他们终于醒过来了。

老宗母走上前，和颜悦色地问他们是哪里的？

看到老宗母，那个男人的紧张神色舒缓了，但是听不懂日月宗的语言，天火上前和他比比画画，他依然不知所措。

手和男人拴在一起的那个女人醒过来，突然开口讲话了，日月宗惊奇地发现，她的话与日月、黑白两宗的语言相通；她拿出腰间的一块石牌，上面刻着一个松果，皮绳系了三个绳扣。老宗母拿过来，就着火光一看："知道了，你是来自松山宗的！你们宗门现在在什么地方？水边宗如何啊？"

这个缓过气来的女子说："松山宗还在，现在住在这条河的上游很远的地方！"

姑娘原来是松山宗第五十四代，松山宗也是母系家庭，而且先于日月、黑白来到这里，原本是与水边宗、日月、黑白两宗都保持着对偶结亲关系，上一次大瘟疫，松山宗不辞而别，提前和水边宗迁徙远处，从此对偶结亲关系断绝，长久以来，日月、黑白二宗一直认为松山、水边二宗遇到厄运绝续了。

这个松山宗的女子继续说："我叫'冰花'，两个冰冻期前，我外出采摘，被红石'猴王群'的猎手抢走了，用两张皮子把我换给了红石王的儿子，就是他！"

冰花指着那个青年男人说：

"他就成了我的男人，同住一户。他大伯是'红石族'的王父，人老了，他的兄弟和后代都想要他的王位、女人和家财；他的父亲是兄弟中最小的，不想参与内部争斗，就带着家人逃离了。"

"一家人出来想找到一个新的居住地，可是旁边的水潭不断涨水，后来淹到了山洞里，没办法，必须寻找新的居住地，就向这边走，还没多久，就被红头族跟上了，我们想躲开，却怎么也摆脱不了。第三天，红头族突然发起袭击，我们落水了，顺流而下，后来事情就不知道了，再次醒来就看到了你们！"

少宗母问："为什么红头族要跟你们三天才发起进攻？"

大首太叹了口气："红头族就像是狼群，他们跟着你，他们能知道你们是否累了，是否病了，然后发起攻击！"

忽然，那个天火、花豹救回的女人从人群外冲了过来，跑到小伙子面前拉住手，又搂右抱，惊喜地大喊大叫，日月宗的人都很诧异。

松山宗的冰花一下迎上前，和他们一起说话，又哭又笑，最后是抱头痛哭。

少宗母询问松山宗的冰花到底是怎么一回事？

冰花说那个青年女人的父亲就是男人的叔叔，此次一起出门寻找生路，家里人都叫她翠鸟。在这次逃亡中，弟弟和父母都被红头族杀死了，她是被你们的猎手救了。

少宗母问："哪一个猎手救了她？"

冰花低声问"翠鸟"："哪一个猎手救了你？"

翠鸟悄悄指了指黑豹。

冰花走到少宗母面前，把"翠鸟"的心思想法说了："想以身相许救她性命的猎手，表示感谢！"

少宗母面无表情："告诉她，这是日月宗，不是猴王群，她说的以身相许是违反宗门忌讳的！"

老宗母走过来，少宗母跟她低声耳语；随后少宗母对冰花说："你在咱们这样的宗门长大，知道咱们的规矩和禁忌。翠鸟要想与黑豹结亲，那她只能到黑白宗去当母姐；留在日月宗，就是兄弟姐妹，不能结亲，犯忌讳是要严厉惩罚！"

翠鸟看着老宗母，让冰花告诉老宗母："我想可以经常看到救命恩人，又不与其他人结亲，行吗？"

老宗母严肃地说："可以，你成为本宗门身份特殊的少巫姐，拜大巫姐为师，将来有可能成为与神灵通话的大巫姐，无论是少巫姐还是大巫姐都必须纯净，不能对偶结亲，你能做到吗？"

翠鸟听明白后，想了一下，抬头说："可以，我愿意！"

少宗母说："这不是儿戏，你可想好了，一旦拜了师，没有纯净之人接替，你不可能再成为母姐，就是有纯净之人愿意当巫姐，也要看大巫姐是不是愿意收下她，你可要想好了！"

"想好了，我愿意！"翠鸟坚定地表示，"不知道大巫姐是否愿意收下？"

少宗母看了一眼老宗母："这要由大巫姐决定！"

大巫姐对老宗母和少宗母说："这是天意，少巫姐紫花草这几天正在发愁，她亲姐难产死了，留下刚出生的孩子和一个刚刚能走路的孩子，紫花草答应她姐姐养大两个孩子，期望回母姐居穴，这个女子愿意当少巫姐，也算顶了紫花草，我就收了她吧！"

老宗母平静地说："那就这样吧！紫花草回母姐居穴抚养幼小，翠鸟拜师，那就必须尽快学会我宗门言语。"

翠鸟听懂了老宗母的决定，伏在老宗母面前，依次抱住老宗母、少宗母、大巫姐的双腿；亲吻袍子腰带装饰物，表示感谢！

老宗母说："过两天就要有个宗门大会，尽快行拜师仪式，松山宗的冰花和她的'红石族'男人怎么安排啊？"

少宗母对冰花说："咱们母系宗门的规矩你是知道的，你是要回松山呢还是留在我们日月宗？"

冰花说："我想和我的男人'好手'留在这里，'好手'会做弓箭和好多工具，日月宗门肯定用得着！"

少宗母说："以前宗门也留下过过路人，但都是住一阵子就走，这个规矩不能破，不能宗门内留下每天晚上都结亲的男女！"

冰花说："我们不在宗门洞居内住，我们会在周围找一个地方安身，'好手'不是白吃白喝，我们会做你们一定需要的工具、弓箭，适当的时候我们就会离开，好手有本事，无论哪个宗门族群都会要他做的东西！"

大首太在一旁说："他们做的弓箭我们确实需要，他们可以住在瞭望台边上的巢居里，好手不许进到母姐的洞居，冰花不能与具夫混杂，吃的东西有人专门给你们送，不能坏了规矩和禁忌！你们看行不行？"

冰花把大首太的话说给"好手"听，"好手"个子不高，眼睛很亮，听完后，点点头，说："好，能收留，很感谢！"

远古人类群体都知道，个体要在群体中才能有较高的生存机会，在荒野中，大自然严酷无情，处处危机，个体和小群体很难生存，选择和适应一个生存空间是需要几代人磨难，才能确定下一个生活聚集地。

大首太接着说："我们宗门内也有一个'好手'花豹，但他还未成人，最近他要行姐具礼，我叫花豹给你们送吃食的，也让他跟你学做弓箭！"

"好手"听明白后，真诚地点头，问："他在哪里？"

大首太把花豹叫过来，让他们见面相识，说好跟"好手"学习做各种工具，尤其是弓箭，大首太对花豹说："以前我们也做弓箭，但做得都不好，很容易弓裂弦断，箭也飞不远，看看'好手'是怎么做的，我们的具夫都有一张好弓，那狩猎攻战都会很强大！"

老宗母说："一切都说好了，现在去正堂，具夫们在内圈火塘吃饭，首太们到正堂边吃边说，我看今天有不少事情要说！"

回洞居的路上，大巫姐低声对少宗母说："这个新来的翠鸟长得十分艳丽，具夫们都在偷偷地看她，不加管束，就是个招引灾祸的女人，要赶快加以束缚，否则就要赶走！"

"你不是说她适合当巫姐的吗？"少宗母低语。

"没错儿！"大巫姐继续低语，"上天大神也喜欢貌美女子，我要让她戴头巾遮脸，披长袍遮身，以免扰乱具夫！"

少宗母说："既然这么麻烦，那就应该让她离开宗门，免得惹出灾祸！"

"你放心，让我调教，才不会搅乱宗门！"大巫姐自信地说，"这个女人有灵性，调教一下，将来会很有前途！如果调教不出来，也不能赶走，而是应该给神灵献祭！我以为神灵对上次宗门的献祭不是很满意。"

"上次献祭的是很大的一头牛，怎么会不满意呢？"

"你看看一天发生了多少怪事，如果神灵满意就不会发生这些怪事！"大巫姐神情幽幽。

坐在正堂上，首太、宗母面前是装在匏瓜里的热汤，热汤里都是母姐们采摘的各种根茎叶花果，一个具夫用长矛挑着一条烤鹿腿，另一个母姐捧着匏瓜壳，里面是磨碎的盐，从老宗母开始，依次走到大首太、少宗母、大巫姐面前，每个人撕下或割下一块肉，放在一个打凿过的木槽子上；撒一些盐在肉上面，用石刀切碎，放在嘴里咀嚼。

老宗母说："今天说最近发现的怪事，事关宗门生死大事。"

"老宗母，喝些天浆吧！"夜风忽然大声说，"今天在猎场与长毛怪拼死厮杀，差一点就把命丢了，猎手们也都喝一些天浆吧！"

"长毛怪到了咱们的猎场了？"大首太惊讶地问。

大首太身体有恙，在居穴内休息，猎手们没有来得及对他讲今天的事情；待到老宗母招呼大首太出门，就遇到烧死人大变活人，商定是否留下翠鸟、冰花和好手的事务。

扒皮刀是打磨斧矛工具的首太，他站起来说："回告大首太，刚刚看到长毛怪，偷盗了陷阱中的大猎物，几个长毛怪围住夜风和大力熊，天火带着我们赶到，杀了几个长毛怪，救了夜风他们，夺回了猎物，咱们吃的鹿肉就是夺回来的猎物，内脏已经被那些长毛怪给吃了！"

"打死了长毛怪？几个母的？"大首太有些担忧，"长毛怪记仇，尤其是打死母长毛怪，他们一直记仇！尸体如何处理的？"

"全都挖坑埋了。"天火回答，"本来不想打死，赶走就行了，可是太危急了，不得不下手，夜风打碎了一个母怪的脑袋！"

"打碎了脑袋？这就结了仇。"大首太面色沉重，"这帮怪物会找到咱们宗门的，以后要加倍小心！"

老宗母发话了："好了，这些都是要说说的事情，拿些天浆来，不要多喝，一人一匏！"

宗门讨论商定日常事务，一般都是大首太主持，原因是具夫们狩猎在外，每天都可能遇到风险，死伤是经常发生的，所以有关具夫在外狩猎的事情说得比较多；老宗母和其他参加讨论的宗母虽然不出远门，但愿意听首太具夫们讲狩猎过程中的事情；涉及宗门内部日常管理的事情，如果没有涉及具夫们出力解决，一般都是宗母们自己讨论解决，例如晒草编席、鞣皮缝制，这都是母姐们自己的分内之事，各有职责，自己商量着办。

今天商量的事情关联到宗门生存状况，所以由老宗母和少宗母带领掌管水、柴、食、衣的宗母一起在座参加，大巫姐必定是要在座的，一些大事是要问天地神灵的；但是，商量刚开始的时候，除了天火谁都没觉得事态如此严重。

开始是夜风讲巡查猎场、收获陷阱猎物，发现猎物丢失，寻找猎物过程中与"长毛怪"发生了生死打斗；夜风把当时的情景说得很紧急，说大家共同干掉了四个长毛怪，大获全胜！对天火一行人及时赶到，共同斩杀，只是一带而过。

扒皮刀不高兴，说了一句："今天如果不是天火及时赶到，也许我们中就会有人伤亡！"

"没有伤亡啊！"夜风轻蔑地看了扒皮刀一眼，"我们都在这里坐着吃肉喝天浆，死掉的都是长毛怪！"

扒皮刀还要回话，天火开口拦住说："弟兄们出门狩猎，相互照应，有收获能回来，这就最好了！大家还是要注意上面水势的变化，我感到水势下来得大，刚才我又听到下河摸鱼的花豹说河深水冷，我们必须尽快上到最上面看看到底怎么了，听说上面是个大冰山平台，如果真的化了，我们就要向高处走，这是头等大事！"

大首太说："天火想法对头，谁对你说的咱们上面是一个冰山大平台？"

"咱们救下来的两女一男是从上面下来的，他们说上面有冰山平台，"天火急切地说，"我觉得势头不好！我们一路走，处处都能感觉到上面有水漏下来了，只要是低洼的地方，不是泥就是水，草木长得确实很壮很密，尤其藤蔓杂草！今天我们往上走，遇到了传说中的红头族，他们很可能是从上面下来找吃食，红头族围攻冰花好手一家人，我们突然袭击，打死了两个红头族的，另外几个逃跑了；下到咱们的猎场，就遇到长毛怪盗猎物围攻猎手；咱们的长矛短斧厉害，没吃亏，拿回了猎物！我在想红头族、长毛怪这些很少见到的畜生，为什么一下子都跑到咱们周围找吃食？它们原来活命的地方没法活下去了，是吗？"

老宗母非常认真地听天火讲述，几次制止了别人的插话。天火说："黑白宗在咱们的下面低洼处，我们要尽快与黑白宗商定，共同派出一个狩猎队，上到上面平台查看，冰花和好手是从上面来的，应该把他们叫来问问，上面发生了什么事情！"

老宗母听后马上说："天火说得对，快去把那男女两个叫来问问！"

冰花和"好手"从前圈进了正堂，坐在一块大石头上，花豹给他们一人一匏瓜天浆。

大首太问："你们吃过东西了吗？"

冰花连连点头："吃过了，大家对我们很好！"

老宗母慈祥地说；"冰花，好在你松山宗能听懂我们说什么，你给我们说说，你们原来住的上面出什么事，发了大水了？人们活不下去都想逃离吗？"

冰花把老宗母和大首太的问话告诉"好手"，好手点了点头，开始讲述；他一边讲，冰花一边说给众人听。

冰花是出外采摘，被父系家族抢婚掳到一个父系小群体中。上个收获季节，冰花和姐妹们上山采摘迷路，被"猴王群"抢走。

猴王群是中游母系对上游父系的统称，上游父系家庭的鼻祖是"黑石族"，经过多年的生存挣扎，分裂出来几个大小不同的父系族群。这是远古最初的父系家庭，比母系家庭要更加原始，依赖的是"动物规则"，谁厉害谁拥有更多的生存权。为了生存的目的，父子兄弟结盟，但这种结盟并不稳定，在一定的消极条件下，内部也会产生冲突，原因无外是对食物、女性的争斗。

原始父系群体是零散小家庭的结合，对雄性的欲望行为没有其他约束，唯一的约束是同类争斗。雄性的欲望全部来自本能，正所谓野蛮社会，规则是谁更有力量！

好手说：父亲为主的群体父子、兄弟结伙成帮，三五代下去就分家，经常互相攻击，父亲族没有松山和日月宗母亲族规矩禁忌多，母子父女、同父母兄妹不能结亲立户，其他不管。

老宗母问违反禁忌如何处罚？冰花说很难约束，同一家人结伙成帮，男强女弱，禁忌经常被冲犯，只是攻击他人的理由。

少宗母问这种父亲族生下的怪物多吗？冰花说常听说有怪物出生，但长大的没见到，通常出生看出是怪物马上就埋了，看不出来的，也很难长大；怪物太多的家被看不起，也会遭到攻击，抢财驱赶。

老宗母说"传说"里记着咱们的第一代宗母有姐妹七个，也是从"猴王群"里逃出来的，渔猎采摘样样都行，外来的具夫可以结亲，不能留下，就是怕这些外来的具夫性情不好，带来灾祸，宗门的子女都是兄弟姐妹，结亲在外，少了争斗，没有怪物；确立规矩，严格禁忌，冲犯必罚，黑白、松山同为母亲族方可结亲，多少代下来，系挂累累，宗门兴旺。

待老宗母歇口气的时候，少宗母追问冰花在上游的情况。

冰花说，松山宗因为逃避瘟疫上了高处；上次冰开季节，冰花采摘时走远迷路了，忽然被一个皮口袋蒙住了头，被捆走了很久，天气越来越寒冷，她被养在一个父系家中。

这个父系群体夜里住在树上，离地三人多高，用木材树枝搭建的"巢窝"，白天在树下地面烧火做饭，做其他一切与生活相关的事情，到了夜间就顺着简陋的木梯上了树，钻进"巢窝"；上到巢窝里，简陋的梯子就抽到树上，横在两树之间，成为两树之间巢窝往来的通道，几个"通道"建好后，就成为树上的"盘道"，这样的居住比较安全，毕竟会上树的大型野兽不多，而且遇到"长毛怪"偷袭也比较容易防备，居高临下，易守难攻。

冰花被关在树上小屋里，白天没有机会逃走，夜间，狼群、狗熊就在树屋下面走来走去，发出贪婪饥饿的嚎叫，树上的人是绝对不敢下到地上，除非结伴持火把，才能夜间活动。

这家女主人看了看冰花，说这孩子还没长熟；随即，女主人做主，要用冰花换取实用品，换了两张皮子一袋盐，冰花被转到另外一个家庭。

这家家长名为"大斧"，是"黑石族"裂石王同父异母兄弟，虽然来往不多，但是同盟门户。"大斧"有四个女人；四个女人中两个是用猎物换来的，另外两个是大斧两个弟弟的女人，大斧的弟弟分别在格斗中、狩猎中受伤死了，大斧就把他们的女人、孩子领到自己家，这是一种保护和继承；"好手"是大斧弟弟留下的孩子，大斧对他很好。

每个女人都有一个小屋子，"大斧"轮流到各个女人那里居住，正在养孩子的女人，他就很少去，目的是让女人好好养孩子，每个女人都给他生了孩子，男孩子大了成为本族的猎手，女孩长大可以给男孩交换女人，或者交换来生活必需品，例如盐、皮毛等。

男孩长大了，就要另立门户，成为一致对外的门户群，门户越多就越强大，但是，两三代已过，人口可能多了，门户关系反而疏远了；后代来自不同的父亲门户、母亲"巢窝"，各种生存竞争造成各种冲突，经常是门户内部打杀，为了占有女人，为了生存利害，甚至为一只猎物，都会随时结盟，突然袭击，分赃时又突然分裂；打猎时，几个兄弟谋杀另外两个兄弟，偷袭抢走女人，杀死别人的孩子；为了防止被偷袭，各家的"巢窝"越住越远，通道断绝；这种分散的居住又给其他野兽造成可乘之机。

到了天寒地冻时节，食物穷尽，最方便可靠的食物就是杀人割肉，老人、小孩、女人，凡是体弱无助的，入冬前，就自己悄悄地走了，躲进山林，靠经验能力或许能活下来，但一般来说是凶多吉少。

这样的生存方式，父系群总是一些分散的小群体，一天到晚想的就是获取食物，抵御来自门户内和外界的攻击；整日活在对随时袭来的危险恐惧担心中，人的寿命很短，男人能活过三十年那就是长寿。

"好手"说，冰冻冰开，冷暖变化，山上水来得又早又大，经常有大冰块顺着流水滑到他们的猎场。天气热了，果树根腐烂，倒了挺多，没有倒地也不结果子，能吃的食物大量减少，大量人处在饥饿中。

白天没有吃的，晚上没地方躲，门户之间争夺杀害频繁发生，各门户晚上拆掉树间横梁通道，担心遭到暗害；各门户越来越远，相互提防。

大斧看到这一切，知道活不下去了，曾经召集子侄门户到一起，主张不要内部仇杀，要一起寻找生路；但是，各门户看法不一样，有门户说走的，也有说不走的；就是想离开的门户想法也不一致，有的想往高处走，有的说跟着太阳走。大斧老了，权威镇不住，多次议论都定不下来。

恰好，冰花是母系宗门出来的女人，她会讲母系宗门的话，大斧用皮毛食物就把她换来，送进树屋与"好手"结亲，没多久，大斧王就让好手带着冰花和翠鸟一家向下游探出一条路。

翠鸟一家因为翠鸟结亲一事，与其他门户结仇，仇家要杀了他们全家，翠鸟的父亲愿意和他们结伴远离，所以，他们就离开巢窝，向下游寻找新居住地；离开的第三个夜晚，就遭到红头族的袭击，好手带着冰花逃出，逃到河边，皮绳拴手，抱着一段树干，顺流而下，醒来已经是在草堆上，被烟火温暖，呛醒了。

好手说："父亲大斧一直想寻找一个新的家园。"

大首太认真听完冰花和好手的说法，问冰花："这么说，他们一群人迁移换地方是已经定了？"

"必须离开了找新的地方！"好手听懂后，马上回答，"上面所有的地方都被水泡了，而且水越来越多，在泥水里打猎很困难，猎物很少，而且听见淌水声就跑，人在泥水里跑不快，再加上陷到沼泽里，被水冲走的，狩猎采摘被泥水埋了是经常的，那地方没法活了！"

老宗母随即问道："你们出来了，到现在也没有回去，你们的大斧王该怎么办？"

好手回答："我们离开时，大斧王说离土迁移这是天大的事情，他要去黑石族与宗祖头领裂石王商定！"

大首太问："谁是裂石王？"

好手回答："裂石王是黑石族的头领，我们是黑石族的分支松干门，两门住得不远，日出出发日落可以到达。"

"黑石族，知道，在上游很远的地方，很久以前有黑石族的三个猎手迷路了，来过这里，用鹿肉换过我们的火石！"大首太点点头，"黑石族也要迁移吗？"

"他们那地方比我们高一些，也从地面上了树，"好手回答，"可他们那里树林子里面有猴群，经常成群结队夜间偷东西，还偷过小孩，拴了套子，很快就被猴子搞明白了。裂石王告诉我们，树上是猴子的天下，人不能在树上活着，所以要找新地方下地面活着！"

天火问："黑石族也要往下游来吗？"

好手说："只能往下游走，往上走没有树林，全是岩石和冰雪。"

大首太对冰花说："按照老宗母的安排，你们住在瞭望平台的窝棚里，好手会做厉害的弓箭，那就给我们做弓箭，我们也有一个喜欢做工具的具夫花豹，让他给你们送吃食，也跟你学学做厉害的弓箭。"

好手看着冰花，冰花说："好手做的弓箭是最好的！"

老宗母离开正堂的时候，悄悄地对大首太说："上面的猴王群要下来，我们不能放走这两个人，他们回去会把猴王群引下来的，我们要做好准备，这帮家伙来了我们该怎么办？他们的活法和我们不一样，我们不能让他们把我们的洞居猎场占了，尽快与黑白宗商量一下我们该怎么办？"

大首太有同样的危机感，他明白老宗母的意思："两天后就是对偶结亲的日子，两宗的首太、宗母坐在一起，马上商定！"

第五章　猴王群　黑石族　裂石王

夜色中，森林陷入黑暗中，草丛灌木中传来狼嚎；

食肉动物的眼睛像鬼火一样在黑夜中若隐若现；

沼泽中，发出水獭、狸猫捕鱼的声音；

树上的水鸟各种地惊叫；

几棵树之间一个火堆，火苗在黑夜森林中显得很明亮，

在火堆旁边有一个巨大突兀站立的黑岩石。

　　几个黑影通过吊在高处的藤绳熟练地穿梭在树林之间，行进的方向都是朝着火堆旁边的巢窝，人们陆续到达那两棵粗大并排而立的红杉下，两树枝间架设着一个较大的巢窝，这种巢窝比大斧家族的要高大，离地面要低很多，只有一人多高，这样的架子安全、干燥，搭建方便，家长"裂石王"召集各门户的家长前来会商宗族大事，要不要迁移。

最高的巢窝不大，有一个独木梯子通到裂石王的巢窝，高处平台上坐着一个"瞭望司火"，这是一个家族职务，两三个人轮流专职观察巢窝周围上下的情况，晚上坐在观察位置上，根据火堆燃烧状况，不断往下面的火堆添柴；由于天天在平台上添柴加火，手法熟练，拿过一根柴掂掂轻重，重头朝下，准确地落下，插到火堆中，火堆要燃烧一夜，这是安全的保障。

各门户的当家人通过藤绳来到了大家长"裂石王"的巢窝，这些当家人都是亲属。

由于原始的父系家庭更像是猴群，是以男人的权力为中心，所以，男女关系因为男人欲望的随意性造成混乱，家庭成员之间的辈分和血缘关系也是混乱的，例如一个女人可能为父子两辈人生儿育女，近亲通婚生育经常发生，还有各种来源不清的孕育，这些人都成长在这个环境和家庭关系中，但是地位从小不同，是否受重视全看父亲在家族的地位，而男性长辈在群体中的地位和安全经常发生变化，最简单的变化，一次狩猎的受伤和死亡都会导致他的家人地位发生极大的变化。

裂石王是个传奇，他坐在家族王者的位置上已经多年了。

黑石族在日月、黑白二宗的生存地大缓坡的上面，好猎手要走许多个黑夜的路途，经过一大片森林，森林渐稀少，灌木丛生，到了山根下的深潭边上。

"黑石族"，这是父系家族，崇拜的神是山神，图腾是一块冒火的岩石；原因是这伙人共同的男性祖先是"两个半"兄弟，带着自己的女人结伴到这里来，说是"两个半"是指两个成年的哥哥带着一个未成年的弟弟，严格地说是逃到这里，他们被原来族内大门户欺凌，弱小的他们只能逃离；到这里看到有山有水有森林，找了山洞安居下来，没住多久，天降大雨随后变成大雪，连续多日，火堆被大雨浇灭，兄弟们找不到火种，陷入绝望；危难垂死中，这天夜里，一声巨响，天上坠下一个火球，天空被照亮，火球坠落烧了一片树木，留下一块黑乎乎的大岩石！冒着若隐若现的青烟。这块巨石坠下，给这一家带来火种，他们认为这是苍天降"黑石"拯救他们，所以就叫自己是"黑石族"，那块黑色陨石就是他们的崇拜的神灵，代代如此。

　　这么多年下来，这些人已经发展成二十多家了，这些五六十口人，除了从外面抢回来的女人外，人人多少远近带点儿血缘关系，但是各户分成血缘更近的几个小团体，相互防备争斗，都是为了女人和孩子。

　　大斧的"松干"一门是黑石族的分支，松干门的图腾是黑石两旁两棵高大的松树，这是因为松干门居住地有高大的松树，他们为了安全，通常把巢窝搭建在树上；因为两门居住相对远，没有直接的生存利害冲突，始终保持着亲族关系往来，互通有无。

　　冰开时节，这地方不缺吃用，但是冬季寒冷，密林中大个的吃人野兽经常出没，主要是灰毛狼、野猪、豹子、马熊，最可怕的是山地灰毛土狼，七八条成群，在密林中悄悄地围捕猎物，野猪和人是灰毛土狼最好的食物，尤其是人；土狼会嗅到猎物的气息，然后一两只针对一个行动缓慢的突然攻击，两三只针对营救的人恐吓阻碍，它们这种一攻一防的战术常常得手！森林密，易藏遁难搜寻，这土狼成为黑石族的主要威胁，也是主要肉食和毛皮的来源。

　　黑石族是小团体组合，环境危险，小团体必须留两三个男人守护家园，最大的狩猎团队也就五六个人，不敢对大型食肉动物主动发动攻击，主要捕猎的是中小型动物，还要防止遭到土狼成群的暗算！

　　为了能有较多的狩猎收获，他们只能想办法做陷阱机关，长此下来，他们在机关陷阱方面很有办法，给他们带来不少的收获，多次捕到大型的牛、鹿，还捕获了一只半大的雄性马熊，只打过一只土狼，看得出这是一只倒霉的母狼，它在照顾小狼崽被卷入陷阱，几只土狼施救，没等救出来母狼流血过多就死了，它们放弃了。从此，这群土狼似乎盯住了"黑石族"的所有人，族里的老人小孩儿根本不敢单独行动。

　　黑石族现在的总头领"裂石王"从他父亲手中接过总头领的位置，这样的继承已经好多代了，没别的原因，兄弟几个，都是好猎手，继承王位的是兄弟中最强的。有一个特点，这兄弟几个居住很近，狩猎采摘在一起，遇到强敌总能一起行动，把黑石族王位牢牢地拿在手里。这个王位最大的好处就是各家各户的进贡和一呼百应。当然，也就有了当王者的责任，救助家族危难义不容辞。

老父王给儿子们定了"黑石语"，就是黑石族的规矩禁忌：每个成年男人身边最好就一个女人，最多两个，多了照顾不了，口舌多，招人恨；儿子兄弟不用太多，关键是要强强联手，从小到老，一生联手，代代相传，永远强大。

"黑石语"肯定起了作用，裂石王门户始终存在，黑石族没有因为各户冲突而分崩离析。

黑石族是典型的原始父系家庭，他们大多数群体合作行动仅限于上下父子两代，横向兄弟一代，再多的关系就生分疏远了，原本的一家人很可能成为利益的争夺者；男人非常自私，像是贪婪多疑的豺狼，总是盯着别人的物品和女人，却决不允许他人染指自己的物品和女人；男人最怕自己狩猎中受伤，丧失保卫自己的能力，如此，自己的女人就可能被抢走，即使不被抢走，女人也只能找收留者谋求生存。

黑石族的男女成亲很简单，成年男人由兄长携带，登门到女人的父亲面前，说明求亲，送上几张好皮子或一整头烤野猪，父亲看上了求亲者，说好永不为敌、互相协作，收下礼物，带女儿到求亲者山洞，吃烤肉，喝天浆，让女儿进了求婚者熊皮睡袋，结亲仪式就算完成了！男人出了意外，女人可以重回自己父亲的家，前提是父亲还活着，父亲还接受女儿回来；有人求亲，就重新来过一次结亲仪式。

最大的麻烦是未成年的孩子，父亲跑了、死了，这个女人只能自己找人收留，父亲可以暂时收留，但是没有吃的养不活人，那就一点办法都没有，生存是第一位的，也是最后的底线！

在黑石族居住地的上方是连绵万里的崇山，从山腰往上就是雪线，白雪皑皑，巨大的冰川，冰冻几十万年。

山下是一望无际的森林；森林中百草丛生，飞禽走兽栖息生养。

黑石族，什么时候来到此地他们自己也说不清楚，当来到此地时，这里有一群个体不多的土著，双方必然发生生存空间的争斗，说不清楚经历了多少年争斗，会使用制造工具的黑石族占了上风，这批人善于用石头制作利器，尤其他们有了弓箭利器；而当地土著只有棍棒钝器，身材瘦小，在长期争斗中，土著逐渐丧失了抵抗的能力，只能躲避，最终没有了踪迹，这里成为黑石族的栖息地。

黑石族最大的外部敌人就是那些幽灵般的灰毛土狼，它们奔跑速度超过人类，群体攻击，这是一群很难对付、非常危险的邻居，好在它们怕火，贪婪使它们经常落入黑石族猎人的陷阱中，成为黑石族肉食和皮毛的来源。再有的大威胁则来自同类，黑石族称之为"狼人族"，实际上就是流浪帮，他们经常头顶着整张的狼皮，狼脑袋依旧留着，这样既可以吓退其他真的狼群，也可以壮胆偷袭黑石族等几个父系族群。父系族群是由小家庭组成，一旦住地边远就很容易遭到"狼人族"的袭击；袭击的目的是抢走女人和食物，男人抵抗就被打死打伤。

与裂石王关系较近的同伴在洞口外响起呼哨，这是在通知裂石王来客人了，客人是走了一天路程的松干门"大斧"和他的两个儿子、两个侄子，带着几张狐狸皮子作为礼物，进门后行礼，围坐在树屋的平台上，这里有一个沙子碎石堆起来的火盆，篝火就在下方，那传奇雷石在不远处耸立。

大斧与裂石王血缘算是比较近，他们有共同的祖父；遵从"雷石语"从小联手，猎场挨在一起，互不侵犯，遇到大事相互协助。

大斧与裂石王是平辈人，兄弟相称，裂石王叫女人拿着做好的肉干、天浆，迎接大斧五个人。

大斧与裂石见面施礼，卸下随身携带的武器石斧、石锤、镖、矛等，围坐在火盆边。

火盆上是炙烤的肉食，鹿肉、野猪肉干，在火上滋滋冒油，围在火坑边上的男人不停地翻烤；裂石和两个兄弟坐在火坑边，身后是子侄们，坐了一排，武器卸放在右手边，每个人面前放着半个葫芦瓢，里面是温热的天浆，地面前插着一根或两根带横叉的木尖桩，尖桩上叉着火坑烤肉，手撕或者用石刀切割。

远处传来瀑布的轰鸣声。

裂石放大了声音说："你们那里发生了什么，这次来是不是要商量些大事？"

大斧放下手中的天浆瓢，说道："一路走过来，原来的平原已经变成沼泽，上次来的时候还没有这么多泥水，是刚刚形成的，河面宽了，水流也大了；裂石王，这次我听着悬河的声音大多了，是不是水量又大了？"

"我们天天听，已经听不出来了，你能听出这次比上次声音大？我们远远看过去能看出悬河水大了！我们能感觉到，水确实越来越大了！"

"裂石王，水太大，我们无法打猎摘果子了，我的小兄弟已经带着他一家走了，说是到下面去看看有没有可以活命的地方，不知道他们是不是找到了出路？"大斧神色凝重，"我想上大平台去看看，到底发生什么了，如果真的不行了，我们只能离开了！"

裂石王看着大斧："离开，是大事，到上面去看到底怎么了？我看不用看了，不能活下去就离开，看明白和不明白结果是一样的！"

"你们也想走吗？"大斧很高兴，"我儿子和侄子，都是好猎手，我们现在要想走就尽快走！你想好往哪里走。"

"你选好方向了吗？"裂石王问。

"我的兄弟一家是朝着正午往下面走，"大斧回答，"我想了一阵子了，向日出方向是一条大山沟，山很陡，我没找到过沟的路，老人们传下来，过了大沟还是一道山梁，然后就是一个大裂缝，我们只能走向正午和落山的太阳走。"

裂石王放下手中的匏瓜瓢："咱们都知道，那个方向下面是'母系族'的地界，我们能找到自己的地方吗？"

大斧拨动火坑里的炭火："我知道你的担心，我们过去藏在远处看下面的那群人，他们是一大家子住在一起，隔几天，男人到女人家里去一次，但是不过夜，当天就回家；他们各家都住在一起，人数很多！"

"人数很多？有多少？"裂石王问。

"我看到的一门里至少有三四群狩猎队，一群总有男人八九个！"

"他们怎样狩猎，用什么家伙？"裂石王很关心。

"他们手里的武器和咱们用的差不多，石斧、石锤、尖矛投标，他们有一种扔飞石的皮兜，在手中转起来，石头两三块飞出去，打中奔跑的羊鹿，准得很！"大斧露出佩服的神色，"他们也挖了陷阱、埋设尖桩和夹子，我们翻看过几个陷阱，都有猎物！"

裂石王问："他们住在什么地方？"

大斧："我们离得很远，好像也是住在一个巨大裂缝山洞里，那个山洞是个岩石的大裂缝，从一座山坡上一直通到地下，山洞肯定很大很长，曲曲弯弯，几个群体住在不同的地段，互不干扰。有女人小孩从山缝里出来，洞口前架着火堆，日夜有人看着。"

裂石王看着大斧突然问："你认为他们的猎手很强壮吗？"

大斧说："看到的都是好猎手，跑得快，很灵巧，好像不知疲倦，群体行动，很少失败！"

裂石王沉重地说："说实话，我也感到这些天水越来越大，一直想派人到上游查看，但是说到要离开这个地方，还是舍不得，很多代人了，我们的神石也在这里，要离开怎么带走呢？"

大斧看到裂石王看着那个雷击石的神情："黑树林里的'狼人族'又开始偷抢打杀，两个逃到松干门的女人吓坏了，男人与狼人族打斗被打伤死了，我们必须想好退路和出路，万一这里不能住了，我们要找到新的地方！"

父系族群的口中"狼人族"就是流浪帮，意思是说这群人像狼一样在荒野中游荡，这些人还有个特点，冬天寒冷季节，他们习惯把整张带着狼头的长毛土狼皮披在身上，除了保暖还有一个目的，恐吓真的狼群和其他食肉动物，这种打扮，远远看去就是一群狼，不同的是这群狼站立移动。父系家庭门户分散，看着人多，但到具体门户，人员很少，成年男人只有一个，所以流浪帮经常骚扰得手，父系族群对流浪的"狼人群"恨之入骨，但因生存方式的弱点，对抗中经常吃亏！

裂石王眼神依旧没有离开那个火光中的黑色雷石："狼人族不是我们离开的原因，这种坏东西到哪里都有，我们要决定，这里是不是真的不能活下去了，每个门户是不是都要离开？毕竟大难没有临头啊！"

大斧接话："你说得对，咱们这黑石族各门户各有想法，没上路就分了，走到半路上散了，那我们就成了猎物了，那可就是没找到活路自找死路了！"

裂石王把手中的石斧剁在一个树墩子上："确定要远行，就必须重立禁忌，不遵守的就赶走，各门户要想明白了，是顶着狼人族的斧子还是听族规，让各家挑，愿意离族的我不拦着！三心二意，留着也没用！"

大斧眼睛亮了，精神抖擞地说："你说得对，什么时候走？"

裂石王看着大斧的眼睛："事关生死，尽快出发！"

第六章　宗门"姐具礼"

按照老宗母的意思，女孩黄叶子和男孩花豹的"姐具礼"尽快举行，老宗母一向认为一旦成人了，马上成礼，尽快让成年人担起责任，母姐要采摘养育，具夫要狩猎保卫，不能留在居穴惹是生非。

再过两天是日月与黑白两宗"对偶结亲"的日子，一般来说一掌一次，轮流数手指，数到拇指的日子就是对偶结亲的那一天。因为要派人上去查看冰雪大平台，两宗要协商组成探险队上高处大平台，所以，老宗母主张隔夜的清晨太阳升起的时候，让黄叶子和花豹完成"姐具礼"。

远古先民对太阳和火有着特别的尊重，太阳升起是万物复苏生命活力开始的时刻，所有与起始新生相关的仪式，都是在清晨伴随着出生的太阳举行敬神仪式。

大巫姐为完成姐具礼做了相应的准备。翠鸟跟着大巫姐，忙里忙外，因为不熟悉经常做错事，但是大巫姐的脾气特别好，不厌其烦地告诉翠鸟该怎么做。另外那个学徒小巫姐面无表情，做着她该做的事情。没人的时候，小巫姐悄悄地对翠鸟说："我看出来了，大巫姐喜欢你，她要是教你跳舞，那就是真的喜欢你了。"小巫姐说这些话的神色很奇怪。

翠鸟还不能完全听懂小巫姐的意思，表情有些茫然不知所措。

小巫姐摸了摸翠鸟的腰，羡慕地说："你的腰长得好，跳舞一定好看，将来当大巫姐必须会跳舞！跳舞是同神灵的说话，所以我们巫姐就是舞者。"

花豹是个超乎寻常的健壮小伙子，出生的那一天，大首太在打猎的时候看见一只花豹带着两只小豹走过，其中有一只是深灰色花纹，灵活好动，对远处的猎手充满了好奇，探头张望。因为两只小豹子，大首太动了怜悯心，没有发出围猎的指令，看着母子三只走入原野，走到远处那三只豹子还回头看了看这群狩猎的人。回到居住地，老宗母告诉大首太，宗门里又添了一个男孩，让他起个称呼。大首太看了一眼刚出生的孩子，两只眼睛明亮，屁股上一片青花纹，大首太想起了今天放走的豹子一家和那只有花纹的小豹子："就叫花豹吧！"

花豹是黑豹的同母弟弟。远古居穴，渔猎采摘年代，婴儿死亡率极高，婴儿能长大成人的十之二三，可是这豹兄弟确实没有辜负他们的名号，也许是神灵对当年大首太善举的关照，这兄弟俩全都顺利长大。

各宗门的孩子们不懂也不知道自己的生命由来与另一个宗门的男人们有什么关系，只是看到，隔一段时间，另一宗门的男人们就欢天喜地地来了，载歌载舞送礼物，跟着母姐们进了宗门洞穴的里面；没多久就相互呼唤地走了，一些母姐们还站在山坡上向他们挥手；没多久，本门的具夫们唱着有节奏的歌谣回来了，仅此而已。

男人长大了行了姐具礼，才能参与有对偶结亲这样一个成人活动，但对男人来说，那似乎是一件针对其他特定宗门的男女之间群体娱乐，成年男女们能够在对偶结亲中获得无法替代的快乐感受。

这种活动长远的结果是能够给各宗门带来孩子，孩子多，人就多；人多了，宗门就兴旺强大；宗门强大，群体安全；对于孩子的归属，道理很简单，大树开花结果，孩子长在谁的肚子里就是谁的，宗门世系是根据母亲确定延续的，所以这个孩子就是母亲生养的宗门之后，是宗门的未来。

男孩子们，标志年龄的世系牌上的绳结拴到"中结三"，也就是8岁开始的时候，就从母姐居穴出来到男孩窝穴集体居住，这个区叫"子区"，在老具夫与母姐区之间，从此，男孩再也不能进入母姐区，生母可以到子区来看望照顾自己的孩子，却不能把男孩子带进母姐区，这是禁忌。

整个家族的居住山洞有严密周到的布置；从洞口到中心区正宫分几个区域，最外面甚至洞口外内圈周围，都是成年具夫们居住区，这里有半地下的窝棚，一个窝棚里面住几个具夫，窝棚与窝棚之间有盖顶的壕沟相连，这主要是为了共同防御，方便共同作战。具夫居住的最好洞穴不是大首太的，而是刚从少年洞穴进入"具夫"行列的新人，其后依次排列。第二层是岁数大一些的具夫们，靠近正宫的第三层是离开母亲尚未成为成人的男孩子，然后是带着孩子的母姐们，再往里面是女孩子，其后是成年母姐和各宗母，老宗母居住在正宫的后面。这样的安排安全方便，一旦发生意外，老宗母和大首太可以迅速分别指挥应变。

整个洞穴，女人区与男人区域严格分开，女人全部住在后面安全隐蔽的区域，男人绝对不许进入。

豹兄弟从小话不多，却是很有主张，聪明敏捷，健壮有力，从小就显出将来是好猎手的样子；毫无疑问，他们知道自己是一奶同胞兄弟，也就是从一个母亲肚子里爬出来的，要生死与共；他们的母亲说，他们是"黑白宗上门"送来的，这意味着他们不能与"黑白宗上门"为敌。

小时候，他们搞不懂一个黑白宗还要分什么"正门""上门""下门"。也不知道宗母在仪式上摇头晃脑唱的是什么，每次都会在歌谣中昏昏欲睡；长大了，太夫、宗母们会指着正宫的那个"牌架子"告诉他们，宗是一个共同的源泉，就像是一棵大树，族就是一棵小树，树干粗了就可以分枝了，那就是门与户，个人是树叶，长在树枝上；人死了，就是叶落枯萎，随风而去。"黑白宗"与"日月宗"是长在一起的大树，不能相离。

姐具礼已经准备好了，其实也很简单，正堂之上，正面是老宗母坐的地方，大首太坐在老宗母左侧，少宗母坐在右侧，其他宗母和首太分坐两旁。

在母系宗门中，涉及血缘辈分的仪式，一般都是女人排在前面，以母为尊。所以这个成人仪式称为"姐具礼"，女熟是母姐，男成是具夫，多一个成人女性意味着增加人口的可能性更大；男性成熟意味着宗门又多了一个猎手武士，每五天去一次对偶结亲宗门，这是在亲近两宗之间的同盟关系；具夫们认为这种对偶结亲就是一种定期的幸福奖励。

远古的人肯定不懂什么荷尔蒙，只是生活经验告诉他们，男性长到一定年龄后如果没有正常的"对偶结亲"，行男女之欢，男性就会情怪性乱，因此带来的性攻击会引发内部的混乱死亡，在近亲内部的乱性，还会带来接连不断的"怪胎邪婴"，这是一种没有正常行为"怪物"，远古人认识不到乱伦造成怪胎生理紊乱，只是从外形上看和怪胎造成的后果判断，这是神灵被冒犯，灾祸惩罚降临的征兆，这种征兆的结果就是群体的死亡！

远古的生存危机四伏，所有的教训都是死亡带来的；这些教训一旦被认识并被确立为禁忌，那就是不可违抗的神灵旨意，后代不必问为什么，必须照办，违者处罚！远古族群的最高权威就是一系列的生存禁忌，个人的权威来自对禁忌的维护，违反禁忌者，轻则体罚，重则驱逐。驱逐基本上就是死刑。

宗门中最高处罚令下达的是老宗母，最有惩罚力的大首太，除了个人能力之外，最重要的是对宗门禁忌维护；老宗母在宗门仪式上唱念的故事中，讲述各种禁忌由来和道理；例如有传说：英雄得意忘形，冲犯禁忌，遭到天谴，身败名裂。

正堂"姐具礼"仪式开始，老宗母、大首太带领宗母、首太各就各位。大巫姐主持，但不用起舞，因为这种事是按部就班的仪式，按照神灵旨意办，不用起舞问话。

花豹被兄长黑豹领着，走到宗门图腾的面前，黑豹把花豹的辈分牌交给大首太，大首太又交给老宗母，检验花豹的"自结"世系牌。这是结绳记事的一种，计算年龄。一年一小节，五年把小结拴在一起成中结。十年系一个大结，一个大结，一个中结，当开始再拴一个小结时，等于十六岁的时候，就要行"姐具礼"。女人也要拴结计年龄，但是并不是成熟的依据。

老宗母抬头看见了花豹、黑豹兄弟，对大首太说："等一下，让大巫姐过看面！"

巫姐手执神杖走了过来。神杖是一根长满结疤、造型怪异的手杖，顶端挂着几种小动物的头骨，还有猴子的爪子，巫姐说这些东西都是有灵气的，有飞得最高的，有走得最快的，有叫得最响的，有耍得最灵巧的，每一种东西都有一种说法，大巫姐说这都是天造之物，是问天卜卦仪式读懂天意的神器。

大巫姐是能与上天神灵对话的人，巫姐会通过特殊木材的火焰跳动、特定动物的骨头烧火后的裂纹、一瓢水灌顶流向，都能说明一些神意。

巫姐看了看花豹，摸了摸花豹的头盖骨，想了想，点点头，没有说话。

转眼看到了黑豹，眼睛上下打量，拉着黑豹手看了看，又扒开黑豹的头发认真地看了看，对老宗母说："这两个孩子都有奇相，但现在说不准，还要再看！"

这个程序是姐具礼上必要的程序，是让大巫姐看看那些年轻人有灵气，有哪些特长，选拔成为首太的接班。

在大巫姐的指示引导下，花豹向宗门图腾行礼；礼毕，大首太上前拉住花豹的手，把他领到具夫的行列中；哥哥黑豹上来交给一杆长矛，天火送给他一个坎肩一样的牛皮口袋，穿在身上，带很多东西，还可护住腹背；夜风送给他一条抛石用的皮带，猎手们都会这种手艺，所不同的是高低远近不同，重要的是准不准，哥哥黑豹是抛石高手，花豹也是从小练抛石，夜风送给他的这副抛石带子是具夫猎手使用的。

扒皮刀代表长辈具夫，送给花豹一顶狼皮帽子，黑豹把这些礼物披挂好，一个日月宗的威武猎人出现了。其实黑豹送给的这长矛矛尖是花豹自己打磨的；花豹虽然年龄小，但是喜欢琢磨各种器具，他打磨的工具大家都很喜欢，称他为"巧手"，也就是手巧有技术的男人！

男孩成具夫之礼，要从一个涵洞里拿下最古老的那个"首太夫"的天灵盖，盛满天浆，滴血入内，一饮而尽，这意味着先人同意和接受你，以后永远庇护你。花豹要喝的天浆装在一个头盖骨中。这个头盖骨是最古老"大首太"的，按照传统，老宗母和大首太死去后，尸体烧化升天，头盖骨拿回来，留下保留在正宫上面的山洞中，意味着先人用他的智慧庇护后代。

大巫姐让花豹把头颅捧住，面对先祖们的牌位——那是岩壁上凿出来的三道深槽，最上面那一层是一排当过各代老宗母的头颅骨，下面一层是各代大首太的颅骨，每个颅骨前面是一个方石头，上面刻着宗门标志，日月相映，拴着一条麻绳，上面系着一连串只有老宗母、少宗母才能读明白的绳扣，记述着这个颅骨主人的伟大。

母系宗门并不是女尊男卑，而是讲究生命来源，所有的生命无论男女都是来自母亲，再有力量和勇猛无比的男人，仍然来自母亲的生养；所以，母亲要受到生命的敬仰。

花豹将那个头骨举高三次，一口气喝下去，这意味着花豹成人了，进入成年男人的行列，可以外出狩猎和定期对偶结亲了。

与花豹同时进行"姐具礼"的是"黄叶子"，她母亲领着她，手里拿着"世系牌"和成年的证物——两把细软捆在一起的茅草——上面粘着"黄叶子"连续两次的"来红"。

老宗母看了粘了"来红"的茅草，把茅草放到正宫中间的火盆里，茅草粘火即燃，变成一些黑灰色的灰烬，这意味着将一个母姐的产生告知天神了。

老宗母从图腾下面的木箱子里，拿一个头盖骨，那是最古老的老宗母头盖骨，放在一个特制石头凹槽上；少宗母从竹筒中倒出"天浆"，老宗母做了一个手势，告诉孩子的母亲可以行礼了。

母亲戴着"黄叶子"。双手交叉在胸前，在那个尊贵头盖骨面前低头行礼。

老宗母用骨针刺黄叶子的指尖，黄叶子不禁小声叫了一声，血滴入"天浆"。

老宗母端起滴血天浆，交给母亲，母亲端着交给女儿黄叶子，黄叶子恭敬地接过来，一饮而尽，交还那个特殊容器——老宗母头盖骨，天浆的刺激让黄叶子脸上泛起红晕。这就意味着黄叶子进入成熟女性"母姐"的行列，每天都有采摘、缝纫、炊煮、洗涤等各种生活劳作，到了对偶结亲的日子就要选择接受结亲，如果自己亲生姐妹生病死亡无法照看自己的孩子，同一生母的姐妹就是当然的照看者，除此之外，母姐对宗门的孩子都有教育看护的义务，这是规矩！

夜风的生母与花豹坐在一起，听到大巫姐刚才的话，不断地看两个男孩的脑袋，若有所思；夜风的生母是带领几个号称手巧的母姐们专门缝制衣袍的宗母。

一般有能力有专长的母姐，经过老宗母、少宗母等几个说话算数的宗母们推荐商定，就可以担任专事负责某一方面的"宗母"；能力再强，善于决断，就有很大可能担任为负责家族事务的宗母，甚至成为少宗母！一旦成为少宗母，没有意外的话，未来的老宗母必定是少宗母接任。

一旦正式当上少宗母后，就要替老宗母担当许多职责。老宗母是个有学问的职位，必须会结绳记事，懂道理，拥有很丰富的生存经验，能够支持宗门的大仪式，要诵唱宗门记事的"传说"，在"传说"的最后一部分，要把自己这一代发生的大事言简意赅地编进去。

成年男人对孩子们来说是"具夫"，后来的"舅父"大概就从"具夫"转音过来的，在母系家庭中"具夫"是所有孩子的男性家长，虽然没有直接的血缘关系，但是是男性能力、智慧、力量的长者。男子长大成人都要成为宗门的"具夫"，外出狩猎、对内保卫领地和宗门成员都是"具夫"的义务。

第七章　花豹初结亲　遇到芹姐妹

定期结亲的日子到了。

这次日月、黑白两宗结亲要商量一件要紧的事情：决定共同组织一支探险队，查看上游传说的大平台上的冰山，是不是漏水了？这是日月、黑白两宗的生死存亡大事，必须共同协力解决。

两宗之间商定大事除了正规的祭神活动，大多是结亲当天。一般两宗具夫在结亲相遇，回来的途中，坐在一起交换用品，互通有无；有大事就商量，商定后两宗男人坐在一起说笑喝天浆。

这一次的对偶结亲要有大事商量，日月宗的具夫们比较早回到彩穴前场，整装结伴，准备上路；准备迎接黑白具夫到来的母姐们也躲在自己的居穴里穿衣打扮，五天一次，好像是一个例行节日。

具夫、母姐欢天喜地，从来没有参与结亲的花豹不知所措，兄长黑豹看他

70

无所事事，告诉他："准备一个结亲的礼物，无论大小表示尊重就行了，当然，你的礼物好，黑白宗的母姐看上了你的礼物就会选你结亲。"

花豹："我们要等着她们选吗？"

"当然了！"黑豹说，"如果你看不上，你可以不去，以后这个母姐就会记恨你。"

花豹梳理自己的一张灰鼠皮，随口回答："是啊，等着母姐们选，人家不选你就是不愿意和你结亲，那你只能等着别人了。"

"如果都不选我呢？"

"那你只能回彩穴，等待下一次了。"

花豹认真地问："怎样才能让她们选上呢？"

黑豹看了一下花豹："身体强壮，加上好礼物！"

花豹："我没有跟你们狩猎，没有皮毛，我该送什么礼物呢？"

黑豹："你是'巧手'，你做的彩石挂链肯定有人喜欢，那就是你的礼物！可是你要想好了，对偶结亲，一掌一次，如果你每次都带着彩石挂链，被许多母姐看上了，那你可做不过来啊！"

花豹点点头没说话，他对这个同母兄长很是尊重，他愿意为他做所有自己能做到的事。

天火没有看到夜风，就让花豹去找夜风，准备一起上路，关键是要和黑白宗的具夫们商定组成探险队查看大平台的事情，大首太期望几个少首太在场，马上可以商定。

花豹找到夜风，夜风说自己不舒服，不想走远路去对偶结亲了。

天火听说夜风病了，很快到了夜风所在的窝棚，看到夜风和衣躺在铺位上，探进头问："你怎么了？是不是很严重？"

夜风头也没抬："不严重，先睡一会儿，结亲就不去了！"

天火问："我们要和黑白宗商量查看大平台的探险队，你有什么看法？"

夜风："没看法，你们怎么商定都行，我听你的！"

天火："好了，我知道了，你好好睡吧。"

天火听到外面的出发的呼叫声，离开了夜风窝棚，顺着壕沟上了内圈，领着具夫们出发了。

具夫们一路兴高采烈，扛着长矛，挑着各种礼物，向东南方向黑白宗居住地走去，一路说说笑笑，还有敲打着长矛杆子，唱顺口溜的；这些顺口溜都是抑扬顿挫有节奏的，内容都是说的"男女之欢，卿卿我我，相互思念，期盼相见"，内容直白，直截了当。

"对偶结亲"被母系宗门认为是一项重要性仅低于渔猎采摘的日常群体活动，说它低于"渔猎采摘"是因为这两项活动如果发生冲突，对偶结亲要给渔猎采摘让路，宗门中的禁忌均与群体生存直接相关，对偶结亲如果妨碍了渔猎采摘，那就触犯了禁忌；多少年来，宗门生存一直遵循这种禁忌原则，一般说来这种冲突都是暂时的，没人对这种轻重缓急提出疑问。

对偶结亲是两个以上宗门之间的特定关系，结亲就是男女婚配。母系家庭的对偶结亲就意味着两个群体构成结亲交配关系，而日常生活个体还是生活在各自群体中。这种婚配方式不仅满足了男女的本能需求，其结果还壮大宗门力量、血脉优生延续；这其中还有一个微妙的作用：抑制了独占其美的同时，满足了喜新厌旧；如此，因结亲的个人冲突大大减少，能力不足可以礼物厚重。

母系的对偶结亲加强了宗门结盟的特殊关系，从血缘遗传上，你中有我，我中有你，虽不同宗，却是同盟，相互依存，相互协作。

对偶结亲定期定时，日月、黑白二宗掰着手指头计算，从小拇指算，算到大拇指那一天，五指一轮；定时，那一天的黄昏就是对偶结亲的时候，结婚的"婚"大概就是从黄昏结亲来的。

到结亲的日子，男人"具夫"们走亲，大概太阳偏西，收猎吃饱的具夫们就带着交换物品和结亲礼物开始出发，在各宗门猎场交界相遇处，有个固定地点是以物易物的地方，也是双方具夫见面休息之处，交换的东西大多工具用品，如锤斧刀矛，皮麻鞋帽，牛皮兽皮手工制品，衣物、水袋、长绳等，交换完东西，就放在本宗的界内，无人偷拿；然后各自带着"对偶"需要的礼物上路，奔向对偶宗门住所。

母系家庭的对偶采用"女性选定"原则，相对于动物界"强者为胜"是一个重大的进步，直接避免了男性之间为求偶而发生的死活争斗；母系宗门女性得到尊重，"女性选定"规则肯定有利于优秀男性，更重要的是保证了女性在求偶结亲中的安全和愉悦，这显然是有利于求偶和谐与优生。

在对偶选择时，男人把自己的礼物放在自己的面前，对偶礼物成为"结亲礼"，接受对偶女方的选择；女方根据在宗门的地位、能力和相对公平的轮流规则，依次选择自己心仪的男性；男人被女方选中，男人不会拒绝；拒绝是一种冒犯，要承担"见停"两次的处罚，即下次结亲见到你，却拒绝你结亲，白跑两趟，这惩罚对具夫来说是极为严重的。

当一个女性选定了一个男性，她会走过去拿走那个男人带来的礼物，用选定礼物的行为说明接受了礼物主人的结亲。

成年男女对偶结亲，宗门和辈分很重要，这是确定相互之间能不能对偶结亲的根据，故此参加对偶结亲，必须带着宗门辈分的"自结"，那是一个小石牌，上面刻着宗门图腾，拴着表明个人辈分年龄的绳结。

对偶结亲必须是"异宗同辈"，就是说只有不同宗门的同一辈的男女可以对偶结亲。这个规定很严格，最严格的规定是男人"具夫"绝对不能与宗门内的姐妹结亲，如敢犯这个罪过，那就是大罪过，宗法严惩。

多少代前发生过这样的事情，一个具夫狩猎被黑熊拍了后脑勺，从此傻傻乎乎，一个夜晚藏在外面，突然抱住起夜的一个母姐，图谋行男女之欢，这个母姐惊声尖叫，被狗熊拍过的具夫很快被抓住捆了起来，他完全不知道自己干了什么坏事，老宗母和大首太商量了一下，把他隔离在一个耳洞里，石块封门，每天送些食物，几天后，这个人撞墙死了。除此，日月宗再没有发生过这样的事情。其他宗门里也发生过类似的事情，处理结果是差不多的，所以，整个母系家庭都很平安。

花豹是第一次参加对偶结亲，跟在黑豹身后。临出门的时候，天火看花豹没有礼物带在身边，就给了他一条不大的蓝鼠皮，说是鼠，实际上是一种貂，蓝灰色的毛，又密又滑，日月宗的人通常会把两条缝在一起，当作衣领子保护脖颈子和后背。这是几天前狩猎用小口笼捕获，这种笼子可进不可出，能捕住松鼠野兔，一般是抓不住蓝鼠的，原因是蓝鼠牙尖齿利，能咬断藤笼逃跑，这次提笼子时编笼的藤条竟然没有被咬断！

天火给花豹讲述抓蓝鼠的经过后说:"这是你的笼子抓的蓝鼠,这皮子就是你的了;听黑豹说你没事喜欢动手做东西,编笼子另有一套?很有些办法啊!"

花豹受到夸奖很高兴,说:"那种笼子双层野荆条编的,编好了涂上野猪油埋在地下,藤条韧劲大咬不断!"天火想起了那天"姐具礼"上大巫姐对花豹的看重,感到花豹将来对宗门有大用处。

去黑白宗途中要经过一条宽大的沟壑,这是两个宗门猎场的交界。应该说这沟是远古河道,地震改变地貌,河水改道,时日久远,植物覆盖,只能看到这是一处低洼的地带;在古河道的中心地段有一连串凸起石板,在今天看来这就是河水冲下来的石板,相互阻隔停留在一处,而日月宗和黑白宗的具夫们把这个地方叫"见面台",在台子上并排摆放了几根粗大的树干,看上去像是一个较大的"桌子"。

那时的人们并没有桌子的概念,只是一个架子,摆放双方交换的物品,放在地上容易虫咬水湿;"桌子"周围摆放了几根枯树干,这是双方围坐在一起的"凳子",这是两宗具夫们会面交换物品的地点。

当日月宗到达这个见面交易的地点,黑白宗的具夫们已经到了,正七零八落地坐在靠南面的枯树干上,吃着堆在地上的一些干果;见到日月宗的具夫们到来,黑白宗的具夫们马上站起来热情地打着招呼,有的拉手拥抱;很快就分坐在两边的枯木上,把要交换的物品堆放在面前。

双方有默契,到了对偶结亲的这一天,出门都是赶早不赶晚,太阳一偏西就携带着各种物品上路,在"交见台"上围坐在一起,先交换东西,相互需要是交换的第一原则,没有等价的概念,各自拿来自己认为可以交换的好东西,对方缺少的,拿多少就是多少,没有讨价还价。

日月宗主要是一些毛皮和果仁,黑白宗会拿来一些鱼肉干和最重要的物品,盐;在黑白宗的猎场有一个天然的盐池,这不仅给他们带来了盐,还使得大量的大型动物到盐池边上吃盐,不过黑白宗并不在盐池边上捕获猎物,担心猎物记住了死亡教训就不来了,猎手们会埋伏在动物离开盐池后的路途中伺机捕获。

为了方便而言,日月、黑白两宗居住距离远了一些,但是减少了很多麻烦,原来两宗居住较近，成年男女常有在非对偶结亲日偷偷"野合"，这种"结亲"是违反忌讳的，主要原因是影响了狩猎采摘；尤其是具夫会强行"野合"，发生过母姐不从遭到殴打致伤，不仅破坏了对偶结亲的"女选男"的优生规矩，还造成宗门之间的冲突，冰花所在的那个松山宗就是因为对偶宗门破坏规矩，造成冲突分裂，其中一个宗门很快就内讧破散，分裂出来的小族群又被父系家族抢亲瓦解；所以，母系宗门对规矩以外的"野合"处罚极严，一旦发现未在规定之日对偶结亲，鞭刑后，男人被赶出宗门，女人禁闭地穴终日劳作。

一般说来，远古天高地阔，族群住得太近就会在采摘狩猎上发生冲突；分开相当距离居住，隔着宽阔的猎场，男女不见面，偷情野合这类犯忌的事情很难发生；男人渔猎砍柴，女人采摘编缝都是集体行动，定期结亲，其乐融融。

日月、黑白二宗的具夫们在"见面台"上以物易物，欢声笑语；黑白宗的大首太是乌金三十，比日月宗大首太小一个辈分，见到日月宗大首太很是尊重。

日月宗大首太说："最近发生一些怪事，我看一切都跟水太大有关系；现在具夫们都着急去结亲，让母姐们等着不好，快去早回，我们两宗具夫在这里商定办法！"

乌金三十笑着说："长辈说得对，快去早回，商定办法！"

双方挥手告别，已经交换好的物品就放在那两根并排树干两侧，食物就悬挂在树杈上，等到回来再携带，这时只是各自带上对偶结亲的礼物上路了！

日月宗的男人们到了黑白宗的大门口，这也是一组斜坡上的山洞群，布置得和日月宗住地差不多，洞口前烧着篝火，格外明亮，整个洞口被一个栅栏圈围着，形成内圈前场，除了猴子、猩猩可能攀爬而上，没有什么动物可以闯进去，为了防止抢孩子、偷东西的猴子之类的动物，栅栏外测挖了一道两人深、三矛宽的壕沟，沟里有尖桩，就是猴子也很难爬上栅栏，谁失手就会掉进壕沟，非死即伤，同时在里面的人可以以标枪、乱石刺砸，这等于是送上门的食物！

栅栏上装着一扇简单结实实用的大门——十几根胳膊粗的树干竖着一排捆绑在一起——横在戳在栅栏前，进了门前要先过一个小吊桥，跨过那两三跳宽的壕沟，进到院子中间，才能面对篝火。主洞口周围是几个坑穴，坑穴就是在主洞口附近，平地挖坑，一人多深，用树木树枝盖顶，留一个烟道出口，入口根据洞深留下台阶，这些在主堂周边的坑穴基本上都是具夫的房屋，几个人一间，还会留出两三间又深又宽的坑穴，这是给访客居住的。坑穴解决了成年男女混居一洞的一些不便和麻烦；在禁忌上，具夫们相互监督，有危险时可以五六成群共同作战，保卫宗门安全；所以如果可能，通常是几个坑穴之间有狭窄的通道，以备不测。

日月宗的具夫们在门外以长矛顿地，呼喊歌唱，节奏明快，语调真诚，抒情迫切，表达想念的心情，说来这里对偶结亲这是上天的安排，请黑白宗的母姐们开门，接受我们带来的礼物和真心善意。每次结亲唱的都是这些歌，每次唱得都很激烈动情，在门内听的母姐们听了这么多次了，仍然被感动，这就形成了生理反应，其实歌曲就是对情感期盼的激发。

唱歌就是敲门，只是个仪式，母姐们都在门后站好了。

几段唱罢，吊桥放下，大门开了，显然门里的人期待来者来访。

母姐们都把自己最好的服饰穿挂自身上，头发也是飘逸动人，围在篝火后面站成不规则的两排，看着鱼贯而入的具夫们，指指点点，窃窃私语。

黑豹告诉第一次来对偶结亲的花豹，双手托着自己的一个礼物，跟着其他具夫一样做，等着黑白宗的女人们选择，如果有人选你，就跟着挑选自己的女人走，进到里面，叫你做什么你就做什么！

花豹的那条"灰鼠"的毛皮，并不大，但是细长，皮毛细密柔软，按照其他具夫的做法，把自己的宗门结牌放在礼物上面，宗门结牌上面有辈分、年龄标志。

围着篝火，具夫们又开始第二轮的唱歌跳舞，伴奏的都是自己的具夫，都是打击乐，敲打手中的棍棒镖斧，节奏整齐明快，舞蹈铿锵有力，内容就是打猎：遇到很多动物，动物要逃跑，我们奔跑勇猛，抓住了动物；我们心善，放了那些带小动物的母姐们，让它们成长……

唱跳两曲后，黑白宗女人必定随后加入，踩着鼓点的舞蹈，有节奏地呼喊，抒发着欢迎的喜悦。

因为是女性选择男性，男性不停地展现着自己的力量敏捷，铿锵有力的动作，虽然男女没有身体的接触，但人人都能感到在两个性别群体中，相互吸引的目光、呼叫、动作和内在渴望。

花豹的个子并不矮小，但是身体依旧是年轻稚嫩，打猎的舞蹈在宗门里就经常看具夫们跳，自己也跟着一起跳，这都是不用教练的技能，花豹四肢纤长，跟随着长者们一起跳舞。

这时候的身体接触是被严厉禁止的，尤其是男人不能触碰女人，年纪大已经不参与对偶结亲的宗母，站在高一点的地方，看热闹，守护着规矩。远古人的寿命很短，营养不良，劳作辛苦，一般女人过了三十岁就内分泌紊乱，难以生育，能活过四十岁那就是高寿了；男人的寿命就更短了，除了身体构造等生理原因，狩猎是危险性极高的生产活动，天天在狩猎中，很容易伤亡。正因如此，参加对偶结亲的男女肯定是青年人。

唱歌跳舞的仪式过了，男人们站成一排，站在自己的礼物前面等候女性行使挑选！

挑选的顺序是有规矩的，先挑后选是轮流的，当然依据老宗母的选定，把成熟的生育可能性大的母姐放在前面，分组轮流挑选；没有被一组选中的只能等下一组挑选；老宗母的优先不是看相貌，一定是为了宗门多生育，能生育的母姐一定是优先选择。

母姐挑选首先是选人，雄壮俊美、高大健康、自己喜欢的男人往往被先挑走，礼物是什么并不重要。这是一种长期进化来的本能，任何一个母亲都期望自己的孩子更好、更健康，长大成人，出类拔萃，对自己是生存保障，精神慰藉，这样的心理愿望构成了生育上的优生，所以，母系家庭的成员从生理上，健康出众的男女较多。

轮到后面挑选的时候，具夫个人成色不如第一组选的好，这样，礼物的成色就显得重要了，礼物好的就可能被排在前面选走。

常常会出现一种状况，姐妹两个选了一个具夫，这往往是姐姐带刚完成"姐具礼"的妹妹，让她明白什么是男女"结亲"，教给新母姐一些必要的常识和规矩。

最后会留下没人选的具夫，一是有些母姐放弃了结亲，二是具夫瘦弱体衰

不

母宗父系
———一个母系家族的演变

的。剩下的具夫倒也不生气，坐在篝火边喝水等待。这并不丢人，是自己愿意来的，没有被选上是很自然的事，坐在篝火边和老相识聊天吃点零食也是一种娱乐。

正式的挑选开始了，敲鼓拍手的没有停止，只是节奏慢了许多；黑白宗的女人们交头接耳，品头论足，时不时还要争论几句。她们用自己给具夫们起的"代号"称呼站在面前的一排人，这些摇摇摆摆外表悠闲、内心火热的跳舞男人们；这些代号并不是男人们自己的名字，只是女人们对这些男人个人的称呼，这是一种特殊场合使用的"暗语"，女人们自觉地遵守不把代号告诉男人们，母姐们都知道使用对方不明白的代号，既方便又礼貌。

几个拥有优先权早已经相互商量好了，结伴走上前，分别到她们看中的男人面前，拿走他们面前的礼物，转身走了，男人没有二话，跟在后面，进了"后居穴"，黑豹被一个优先母姐领走了，黑豹回头朝着花豹招招手，花豹不知道他是什么意思，自己在原来的位置上等待着。

后居穴就是母姐起居的地方，成熟的母姐都自己有一个起居"床"，有的山洞较大，一洞中有几张床，但是，在对偶结亲的时候，都用兽皮、草编分隔开，隔形不隔声。

第二轮挑选已经开始了，花豹还留在原地发愣，一个明显比花豹年长的母姐走到面前，看了看花豹，又看了看礼物和那块辈分结牌说："你是第一次？跟我走吧！"

花豹低头说："老宗母、大首太说我应该来了，我就来了。"说完抬头看了对面的女人，身后还站着一个年龄和自己差不多的女孩。

女人说："我叫水芹，这是小水芹，我妹妹，你是第一次，她也是第一次结亲！"

面对这个成熟女性，花豹不知所措点点头，他隐约闻到了一种从来没有闻到过的味道，很怪，他很迷恋这种味道，迷恋到有一种说不出的紧张。

水芹笑了："好了，我选你了，跟我走吧！"

水芹拿起花豹面前的长尾蓝鼠皮，把宗门结牌还给他；花豹还是站在那里犯愣，水芹笑着拉住花豹的胳膊："走吧！愣着干什么？"

78

在黑白宗的居穴内。

花豹跟着水芹进了山洞，七转八弯，听到旁边的山洞里传出男女嬉笑呻吟的声音，脸上露出紧张复杂的表情；水芹一直拉着花豹，回头看到花豹的表情忍不住笑了："你还真是头一回，吓着了？"

小芹跟在旁边满脸通红，低着头一言不发，只是跟着走。

进了侧面的一个小山洞，一张狼皮帘子挡住洞口；水芹一撩帘子，进去了，回手就把花豹也拉进去了；小芹也跟着走进来站在洞口。

洞里是几根树干，并排放在地上，树干上面铺着厚厚的干茅草编织的茅草垫。花豹从小就睡在这种茅草垫子上面，是"编缝宗母"带领几个编缝母姐编制的，从割草、晾晒、敲软、编织，是一套专门的手艺，草也是专门寻找的一种又长又细又软的茅草，晾晒之后敲拍时，花豹跟着一起干过，编织的母姐们说茅草不敲拍就又硬又扎，敲拍之后变得松软暖和了，这个草垫子很厚实，上面还铺着两张连在一起的羊皮。

水芹进屋就上了床，脱下长袍，两下就把围裙解开了，盖在自己的肚子上，回头对小芹说："看我怎么做，你就怎么做！"

水芹看到花豹站在地上发愣，一瞪眼："你怎么了？脱了围裙和兜裆上来吧！"口气中一股子命令的语气；花豹想起黑豹对自己说的话，很听话地上了那张草垫子，却没有解开围裙。

远古的服装是一种没有裁剪设计的上衣，整块皮子靠近腋下开始缝针，两边各缝数针形成袖筒，有了袖筒就确定了衣襟，一根腰带扎住，穿在身上不仅暖和而且不影响奔跑，冬季的寒冷，很快就让人意识到要在靠近脖子的地方加上两个固定的袢扣，冷时系上，热时解开；因为都是兽皮的，根据天气寒热，毛皮两面穿，专门的冬衣也有，那是两层皮里外是毛，这一般都是晚辈给母亲的礼物；除了遮到膝盖的上衣，另有一个围裙过了膝盖，所谓兜裆就是围裙皮子上那根动物尾巴，从后面到下面再兜到肚子上，一根裙带系在腰上，这个裙带是功能性的，系在上衣外面那根腰带既是功能性的，还有装饰性，男人们会在上面挂上一些兽牙、彩石，很好看。

"把袍子脱了！"水芹命令花豹，花豹很听话，脱去上衣——一张豹子皮，露出结实的臂膀，抬头一看，水芹解开了遮盖肚子的裙子，露出丰满凹凸的身体，起身一伸手把花豹的裙带解开，那是一张狼皮，兜裆狼尾巴随着掉了下来，花豹下意识地用双手遮挡自己的下部，因为那里被水芹的裸体刺激得有了变化！水芹一把拉住花豹的手，"藏什么啊，给我看看行不行啊！……"花豹满脸发烧。

洞内光线很暗，水芹没有发现花豹脸红，一把抓住花豹勃起的部位说："还行啊，不是小虫子，来吧，让小芹看看怎么结亲，你们两个可都是第一次！"

在气息、形象和动作的作用下，花豹的荷尔蒙已经让他身不由己，任由水芹引导着进入冲动，他闻到一种从来没有闻到过的迷人气味，有些幸福得头昏，瞬间他感到身体的重心被控制了，全部的神经都被那个重心之处绷紧。

水芹当然知道花豹发生了什么，呻吟着扭动着，用动作鼓励花豹，最终也"啊"的一声，挺胸仰头，浑身抽搐，却突然松了口气，抱着花豹一起瘫倒……

花豹感到浑身无力，瘫软在水芹的身上，水芹喘了一口气，睁开眼睛，转头告诉旁边紧张的小芹："就这样，太好了！你过来！"

小芹低着头，双手抱着肩膀，缩成一团，忽然下了决心似的，一步走过来，靠着姐姐蜷着身子躺下了，水芹把小芹的围裙解开，把花豹推到小芹身上，顺手拿过一小块光板柔软的皮子垫在小芹身下，小芹呼吸渐渐急促，眼睛紧闭喘粗气，躁动地扭动身体；花豹青春勃发，几下刺激，迅速开始复苏；水芹引导帮助，忽然小芹开始尖叫，躲避，水芹在身后挡住小芹不让躲避，花豹感到小芹躲避反而更诱发了自己的攻击性，他硬生生地抱住小芹，在她最后一声尖叫中，花豹强行进入，紧紧地抱住小芹腰肢，再度进入，随后燥热，点燃，燃烧，极限，喷薄释放，然后大口喘着气……

小芹呻吟呼喊，表情扭曲，推开花豹，看着自己身下的那块软皮子上的血迹，在那里嘤嘤地哭了。

花豹看到鲜血也吓得惊慌失措，以为自己做错了什么；水芹却高兴地说："哭什么，第一次都要破红，下次就好了，你要有机会还可以选这个花豹，这么短的工夫就可以让你舒服两次，多好啊！"

第八章　夜风犯忌　大水来临

在日月宗的居穴内。

夜风从自己的铺位上爬起来，悄悄地上了山。

坡顶瞭望台的老具夫除了放哨外，在山顶看年轻人对偶结亲，唱歌跳舞，母姐选猎手。

夜风悄悄经过侧坡的时候，被这个老具夫看到了；老具夫并没有看出这个男人是谁，他盯着看，看到夜风绕过侧坡的侧面，绕到了不远的树林里。

老具夫犹豫了一下，等了一会儿，悄悄地从另一面钻到树林的里面，他想看看这个幽灵般的人是谁。他觉得这个人有秘密。

夜风悄悄地上了坡后面的树林，往里面看了看。

在一丛灌木后面，看到已经等在那里的小鱼。

小鱼长得丰满窈窕，栗发白净，眼睛细长含笑，看到夜风到来，面露紧张神色问："没有人看到你吧？"

夜风张开双臂把小鱼抱在怀里说："他们都去结亲去了，谁还顾得上看着我，小鱼，想我了没有？"

小鱼笑靥含羞："想了，总在想呢！"

夜风抱着小鱼滚倒在草丛里："我也在天天想你！"

老具夫躲在树丛里，看到了两个年轻人激烈亲热，两眼发直。

亲热过后，小鱼躺在夜风的怀里，露出幽怨的神情："怎么办啊，我们不能总是偷偷摸摸，这样早晚被发现冲犯了禁忌啊！发现了怎么办？我很害怕！"

夜风说："真发现了，我们就出走！"

小鱼一下子坐起来："我不敢逃跑，他们说被赶出去的具夫母姐没有一个活着，不是饿死就是被畜生吃了！"

夜风豪气地说："我是最好的猎手，什么都不怕，上次打猎我还打死两只长毛怪！"

小鱼又靠在夜风的身上说："我听老宗母说是你打死了长毛怪，但是他们说天火也救了你！"

夜风不以为然："瞎说，我不用天火救，头顶上的那个怪物我看到了，这时候天火冲过来把他刺穿了，从下到上，疼得那个长毛怪眼睛都直了，倒在地上哆嗦，天火真是个好猎手！最后我补了一斧子，砍死这个从上面偷袭的长毛怪，天火还不让我杀死那个怪东西！"

小鱼问："为什么？"

"长毛怪记仇。"

"那记仇应该记住天火大哥啊？其他的长毛怪看到你杀死他们的同伴吗？"

夜风说："你不懂，交战时看不清楚谁杀谁！记仇就是记住这一帮！"

小鱼担心地问："那你单独砍杀，被记住了吗？"

"不知道，在远处哀号！"

"夜风哥，你要注意，天火大哥说的要是真的，你就是长毛怪的对头，他们会追着你不放！"

"我不怕，两斧子就要了他们的命！我可不管记仇不记仇，畜生东西，来多少就杀死多少，把长毛怪都杀光！"

老具夫从瞭望哨上下来，走进正堂，把自己看到夜风和小鱼偷情结亲的事情，悄悄地告诉了老宗母。老宗母不动声色听完，对老具夫说："不要对别人说了，你老了，眼睛也许看不清，看错了人！"

老具夫赌咒发誓说："苍天做证，我看得清清楚楚！"

"那也不要对别人说！"老宗母叮嘱道，"有什么事情，我要和大首太和少宗母商量。事关重大，不要瞎说！"

老具夫明白了，走出去了。

花豹系好腰带和裙带，看着躲在垫子上埋头嘤嘤地哭的小芹，以为自己做错了事，但不知道如何安慰小芹。水芹安慰花豹："没关系，母姐第一次都这样，你不要害怕！"花豹带了一件好看的石头吊坠，想送给小芹，从自己腰带里侧掏出一块黄彩石头，与两个晶莹闪亮的绿石头拴在一起。这是一种软玉，很好看，是花豹在河里的鹅卵石中找到的，自己亲手磨制的，晶莹剔透，他双手捧着交给水芹。

水芹看到了这串彩色石头，露出惊讶的神情，说："这串彩石比灰鼠皮更好、更贵重啊！"

花豹说："是我在上游河汊乱石中发现的，具夫们说这是块好石头，我就用心磨了磨，挂在腰里了！"

水芹笑着说："这件礼物我帮妹妹保存，等她清醒了再给她！她现在可能挺恨你的，你弄疼了她！"

花豹一脸的愧疚，水芹安慰他："没关系，这是当母姐必须要经过的！过一天小芹就会想你，看看下次结亲她选不选你，你就知道小芹到底想不想你！"

花豹高兴地说："我会想你们两个人的！"

外面想起了呼哨声，这是日月宗的具夫们约定的信号。

"今天有点早啊，"水芹说，"你该回去了，下次来了再见吧！"

水芹把花豹送出山洞，花豹还在对那种洪流喷薄而出的回忆中；他似乎明白了，为什么具夫们都愿意来结亲，原来有这样美妙强烈的感觉！

回去的路上，黑豹并没有问花豹经历了什么，扒皮刀、大力熊和其他具夫兄长们拿花豹开玩笑，问他："是不是找不到地方？"

黑豹说："花豹你就告诉他们吧，他们就是想知道这些！"

花豹老老实实讲了今天的过程，扒皮刀拍拍他的肩膀："行，一大一小，没给咱日月宗的具夫们丢人，好样的！"

黑豹也笑着说："第一次就姐妹俩，你还真行！"

回来的路上到了"见面台"，已经在那里等待的黑白宗的具夫们刚刚从日月宗洞穴回来，这是每次对偶结亲的最后一个节目，具夫们大部分心满意足，走了一半的路程，聚到一起，吃喝聊天说笑，很是高兴。

两个宗门的具夫们招呼坐在一起，拿出各自带来的果仁、肉干、天浆，来之前已经放了这里；两家的天浆味道不一样，相互交换着喝，"日月宗"近水，有各种果树；黑白宗近山有森林，有一些山核桃、栗子等干果，各自佳酿，堆放在一起，围坐对面，开始吃喝。

日月宗大首太说："上面来的水越来越大了，天火已经上到上面看了看，上面的水涨了，咱们必须要搞清楚上面大平台发生了什么，水火无情！"

天火接着说："我们遇到怪事都与水大了有关，原来的干河沟变成了浅水河，原来的泥滩变成了河道，上游冲下来各种动物的尸体忽然增加了很多！还有，很久不出现的长毛怪这些天跑到猎场里来了，看样子是没吃的东西了，偷取我们陷阱中的猎物。"

乌金三十说："我们也遇到这种事，水肯定是超过过去，太大了，这些长毛怪比其他猎物聪明，记仇报复，我们按照老经验抢回一些猎物，把他们轰走，长毛怪有怪味怪病，还要结仇。"

天火说了他们遇到红头族的经历，还差点烧死一对年轻男女；这对男女带来消息——上游的水越来越大！

黑白宗的大首太乌金说："原来我们要走十几个黑夜才能看到大湖，最近我们往南面走去下套子，想抓住大家伙，结果我走了不到十个黑夜就看见大湖了，水大了湖水多了！"

日月宗大首太说："这就对了，大湖是个最低的地方，它周围的水都涨了往里灌，大湖是个大水坑，水就溢上来了！"

乌金面色忧虑，说湖边的"漂水族"正在向上面移动，"前不久他们派几个人上去，拿着盐和鱼一些礼物，说要把交换东西的地点改在'上风口'"！

"什么，上风口？那离我们可就近了，我们的采摘猎场就很小了！"

"他们说现在不知道为什么，捕鱼要到很远的深湖才能捕到，遇到风浪回不到岸上，经常船毁人亡，他们显然是想弃船上岸采摘，这早晚就要与我们抢猎场，我们被夹在中间！漂水族说没办法，水面越来越高，原来睡觉过夜的山洞被淹了，他们只能后退！"

"乌金，他们和我们一样吗，有对偶结亲吗？"

日月宗的大首太关切地问，他们都知道，如果是对偶结亲的宗门，那就好说，无非多了一个对偶结亲的宗门，各取所需，天地并不小。

乌金忧虑地看了大首太天日一眼："我也在想这件事，漂水族从来没有向我们提出过对偶结亲的事，反而每次交换鱼肉盐巴的时候打听我们住在哪里！我想他们也是猴王群，他们的活法儿和猴王族差不多，住在岸边的岩洞里，打听住在哪里就是想抢女人！"

"你们有被抢过吗？"

"没有！我们看得很严，大沟挖得很深，母姐们外出采摘成群结队，跟着狩猎队后面，倒是没有出过事情！"

乌金接着说："原本我们这边的人多了，想分出个小宗，还准备专门去与你们商量，可是，最近老是觉得要出事，就没与你们商量！"

母系宗门人口多到了一定数量，就要分出新的宗门，人少了就要合宗门，一般来说，母系家庭都是分户不离宗，仍然是这个宗族的一家人，对偶结亲仍旧是找外宗。

为了避免因为对偶结亲发生的内部冲突，一宗分户，就与对偶宗商量，同时分户立宗，一般来说都会答应，因为双方从发趋势差不多，人口变化也差不多。

"分户立宗"对结亲的二宗是大事，必须协调一致，还要有正式的仪式，设立宗门系挂，敬神告天。

日月宗大首太说:"大事是水太大了,我想咱们两门要商量一下,尽快组成一群猎手,到上面去看看,如果真是大平台透水危险了,我们就要想办法迁徙了!"

乌金点头说:"迁徙是大事,两门要一起行动,长辈说得对,我们尽快组群出发,查看清楚最重要!"

最后双方确定了有事情发生马上联系,早做准备,相互增援,一致对外。

随后男人们呼喊告别,各自结伴踏上回到本宗居穴的道路……

火把在远古的树林中闪烁,四周传来各种动物鸟类在夜间的长啸声,山谷中低处的河流奔腾汹涌。

第九章　天火继承　夜风被逐

结亲回去当天晚上，大首太就病倒了。

几个没去结亲的老具夫问："是不是结亲累着了？"老宗母了解状况后，让天火正式告诉那几个老具夫，那天大首太根本没结亲，是专程去找黑白宗商定，一起派猎手上大平台查看水情。随即，当务之急是确定新的大首太，人选早就选好了，就是天火，现在就等一个继承仪式。

两天后，宗门举行大首太继承仪式。

大首太继承是仅次于宗门老宗母继承仪式，也是宗门重大活动。在各种宗门仪式中，具夫们相当重视大首太的人选与继承，毕竟这是具夫的首领，关系到猎手们狩猎和结亲，这都与具夫的利益直接相关。

具夫、母姐分席落座，老宗母坐在正中台子熊皮座上，头戴羽毛冠，大首太和少宗母分坐两旁。少宗母也戴着一顶与老宗母不同的羽毛冠，大首太没戴任何头饰，只是胸前挂着鹰羽彩石挂串。挂串是彩石和羽毛编成，黑白鹰翅膀硬翅羽毛，用麻绳穿在一起，最下面吊着几个彩石，这是大首太专有的个人挂串。

火坑内烈火熊熊，少宗母手执象征秩序的"立杖"，缠绕着五彩麻绳的尖头木杠，平时就横放在系挂上，那是宗门秩序的权威象征。

另外一件象征权威的物件是大首太腰里的那柄深棕色透着绿光的斧子。这是多少代前，当时大首太用几张好毛皮与其他部族交换来的；照现在来说这是带有金属成分的"石头"，反复打磨，锋利异常，最终称为大首太传代的斧子。

斧子是具夫狩猎的武器和工具，也是男性首领的权威象征。

老宗母一改以往和颜悦色，面无表情；大首太也因为得病，面色难看。大首太的永远不变名字是"天日"，不管他原来叫什么，一旦当上了日月宗大首太，他的名字就叫天日，不同的是后面加上辈分。今天决定的继承大首太就是天日三合，也就是天日三十。

老宗母手执立杖顿地，地面是一段掏空心的木头，横置放在一个坑里，一半露在地面，这叫木梆，立杖敲击，咚咚作响。

击鼓作响，古人很早就发现在木框上蒙兽皮，皮干后，敲击能发出很大声音，也能传得很远，所以，为了恐吓居穴周围的野兽，就在瞭望台上做了一个鼓，但很快就发现，天阴下雨，鼓就敲不响了，而且兽皮容易破损，也不便于携带。故此，具夫狩猎还是喜欢用掏空内芯的"木梆"，便于携带，不容易损坏，手执还可当一根当当作响的棒子，吓唬野兽；所以，远古先民更多用的是木梆，大大小小，长短不一，响声各异，音色鲜明，节奏变化，抒发愉悦。

大家听到木梆声响，马上安静，老宗母说："现在有宗门大事，大首太说一下！"

大首太站起来，对大家说："我已经老了，气力不足，几次狩猎都没有出去，我与老宗母商定好了，为了宗门兴旺着想，我告辞大首太座位，到了确立新的大首太的时候了！"

人群中一阵议论的声音，老宗母再次敲响木梆，安静下来，大首太庄重地看了看人们：

"我和老宗母商定，也问了其他首太和宗母的看法，确定了继承大首太位置的是狩猎首太天火，这就是新一代天日三十！"

老宗母说："天火站起来吧，过来接受天日大斧！"

大多数具夫发出赞许的叫声，在嘈杂声中，天火站起来走到大首太和老宗母面前。老宗母把他领到大首太的座位前，手一按，让天火坐下，招手叫来大巫姐。

大巫姐全副做神事的装束，头上插着羽毛装饰，色彩丰富，戴着一副五彩羽毛编制的面具，几乎看不到眼晴。

羽毛，尤其是漂亮的彩色羽毛被先民认为是神奇之物，鸟儿靠羽毛飞上天，他们认为羽毛是上天神灵给予飞鸟上天的神物，是可以见到神灵的物品，所以，大巫姐到处搜集漂亮的羽毛；猎手们找到漂亮的羽毛，也会主动送给大巫姐；大巫姐除了给自己做面具头饰服饰，还会把头饰送给其他的宗母，尤其是她给老宗母编了一个五彩羽毛的头冠，老宗母只有在重大正式宗门活动上使用，羽毛头饰成为日月、黑白宗的圣物和装饰品；但是，大巫姐说不能拿漂亮的羽毛当作对偶结亲的礼物，这是对神灵的不敬，会受到惩罚。

大巫姐开始舞蹈，口中念念有词，一套仪式完成后，大首太把那把象征着权威的斧子从皮囊中取了出来，双手捧着走到天火面前。

这是一把大首太专用的斧子，从某一代开始，狩猎已经不带这把斧子，担心丢掉，只有在向上天献祭的时候，用来宰杀牺牲祭品，如此，斧子就是神器了，是男性最高首领的权威象征和神器。在大首太继承仪式上移交"太斧"，等于将具夫指挥权交给新任大首太。

大巫姐带着两个少巫姐围着神位跳舞，念念有词；舞蹈中，大巫姐从魔杖上取下鹰羽彩石挂串，郑重其事地交给老宗母。

老宗母把鹰羽彩石挂串挂在天火的脖子上，说："从现在你就是日月宗大首太天日三合了！"

天火低头看了一眼鹰羽彩石挂串，仰视着神色庄严的老宗母。

老宗母告诉他："天火，我们都认为你行，你就是具夫的头领！"

老宗母抬起头对众人说："从今往后，天火就是我们日月宗的大首太，天火是具夫中最好的猎手，他也是爱护长幼兄弟姐妹的首太，守禁忌，护宗门！有人可能不服气，没关系，如果有谁能做得更好，天火就会把'太斧'和位子让给你！大家听到了没有？"

具夫们一起大吼，"听到！"

"听到就祝福天火，祝福我们宗门有了新一代大首太！"

具夫们随即大喊："祝福大首太，祝福日月宗！"

夜风随便跟着喊祝福，眼睛一直在母姐堆里找到小鱼，不断地向她望去。

小鱼俊俏的脸上红扑扑的，低着头，显然是知道感觉到夜风那热辣辣的目光。

小鱼忽然联想到和夜风的这种"关系"是违反宗门忌讳，这是大罪过，尤其是这些天身体内部似乎有了变化，自己想不通这是为什么？想到这些，小鱼心里一阵阵地哆嗦，低着头，躲避夜风的目光。

祝福过后，所有人都觉得应该进入晚宴吃喝的时刻了；大家看着老宗母，老宗母和大首太在低头说话，随后，老宗母站起来说："每人喝一饮天浆，随后还有一件宗门大事要当着大家说明！"

几个母姐和具夫把天浆装在每个人面前的瓢碗中，老宗母和大首太端起瓢碗，老宗母面对大家说："喝下这一饮天浆，祝我日月宗宗门平安兴旺！"

大家一饮而尽，看着老宗母，要听她说一说什么宗门大事。老宗母并没有一饮而尽，转手把瓢碗递给站在一边少巫姐手中，回头看着大家，突然提高声音：

"把夜风捆起来！"

夜风一直在盯着小鱼看，心想"她为什么不看我？"突然听到叫自己，一愣，不知道为什么？随即他感到有人从后面把自己紧紧地抱住，他腾地一下站起来，又一个具夫扑上去把夜风死死抱住，另一边的那人用一根短棍横在夜风的脖子上，紧紧勒住，又上来两三个男人，把拼命挣扎的夜风手脚用麻绳捆住，这几个人都是狩猎的男人，平日打猎捆绑大型猎物都是手脚利落，但是夜风人高马大，力大无穷，一共六七个人才把夜风按住，只是动静太大，把角落里的一个孩子吓哭了，一个哭了，带动两三个受了惊的孩子一起哭了起来。老宗母挥了挥手，叫管孩子的母姐们把孩子抱走了。

最先从后面抱住夜风的是"扒皮刀"，"扒皮刀"正死死地抱住"夜风"，嘴上在不断地低声劝告：

"夜风，别闹腾，你要做错什么了，就认个错！"显然，夜风身边的几个人是大首太和老宗母事前安排好的，他们并不知道夜风做了什么，只知道夜风冲犯了大禁忌！

听到劝告，夜风不挣扎了，看着老宗母和大首太大声问："为什么要捆我？"

"为什么？"老宗母对少宗母说，"让你们自己说说吧！"

少宗母站起身，走到小鱼面前，对低着头的小鱼说："小鱼，你说说吧！"

小鱼抱着胸，缩成一团，她知道她和夜风的"事"被抓住了！

她茫然紧张地慢慢站起来，小鱼年轻漂亮，兽皮衣服遮挡不住她成熟饱满的身材："我，我不愿意，可是夜风力气大，他说他真心喜欢我……"

"你们俩几次了！"

"就……一次……"小鱼低着头，肩膀抖动。

"一次？老实说就是一次吗？"老宗母冷冷地说。

小鱼低头："夜风说就一次，谁知道……他总来找我……"小鱼捂着脸低声哭了。

夜风大喊："不要吓唬小鱼，有什么朝我来！"

老宗母面无表情地说："从小就告诉你们，禁忌都是天条，绝不能犯忌，犯了禁忌神灵就会降下灾难，就会让我们整个宗门受苦受难！大首太，天日三合，大家说，冲犯毁灭宗门的忌讳该怎么处理？"

大首太转脸对夜风大声问道："夜风，像个具夫的样子，敢作敢当！对老宗母老实说！多长时间了？"

夜风听到"敢作敢当"，一昂头："'冰冻'前我们就好了！是我要小鱼，我就是喜欢小鱼！"

大首太说："冰冻前就快开始冲犯禁忌？到现在已经快两季了？"

老祖母一旁说："你比小鱼大，你们两个到底是谁的错？"

夜风一昂头："老祖母，我的错，我想小鱼，天天都想！"

大首太大喊："你不能想宗门姐妹，这是禁忌，你不知道吗？！"

"知道，可我老想她！"

"一掌一次结亲还不行吗？"

"我就是喜欢小鱼，其他人我不喜欢！"

"我知道了，"大首太说，"为什么黑白宗的母姐说你是'软泥'，几次把你赶出来，原来你根本就不想去黑白宗对偶结亲！"

夜风梗着脖子说："我看不上她们，所以我就是'软泥'！"

"你坏了宗门的规矩，给宗门招来灾祸！"老首太愤恨地说。

"我就是要和小鱼结亲！"夜风梗着脖子大声说。

"住口！犯了大忌还不服？捆在柱子上！"老宗母气愤地大喊！

"扒皮刀"和另外两个人把捆住手脚的夜风连推带拉捆在正堂侧面的柱子上，夜风并不挣扎，却大声喊："我喜欢小鱼，我就是想她！"

小鱼坐在地上掩脸哭泣……

老一代大首太夫转身与老宗母低声商量，两个人低声问天日三合，这个冲犯禁忌该如何惩罚。

天火说："夜风是个好猎手，他对小鱼是真心好，我知道，他俩不是一个生母，他们的生母也不是亲生姐妹，是不是让他们发誓永不再犯？"

"生母不是亲生姐妹也不能在宗门内结亲！"老宗母看着天火的眼睛，一字一句："你到今天已经是宗门的大首太，咱们都知道，宗门的规矩都是老宗祖定下的，是宗门平安的命根子，这么多代能活下来到今天，就是因为禁忌不能触犯！'门内不结亲'的禁忌一旦被冲犯，以后禁忌就坏了，天神要惩罚整个宗门！"老宗母强调首太的辈分排序，目的是让他知道自己的身份职责。

少宗母在一旁插话说："老宗母，能不能从轻处罚？"

老宗母回头看着站在一旁忽然插话的少宗母，问："少宗母，你说该怎么办呢？"

少宗母看到老宗母的严厉，只能回答："我从来没遇到这种事，老宗母说禁忌是老前辈们定的，老前辈是怎么说的啊？"

老宗母朝少宗母挥了一下手，指了指日月图腾下面，说："那就看看老规矩说该怎么办！"

少宗母走过去从图腾下方第三层的石槽中搬出一个野牛皮筒，放在石台子上，打开牛皮筒的盖子。

老宗母从牛皮筒里面拿出一卷浅棕色羚羊皮，解绳打开羊皮，皮子缝上的一排排长短不一，有各种绳结的麻绳，老宗母说："挂上！"

少宗母和大巫姐把这羚羊皮挂在大树干上，理顺一排排绳子。

老宗母走上前，拿起一条拴结了各种绳扣的麻绳，从上向下看，口中念念有词：

"宗门第一代老宗母定：门内结亲，性乱兽行，大忌；母姐乱，鞭，杀其后；具夫乱，火，有功者驱逐。"

老宗母说："给他们说明白！"

长宗母说："第一代老宗母、大首太大家一起定下宗门忌讳，宗门内都是兄弟姐妹，不可对偶结亲，如果做了这样的事就是犯了大忌讳，是母姐遭到鞭笞，犯忌出生的后代扼杀！具夫就烧死，功劳大的具夫驱逐出宗门。"

下面具夫母姐鸦雀无声，只有小鱼抽泣的声音；本来庄严欢庆的场面被这件事搞得场面沉闷。

一听说要烧死具夫，大家嗡的一声议论起来；毕竟他们这三代人没有遇到过冲犯禁忌的，更没有见过要烧死本宗犯忌具夫的。

老祖母低语和两个大首太、少宗母商量。

片刻，老的大首太站在老宗母身边，面色威严地说："根据宗门禁忌，夜风与小鱼犯了大忌，必须处罚！念夜风好猎手，为宗门多有奉献，不施火罚，赶出宗门；小鱼则囚禁到下个冰结，如囚禁期间有孩子出生，扼杀弃野；现在二人要遭鞭刑，夜风鞭一合，小鱼鞭一掌，开罚！"

人群中一阵骚动，夜风和小鱼被分别绑在正堂的两根柱子上。

小鱼被四个母姐拉起四张兽皮遮挡在内；夜风则被剥去皮衣，祖露后背。

两名行刑的人，一个具夫，一个母姐，分别是教管少年劳作技艺的首太和宗母，平时就是严厉管教少年学习生存技能的首太和宗母，名为"牧鞭"，也就是手拿小鞭子随时抽打的管教，这种宗门内部的鞭刑也就是他们的职责。

少宗母从墙壁上取下两根藤条编成的鞭子，交给男女"驭长"。这是两根专用惩罚的藤条鞭，男女不同，男用的粗大，女用的稍小，因为长时间悬挂，两根鞭子因为干燥收缩变得十分丑陋。

一男一女，两个驭长手持藤条编成的鞭子，蘸上水，晃了晃，开始挥舞行刑。虽然行刑的两个人都手下留情，但藤条毕竟有重量，鞭子上面也有枝节小刺，打在赤裸的后背上，立刻爆出血痕，小鱼发出尖叫声，夜风则咬牙瞪眼，一声不出！

小鱼五下，打完后后背涸出血痕，两名年龄稍长的母姐搀扶小鱼到里面的住处；这边抽打夜风也已经喊出最后一鞭，夜风一声不出，后背满是伤痕，血迹斑斑；夜风满脸是汗，扶着柱子喘粗气，随即站直，走到大首太面前大声问："什么时候走？"

老宗母在一旁插话："夜风，别不服气，这是犯了宗门的禁忌，看你是好猎手，处罚从轻，否则，照老规矩就是火罚！去和你生母、兄弟姐妹告别，回来喝下这一饮天浆，明早离开宗门，从此你的生死与日月宗无关！"

夜风听完，大踏步向里面走，去找生母告别。

一个刚才搀扶小鱼回床的母姐神色紧张地走过来，低声对少宗母说：

"小鱼下面来红了！"

"是不是到日子了？"看见母姐的紧张神色，少宗母也内心紧张。

母姐说："不像啊，比到日子的血多，黏黏的一大摊啊！"

少宗母说："别声张，我去问一下老宗母！"

少宗母走到老宗母身边，贴着耳朵与老宗母说话；老宗母神色发生了变化，面部有些僵硬，听完少宗母说话，沉默了片刻，低声说：

"发现得晚了，按规矩也是冰冻前有孩子就扼杀，现在自己掉下来了，神灵不让成形；告诉两个照顾的母姐，好生伺候，不管怎么说小鱼是咱门里的母姐，能养好那是她的运气，养不好那是她的命！这两个冲犯禁忌东西，竟敢在眼皮底下胡来，以后宗门内要严加管教，决不能再出这种事！"

"这事也不能怪小鱼，"少宗母是小鱼的亲姨，难免要替她说话，"他们俩从小就好，那个夜风人高力大，小鱼也没有办法啊！"

老宗母盯着少宗母的眼睛："小鱼生母是你生母妹妹，你会爱护她，但应该早一点管教！我们都是母姐，都知道结亲这事母姐不愿意，一个具夫也没法办，除非打昏，小鱼被打昏了吗？"

少宗母听到老宗母的说法无言以对，低着头说："您说得对，老宗母，看小鱼的情形，她自己或许也愿意啊！"

老宗母又看了看老大首太，转脸看着远方，似乎是在自言自语："严守禁忌，这是我们活下去的命根子。"

老宗母侧脸对低头不语的少宗母说："将来你要接替我，别的都可以放宽轻罚，血亲禁忌绝对不能冲犯，破了一处，就全都乱了，乱了的后果就是变成公猴群、'红头族'，结果就是宗门毁灭，你一定要记住，坚守血亲禁忌，就是坚守了宗门的命！"

少宗母抬头望着老宗母忧虑的面容："老宗母放心，我一定坚守禁忌！"

老宗母神色格外沉重："我早就发觉这些年不对劲，发生了好多怪事，原来我们担心缺水，冰封季还要凿冰化水，近几年不用凿冰取水了，居穴暗河水位高了，水越来越多，越来越大！从上面冲下来的尸体接连不断，不知道这会给咱们带来什么。"

老宗母转头对大首太和天火说："这件事搞得大家都难受，但必须当着大家的面处罚，让每个人都知道宗门血亲禁忌是不能冲犯的，无论是谁！现在，说说你们和黑白宗商定的事情，两宗门该怎么办？"

天火说："这次结亲后，我们和黑白宗大首太商定，很快一起去上面大平台查看，果真是大平台漏了大水，就要决定宗门迁徙！"

老宗母听到迁徙，感到事情严重，追问："黑白宗的居穴也看到水大了？"

天火回话："黑白宗在咱们下面，他们已经感到大水威胁！狩猎也感到上面下来的水多了，黑白宗居穴里的内河水势凶猛，最近的花开季地河冒水冲了下面的洞穴！冲走了两个母姐和几个孩子！"

扒皮刀认为自己维护宗门禁忌权威立了功，听到说黑白宗居穴冒水，就过来抢话说："老宗母还记得咱们下居穴也冒过水？去年花开季先是下了几天大雨，那天晚上天上轰隆隆响闷雷，一道天光后，下层居穴井口突然冒了水，堵井的石头都被冲开了，我喊了一声，下面的具夫们全起来了，搬石头钉木桩折腾了一夜才把水堵住，要不半条居穴就被淹了！"

老宗母说："今年咱们的地河水大，以往只能听到水流，现在晚上都能看到白花花的水从下面流过，一定要上去看看，这边做好准备！"

老首太忧心忡忡："咱们的上面大山冰封的地方，有个大平台，几个年前曾经有过一堆冰块冲下来，现在虽然没有看到冰块下来，可是水大可不是好事，是不是上面天气热了，冰在上面就成了水，我们要尽快上去看看，大平台上到底出了什么事？"

老宗母对天火说："老首太说得对，天火明天就和黑白宗门的商定出门的时辰，这是关系到宗门生死的大事！"

夜风到后面告别了生母，带着自己的武器和大皮袍走出来。

大家看着夜风头都不回，愤怒地离开，洞里一时安静无声，只有黑豹追了出去。

在大门处，黑豹给夜风一张硬弓，这是花豹和"好手"刚刚做好的。花豹也送给夜风几支精心选材制作的箭矢送给了夜风，夜风和豹兄弟抱在一起。

天火走过来，递给夜风一个火把和一个取火木床，对夜风说："天黑走危险，明天一早上路吧！"

夜风借过火把说："不能带着小鱼走，我现在就离开！"

天火叮嘱道："不要走远，流浪帮就在附近，咱们对他们有恩，过几个结亲日，我找老宗母说说，再把你叫回来！"

夜风一扭头看着远方说："回来有什么用，又不能和小鱼在一起，反而害了她！"

天火说："夜风，宗门禁忌是宗门传下来活命的规矩，谁都得照办啊！"

夜风转过头对天火，瞪着眼睛说："我不知道什么禁忌，我就想和小鱼在一起！不能在一起就离开，怕什么？"

扒皮刀走过来，递给夜风一卷羊皮和一个装着天浆的牛皮袋："拿上，夜里挡风；渴了喝口天浆，别恨我，我不想叫你走！"

　　夜风接过羊皮卷和牛皮袋，背在后背上，重重地拍了一下扒皮刀的肩膀，没有告别话，转身出了大门过了桥，手持火把向原野中走去了。

　　天火站在吊桥桥头，看着那个火把走进原野，对黑豹说："夜风是我们的兄弟，一个人夜里走太危险，我们后面跟着，送他一程，看他找到了流浪帮我们再回来！"

　　天火和扒皮刀还有豹兄弟，四个猎手带着武器，望着前面远处的火把，悄悄跟在夜风的后面。

第十章　夜风入流浪帮　水冲黑石族

　　野地，黑暗中，架子上烤着一块野猪肉，在火中吱吱冒油，不远处传来低沉的嚎叫，几对绿眼睛在夜色中晃动。

　　夜风坐在一堆火旁边，切下一块肉，朝绿眼睛晃动的地方扔去，黑暗中一阵野兽抢食的撕咬声；夜风自己切了一块肉，吃了一口，裹着羊皮筒子，靠在树干上沉思。

　　黑暗中的灌木，三个头戴兽头帽的男人在向火堆探头探脑。

　　男人甲："就一个人，一条汉子！"

　　男人乙："看清楚了，就一个？"

　　男人丙："这个汉子好像认识啊？"

　　男人甲："看着面熟，是日月宗的那个猎手头领！在树上飞矛的那个！"

　　男人乙有节奏地敲了敲手中长矛杆，哒哒哒，哒哒哒。

夜风听到后，警觉地手持短斧，从火堆中抽出一个火把，背靠着树站起来，举起火把向声音方向照过去，大喝一声："是人是鬼，出来！"

哒哒哒，哒哒哒，三个男人敲着木棍从草丛中站起来，摘下狼皮帽子，挂在长矛上摇了摇，发出善意的信号，这也是流浪族到日月宗对偶结亲，在围沟外发出的节奏敲击声。

夜风看到这几个是像似流浪帮的，转身把短斧剁在树上，把手中的火把扔进火堆，顺手又从一段朽木上折下一段树杈，双臂发力，把树杈折成短柴，扔进火堆后，重新坐在树下，那杆长飞矛立在树旁。

三个男人走过来，笑了笑，围坐在火堆边，看着夜风，指了指已经烤熟的野猪肉。

夜风看着他们，点点头，把装着天浆的牛皮带递了过去。

三个人高兴地抱肩行礼，接过来牛皮袋，打开各自喝了一口，都说好喝；转过头对火堆上的那块野猪肉又砍又撕，撒了些盐，放在嘴里大吃，又顺着胡须流下来，满脸的喜色。

跟在后面不远的天火四个人看到这个情景，知道夜风与流浪帮的猎手碰头了；在天火的手势下，没有发出声音，转身回去了。

路上黑豹不停地流眼泪。

天火说："夜风是好猎手，禁忌无情啊！黑豹，别哭了，你就代他当狩猎首太吧！"

男人甲问夜风："怎么一个人过夜？这里有土狼出没，最近还冒出长毛怪，吃人的畜生！"

夜风看着跳动的火苗，说："走到这里，就在这里过夜，土狼来了，明天的肉就有了！"

男人甲："你是日月宗的，我前几天见过你，知道你是好猎手，如果回不去了，就跟我们在一起混吧！大头领肯定愿意你入伙儿！"

流浪帮的这些人知道，驱逐违反家族禁忌的成员的事经常发生，流浪群中的大多数人就是被各个族群驱逐出来的，还有一些是犯禁忌主动逃离家族的人，流浪帮就是家族碎片组合而成，他们知道，一个人流浪的结局只有死亡一条路。

夜风问："你们是哪个帮的？"

流浪帮都有自己经常活动暂时定居的地域，没有意外，各个流浪帮都会在自己的地域内活动，一旦无理由进入其他帮的地域就被视为"侵犯"，很容易引起械斗。

男人丙撕肉两手滴油，顺手抹在皮衣的大襟上，回头说："我们是落日谷的狼头帮，跟你们宗门常有往来，你应该知道！我知道你是日月门的好猎手，到我们这来吧！"

男人甲、男人乙一起发出邀请："跟我们在一起干吧，有吃有喝有兄弟，还有女人，管他什么臭屎禁忌啊！"

夜风想落日谷就在这一片，还可以回到日月宗的地域内，夜风心里想念的是小鱼。

第二天傍晚，在"落日谷"狼头帮的营地，不远处是一条小溪，几个半地下的窝棚搭在山坡背风的地方，一堆火在熊熊燃烧，火上架烤着两头扒了皮的岩羊。

流浪帮的几个男人横七竖八地歪坐在地上。

那个大头领身材瘦高，一脸黑胡子，额头和脸颊上涂抹着纹饰，图案的样式是地位的象征，一般来说最高首领可以把各种强大神力的象征形成图案，如猛兽牙齿、利爪，雄鹰的眼睛、翅膀等。

大头领坐在一个大木墩子上，把着一个"天浆"葫芦，眼睛眯缝着，看着身披兽皮、手持长飞矛站在对面的夜风。

男人甲把昨天夜里遇到夜风的过程说了一下，到一边坐下。

头领喝了一口天浆，问夜风："他们说你有本事，是个飞杀的好猎手，是吗？"

夜风把手中的长飞矛拄在地上："是！"

头领大声说："再给他两杆飞矛，看看他的本事！那边的两棵树，能投中吗？"

夜风接过两杆递过来的飞矛，握在手中掂了掂，举起来试了试重心，看着那两棵松树，突然后撤一步，举矛引后，身体形成弓形，蹬步扭腰，扬手一掷，长矛飞出，刺进树干，"奥哈！"一片欢呼赞赏。

夜风回身又拿起另外一杆长矛，重复刚才的动作，长矛飞出，刺进另外一棵树的树干！"奥哈——"还是一片欢呼；夜风拔出别在腰上的短斧，两腿发力，原地转了一圈，斧子一道弧线，朝着火堆飞去，"当"的一声剁在大头领旁边的木墩子上，斧子把颤动不已！

斧子飞出，几个人惊叫一声，目瞪口呆，随即发出"奥哈"的欢呼。

大头领坐着没动，喝了一口天浆，朝着夜风招手，叫他坐在自己身边的树墩子上。

夜风走过去拔下斧子，坐下看着大头领；头领赞许地点头，"好样的！"转脸对大家说："好猎手，以后夜风就是咱们男人帮的左手！"这意思就是让夜风当了流浪群的三头领！

大家发出赞成的呼叫，"右手"老二，一个脸上涂着红色花纹的粗壮男人，递过一个盛着天浆的葫芦，"喝吧！"

夜风接过来，仰脖喝了一大口，站起来朝着头领和大家行礼，这就算是入了男人帮了，而且成为"左手"，三头领！

头领对夜风说："夜风，男人帮都要文脸，你要个什么画？"

远处高山黑云滚滚，雷声隆隆，夜风抬头看着夜空，回头对大头领说："要一个乌云巨翅，煽动雷声滚滚！"

大头领点头称是："好，巨翅扇雷，有气魄！"

在夜风抬头远望黑夜的远方，雷声滚滚的下面，一个巨大的黑石立在黑森林的坡地上，一堆篝火在熊熊燃烧，不远处传来哗哗的流水声，一群人披裹着兽皮，围坐在篝火边，他们坐在不到一人高的横木上，横木绑架在立木上，地面潮湿，在树枝腐叶下面，细小的流水静静地流过。

周围的树上有两人多高，架着一个个遮风挡雨的巢；巢穴进出的洞口探出孩子们好奇的面容，不时地有成年女人把孩子拽回到巢中。

巢与巢之间，有两根横木相连，一高一低，人可以扶着一根横木，从这个巢走到另一巢；火堆周围的巢，有通到下面横木的通道，那是两根树干斜搭过来，上面绑着短横木，便于上下。

这里是旧式父系家庭"黑石族"居住地，在日月宗居穴的上面，好猎手跋山涉水，经过森林灌木，要走过十多天的路途，森林渐稀少，灌木丛生，到了山根下瀑布形成的深潭边上，看到那块巨大的黑石，就是黑石族的地界了。

远古时期人类家庭形式是多样化的，基本上都是根据地形地貌，有利于群体生存需求、传统习惯形成家庭结构。

母系是建立在一系列血亲禁忌之上的种群生活方式，应该说禁忌建立就是文明，是对自然规律的敬畏；母系制度是将这种敬畏转化成一套生活规则，这就是对体制的选定。主动用体制抑制雄性的本能欲望，协调群体内外关系，使之互利。这是只有人类群体才能做到这些，所以母系家庭的一套禁忌规则是人类的文明。

旧式的父系比母系家庭更加原始，旧式父系家庭大概是灵长类自然生存方式的延续。猿猴都是父系群体，通常是通过"暴力竞争"产生一个最凶猛的雄性当王者，一般要独占交配权，保障遗传的优秀；这样的王者具有保卫家庭安全，惩罚恶行的义务；群体中其他雄性臣服王者，强者在未来找机会挑战猴王。

父系家庭有所不同，人类王者没有独占交配权，一是体力不足，二也是太危险：人会偷袭，也会使用工具的，趁"王者"不备，一块准确抛下的石头就要了王者的命。注意，猴王一般都在最高的地方，这是权威和安全的双重保障。

远古旧式父系大多是王者加臣服的子女，子成娶妻，女大嫁人，智人能发现近亲交配危害；如此，不同家庭的儿女交换、完成交配最方便，实在不行就抢亲。

旧式父系的麻烦一般出在人丁兴旺的第二代、第三代：王者老了，后代不臣服了；新一代血缘远了，没有抚养之恩了，健壮的男性都想自己得大利益——食物、女人、舒适等——外压内乱，阴谋诡计，分崩离析；所以，旧式父系没有大家庭，还没有长到足够大就崩析了，各种原因造成的冲突危机，死亡率很高。

为了生存，父系群体走向成熟，男性成员会达成协议，众望所归者为王，听天命，立王序，王位继承问题，老王为了群体和自己的生存，主动主持禅让，依旧是众望所归者为王。不服的可以和平出走，天高地阔，各走一边，生存是根本目的。

黑石族就是这样一个旧式的却相对成熟的父系群体，他们有自己的保佑神，一块黑色巨石上刻着烈火飞行的岩石；这就是他们天赐神火的传说，很可能是真的，有黑石为证。那块黑色雷石就是他们崇拜的神灵，代代如此。

这么多年下来，黑石族也已经有四十多口人，除了从外来的女人外，人人都有远近不同的血缘关系；根据血缘亲疏分成内部团队，最亲密的就是父子兄弟团队。团队之间有合作也有争斗，当生存合作大于利益争斗，依旧可以聚在一起；如果争斗大于合作，结果就是你走我留，或者你死我活！

黑石族王者是"裂石王"，从他父亲手中接过王位，已经多年了。不是别的原因，就是代代都有几个兄弟，个个都是强壮好猎手，继承王位必定是兄弟中最强的；兄弟几个居住很近，狩猎采摘在一起，遇到挑战能一起行动，"裂石王"比较稳定。

这个王位最大的好处就是各家各户每年的进贡，原来还有对女人初夜权。初夜权应该是猴王独占交配权的演变，是王者危机的根源之一。到了裂石王这一代，他知道"初夜权"积怨成恨，父亲就是死于对侄子婚娶行使初夜权；"裂石王"继位后，事实上废除了王者的初夜权；"裂石王"明白，"一时的好处，招来长久的仇恨，不能要！"野蛮"制度"的废除大多是生死危机逼迫的。

为了内部安定，老父王给子侄们定了"黑石语"：成年男人不能夺取其他成员的女人，如果没有后代，可以礼取外族女人；兄弟死后，他的女人可以由其他兄弟婚娶，前提是被婚娶的女人愿意。

裂石王认为子侄兄弟之间和睦合作比人口多更重要，对破坏内部和睦的举动坚决处罚。

"黑石语"肯定是有用的，黑石族没有因为各户冲突而分崩离析。

　　黑石族是改造了的旧式父系家庭，他们大多数群体合作行动仅限于上下父子两代，横向兄弟一代，再往下也就是往远看，原本的一家人很可能成为利益的争夺者；男人非常自私，像是贪婪多疑的土狼，占着自己的物品和女人，却总是盯着别人的。

　　男人最怕自己在狩猎中受伤，在群体中丧失保卫自己的作用，如此，自己的女人就可能被其他男人领走，即使不被抢走，女人也可能另谋生存之处。

　　黑石族的男女成亲只有简单的求亲仪式，成年男人由兄长携带到女人的父亲面前，说明求亲，送上几张好皮子和整整一只熏烤野猪，父亲看上了求亲者，说好永不为敌、互相协作，收下礼物，拜了"黑石"；父亲带女儿到求亲者住所，吃了烤肉，喝了天浆，让女儿进了求婚者熊皮睡袋，结亲仪式就算完成了！

　　男人出了意外，女人可以重回自己父亲的家，前提是父亲还活着，父亲还接受女儿回来；有人求亲，就重新来过一次结亲。最大的麻烦是未成年的孩子，父亲死了、跑了，这个女人只能自己找人收留，父亲可以暂时收留，长久还要自谋生路，找一个可以收留自己的男人，如此，孩子夭折是常见的事。

　　黑石族生存之地原本不缺猎物和吃用，冬季寒冷，但是黑石族在机关陷阱方面很有办法，带来丰富的收获。但是这几年，山上下来水越来越多，他们如同生活在泥水冰川中。原来黑石族是在半地下的山洞中居住，后来，山洞渐渐被水灌满了，他们早就迁居到树上搭巢居住，随着水越来越大，动物们纷纷迁徙，头领"裂石王"召集各户的当家男人坐在一起，商量办法，是走还是留！

　　这天夜晚，裂石王坐在篝火的旁，身体背后是一个围栏，正中放着那块象征神物的"黑石"，黑石遭到过几次雷劈，每次雷劈后都会掉下相当多的碎块，这些碎块是制作斧矛刀箭的最佳原料。

　　神物黑石下面横架着那把象征权威的黑斧，这把斧子是黑石上雷劈下来的一块石头，劈下来就是斧子形状，边缘很是坚硬锋利，就此做成了一把斧子，切肉削木很是锋利。父系家族历来是以搏斗胜负定高低，最后的胜者是这把斧子的拥有者，也就是黑石族的王者，斧子就是象征。

最近由于环境越来越恶劣，各个门户想法也开始多了，有人悄悄地酝酿着结伴出走，家族表面平静，暗地里各种想法蠢蠢欲动。

家族的男性成员们听到牛角号声，陆续集中到"大场"火堆，找到各自的座位，围成一圈，开始议事。

裂石王看人来得差不多了，开口说："大家都看到了，我们周围的水越来越多，都是从上面下来的，到底有没有灾难降临，不知道！我派猎手飞雕领着四个人到山顶大平台上查看，经过几个日夜，飞雕刚刚回来，他先把他们在上面看到的说一下！"

飞雕是裂石王的兄弟的独子，亲生父亲已经去世，一直跟随裂石王，这是一个健壮机灵的青年男人，他对大家说：

"往上走都是冰水，看不到边，我们的路走得不对，到了一个悬崖边沿，冰山挡着，冰山往下渗水，我们看上不去，就离开那里连夜往回赶，这已经是过了三个夜晚了，我们要离开这个地方，什么时候走？朝那里走？我们还要选择另一条路爬上去，看清楚大平台上出了什么事！我们这地方好像是在流水的河道上！"

在场的人听到飞雕的最后一句吓怕了，七嘴八舌吵闹，说什么的都有：必须先找一个高的地方躲避，然后选择方向；这里瀑布流水声音很大，山水下来听不到；今天晚上就动身，不能等死；七嘴八舌，一片混乱。

裂石王看到这种情景，大吼一声："别嚷嚷！听我的！"

听到吼声，一时间全都不说话了，看着裂石王等他拿主意。

裂石王大声说："走，是必须走，尽快走也不用再说了，今天就回去准备！现在的事情是往哪里走？我的想法是先向太阳落下去的方向走，还是朝着太阳正高的方向？这还要飞雕明天再带人上去，一定要看到大平台发生了什么，才知道水有多大，最终决定我们行走的方向！水往低处流，我们要选高一些平一些的地方走，乱走就可能走进河道！大水冲下来，谁都活不了！"

猎手"飞石眼"曾经向南面狩猎迷了路，走进过"母系族"也就是母系家庭的猎场，听到前面的议论，飞石眼说出自己的担心："裂石王，你说的高平的地方有'母系族'占着呢，母系族的狩猎队人多很厉害啊！咱们听大松伯说说！"

飞石眼说的大松伯是他的亲叔叔，飞石眼的父亲在一次狩猎中意外落入山涧，尸骨无存，大松伯就是他的养父了；裂石王与大松是平辈的血缘兄弟。大松原来居住的地方有棵粗壮的大松树，所以得名"大松下"，简称大松。他家上一辈和裂石王共同的祖父，血缘不算远，但是从小联手，一起行动，同甘共苦，互相帮助；这时候大松伯坐在裂石王的斜对面。

虽然飞石也想挑战权威，蠢蠢欲动，但是大松并没有非分之想，他一直认为做好自己的事情，照顾大家，就能活下去。听到裂石王的招呼，大松放下手中的葫芦水瓢：

"前几天我们向正阳方向走了很远，一路上是泥水，稀泥浮水，肯定是新流下来的；回来后我听着咱们后悬河的声音大多了，是不是水量又大了？我总担心咱们住的这块地方不牢靠，我们的洞穴已经全都淹了，人上了树，现在就必须找能住的地方！但是远迁历来就是大事，大家要商量好！"

"说得对，大家想法要一致！"裂石看着大松，"再派飞雕带人上面大平台看看，沿途也能看明白山势地形，确定往哪个方向走！"

大松往篝火堆里放了一块树根，看着旺火："我担心的是下面的母系族是否让我们住在他们边上，天热的时候，我曾藏在远处看他们怎么活着，跟我们完全不一样，他们是两大家子分住两处，隔几天，男人们出门到对方找女人，不过夜，当夜就回自己的洞穴；两个洞穴的人，两大群！"

"人数很多？有多少？"裂石问。

"我看到的那一家有三四群狩猎队，一群总有七八个猎手！"

"他们怎样狩猎，用什么家伙？"裂石王很关心。

"他们手里的武器和咱们用的差不多，石斧、石锤、尖矛投标，他们有一种扔飞石的皮兜，在手中转起来，石头两三块飞出去，可打中奔跑的羊鹿，准得很！"

大松眼睛发亮，露出佩服的神色："他们敢抓大家伙，几个人轰赶，赶到一个地方，藏在树上的猎手吊绳用斧矛砍杀大家伙，大家伙想不到也防不住这些从树上飞下来的猎手，被连续砍杀，只能负伤逃跑，最终一定是掉进陷阱，任人宰割！不过他们不杀带小崽的大家伙，不杀没长大的小崽，我想他们这办法是对的，给猎物留活路就是给自己留了活路！"

裂石问："他们的男人很强壮吗？"

大松回答："不是很高大，但是个个灵活善跑，追逐猎物，不知疲倦！"

裂石王问："他们的洞穴怎么样？"

大松说："我们离得很远，看得不清楚，住在一个巨大裂缝山洞里，那个山洞是个大裂缝，从一座山坡上一直通到地下，山洞肯定很大很长，曲曲弯弯，几个群体住在不同的地段，互不干扰；有女人小孩从上面的裂缝里进出，大洞口前有深沟，深沟过去是空场，有进出的洞口都架着火堆，日夜有人看守！"

裂石沉重地说："多少个冷暖过去了，我们从来没有见这样的大水！黑树林里的'长毛怪'又抢人抢食，很难防备，'红脸'家的女人丢了，我们必须找到新的地方。"

大松回答："咱们这黑石族心不齐，各有想法，能不能远行啊？走到半路为猎物、女人分手散伙，自相残杀，那可是没找到活路，就先自找死路了！"

裂石王把手中一把石斧剁在一个树墩子上，大声说："要远行必须再立规矩，守规矩的一起走，三心二意捣乱的就地分手！"

大松睁大眼睛看着裂石王："对啊！出远门找活路，就要立起上路的规矩！"

裂石王说："往上走是迎着大水走，而且是越走越冷，没有吃的喝的，肯定行不通；向太阳初起的方向走，是山形地势下大坡，一旦大水过来，人跑不过水，死路一条；太阳正高的方向有横沟很深，很难通过，所以偏向太阳落山的方向是最好的，遇到母系族，我们以礼相待，借路经过，并不停留，现在只能走一步看一步了！"

飞石眼插话："'母系族'人多势众，是否能借路给我们，我们是否能斗得过，很难说啊！"

"所以说我们要结成一股劲！"裂石王把两只粗大的手握在一起，"天高地阔，共生共死，才有出路！"

飞雕在一旁问："我们明天出发上大平台？"

"各位有什么其他想法吗？"裂石王扫视一圈，对着大家大声问，"没想法？那就这么定了，飞雕，你们明天就上上面查看大平台，注意一路的山势地形，尽快回来！"

裂石王用双手扶着飞雕的肩膀低声说："别冒险，不一定非要上到平台上，重要的是人要回来，告诉大家只能走，如此各户才能心齐上路，快去快回！"

飞雕点点头回答："我们明天一早就动身！"

第十一章　流浪帮结亲　夜风寻挚爱

几天的狩猎，夜风凭着他的本事，在流浪群里已经站住脚了。他能感到老二"右手"对自己的到来很不满，他知道"右手"担心自己取代他的位置。群里一个对夜风很佩服的叫"猴子"的悄悄地告诉夜风"夜里睡觉要找高处睡，防着狼咬！"夜风想了想才明白这是要自己小心提防"右手"，就此，每天过夜他都找个高处背靠着树，有什么动静马上警醒。夜风心里清楚，自己和"右手"必定有一次正面冲突。

"狼头族"成员都是各门户家族中冲犯了族规被赶出来的，为了生存被迫聚在一起，没有长幼之序，只有强弱排列，谁力大谁是王者老大，不服气的随时挑战，失败者认输当随从或者自己离开。

狼头族是别名，因为他们经常披着一张带头的整狼皮——起到保暖加恐吓双重作用。没有固定居住地的族群称为流浪帮。这没说错，这些男人四方流浪，没有固定住所；狩猎采摘，但没有固定的狩猎场，抢劫偷窃，看准了就下手。日月宗这些母系家庭称他们是流浪帮。

流浪帮没有女人和孩子，一个原因是居无定所，更最主要的是这些男人就没有供养后代的意愿，流浪帮认为女人孩子增加了男人们的负担与内部冲突的危险，是生存的累赘，他们需要简单直接的性满足；流浪帮生存持续是逃离族群的男人不断填补，一旦填补不足，群体自然消失，既没人知道，也无人在乎。

流浪帮经常发动攻击的最主要动机就是为了抢女人；流浪帮内部为女人争斗是必然的，死伤也时有发生，严重时也会造成整个群体的分裂乃至消亡！

不知从何时起，一个头脑清醒的流浪帮头领发现，为女人的男性争斗造成了内部冲突，抢劫女人也遭到各个族群的仇恨和反击，这个聪明的流浪帮首领定了个原则，抢来女人共享，然后送回原处！如此，流浪帮既达到满足性欲目的后避免了内部打斗，还因为被抢夺女人通常会被送返，日后，流浪帮再抢劫女人时遇到的抵抗不再那么激烈。遵守这个"规矩"的流浪帮大大减少了冲突，没有这个"规矩"的流浪群就会遭到激烈的排斥。确定这个规矩的就是落日谷流浪帮的"大头领"。没人知道他的名字，都叫他大头领。

对母系家庭来说，这种男性群体的存在有好处。远古人不懂生命遗传原理，只是经过无数代人生育得出经验判断，结亲血缘越远，后代越好，成活率越高，是优势遗传，后代会更多地继承长辈的生理优势。母系家庭认为，只要流浪帮守规矩，带来礼物请求结亲，母姐们挑选愿意，流浪群男人就可以与宗门母姐对偶结亲。

但是，过程与一掌一次的母系族对偶结亲不同，首先要在本宗门具夫的选择允许下，才可以入门；没有被选上的，不能进门，在门外等待。

每个来母系宗门的男人，首先要展示自己的宗门世系"印记"，验证是可以对偶结亲的人；没有宗门印记的，要能说出自己原来所属族群的图腾、活动地区、头领的称号等，说出来的总没有从小的印记可靠，还可能听不懂，所以常常被拒绝。

一般来说，对于流浪帮来访，母姐们收取更多的礼物，也想有更多的机会选择，一般没有大毛病的，宗门具夫都会收了礼物让他们进门，毕竟他们还要等待母姐们的选择，女选男，这是母系群体必须的！

男人被选择了却不愿意，那就会立刻被宗门具夫赶出宗门大门，可能永远丧失了结亲的机会！道理也很简单，你自己来的，又被选上了却不愿意，那就是撒谎！

黄昏后，流浪群到"日月宗"去结亲，夜风跟着一同去，给自己脸上涂了装饰用的黑红浆果汁，顶着狼头皮，不仔细看很难分辨出来。

进门验证印记，夜风走向黑豹。黑豹一看愣住了，他知道这是夜风。夜风看着黑豹不说话，四目对视，一切都明白了，黑豹知道夜风是来看望小鱼的，不动声地把夜风放进前场。

夜风没有带礼物，在前场找了一个不起眼的地方坐下，狼头帽子顶在脑袋上，远远看去像是一条狼坐在那里。一个日月宗的具夫走过来问："到那边等母姐看看！"

夜风低着头不说话，担心被具夫认出来。具夫很困惑：往常流浪帮的进来都是急急忙忙等待母姐的选择，这位坐在这儿不动，也没有礼物，什么意思？

黑豹快步走过来说："这是他们的猎手头儿，礼物已经收了！"

具夫问："他不结亲吗？"

黑豹挡在夜风的前面说："走累了吧，歇口气儿！"

具夫带着疑惑离开了。黑豹就势坐在夜风的斜对面，挡住夜风的大半张脸。

夜风摘下狼头帽，散下头发，好像是在捉虱子。一般具夫的头发长了就扎住，太长妨碍奔跑狩猎，就找"打火石"砸碎，用锋利的边缘切断一部分头发；"打火石"就是石英石，相互撞击会产生火星，猎手们常用来在野外生火。

夜风用头发挡住面容，低声问黑豹："小鱼怎么样了？"

黑豹望着前场里结亲选人的热闹场面，低声回话："听少宗母说小鱼病了。"

"病了？"夜风着急地问，"什么病？什么时候得病了？"

"你刚走，她就病了！"黑豹说，"不知道是什么病，母姐的病吧！"

夜风抬起头问："什么母姐病？"

黑豹低着头说："不知道，少宗母不说！"

夜风低着头问："你告诉她说我来了，让她去'后坡'等我，行吗？"

黑豹小声地说："不知道小鱼睡在哪个居穴，现在母姐的居穴前日夜都有宗母在那里坐着，具夫不能进去，有事都得宗母进去说！"

"我把小鱼害了，"夜风叹了口气说，"你叫生母来，说几句话！"

夜风说的生母就是自己的亲生母亲，应该四十岁刚出头，在远古这就是老女人了，早就不结亲了；母系家庭的生母，自己的孩子到了"姐具礼"，生母就不结亲了；如果没有成年的孩子，也许还会结亲。这不是规定，是母姐们约定俗成，不能让成年的孩子看到自己结亲。

黑豹依旧低着头，忽然抬起头说："生母她在你走后就没有出过居穴，我问少宗母生母怎么了，少宗母说她也病了……"

夜风把头埋进自己的两腿间，肩膀颤抖；黑豹假装无意识地把狼头披盖在夜风的头上，低声说："你放心，我会想办法好好照顾生母和小鱼的，你放心！"

夜风一言不发，始终低着头，不知道他在想什么。

流浪帮结亲结束，成帮结伙出了大门；夜风依旧一言不发，带着狼头披，走出大门，过了桥，回头朝着黑豹招了招手。扒皮刀眼尖，对黑豹说："那个流浪帮的动作像是夜风啊？"

黑豹看着扒皮刀低声说："就是夜风，他想看看生母和小鱼！"

扒皮刀眼睛里湿了，说："你还不知道吗，小鱼病得很重，不吃不喝啊！"

黑豹说："我知道，生母也病得起不来了，我去看生母，生母告诉我'告诉夜风，永远不要回来！'可我不能告诉夜风，怕他发怒做出可怕的事情！"

扒皮刀探口气："唉，他怎么就喜欢小鱼呢？黑白宗那么多母姐，他为什么看不上呢？说不清楚！"

黑豹说："说不清楚就不管了，能帮夜风就帮上吧！"

第十二章　冰水危机"大平台"？

又到了日月宗与黑白宗对偶结亲的日子。

到了双方具夫会面的地方，他们都发现这里有了新出现的几道小溪，平台周边潮湿泥泞，年长的具夫们很惊讶："怎么回事，怎么回事？"

双方感到最近的水越来越大，黑白宗在下游，感觉更加明显。黑白宗的大首太乌金对天火说，他们过来的时候经过一条河，原来是水淹小腿的小溪，现在成了流水及腰的宽河，眼前的小溪也让他感到意外。天火说："不能等了，尽快出发去大平台！"

乌金大首太马上同意，说结亲回来就在这里，商定会合出发的地方。

随即，双方的男人相互挥手告别去对方的居穴结亲去了，结亲就是节日。

天火现在是天日三合了，带着具夫们和豹兄弟，到了黑白宗的居穴门前，隔着壕沟，开始敲击歌唱。

如以往一样，大门打开，木桥放下，日月宗的男人们高兴地敲打手中的飞矛，跨过桥，进到门前大空场上，载歌载舞。

母姐们在门前站成一排，勾肩搭背，看着具夫们唱歌舞蹈，按照规矩秩序走上前，开始挑选礼物——选择结亲对象。

有过一次对偶结亲经历的花豹和小芹心中已经不一样了。

尤其小芹已经忘记了那一天的恐惧和身体上的不适应，昨天晚上，她竟然想念花豹，晚上做了和花豹结亲的梦，醒来后，曾经和花豹接触过的身体热乎乎湿津津的。

早上采摘的时候，她总是想这件事情，脸上发烧，神情敏感惊慌，姐姐水芹看到小芹的模样，笑眯眯悄悄地问："怎么了，有什么不对劲的？告诉我！"

小芹一向依恋水芹姐姐，生母只有她们两个孩子，自己从小就和水芹姐姐在一起，她一边采摘一边悄悄地把自己做梦告诉水芹，还说了自己身体反应。水芹听后一下子坐在地上，悄悄地问："湿漉漉的是流血吗？"

"开始我以为是流血，吓坏了，"小芹说，"就自己悄悄地看，不是啊！"

水芹拍了小芹肩膀一下："那就好啊！今天落日后就是结亲，这次你找谁啊？"

小芹低着头说："我还想找花豹，就觉得他好！"

水芹说："那可难说，他可能被别人挑走，他也可能想着别的母姐！"

小芹说："水芹姐，这次你靠前面挑，你可以悄悄地告诉花豹，说我要挑他，行不行？"

水芹看着小芹急切的表情说："我当然可以告诉他，但是按规矩是前面有人挑了花豹，他必须跟着前面的母姐走，否则，谁都不能挑他，只能出门了。"

"那我看好了他和谁走了，等他们完了，就像上次花豹先和你结亲，再和我结亲行不行呢？"小芹很执着。

"那也行，"水芹说，"那要看花豹愿意不愿意，他还有没有上次那样的力气。"水芹说完就笑了："只要他还想着你，他就有那力气！"

小芹有些担心："水芹姐，你说花豹会想着我吗？"

水芹认真地说："咱们母姐都能记住第一个男人，男人们就不一样了，有的也能记住，有的总想换新的；他们都说具夫母姐就是不一样，花豹还没经历过别的女人，他肯定记着你，还应该能想着你！"

"真的？那太好了！"小芹声音不自觉大了许多，惹得旁边采摘的母姐们惊异地抬眼望过来。

水芹忙说："你小声点！"随即把自己手中的一个大蘑菇放到小芹的筐中，转身朝那些母姐说："小芹找到一个大蘑菇！"

小芹站在黑白宗的母姐队伍里，早就看见了花豹，花豹也看见了小芹，四目相对，小芹向花豹招招手，花豹也笑着向小芹点头。

仪式在按照一向的程序进行着；男人随着节奏变化的鼓点跳舞，有人还自己加一些有难度的动作，展现自己的能力和体魄，个子矮瘦的就要展示自己的灵活敏捷，做一些高难动作，原地爬杆翻跟头，期望引起好女人的注意。

随后，女人随着本宗门的鼓点起舞，女人的节奏由慢到快，再逐渐慢下来。女人的舞蹈主要是展示成熟妩媚，摇摆扭动腰肢，凸显胸部臀部，舞蹈好，成熟的母姐得到具夫们的喝彩，口哨叫喊声音不断，远处树上的猴子会跟着啸叫，此起彼伏，很是热闹。因为选择决定权在母姐，所以母姐们的舞蹈动作幅度不大，轻柔曼妙。

小芹看到水芹走过去与花豹说话，花豹一副恭敬听从的样子，认真地点了点头，转脸朝着小芹这边寻找。

挑选开始了，一个年轻的母姐把花豹挑走了，小芹看到后犹豫了一下，走出排列，对后面的母姐说："我今天有些不舒服，我回去了！"

小芹进了居住的洞穴，她知道是哪个母姐挑走了花豹，小芹进洞后拐拐弯弯，悄悄地等在那个母姐的居穴外面，她觉得花豹心里想着自己，肯定一会儿就出来……

果然，花豹光着膀子出来了，那个母姐在后面说："真没用，挑错了，这种生杆子，中看不中用！"

花豹不以为然，走出来就东张西望，小芹迎上去，拉住花豹的手，转身就走，身后的那个母姐说："别要他！没用的东西！"

到了小芹的洞穴，两个人急切地抱在一起，小芹脱掉自己的上衣，解开皮裙，把花豹拉到身上，花豹一下子就兴奋起来，积极急切，花豹、小芹抱在一起，纠缠亲热，发出急切兴奋的嘤嘤声，这是一种感官被刺激后，在兴奋中发出原始本能的声音，两个青年男女相互诱惑！

小芹努力寻找着那个梦境中的感受，享受那个过程，身体在配合寻找那个美妙的感觉。他们找到了，开始不断地撕扯冲击，两个年轻充沛的身体很快就达到了最美妙的时刻，发出进入亢奋喷发的呻吟呼唤中，两个人像缠绕紧绷的藤枝。花豹渴望无限地深入，小芹期待的是融化，终于一声长叹，彻底松散，小芹浑身酥软，依偎在花豹结实的冒着热气的身体旁，悄声说："我晚上睡觉梦到了你，我们抱在一起，你想我了吗？"

花豹说："想了，一直特别想！"

小芹蠕动着身体，望着花豹的眼睛："我还想要……"

两个人又抱在一起，很快，花豹再次充沛激动了，趾高气扬，两个年轻肉体紧密缠绕，激烈地撞击，极度的舒畅令小芹抑制不住地呻吟，花豹听着这声音极有刺激，用激烈努力的行动回应，两个人再一次震颤痉挛，随即瘫倒在狼皮褥子上。

花豹摸着酥软的小芹说："我要送给你一张熊皮，让你躺在上面就想我！"

小芹舒适地感受着爱抚，喃喃地说："不送熊皮，我也会天天想你的……"

外面响起呼喊回归的鼓声，还有跟着回归鼓声有节奏和音高变化的歌声，那是向母姐们告别的赞美，母姐们也会咿咿呀呀地回应——一片祥和欢快的气氛。

花豹穿好皮裙和外衣，小芹把他送到宗门火堆边，水芹看到了两个人亲亲热热，上来拍了花豹的脑袋一下："找到小芹了，想不想我啊？"

花豹看见了水芹："水芹姐，我也想你！"

水芹看他一脸的愧疚，大笑说："回去吧，等着下次！"

日月、黑白两宗的男人们在平台上会面了，点起了一堆火，吃着东西，喝着天浆。

天火对乌金说："老宗母说她也从来没见过这样的事情，'宗门传说'里面也没提到过这样的事情，两宗组成一个狩猎队，要尽快出发！"

乌金大首太和天火是平辈，但是乌金年龄比较大，简称乌金三十，天火很尊重他。

乌金三十提议两宗门，一门派出三名好猎手，六个人上到上面察看水情，回来后确定对策。

"说动就动，天一亮就出发！"乌金三十拍了一下天火的肩膀：

"我知道你继承了大首太，好啊，以后就要叫你天日三十了！"

"日月宗叫我'三合'，和你们不一样！"天火纠正说。

乌金哈哈大笑说："三合不如三十叫着好听！"他转脸对日月宗的具夫们说："这就是你们的大首太天日三十！好不好！"

具夫们听着很新鲜，跟着一起喊："好，天日三十！"

"好，就这么办！"天火痛快地说，"明天一早从我们那里出发！我们那里有一个刚刚从水里捞上来的，是上面'猴王群'的，对上面情况比较熟悉，让他带路！"

当天晚上，天火领着两个狩猎首太黑豹和花豹一起到了坡上的平台小屋，找到那个黑石族的男人"好手"。

几天下来，黑豹早就知道"猴王族"的那个男人称作"好手"，他的女人叫"冰花"，他们住在坡顶瞭望哨后面的木屋里，这里本来是堆放灭火、防御的沙土、碎石的，有个不大的围圈。这对从父系家庭出来的男女，不能出这个院子，只能在那里制作弓箭，弟弟花豹每天送饭，跟他学习做弓箭。

花豹学得很认真，很勤快，那个男人需要什么材料，花豹马上就去找来，这些天来，花豹对他的语言也有了一些了解，远古人的语言简单，没有复杂的表达，基本上都是名词、动词组成的简单句，再加上有很多名词发音相近，容易掌握。

因为有松山宗母姐"冰花"从中沟通，他们交流没有多大障碍，再加上干的全是动手的活儿，花豹心灵手巧，学得认真，很快就掌握了"弓矢"的制作要领。

花豹问"好手"从那里学到的制作远射弓矢。"好手"说："天地之间有师长，狩猎时看到群猴跳跃在树林中，老猴子借助两树间的藤蔓跳了很远，我想如果在藤蔓上的猴子就是那根箭矢，那也能射得很远。我仔细看猴子们的跳跃，有的远，有的近，一直在想：猴子靠藤条弹出去，藤条长，两边的树细高，老猴子从高处跳到藤条上，两边的树梢被藤条拉弯，弹起来后老猴子就能跳很远。我在弓的两端加上'树梢'，绑在弓身的里面，拉弓到最后才压弯了'内梢'，放箭的时候，'内梢'先弹直，给弓身两端加了力！同样的弓弦，射得就远了很多！试了试，果然很好！还有一个办法，弓身要做得尽量大，只要不妨碍走路，能拉得动，弓身越大，弹力越大，射得就越远！关键是要找到做弓身和内梢的好藤条，内筋又长又直的就是好藤条，最好还要轻一点，你知道是什么吗？"

花豹追问："什么藤条，我去找！"

好手从板房顶上抽出一张弓，近乎黑色的弓身，内有弓梢，拿在手中很轻，弹性异常好。好手把它递给花豹，花豹感到这是神器！

好手说："这是黑竹，就在你们的猎场有一片，冰花和母姐们去采摘发现的，少宗母说以前没有这东西，这是近些年水大了才有的！这是上天给的好材料啊！"

花豹拿着这张弓，搭箭拉满，一箭射出，箭矢"嗖"的一声射出，深深地插入山坡的土里！

花豹高兴地说："猎手们都用上这样的弓身，那就太厉害了！"

好手笑着说："好弓身，还要好弓弦，要用细麻和羊肠子编在一起，晾晒后再放猪板油浸泡反复搓揉，这样的弓弦弹性好，能用很长时间。"

花豹很兴奋，高兴地说："让冰花告诉我，黑竹在哪儿，我现在就去砍竹子去！"

花豹本来就是一个喜欢琢磨的人，学了一阵子开窍了。

天日三十带着黑豹兄弟上到坡顶找到"好手"，要说去大平台的事。

花豹领着几个人进到小木屋，他对这里很熟悉，拿出一副自己新做的黑竹弓矢交给天日三十看，大首太拿在手中，掂掂重量，脸上露出惊奇的神色，很喜欢这张弓。花豹高兴地说："这是我跟好手学的，你来试试，看好用不好用?"

天日三十拿着那张弓到空场上对着对面的木柴堆搭"箭矢"射出,那根特制的箭矢"嗖"的一声飞出去,又快又远,听到对面"叮"的一声。花豹跑过去一看,穿刺有力,深深地刺进一段枯木中,回身大声叫好!

黑豹接过首太三十递过来的"弓矢",拉弓射箭,效果很好!

黑豹高兴地说:"你前面给我那个'弓矢',送给夜风了,这里的这几张弓矢这次出门就可以带上!"

花豹受到鼓励,很高兴:"我要连夜做几支箭矢,关键是要找到合适的矛头,打磨已经来不及了!"

天日三十高兴地说:"黑豹,你留个样子,我让留在家里的具夫、母姐们没事就帮你磨,箭头多做点,肯定用得着!"

花豹说:"冰花姐姐会做,让她教给其他人打磨尖石头。"

天日三十看着黑豹手中的那张弓说:"你们要快回来,最好我们的猎手都有一张弓,大家伙还没到面前,就倒在地上了!"

弓箭的热闹过去了,天日三十说了来这里的目的,通过"冰花"翻译,好手听明白后,表示愿意带路到上面查看水情,他说自己也想回去看看家族到底怎么样了。

花豹也要跟着一起去,他要试试自己做的弓矢是否好用!天日三十同意。如此,日月宗五个人,黑豹兄弟,两个猎手,再加上一个"好手"带路。

第十三章　冰川开化　冰湖悬上

第二天清晨，日月宗的五个人在黑豹的带领下，与黑白宗的三个人会合，八个人在"好手"带路下向上面出发了。

这几个猎手顺着冰河往上走，越往上越难走，原本没有路，冰原冰川交替出现，湍急的冰河纵横交错，暗流涌动，对于好猎手来说，行走攀爬都是好身手，危险的是冰面的湿滑和突然的坍塌，而这些危险随时发生！

几个日夜下来，八个人就剩下六个人了，冰梁断裂，日月宗的一个猎手在惊呼中，失足跌入了冰川，尸骨不见；黑白宗的一个猎手滑落冰河里，被大水冲走。

夜里，在篝火边，黑豹和大家商量，问"好手"下面到底能不能走通？

好手愁眉苦脸地说："只能慢慢往上爬，以前曾经有人走过，可是现在冰川变了，到处是明河暗流，又湿又滑，遇到不能跨过的冰川裂缝只能绕行！"

黑白宗的领头猎手说："实在不行我们只能走回头路，走到上面回来路又变了，上不去下不来，那就是死路一条，宗门也得不到咱们的消息！"

几个人围坐在篝火边，喝着冰化开的水，吃着肉干，看着身边的冰河和远方的冰川，默不作声。

忽然，黑豹看到河对面有火光远远靠近过来，这意味着可能有人像他们一样在使用火把！花豹说："火！有猎手！"

黑白宗的首领说："会不会是食人族？"

"就是食人族也不怕，他们过不了河！"花豹说，"喊一下，看他们是哪里的？"

几个人开始向河对面呼喊，对岸听见了，火光移动，三个人在对面岸边，呼喊回应，黑豹几个人听不懂他们喊什么，花豹似乎听懂了一些。

"好手"在一旁高兴地说："他们是黑石族的，也是要到上面查看大平台！"

"你怎么知道他们是黑石族的？"黑白宗的头领问道。

好手回答："我们原来是一个族的，后来分家了，他们的头领是裂石王！"

黑豹说："你们同族认识，那就呼喊联系，告诉他们，我们是干什么的！"

"好手"听到后，朝着河对岸哇啦哇啦地说了几句，对面也哇啦哇啦地喊回来，整个对话都是好手在翻译。

好手说："他们确实是黑石族的，知道我们是日月宗的，他们也是上大平台查看水势的，他们还说，离大平台没有多远了，我们这边的路不好走，他们曾经走过，没走通。"

黑豹让好手问问对方头领的称号，好手呼喊着问完后说："他们的头领是飞雕，我也把你的称号告诉他们了！"

黑白宗的首领说："告诉他们，我们两边一起走，能走通就大平台见面，走不通的一边在这里等待，再见面的时候通消息。"

"好手"伊利哇啦呼喊，对方回应，好手说："他们说就这样约定，祝我们好运！"

第二天早晨，双方站在岸边挥手致意，各自选路往上走。

果然，走到一个大冰川面前，过不去了，一道宽宽的裂缝深不见底，向远处延伸，不见尽头。

已经死了两个人，黑豹和另外几个人商量后，返回约定地点，架起篝火，挖好临时的洞穴掩体，轮流到四周打柴狩猎，等待对岸黑石族"飞雕"查看回来的消息。

黑豹兄弟在一处冰湖中钓鱼，他们把石洞中藏身冬眠的长虫勾出来，切成碎块，绑在骨钩上，垂钩入水，鱼上钩了，银白色，又大又肥，扭动着身体，黑豹用树枝把鱼串起来，放在篝火上烤。

烧烤香味缭绕在冰川上，猎手们吃得很香。

与母系族日月、黑白宗的人分手后，飞雕带着四个猎手继续跋山涉水。

一路上爬山，越走越高，树木越走越少，冰雪越来越多，越来越难走；冰层下面有渗水，经常听到冰层断裂"哐哐"的声音，在山谷中发出巨大的回声，令人胆战心惊。

一个黑夜后，五个猎手中两个遇难，一个是狩猎时遭到马熊袭击，手臂伤口很深，流血不止，两个日夜后在抽搐中咽了气；另一个是脚下冰块滑落，人失去平衡坠入冰川裂缝，找不到人了。

大山之间河水奔腾，狭窄断崖的地方，水流发出怒吼咆哮，时间长了，人被震得头昏脑涨，加上高原缺氧，三个猎手不知道自己是否能够完成查看的目的——裂石王告诉他们一定要上到高原平台上看看，家族的重托在飞雕心里沉重，他知道这是一次关系到家族生死的查看。

数年前，他和家族中的几个猎手上到过大平台，一望无际的冰原，巨大的丘陵在远处，飞雕心里知道，这个巨大无比的冰原一旦变成冰水滑落，下游的他们肯定是灭顶之灾，没有活路！

飞雕三个人遇到断壁只能横着找路，曲折上行，他们把火种分成三份，每人携带一份。火种管——一根掏空树心的树干，全部用黑泥敷上一层，上下通气，下面是大口，上面出气口可用木塞调节通气多少，火种放在里面，可随时查看，添加一种可以暗火燃烧的灌木枝，火种管挂在左胸前，一旦一个熄灭，还有两个火种，万一走散了，只要有火种，就有生存的可能，否则就是必死无疑！火种，那就是第二条命！

经过千辛万苦，目标大平台就在上面两棵松树高的地方，但是眼下无路，必须横着走找登山的路；三个人横向走了大半天，黄昏时找到一条可以斜着上山的"路"，这是一条瀑布下的石缝，石缝两侧冰雪覆盖，里面是多年的积土，瀑布、冰雪覆盖使石缝中湿润温暖，故此沿着石缝长了一连串下面树梢与上面根部首尾衔接的大小植物，飞雕领头，三个猎手沿着这条石缝，拿着钩杆和绳索，步步攀登，终于登上了那个大平台的边缘。

飞雕经验丰富、能力超强，是裂石王哥哥的儿子，其父在内部冲突中被对手暗害，裂石王把兄长的孩子接到自己身边养大，飞雕长大后，立志要为父亲报仇，一天晚上族群祭祀，飞雕盯着那个仇人，那个已经上了年纪的男人看着飞雕的眼神，知道灾难即将临头，当天夜里，连家眷都没敢带，一个人消失在黑暗中，他的女人和两个孩子被其他门户收走了。

不久，飞雕成为黑石族的狩猎队领头人，也是裂石王最信任的助手。

飞雕带着另外两个猎手，从缝隙中爬上传说中的大平台的横梁，眼前的景色让他们目瞪口呆！

一望无际的冰水，在黄昏中阳光下泛着蓝白色的光，冰块堆积在这个巨大的平台上，不时传出挤压断裂的声音；平台边缘大大小小的冰块，大的就像是一座小山，滑动挤压，远处的还有更多的冰山随着水流向边缘移动……

飞雕看到了这种状况，突然意识到，某一个时刻，大平台某一处会撑不住崩塌，然后引发大崩溃！想到此，飞雕骤然内心紧张异常：

"赶快回去，必须尽快迁徙，否则全族灭亡！"

在几天前相遇相约的地方，飞雕和黑豹隔着冰水急流，再次相见。

双方招手，飞雕双手拢在嘴边，大喊："大平台要倒了，大水要冲下来了！"

好手、花豹挥手表示听懂了，马上动身回去告诉族人，单膝跪地，横举长矛俯身行猎手大礼，招手表示感谢。

飞雕喊话，向花豹要火种。

好手明白了，把火种——一段烧透的树枝——绑在箭头上，站在高处，朝对岸低处拉弓射去，箭矢带着火种飞过冰河，落在对岸。飞雕拿到火种，单膝跪地，横举长矛三次，表示感谢；双方挥手告别。

第十四章　黑石族迁徙　日月宗借路

夜晚，远处传来瀑布的声音，火坑里柴火燃烧发出噼噼啪啪的声音。

裂石王坐在火堆旁边，那把象征着权威的斧子靠在身边，这把石斧比一般的石斧要大一些，木质手柄上缠绕着鹿皮皮条，他手里拨弄着柴火，对兄弟大斧和儿子火石说：

"飞雕他们几个应该回来了，是不是遇到大事了？你到天亮时带几个人往上面走，找找飞雕！"

大斧说："路很难走，我知道！"

飞石眼安慰说："飞雕是好猎手，应该就快回来了吧！"

裂石王看着火堆，说："后坡的两家男人抢猎物，一死一伤，我刚刚看了那个受伤的，血流得太多了，我看也活不过今天晚上，咱们人本来就不多，可是各家为猎物动不动就是决斗，不是死就是伤，现在要是遇到长毛狼、流浪帮，估计全都活不了！"

大斧无奈地摇了摇头，说："白天吃了亏，半夜报仇，如此下去，人越来越少了。"

飞石眼问："听说下面的母系家族，一家人口很多，人家怎么就不仇杀呢？"

大斧说："被流浪帮掳走逃回来的女人说，他们是兄弟姐妹和母亲住在一起，世代不变，姐妹的孩子就是这家的孩子，没有爹，只有猎手具夫。"

飞石眼再问："男人要找女人怎么办？"

裂石王说："到另外一个母系族去找，哪一家的男人过来找这一家的姐妹，那一家的女人就归这一族的男人，几个日夜一次，一起去，一起回，谁生的孩子就是谁家的。"

飞石眼问："这样做有什么好处呢？"

裂石王说："孩子都是母亲的，具夫共同保卫自己家，男人之间没有争斗的事！"

大家都不说话了，守望着篝火，陷入沉思。

一个看夜的男人跑过来："飞雕带人回来了！"

裂石王腾地一下站起来："在哪儿，快点叫过来！"

栏杆外围火堆处，歪歪斜斜地走过三个人，裂石王喊了声："飞雕，到这里来，烤火吃东西！"

说完，飞石眼和大斧上前扶住飞雕三个人，把他扶到裂石王的旁边坐下；飞雕瘫软在座位上；另外两个猎手也被大斧、飞石眼扶到旁边的狼皮垫子上。

裂石王叫人从篝火边拿来了天浆，给他们一人灌了一瓢热天浆，飞雕精力恢复了，抹了抹嘴，喘了一口气，急切地说：

"父王，快想办法！上面大平台全都变成了冰水，冰山漂过来，堵在平台边上，随时都可能塌下来，没有冰山堵着，大平台上的冰水冲下来什么都挡不住，整个平台都要掉下来，在下面一点活路都没有！"

"大平台都变成冰水了？"裂石王阴沉着脸郑重地问，"那些到边上的冰山都是漂过来的，你亲眼所见？"

"我亲眼看见的，大平台已经是大水面，三面冰水，看不到边，远处是冰还是水我不知道，我可以看到的地方全都是冰水，大大小小的冰块漂过来，堆积在边缘，夜里就冻上，但是冰山会突然发出开裂声。那个边缘上堆着好多冰块，大大小小，现在是冻在一起，可是说不定什么时候就会突然垮塌，只要有一个口子，平台上的冰水就会冲成大口子，口子越冲越大，水流越来越大，到了我们这里……我不敢说，也许现在就塌了，大水正在朝我们冲过来！父王，我们必须马上想办法！"

飞雕一口气说出这些话，喘着粗气，用急切的眼神看着裂石王。

裂石王没有说话，严肃地拿起那把象征家族权威的斧子，横在胸前，慢慢地举过额头，对飞石眼说：

"吹牛角，召来黑石族各家的男人，商定大事！"

呜——呜——呜——牛角号低沉富有穿透力的声音，在居住地山谷森林中回荡，呜——呜——呜——

黑石族各个门户的男人知道这个时候召集大家，肯定是急事！很快就聚过来。

裂石王让将飞雕大平台上的亲眼所见再说一遍。大家脸色变了，都很急切，没有二话；马上迁徙，离开这个地方，寻找活路去！

日月宗的花豹兄弟、好手领着剩下的六个猎手，翻山越岭，日夜兼程，赶回日月、黑白二宗的"华彩居穴"。

回来的路与上去的路已经不一样了，大水改变了一切，水流遍地，大树会慢慢地倒下，地下水如泉涌；最危险的还是在上面，不知道什么时候上面就会下来一股水，或大或小，通常都是裹挟着树枝断木，遇到陡坡突然加速，狂泻而下；猎手们必须看好下一步往哪里躲避，当水势漫流时，及时找到高地，因为很可能就是一股激流跟随其后。

黑豹兄弟、好手和一个猎手一身疲惫，风尘仆仆回到洞居，在搀扶下坐到正堂火堆旁，老宗母、老大首太走过来问候，看到他们十分疲惫："在这里睡下，天日三十狩猎回来再说，一起商量！"

好手回到瞭望台自己的小屋，冰花看到好手风尘仆仆走进房子，一身破烂，惊叫一声，扑到好手的身上。

天日三十狩猎回来了，正堂篝火熊熊，日月宗重要人物全部到场。

老宗母和老首太坐在正中，一左一右，天火作为大首太坐在老首太的旁边，另一侧依次坐着少宗母等，大巫姐带着荇花和另一个少巫姐坐在老宗母的后面，靠近图腾和宗门系挂。

老宗母说:"黑豹带领外出探查上游冰山，下午回来，现在让大家过来，听黑豹说说他们在上面看到什么，我们商量下面怎么办?"

天火刚刚当上大首太，还不习惯指手画脚，尤其当着两位长辈，天火转头示意黑豹说话；黑豹等人睡了一觉，精气神恢复了许多，看着老宗母慈祥威严的面孔开始说话，黑豹直接说:"我们遇到了冰山上不去，河对岸黑石族的三个人上去了，我们在遇到他们的地方等了三天，他们回来说大平台上全是冰块冰山，有很多水流出，大平台随时都可能塌下来!"

老首太问:"大平台有多大?"

"他们说根本望不到边，看他们的样子，大平台很可怕!"

老宗母问:"黑石族是上面的猴王族吗?"

"好手说是，他们原来是一群的，好手能听懂他们喊话!花豹能听懂一些，结果就是大平台要塌了，水会非常大!"

运水的老具夫插话:"水再大也淹不到咱们，经过多少个开冻期了，咱们居穴里有暗河，有水就全都流走了!"

掌管洞穴内水井的宗母被称为司水宗母，主管居穴内的三口井，这三口井并不是专门挖成的，有两口是自然生成的地穴，为了取水方便，具夫下去清理四壁，还有一口是洞内听到这处下面流水声，打开上面的石板，下面就是暗河。

每个水井上面搭着粗木杠子，上面是一个排木捆绑而成的盖子，封冻期洞外取水很难，洞内井下的暗河并不封冻，这就称为封冻期的水源。不同季节，几个水井水位高低随之变化，从来没有干涸。水和火同样重要，缺一不可，宗门传统专门设有看火的具夫和司水宗母。

听到争论，司水宗母插话说:"外面怎么样具夫们清楚，我知道居穴内的三个水井水位越来越高，水流也很急，就是冰冻期水也很大，最低处的那口井已经好几次冒水，我曾向老宗母说过水高流急，现在下面的那口井已经封死了，但是开冰后的这些天不断向外冒水，井盖子已经被水顶松了，还要压石头！"

老宗母听后马上告诉首太三十："马上叫几个具夫过去再多压些石头，要大石头！"

老首太站起来说："我带他们去！"

老宗母有点着急说："老首太，你不要去，坐这里马上商量办法，叫扒皮刀带几个人去压井！"

老首太坐下，扒皮刀答应一声跑了出去。

老宗母对天日说："小时候看到一次大水，不知道是不是平台上出了事，但那个水非常大，我们的下居穴全部淹没，经过十几个日夜，水才退了，我知道大水下来很可怕！照黑豹的说法，大平台随时可能倒下，我感觉大水随时都可能下来，一旦更大的水冲下来，我们没有准备，那就是整个宗门的大灾难！现在必须商定一个办法，老首太知道外面的状况，你和天日赶快商定一个办法，是走还是留！"

参加议事的母姐和具夫们听到"走还是留！"一下子愣住了，面面相觑不知该做什么应答。

天日三十转脸问黑豹："黑石族上去的几个人把大平台说得很危险吗？"

黑豹非常肯定地说："很危险，他们说话的时候很着急，声音都变了！"

好手在一边插话，花豹转过话来说："他知道他们说话很着急，好像看到大魔鬼！"

大首太抬头说："这样吧！事关宗门生死大事，不要犹豫，准备离开，向高处走，大水过了，这里没事，我们还可以回来！天火现在是大首太，天日三十你说呢？"

天日三十马上应道："老首太说得对！这样，虽然还不到结亲的日子，但明早日出我带黑豹兄弟、好手几个人到黑白宗，告诉他们我们准备离开这里，向西面坡地寻找新的地方，邀请他们一起走，黑白宗的地势比我们还要低，大水来了更危险，他们会跟我们一起走的！"

老宗母说:"就这么办,事不宜迟!"

黑白宗的大堂里,天日三十和老首太带着花豹兄弟、好手等人,与黑白宗大首太乌金三十、老宗母坐在一起,两个跟着一起上去看大平台的猎手坐在一边。

大家商定是否迁徙的事,黑白宗众人有些犹豫,认为事情没有那么紧迫,宗门迁徙是很大的事,需要认真商定。

天日三十等人力陈利害,黑白宗同意准备一下,择日临时迁徙到西面坡地上,然后根据情况再决定最终走向。

裂石王知道飞雕在上大平台的路上遇到了日月宗的探险队,他心里有数了,知道日月宗不会阻挡他们黑石族了,一是已经有过交道;二是日月宗也要迁徙,只是走的是可能不会是一条路!

黑石族五十多个人在裂石王的带领下,拖家带口开始向日月宗的居穴方向迁徙,行进的队伍中,女人居多,一个猎手要照顾三四个女人与孩子。

太阳落下后,走到一处相对平缓的地方,裂石王告诉家人在这里过夜。

选定一个高处,几堆篝火点燃,取冰化水,猎物放在架子上熏烤,人们在火光中围坐着,一天的行走,疲惫不堪,倒卧在篝火边,有的已经入睡。

裂石王与飞雕几个头领商量下一步的走向。裂石王说:"再往下走就快进入母系族的地盘了,我想应该派人去与他们商量一下,让他们同意我们借路通过,不要发生冲突。"

飞雕说:"我们上大平台与他们的人打过交道,他们那边上不了大平台,我们上去了,回来时双方隔着大沟通过消息,我们把大平台的状况告诉了他们,母系族的人很感谢,我去与他们联系,他们那里有一个是东山族的人,能听懂咱们话,说好了,应该不会闹起冲突。"

裂石王点点头:"那你天亮就带两个猎手在前面走,先到母系族去联系,一切都说好,不要到时候起了冲突!"

飞雕应承下来,叫两个猎手过来交代了一下,回头对裂石王说:"我们天一亮就走,提前说定!"

裂石王叮嘱:"告诉他们,我们只是借路,最多停留一两夜就另寻出路!"

黑白宗的小芹脖子上围着花豹给她的那张银鼠皮，在采摘的山坡上，看着日月宗的几个具夫走出居穴大门，其中有东张西望的花豹；小芹从茂密的灌木丛中站起来，向他招手，花豹看到远处的小芹招手，花豹挥动长矛呼应，这不是结亲日，只能恋恋不舍地离开黑白宗。

在回去的路上，天日三十看见花豹总是若有所思，不断回头瞭望黑白宗的驻地，就笑着对花豹说："还有几天就是结亲日了，到时候就能看到你的相好了！"

花豹笑了笑："我也不知道这是为什么，总是想她！"

扒皮刀插话："男人想女人，这就对了，不想就怪了！"

天日三十说："想归想，具夫们最重要的是狩猎护宗！"

几个具夫说说笑笑奔走在回居穴的路上。

在日月宗居穴内，大巫姐领着荇花正在准备祭祀仪式的物品，这时候，翠鸟已经被老宗母改名叫荇花。翠鸟自己也很喜欢"荇花"这个名字。

大巫姐看着荇花成熟丰满的体态，伸手从后面抱住荇花的腰身，动作很亲呢。

荇花很惊讶，转过身看着大巫姐，目光奇惑。

大巫姐媚笑着依旧搂着荇花的腰，面对面地把她抱在怀中："我们姐妹结亲不犯禁忌，我喜欢你，来吧！"

荇花面露惊讶，并不情愿，大巫姐抱着荇花说："我们巫姐是不能和具夫结亲的，我们只能自己在一起相亲了。"

荇花被大巫姐搞得不知所措，但是大巫姐的抚摸与不停地亲吻，让荇花又有奇异的感受，但是内心中依旧有一种不情愿，对大巫姐说："难道我们只能这样吗？"

大巫姐的双手就像是柔软的蛇，缠绕着荇花的腰；上面用嘴唇轻轻地摩擦荇花的耳郭，不时地钻舔耳道，低声说："只能这样，巫姐不结亲，这是规矩。"

荇花被大巫姐搞得浑身燥热。

大巫姐发现了荇花的变化，更加认真地重复着各种亲呢抚爱，贴着荇花的脸颊低语："我快来红了，红来前我就难以忍耐，别人不知道，当个大巫姐很难受……"

荇花被大巫姐的激情所感染，浑身发热，头脑迷糊飘然，浑身绷紧，格外敏感，很是期待有人把自己紧紧地勒紧；大巫姐热情地说："你和我一样，也想了……"

居穴里传来喊声，"又冒水了，又冒水了！"

大巫姐和荇花被惊醒了！

花豹回到居穴后就到好手住的小院子，他总是愿意和好手一起鼓捣各种工具。

看到花豹在院子外喊叫，好手的女人放下手中活计，回到居穴中；这是好手两个人可以在这里暂居的"规矩"：有具夫来，这个女人必须回到居穴内，不能与宗门内具夫见面；不是结亲日，好手不能出这个院子，实际上结亲日成了好手出门的机会，平时只能靠花豹和其他具夫帮助送来做工具的原料和食物；花豹除了送东西还喜欢和好手一起干活儿学手艺，花豹脑子活，从好手那里又学到了观察一些自然现象，喜欢搞一些提高效率的新工具，两个人成为交往最多的好兄弟。

这次花豹来，把宗门有可能迁走的消息告诉了好手；好手听花豹说完后说：

"从大平台回来的路上我就知道日月宗只能迁走了，水会越来越大，平台说不好什么时候就会塌，要迁走就要快点动身！"

花豹说："要迁走就要带很多东西，要走很远，如果有一个可以装运又多又省力的架子那就太好了！狩猎时用的架子就是几根小树干绑成的，遇到泥地就不顶用了，我在想能不能把磨轮装在架子上，这样就会省力装得多，走得远！"

"你想得好！"好手领着花豹走到院子边往远处下面的院子里看，一群母姐在那里磨采摘回来的各种植物果实，有的是一个人转着一个小石磨，还有几个人推着一个大石磨，一个母姐往上磨入料的洞里倒各种颗粒，还有一个母姐在一旁筛捡……

那两人推动的石磨看上去并不很圆，人们打磨时注重的是上磨与下磨的平面，并不追求特别圆，大致平衡就行了，上下磨中间有一个轴顶着，毕竟原始工具打磨非常困难。

好手自言自语："石头太沉了，只能用圆木头！"

花豹看了一会儿，说："树干大多是圆的，拿树干做圆滚子肯定行！"

好手和花豹找来一段圆木，用石斧破成两段，削圆，挖出轴孔，最后掏通那一段用沙子垫衬圆洞四周，放进去烧得滚烫的石头搅动，圆木很快就被掏出一个洞！

把一根修直的插进两个圆木中，绑上四根上下对应刻了槽的树干……

好手和花豹推着木轮架子在院中走，很是高兴！女人也在洞穴门口探出头，拍手叫好；忽然一侧的木轮掉了，好手和花豹赶快给装回去，花豹想了想，建议好手在木轮两侧绑上木头挡住木轮，好手说"好主意！"这就是最初的"轴挡"。

好手坐在装了木轮的架子上，花豹拉着架子满院子装，女人在居穴的门口拍手笑，小院子里一片欢笑；瞭望的老具夫从瞭望台上探头看，看到这种情景也高兴地呼叫。

黑石族的飞雕带着两个猎手，背弓执矛，在山路上快步行走，走到一个山坡上向下望去；飞雕指着远处黄褐色的岩石山告诉另外两个猎手："那里就是母系族的地界了，天黑的时候就快到了！"

天日三十带领猎手们在洞内堵水，收拾东西，母姐们也在老宗母和少宗母的指挥下，居穴内一片忙忙碌碌。

司井宗母报告天日三十："下面的那口井断断续续冒水，一会儿大一会儿小！"

天日三十说："我带几个具夫用石头压，告诉住在下面的具夫们，全都搬到上面来！"

司井宗母问："宗门真的要迁移吗？"

天日三十："看看水到底有多大，估计不得不走了！"

水堵住了，天日三十走出主居穴的洞口，花豹跑过来，兴奋地拉着天日三十，让他到上面看看，说他们做了一个"轮架子"，可以转载物品，省力多载。

天日三十、黑豹等几个首太具夫跟着花豹一同上到了上平台的院子里，看到好手和花豹一同做出来的"轮架子"：两根长木，中间用几根短木棍捆绑固定，构成一个长梯形，一根穿了圆木盘的棒子放在架子下面，前后被左右四根立柱挡在中间。

黑豹让三个具夫坐在架子上，拉起轮架子，木轮转动，三个具夫被花豹拉着满院子转，圆木盘唧唧扭扭发出的声音。

黑豹兴奋地看着天日三十，天日三十说："好主意！"随即蹲下看轮轴与架子摩擦的地方，用手摸了摸摩擦出来的痕迹说："走长路这地方要磨坏啊！"

好手没说话，花豹说："我们会找结实的木头，事先做好一些垫木，随时带着，随时换。"

天日三十点点头："黑豹，你会成为日月宗门的好手，抓紧时间，尽量多做架轮，出门打猎都用得着！"

当！当！当！站在上面的瞭望具夫敲响了木梆子，花豹站在一边向老具夫指的方向望去，指着对面的山上说："对面山上有人！"

天日三十也看到了，三个外族的猎手站在山坡上向这里张望。

黑豹眼尖突然说："中间那个人是黑石族的，就是他告诉我们大平台上水满了的飞雕！"

好手这时也看出来了，急忙说："飞雕，黑石族的领头猎手！他肯定是找咱们来了，肯定有事！"

天日三十连着几声呼哨，宗门的吊桥慢慢地放了下去……

在几个猎手的簇拥下，飞雕带着两个黑石族的猎手走进宗门的大门。

老宗母坐在属于自己的座位上，大巫姐全身披挂站在老宗母的一侧，天日三十和黑石族的飞雕以及另外两个猎手坐在火塘的边上，飞雕和猎手们的武器全部放在大厅的门口，其他人找到自己的座位依次坐下，花豹兄弟提着一些天浆葫芦，飞雕和他的猎手捧起葫芦畅快地喝了几口，好手坐在一边，花豹因为会说一些简单的黑石族语言，蹲在天日三十的右腿边上，用一根木棒把火坑中的火挑出火苗，夹在横杆上的野猪肉发出滋滋的响声。

扒皮刀切下烤好的肉，插在树杈上递给三位客人；飞雕三个人肯定是又渴又饿，也不客气，大吃大喝起来。

片刻，天日三十看到他们吃喝一阵子，开口问道："我听说了，你们帮了我们，上了大平台，看到了上面的冰水状况，我们很感谢！"

飞雕放下手中天浆葫芦，抹了一下嘴边胡须上的肉："我们是第一次下山走到你们猎场和居穴，感谢你们允许我们进入，还给了我们好喝的天浆和肉食！"

两个猎手跟着飞雕站起来，先向在上的老宗母行了抱肩低首礼，转过脸又向天日三十行礼；这时候，天日三十已经站起来，日月宗在场的猎手们也跟着站起来，向飞雕等三人行礼。日月宗的行礼是垂臂合手，低首致敬。

行礼各不相同，意思大致相同，都是表达"不攻击，信任你"的意思；但是，任何礼节举动都不妨碍行礼人长矛靠肩，这倒不是不信任对方，而是在莽原丛林之中，毒虫猛兽很多，常常会有出其不意的攻击，这样的教训尽人皆知，对猎手来说，护身的武器须臾不可离身。

行礼后，大家再次坐下。飞雕面对天日三十说："上面的水每天都不一样，越来越大，看过大平台的状况后，我们感到必须离开，族长裂石王已经决定全族下山寻找新的居住地。"

天日三十问："你们离大平台比我们近，最近你们又看到了什么？"

"水越来越多，"飞雕急切地回答，"更危险的是现在冰多了，大块的冰多了，这就是说大平台上有了缺口，随时会塌下来！"

天日三十说："你们在上面，这次到大平台也是你们亲眼看见了上面的大水，这次你们来就是要离开老居穴？"

飞雕语气急切："是是！我亲眼看了大平台的危险，一望无际的冰水，大大的冰山堆在边上，随时就会塌下来啊！我们族长裂石王已经和各家说好，做了决定，现在他们已经在路上，正在往这边走，我们是先走了两个日出，就是要和你们商量借路通过，到远方去寻找新地方，请你们允许我们通过！"

天日三十马上回应："借路通过，完全可以，对一个宗门来说，居穴和猎场是活命的根本，你们借路去寻找自己的居穴和猎场，那很好！我们两门不一样，不可能有结亲之约，如果比邻而居，我们应该互不侵犯，相互关照。"

飞雕真诚地表示："我们只是过路，不动你们猎场中的一草一木，我们的结亲和你们不一样，我们一定管好自己人，远离你们的居穴；我们的猎手若有侵犯，你们可当即马上捆绑，我们必定重罚！"

天日三十看了看其他人，转脸看着飞雕的眼睛。

飞雕明白这是什么意思，拿出一把黑石利刃，割破手指把血抹在自己的额头和脖子上，表明立下誓言，违背誓言必遭到死亡之灾！

好手知道这种立誓的意思，虽然没有仪式，但属于很重的誓言，有时候出现了违约，别人追过来质问，立誓者必须洒血以报。

好手把飞雕的立誓告诉了天日三十；天日三十还礼表示接受，说："如果你们的人来了，请你来告诉我们。"

飞雕还礼说："一定提前告知！"

飞雕走后，天日三十把黑石族要借路通过的事情讲给老宗母，老宗母问，如果他们停留在附近、占了咱们的猎场不走了怎么办？

天日三十说他们已经发誓了！

大巫姐在一旁说："不是一个神灵！"

老首太说："他们是外来的，闹不起大事，一旦打起来，他们要家破人亡！"

飞雕带着猎手往回赶了一段的路，在一个必经山口等待；当天晚上，飞雕看到远处的火堆，他知道这是裂石王领着黑石家族过来了。

飞雕在火堆旁见了裂石王。裂石王面色沉重地问是否与母系族谈好了？家庭男性成员围坐在一旁，神色紧张，担心借路不通。

飞雕高兴地对裂石王讲述了与母系族商量的过程与结果，裂石王随机问："母系族提出要多少礼物？"

飞雕回答；"没有提到，我也没有追问！"

裂石王问："他们请你们吃东西了吗？"

飞雕点头说："请我们吃烤肉，他们的食物好像很充足，围着的人吃得不多，不断地喝果露，他们叫天浆。"

裂石王露出笑容："好，我们准备一些礼物，借路通过总是要拿出礼物的。"

飞雕身边的一个老猎手插话："我没有看到母系族有多少猎手，进大门时也没有让我们把长矛放在外面。"

裂石王听出这个老猎手的意思，眼睛直视着他说："到底有多少猎手不是一眼就能看到的，再有，我们不能趁人不备搞偷袭抢占，这种做法是要遭天灾的！"

大平台上，黑夜星空灿烂，月亮干净明亮，繁星满天，好像近在咫尺，伸手可及；冰山反光，水面一片光亮，却并不平静；冰山相撞开裂，发出各种奇异的响声；大的声响会引起夜间活动的动物发出叫声；冰雪的世界，并不平静，预示着危机来临的动静，在树林中，旷野上，此起彼伏……

大平台上，月光反射在活动的水面冰山上发出奇异多变的寒光，冰水稀里哗啦，不规则地向外溢出……

忽然，大平台最外边的悬壁上发出一个奇异的声音，一条裂缝随着声音从冰壁上跳跃着向下开裂，开裂延续，引发周边出现大大小小的裂缝！

在大平台的边缘，冰水从裂缝中渗透，渗透变成水流，小水流变成大水流，忽然，喷涌出一股，越喷越大，发出狂暴的泄水声，一块悬壁冰面断裂，坍塌发出巨大的声响，在周边动物怪家声中，冰水喷涌而出！

悬壁上的冰块不断地断裂，水流越来越大，大平台上的大小冰块顺流而下！

大平台开始坍塌，大量的冰水冲出缺口奔腾而下！平台开始了大面积坍塌……

自然界展现力量，无可抵挡的冰河倾泻，奔涌而下！

第十五章　夜风夜潜　再寻"小鱼"

夜风披着狼皮跟着流浪族的人来到日月宗的大门，站在壕沟边呼叫歌唱。

"我们带来丰厚的礼物，献给我们尊贵的主人，

请接受我们的奉献，让我们看到你们鲜花一样的女人……"

其实，这些直接的呼喊母系家族未必能听懂，但是一看到这些流浪帮，就知道他们的意思是期望结亲。

夜风本来并不想来，但是牵挂着小鱼。大头领很看重夜风，告诉他："你脸上纹饰让你变了样子，一般人根本看不出来，去看看你日月宗的兄弟姐妹吧！"

大头领消息灵通，知道夜风为什么离开日月宗，也明白夜风的心思，就给了夜风一块"族牌"，那是一个死去的流浪帮成员的族牌。夜风经过上次结亲，除了黑豹没有被其他人认出来，加上心里对小鱼和生母的惦记，就踏上了结亲

的道路。

通过日月宗的吊桥，检验"印记"的依旧是黑豹和几个具夫，黑豹看了看夜风的那块牌子，不动声色，让夜风进了前场；不远处的花豹似乎看满脸纹饰、缩头缩脑的夜风面熟，不断地朝这边看，打量着夜风。

夜风则装作不认识，和流浪帮的男人们混坐在一起，好像是在等候母姐们的挑选，实际上他在母姐中寻找小鱼。

礼物有羊肉、野猪肉和各种毛皮，经过检验后，在少宗母的示意下，母姐们开始挑选自己中意的猎手。一个年轻的母姐走到夜风面前，向他招手，夜风愣了一下，慢慢地站起来，母姐问："就是你，你不愿意吗？"

夜风没说话，有些犹豫地走出男人帮，母姐嫌他慢："你不愿意就到族门外面去！"

这母姐是采麻搓绳的小首领，夜风知道招惹她没有好结果，重要的是在外面始终没有看到小鱼，他想进到居穴查看，便跟着这位火暴脾气进到上层母姐内居穴。

上层内居穴是母姐居住结亲的地方，除了结亲的时候，男性绝对不能进入。内穴里面有大大小小的洞穴，根据洞穴的大小用圆木茅草分为每个母姐居住的小隔间，首领和年长的母姐可以居住高大一些的居穴，每个洞穴内都有"床"，那是用光滑的圆木架起来的台子，上面铺着厚厚的茅草垫子，母姐居穴出入口有年长的母姐把守。顺着居穴的内部通道弯弯曲曲走到上面，那里是母姐居穴的出口，出去后就能看到被沟壑对面的瞭望台，好手男女就居住那里面的小院子中。

夜风跟着编绳母姐往里走，不断地东张西望；编绳母姐发现夜风行为奇怪，有些不高兴，质问夜风在找什么？

夜风说："上次来结亲，遇到了一个叫小鱼的母姐，她想要几个彩石，我想告诉她还没有找到漂亮的彩石，到现在我没有看到小鱼，她在哪里？"

母姐转身停住，站在自己居穴的入口问："为什么你能说我们宗门的话？"

夜风感到自己"露馅了"，赶快说："我不知道你们是什么宗，我们帮里来了一个讲这种话的猎手，我们俩关系好，老是在一起，他讲话好听，会打猎。"

母姐问："他是不是叫夜风？"

"不是，不是！"夜风改了一个黑白宗猎手的称号："他叫'奔跑的快鹿'！"

编绳母姐说："我知道黑白宗有一个叫'惊奇的快鹿'，是他吗？"

"我不知道他来自哪个宗门。"

宗门结亲都是男方具夫到母姐门上，具夫等候母姐的挑选；母姐们认为结亲宗门的具夫是一个群体，并不关心他们的个人命运，母姐一般都不问结亲具夫的名字，除非很中意的具夫，母姐会特别注意一下，但也不能破坏规矩禁忌，如被发现有违禁忌行为，就会遭到惩罚，禁止结亲，直至赶出宗门。

编绳母姐疑惑地说："奔跑的快鹿？我不知道是哪一个！"

夜风插话："那你知道你的姐妹小鱼吧！"

"小鱼，我当然知道，你和小鱼结亲了？"编绳母姐接着说，"不过她已经不能结亲了。"

"不能结亲了？"夜风假装惊讶，"上次看到她的时候还挺好的呢！"

"别喊！"编绳母姐生气了，"她是你什么人？"

"我以前曾和她结亲，"夜风急切地问，"什么叫不能结亲了，死了吗？"

"咱俩结亲，老说小鱼干什么？"结绳母姐有些恼火。

夜风还是想知道小鱼的下落，这是他涂满纹饰来日月宗结亲的主要目的："你快告诉我，我心里有事就无法结亲！"

"小鱼被处罚了，流了红，知道什么是流了红？"光线昏暗的居穴里，母姐把解开袍子又裹上："流红后就病了，单独在后穴躺着呢，不能结亲了！"

夜风两眼发直，一脸的纹饰看不出表情。编绳母姐系好腰带："你想得太多了吧？我也没心思和你结亲了，你走吧！"

夜风低着头站起来，拿出几块光华漂亮的"松油石"，其实就是琥珀，因为漂亮奇幻，磨一磨就有松香味道；女人们都喜欢漂亮的项链，尤其是琥珀轻，戴在脖子上没有勒坠感，特别受欢迎；编绳母姐看到这几块琥珀，眼前一亮，不禁赞叹："太美了！"

夜风把几块琥珀交给编绳母姐说："这是给你的，这一块给小鱼，如果你能见到她，就告诉她流浪帮的'月光翅膀'给她找到好看的松油石了！"

编绳母姐把好看的琥珀放好，转身对夜风说："放心，我一定会做到的。"

夜风的心情阴沉，他知道自己在宗门的忌讳限制中，虽然他不怕惩罚，但作为一个宗门内曾经的围猎首太，他知道不能与宗门内女性有任何结亲关系，小鱼就是因为自己违反忌讳而遭了大难。

搓麻编绳母姐知道夜风没有结亲的意思："我知道你是来找小鱼的，她不在你就不想结亲了，我得到礼物了，你走吧！"

夜风转身出了母姐居穴，低着头顺着通道走到洞口，进了前院穿过男人帮，走到宗门大门外。黑豹悄悄地跟在后面，走到夜风身边，看四下无人，悄悄地叫了一声："夜风大哥！"

夜风看到黑豹走过来，听到黑豹呼唤，夜风没有做出明显的反应，却用猎手的手势做出一个"隐蔽"的手势，每个宗门的狩猎手语源自狩猎活动，大致相同。

夜风低声说："小鱼怎么样了？"

天日三十在篝火旁与流浪帮的大头领说探寻"大平台"的事情，表明日月宗或许近日就会离开。他注意到黑豹与夜风的动作，他已经感觉到这个人很像夜风，当他看到黑豹与这个人的举动，他断定"这是夜风"！天日三十认为夜风这是探访小鱼来了，但他不想过去相认，一旦夜风问他"小鱼"的下落，天日三十无言以对；他判断夜风找小鱼就不会与其他母姐结亲，再说，一旦揭穿真实的身份后果难料。天日三十注意着夜风和黑豹，不动声色。

大头领起身感谢天日三十，表示也会择日迁徙，流浪帮的男人们在呼喊中走了，夜风低着头夹杂在里面，天色已经黑透了。

看着流浪帮点点远去的火把，远处浓重的乌云，天日三十感到一种从来没有过的恐惧，感到一股巨大的危机正在悄悄来临。

回到居穴的大堂，天日三十看见老宗母和少宗母正在与大巫姐说着什么；少宗母看到天日三十就招手，大巫姐快步走下来，妖媚地对天日三十说："老宗母要你过去商量大事。"

天日三十答应了一声，随即走到老宗母身边。

老宗母问今日狩猎的收获如何。天日三十回话："这两天黑石家族就要到，在他们到来的时候最好我们家里的猎手们都在，防止出事。"

老宗母点头称赞，又问到老首太的病好了没有？

老首太前几天一病不起，用了宗门的各种治疗方法，前一个晚上大巫姐做了驱鬼神祝仪式，但病情仍然不见好转。

前一天晚上，大巫姐做完神祝后，从癫狂状态恢复的大巫姐对天日三十说，老首太病太重，可能要追地神而去。大巫姐拿出一个硬木做成的小罐子，里面是一些黑乎乎的油膏，十分刺鼻，平时闻一下，会禁不住连连打喷嚏。大巫姐说老首太已经对这个还魂膏没有任何感觉了，说明魂灵已经上路了。

天日三十并不愿意相信大巫姐的这些说法，他认为老首太还没有到闭眼的时候，应该能扛过去。现在面对着老宗母，天日三十说："老首太扛得过去！"

老宗母忧心忡忡："我也想他能扛过去，老首太经历得多，没那么容易就走了！"

天日三十知道老宗母担心眼前的危难，坐下来安慰她："老宗母不必担心，我看老首太能好起来，具夫们同心协力，花豹是咱宗门的好手，他又想出好办法，做出几个轮架子，走远路能运重东西。"

老宗母心情舒畅了一些说："花豹是个好手，将来肯定是个好样的，能做出好多有用的物件。"

天日三十说："昨天晚上他告诉我，他正在试着用河边的黏土做盆，用火烧，烧好了就不漏水。"

老宗母笑了："真好，要真的管用，那可以做出好多，要多大就多大，是不是？"

几个人都高兴了："对啊对啊！"

老宗母嘱咐天日三十："我觉得就这一两天，父系族的就要过来了，注意收礼物，也要还礼，不让他们进居穴，在河边临时住几天可以，不能长期住下，这是咱们的猎场，谁都不能占！"

夜风离开日月宗后，心事重重，他想把小鱼抢出来，整天一言不发。大头领看出来了，问他："有心事，告诉我，大家可以帮忙的！"

夜风愤愤地说："我想把小鱼抢出来！"

大头领说："抢出来可以试试，但是即使抢出来也不能同咱们流浪帮长期过啊！咱们都是一群没有居穴的流浪男人，群里有个女人过夜肯定要出事的！你抢她出来就是你的人，可你保护不了她，甚至还把自己的命搭进去那就不值了，你好好想想？"

夜风看着远方，盯着大首领的眼睛："把小鱼救出来，我另找地方去！"

大头领："这个女人值得你这么做吗？两个人，一男一女，不出几个晚上就会被土狼吃掉，你一个人对付不了群狼，尤其是土狼群！"

正在说着，树上传来瞭望猎手的惊呼："有土狼！"

"你看，说来就来了！"大首领喊，"抄家伙，上树！"

流浪群几个人身手敏捷，嗖嗖嗖，连拉带拽，上了火堆旁的树，紧张地看着狼来的方向……

不一会儿，远处嚎叫呼应，几条土狼毫无声息地站在离火堆不远的坡上，豆绿色的圆眼睛盯着树上的人和篝火架子上的肉；片刻，几条土狼守住上面有人的树，另外三条土狼开始撕咬篝火架上的肉，大头领在黑暗中喊："火堆后面的那是头狼！"

夜风背着麻绳从树上连续攀缘，拴好了荡绳，在树上找到一处，站在横树枝上，大叫一声，荡了下来！

头狼看到树上下来一个人，迎面跳起来，夜风手执短矛，借飞荡速度投出，刺中头狼的左肩，夜风像荡秋千一样，回荡到树枝上，站定，抽出短矛查看那头受伤的头狼。

头狼怪叫，甩掉刺在身上的短矛，一瘸一拐地翻过山坡消失在黑夜中；另外几条土狼跟着离开了火堆。

流浪帮陆续下了树，大头领拍着夜风的肩膀大声地说："好样的！没你这一下子，我们这一夜都不得安生！"

第十六章 "日月""黑石"首领相见

天亮后，裂石王带着族人三十多人来到日月宗侧面的山上。飞雕指着壕沟后面的几个茅屋顶说："那就是日月宗母系族的居穴，看到那个大火堆了吗？火堆后面就是他们的居穴入口！"

裂石王看了看说："准备好礼物，你去跟他们说一下，说我们来了，要借路通过。"

飞雕答应说："好！"带着上次跟着一起进日月宗的两个猎手朝着日月宗居穴走去。

飞雕三个人还没有走到壕沟，日月宗最高处的瞭望台就发出敲梆声，这是预警的声音，一个老具夫抢着两条短棍有节奏地敲击一段横放在架子上的木梆，一段很粗的空心树干，在敲打中发出低沉巨大的声音，可以传到很远。飞雕知道这是报信的声音；随即，平台上的火堆冒出浓烟，飞雕三人还未走到壕沟边，围墙后面已经有人出来，手持长矛弓箭。

飞雕三人双手横举起长矛，表明自己没有威胁，不远处几个日月宗的猎手向居穴奔跑过来，嘴里发出呼哨声。

飞雕站在壕沟的外面等待着，天日三十领着猎手走过来。飞雕看见天日三十随即行礼，天日三十还礼后招呼放下吊桥，共同走进前场院子在篝火堆坐好，有人拿来了天浆和烤肉，放在人们的面前，架在火堆上。

飞雕没有吃喝，礼貌急切地说："我们族人在裂石王的带领下，从上山下来了，要借路通过，这是我的见面礼，送给大首太。"

飞雕把缠在腰上的一张银色的狐狸皮双手捧着，送给天日三十，同时说："送给族人的礼物随后就到！"

天日三十接过礼物，递给身后的人，表示感谢。远古族群之间送礼一般都要收下，拒绝是表明不接受对方和平交往的善意，这就意味着对立；对立的结果就可能引发争斗，争斗就意味着胜败生死。天日三十收下礼物后，招手让一个猎手提了两个沉甸甸的牛皮口袋，里面灌的是天浆，天日三十说："带给裂石王和族人，走路口渴，喝天浆提神，借路的事情已经和老首太、老宗母商定，同意你们通过。"天日三十伸出一个手掌："请在一掌黑夜内通过！"

好手站在一边，传递解释双方的意思。

飞雕问："裂石王和族人在哪里过夜？"

天日三十指向河流的下游一个滩涂："在那里，取水方便，地面平坦，便于安营。"

飞雕站起来看了看天日三十指向的地方，点点头说："我们从上面下来，水很大，变化很快，我们想安营在上面一些！"

天日三十爽快地回答："好！到哪里你们自己找地方，高一些好，没有水气！"

黄昏，裂石王带领族人在河边高坡点起篝火，支起临时晚上睡觉的棚子——几根木杆搭起来的尖顶棚架，睡觉的地方架高与棚架捆绑在一起，不仅加固了棚架，重要的是睡觉的地方脱离地面，防潮防水。这种棚架是这些年水越来越大，黑石族无法居住在山洞里，为了改善居住条件，想出来的新居所。

飞雕听到不远处有说话声，感到是天日三十日月宗的来了，过去一看果然是天日三十领着几个猎手，带着几大捆木柴和肉食和采摘的坚果，花豹还提着一口袋珍贵的盐；所有这些都用一辆四轮架子推过来，这是好手与花豹做的。

飞雕引路，天日三十与裂石王相见，两个家族的王者，年龄不同，但相互间明显有好感。相互施礼后双手拉在一起，问候对方，花豹和好手不断地翻译。

两伙人以王者为尊分坐于篝火边，裂石王让飞雕等人拿出准备好的礼物，几张大动物的毛皮，其中最贵重的是一张红棕色的熊皮，不仅大而且绒毛细密，另外有五柄黑石矛头的长矛，一小口袋打磨好的硬石箭头，二十多个，一把高山飞雕的硬翎，这是很有用的箭矢尾部的平衡器，因为大型飞雕都在悬崖筑巢，春天换羽毛的时候才能捡到这种硬翎。

礼物拿出来，裂石王对天日三十讲述了黑石与本族的故事："这矛头箭头是我们黑石族的神石，这是天上送来的神物，黑石很硬，敲起来当当作响，这次我们要避水迁徙，黑石太大，搬不动，只着随身带一些碎块，做斧矛箭头。"

裂石王的讲述并没有说使用黑石还要有"加工"过程：黑石虽然很硬，但也很脆，如果把小块黑石放在火中烧，等把黑石烧红了，拿出来逐渐冷却，黑石仍然很硬，但没有那么脆；如果烧红后把黑石放到冷水中，吱的一声，黑石颜色就会变浅更硬，而且不容易碎裂。这些方法也是意外发现的，几块黑石被用来架起来烤肉，发现烧过的黑石不那么脆了；再有一次烧红的黑石放在一边冷却，突然大雨降下，烧红的黑石吱吱作响，随后黑石变得更硬了且不那么脆了。裂石王不愿意把这些讲给外人听，毕竟黑石是家族的神器。

天日三十和日月宗的猎手们听完好手对裂石王所讲的转述，对这几柄长矛和箭头产生了极大兴趣，相互传看，天日三十很专注地拿着黑矛头的长矛在看，掂了掂长矛的分量，站起来走出几步，举起长矛转身引矛，蹬腿扭腰，动作协调，一气呵成，长矛飞出，插进几十步远的一根折断的横树干上，矛杆在重力作用下高频晃动，嗡嗡作响；在场的猎手们齐声叫好，花豹跑过去用力拔下长矛，跑回来指着矛头对天日三十说："刺得很深！"天日三十看着裂石王说："好矛头，好矛头啊！"

天日三十招呼花豹等猎手把柴、肉、坚果拿上来，黑石族见到后人人感动，这都是迁徙中最重要的物资；随即，天日三十把黑豹的一袋盐交给裂石王，裂石王大为感动，这是很重要的物品，黑石族居住在上游，平日吃盐只能跟着岩羊、麋鹿的踪迹，看这些动物在哪里补充盐分，然后到这些地方搜集盐分，他们在山上找到一个含有盐分的岩石层，但连续几天吃这种盐，人们就普遍感到不舒服，腿软无力，小便不畅；所以，不到紧迫需要的时候，不敢食用这种盐。这次外出，为防万一，裂石王储备了一些这种盐，现在日月宗送给一袋盐，这就是迁徙中的盐分保障。

裂石王担心这种盐与山上的岩石盐一样，吃后不舒服，就询问日月宗如何获得盐分？天日三十说在家族猎场中有一个咸水暗泉，把这咸水晒干，就能获得白色的盐粒。日月、黑白两宗都是在这个咸水泉取水晒盐。对于资源，远古部族之间一般都要隐瞒，担心资源枯竭。天日三十并不会避讳猎场中有暗泉，因为没有人能找到，日月宗也是在狩猎中意外发现泉眼下游有飞禽走兽舔舐盐分，溯源而上，几经周折才找到这口暗泉。

裂石王从自己的后腰上拿出自己使用的黑石刀，红木刀柄刀鞘，缠绕着细细的皮革绳子，双手捧起递给天日三十，郑重地说："感谢借路，让我族人能有一条生路！"

对于猎手来说，随身的短刀就是护身吃肉的贴身武器，送给他人是很重的礼，意味着把命交给对方，十分信任。

天日三十接过刀，双手捧到头顶的位置，鞠躬行大礼，这种礼只能对长辈和最尊贵的朋友，裂石王也鞠躬还礼，天日三十把花豹新做的一张硬弓双手捧着，送给了裂石王，裂石王接过来一看连声称好，这张弓牛角做的弓梢和弦垫，三层弓臂身，弹性韧性非常好，递给飞雕后，转身还礼。

两家的猎手围坐在篝火边，吃喝欢聚，裂石王看到了日月宗的那辆四轮车，感到非常实用，就对天日三十说，迁徙路途遥远，这种四轮架子很有用，想让族人学习制作。

天日三十想起老宗母的意思，外族迁徙借路，厚礼相待，却不可久留，久留此地就会发生猎场采摘地、水源等多方面的冲突，想到此，天日三十当即决定把这架轮架子送给黑石族，以便他们及早上路。

天日三十问花豹："做轮架子很难吗？"

"有了合适的木轮子，做起来并不难，"花豹说，"应该再要些黑石箭头，麻绳串起来切木轮子比较快！"

天日三十转过身对裂石王说："这个轮架子送给你们，以便你们尽快上路，我家这个小兄弟想再要几个黑石箭头，以便做绳刀。"

裂石王明白天日三十的意思，他也不愿意造成久留此地的误会，但是听到"绳刀"，感到奇怪，回答："太感谢了，黑石箭头还有，可以多给，什么是'绳刀'？我们从来没见过。"

花豹从飞雕手中接过黑石箭头后，还礼，然后从自己腰里抽出一段麻绳，麻绳上固定着中间有空的石头，每个石头都磨成两头尖的犬牙状，犬牙尖石头之间用麻绳系绳扣固定，整齐排列一串。黑豹笑着说："这就是绳刀！"他捡起一根胳膊粗的木柴，用"绳刀"套住，两脚踩住，上下提拉这个绳刀，在尖石头的快速摩擦下，木柴很快就切成两段。黑石族的猎手们都认真地看，木头断为两截后，一起叫好。

裂石王笑着说："绳刀，绳刀，太好了！跟你们学了一手，这绳刀是谁做的？"

天日三十："是花豹，他是我们宗门的巧手，跟着这位好手学了不少手艺！"

好手忙说："绳刀是花豹自己做的，原来我们切木头要用好多硬刺荆棘，花豹想到用麻绳穿尖石头，沾上水，麻绳很结实，绳刀就这样做好了。"

裂石王不断地点头称赞，两组猎手在一起吃喝了一些天浆烤肉，花豹又看了黑石族搭建的棚架，觉得搭建方法省木料还很结实；飞雕告诉他：黑石族搭建棚架已经很长时间了，因为水太大，地面山洞里都不能居住；花豹把搭建的方法记在心里。

天色入夜，双方告别分手。

第十七章　大水汹涌 "小鱼" 死命

　　大平台上的冰在继续融化，黑夜寒光中，靠近边缘的一处冰壁连续发出怪异的声音，一股冰水从裂缝中喷出，越喷越大，周边的也随着砰砰的裂缝声，冰水喷出，终于，一块冰壁坍塌，水流骤然增大，冰壁不断坍塌，水流咆哮奔涌!

　　片刻，这个缺口的周边不断有裂缝，缺口还在不断坍塌，一块冰山漂移过来，挤在缺口与大平台冰湖之间，水流一下子变小却喷涌急促了许多，水柱在压力下喷得很远；突然冰山两边开始透水，随即成为急促水流，冰山摇摇晃晃，挤在缺口处；两侧和底部的水势逐渐加大，越来越大，冰山晃动开始加大，每次晃动都挤撞两侧的冰壁，终于，两侧的冰壁开裂了，大量的冰水喷薄而出，冰山在背后冰水和大量冰块的推动下，摇晃着撞开缺口，大段冰壁陆续坍塌，这个冰山裹挟着大大小小的冰块、冰水喷薄而下，大平台这一出口天崩

149

地裂，冰水、冰块构成连续不断的洪流，一路摧枯拉朽，撞击着千百万年没有流水的沟壑，裹挟着石块朽木泥沙，奔腾而下。

水流到达黑石族曾经的营地，这是一个低洼处，冰水迅速地把低洼变成了水潭，很快找到水流出路，继续奔涌向前！黑石族残留的木柴什物随水漂流，那块神奇的黑石在水潭中央岿然不同，但只剩下了一半，黑石族的族徽淹在水里，若隐若现，远处传来洪水奔腾呼啸的声音……

第二天清晨，裂石王带着几个猎手向日月宗告别，老宗母在瞭望台看到裂石王，认为这人的面相好，叫少宗母告诉天日三十："让他们向太阳落山偏正午的方向走，老几辈传说，那边地方好，当年如果没有发现这个居穴，我们就会去那边寻找猎场采摘地。"

天日三十回来见到老宗母说："我告诉他们向西南走，我想起来，前面我们商定，一旦谁打到这里不能活了，宗门也向西南走，那会不会遇到黑石族，两家发生猎场采摘地的冲突，他们先到先占了地盘，对我们不利？"

老宗母说："不怕，黑石族分散成小门户，没有我们人多心齐，他们搭伙迁徙还行，打起来就不行了；再说，西南面我们不知道那里是不是有别的门户占据了，黑石族先去等于是探路，他们与当地门户发生了冲突，我们去了就是他们依靠的朋友，势力会大许多，无论我们去不去，对我们都有好处！"

天日三十感到佩服："老宗母想得周到，这样我们就进退自如了！"

太阳当空，很亮。冰层在阳光的照射下，内部发生了几万年没有的变化，慢慢融化，水在渗透，形成小水滴，滴落汇集成为小溪，小溪合流带动地表融化加快。

上游的洪水随着地形忽快忽慢在向下游冲击。

大平台上的缺口越来越大，又是一组大大小小的冰山拥挤在缺口处，短暂的碰撞触动后，大平台的外壁忽然大面积坍塌，发出巨大轰隆声。

各种动物惊慌失措，飞鸟腾空而起，大型动物带着幼仔，夺路而逃，躲避巨响背后的未知危险。

地面的小动物钻入地下，填补洞口；啮齿类的小动物沿着地面的缝隙逃跑。

洪水突然扑过来，小动物随波逐流，两只小鹿落入洪水，母鹿站在岸边呼唤，身后突然扑来更大的一股洪水，转眼间母鹿小鹿一家三口被淹没在大水中；洪流中各种大大小小的动物此起彼落，在冰块杂物中，随激流沉浮而去。

冰河洪水，大流量的冰水急速向下游冲去，无可阻挡，裹挟一切……

黑石族跋山涉水，拖家带口，一路向西南，轮架子荷载着一些重物，还有一个病人。

飞石眼心眼多，疑惑地问裂石王："日月宗告诉我们向西南方向走，这能走得通吗？"

裂石王面无表情："走不通，我们就还要回去，他们肯定不愿意我们占猎场；走通了，他们在那边还有一个朋友，日月宗怎么会害我们？害我们等于害自己！往下走吧！"

夜晚，裂石王和几个猎手坐在篝火边，轮架子上睡着几个孩子，附近搭起几个棚架。

漫天的繁星，远古的天空格外清澈通透，猫头鹰和夜间活动的野兽在呼唤嚎叫……

日月宗前场篝火明亮，天日三十和花豹、扒皮刀坐在篝火边。

天日三十问黑豹："流浪族前一次来，好像夜风在里面？"

黑豹低着头："他会来的，他要找小鱼，夜风认准了就不会放手！"

"是啊，夜风是个好猎手，"天日三十若有所思，"他还会再来的，小鱼怎么样了？"

"听少宗母说小鱼还在病中，不说话！很少吃东西！"

夜色中，夜风和大首领带着几个男人帮的猎手正在向日月宗的居穴疾行。

站在山顶上，大头领一言不发，二头目问夜风："这样偷偷进去，能行吗？"

夜风看了看远处的火光："居穴的上面有一个平台，越过平台的旁边就是母姐居穴，我一个人进到里面，直接到后穴，小鱼在那里，我把她带出来！"

"她要是不跟你走呢？"

"那就算了，我也死心了！"

大头领忽然挥手表示"别说话"！摘下狼头帽子，侧耳聆听！

夜风也在听，两个人惊恐地对视，异口同声："大水来了！"

一个年龄稍大的猎手神色惊疑："这声音太大了，水流肯定很大！"

大头领看了一下周边："我们的地势高，日月宗的居穴地势低，可能被水淹。"

夜风说："我要告诉日月宗，让他们赶快避难！"

大头领说："那就快走！"

几个人奔跑在山路上，远处的大水声越来越大。

瞭望台上看到黑暗中几个黑影朝居穴壕沟奔来，敲响报警的鼓声，居穴外地穴中的猎手跑出来，居穴内的具夫也跑了出来，手持长矛站在前场墙壁边想壕沟外看，夜风、大头领几个人跑到壕沟边，一个猎手认出他们喊："是狼人族的！"

夜风也看到了站在中间的天日三十，大喊："天火，我是夜风，快放下桥板，大水下来了！"

天日三十也认出夜风，马上叫两个具夫把吊桥放下；夜风和大首领几个人跑过吊桥，神色惊慌："快想办法，大水来了，大水来了！"

随着夜风等人的喊声，大水冲刷撞击地面、奔涌澎湃的洪流声已经到达，人们惊恐地看着不远处的河流，河水流速已经大大加快，随之高出河面的急流犹如移动的山坡奔涌而来，河面迅疾变得宽阔，原来岸边的灌木土石被卷走；随着洪流汹涌，大水迅速蔓延过来！

少宗母惊恐地说："快到壕沟边上了！"

壕沟整体在一个斜坡上，大水还在壕沟的外侧流动，侵蚀着壕沟边上的放置吊桥的石台，不断带走小块的石头。

天日三十来不及与夜风和大首领寒暄，转身对已经走到院子里的老宗母说："马上都上到上面！"

老宗母点头说："不用慌，带上必须用的东西，别忘了火种、盐和宗门系挂，上到上面去，商定是否离开！"

老宗母已经认出夜风："是夜风报的信吧，你救了日月宗门！"

夜风站立黑夜中，沉默不语，忽然开口问："老宗母，我的生母呢？"

老宗母看着夜风没说话，少宗母说："你走后没多久，我那可怜的姨妈，已经升天了……"

夜风没说话，一甩头转身进了居穴。

天日三十马上指挥具夫帮助母姐，扶老携幼往瞭望台上撤离。

夜风逆着人群走进居穴，迅速走到母姐居穴的后面，在一个个大小不同的居穴里寻找小鱼。

人们乱哄哄地在居穴中快步行走，背着自己的衣物，抱着孩子，走向通往瞭望台的通道，黑豹举着火把给大家照亮，不断地告诉人们往哪个方向走。

远古的人们没有什么私人的东西，一两件个人保暖的衣物，睡觉铺盖的皮毛。母姐的饰物都在身上戴着。数量最多的是采摘使用的工具，但这些工具即使丢失也可以再次打磨出来。重要的是编织出来的物品，这些是公共用品，需要打捆。男人具夫私人用品主要是工具、长矛，这些都是贴身物品，每天都带在身边。猎手们更加习惯远行，因狩猎经常远行在外过夜。重要的公共用品，宗门系挂、图腾传说、取水的木桶葫芦分别装在四轮架子上，四轮架子有三架，送给黑石族一架，还剩两架，此外花豹和好手还做了几架独轮、双轮的轻便架子，忙忙碌碌中，一切都准备好了，在平台山坡上等候一起出发。

这时候，水势还在增大，发出令人恐惧的声响，不时有卷下来的树木石头冰块相互撞击，一股洪流扑来，大水轻易地将壕沟灌满，沟底多年的污物漂浮上来，随着水流瞬间远去，无影无踪。

夜风在后居穴中逐个查看寻找，黑豹带着搓麻编绳母姐走过来，编绳母姐领着夜风三钻两绕，带他到一个洞穴中，小鱼在铺着鹿皮的台子上躺着，盖着一张羊皮，气若游丝，处在半昏迷中，面无血色地发出轻轻的哼哼声。

夜风一步跨过去，半跪在小鱼面前，焦急地喊："小鱼，我是夜风！我来接你了！"

听到"夜风"，小鱼勉强睁开眼睛，眼角流出眼泪，嘴唇颤动，却说不出什么；夜风把小鱼横抱起来，小鱼喉咙里发出咯咯的声音，嘴角涌出鲜血；编绳母姐拦住夜风："把她放下吧，你这样会害死她！"

夜风把小鱼放下，小鱼长长地出了一口气，鲜血顺着嘴角流出，夜风连忙用手擦拭，呼唤小鱼，编绳母姐悲伤地说："小鱼不行了，她可能一直等着你才没有咽气……"

小鱼轻轻地摇了摇头，忽然清晰地说："孩子没有了，是你的，我没有和别人结过亲……"

夜风流出眼泪，头伏在小鱼的身边抽泣；小鱼眼睛看着夜风，直视着，渐渐失去了光彩。

山坡上的人们忽然对着居穴说："着火了，里面着火了！"

夜风和黑豹一前一后走出来，黑豹告诉天日三十："小鱼死了，我们帮她升天了！"

天日三十看着后面的夜风，夜风站在居穴的出口，背身扶着岩壁，任凭后面的烟雾包裹，低头不语，烟雾扑面而来，他在迎接。

天日三十走过去："走吧，小鱼在天上等着你！"

山坡上，天日三十把居穴冒烟着火的原因告诉老宗母，老宗母看着依旧站在居穴口的夜风，幽幽地说："夜风应该投生黑石族，守住一个女人到死，日月、黑白两宗的母姐遇到这样的具夫不知道是祸还是福。"

老宗母对天日三十说："宗门出门远行，按照老规矩，一切听大首太指挥，告诉族人要动身了！"

天日三十站在山坡上，大巫姐敲响手鼓，那是一个树杈做成的三角形的羊皮鼓，作法时，大巫姐会用不同的节奏敲响这面手鼓，此时的鼓声是让大家注意。

天日三十站在高处，老宗母和少宗母站在后面，病重的老首太坐在轮架子上；听到鼓声的人们静下来，仰脸看着天日三十，只有一个刚出生不久的孩子发出哭声，母亲马上用乳头堵住孩子的嘴；天日三十说："大家都看见了，大水来了，这些天我们一直在和黑白宗商量远行寻找新的居穴和猎场，现在，我们只能走了，去寻找新的猎场和居穴！"

一个具夫问："黑白宗和我们一起走吗？"

"一起走！"天日三十，"大水已经到了他们的居穴，他们的地势比我们还要低，我们早就商定，水来了，一起走，向日落偏正午的方向走！"

天日三十向后退让，老宗母走到前面，庄严地说："水上来得很快，逼着我们远行，老规矩，远行要告天，日月保佑，大巫姐开始告天，请宗门系挂！"

两个具夫扶着一个丁字形的架子，复杂有序的宗门系挂挂在上面，木制的宗门族徽由两个老具夫抬着，居于系挂下方，大巫姐和苓花穿戴着仪式饰物，那是各种兽牙、小动物的骷髅和彩色石头串成的一个斗篷，彩色的羽毛编成的一个头冠和面具，大巫姐和苓花披挂上场，随着鼓点的节奏，手舞足蹈，大巫姐不时地仰天长啸，唱出告天的颂歌，分别站在旁边的具夫母姐随着大巫姐的演唱，有节奏地加入整体的呼应，歌声与大水声在山上回荡，苍凉悲壮。

夜风被黑豹和天日三十拉着，低头站在日月宗具夫的行列中，依旧处在悲伤中。

流浪帮的几个人站在远处，观望着宗门仪式，查看着大水激流。披着狼皮的二首领脱下狼头帽问大头领："咱们做什么打算？"

大头领看着远处悲哀中的夜风回答："这么大的水，估计这一带的门户都遭了难，我们来这里算是救了日月宗，他们一定要去与黑白宗会合，男女必须结亲，只要结亲，日月、黑白二宗门就离不开，离开就活不下去！我们跟着走几天看看，人多吃不了亏，我们随时可以离开！"

简单的告天仪式很快结束，天日三十站在高处大声说："大水来了，没人可以挡住，为了宗门活下去，早已和黑白宗商定，离开现在的居穴，寻找新的猎场和采食之地，现在上路，狩猎具夫在前面，母姐和孩子居中，老宗母和老首太坐在轮架子上，居穴具夫跟在后面，夜风和黑豹兄弟、扒皮刀、大力熊守在最后，好手和流浪帮跟在最后！"

天日三十这样说，无形中把夜风收归宗门，也接受了流浪帮跟在后面一起迁徙。这样的安排是老宗母不得不同意的办法，因为有宗门猎手在，流浪帮不能胡来，与黑白宗会合后，一切都恢复正常，有所不同的是宗门处在流动迁徙中。

第十八章　两宗离散"乌金"遇难

　　猎手们扛着长矛，背着弓箭，如同平时的狩猎一样，向指定的方向上路了。母姐们携带着自己的私人物品，有的背着吃奶的婴儿。能自己行走的大孩子背着一些必备的工具，跟着轮架子，根本不知道危险。老宗母并没有坐在轮架子上，跟随着载着老首太的轮架子步行，少宗母跟在旁边。其他的轮架子上载满了兽皮、麻绳、引火的柴草，宗门系挂、传说结绳装在牛皮筒子中，与宗门图腾徽章捆放在同一架轮架子上，押后的居穴具夫们跟在后面。

　　天日三十和扒皮刀、大力熊站在路边，夜风和黑豹走过来，天日三十走过去拥抱夜风，晃了晃夜风的肩膀："别伤心了，你还是咱们日月宗的好猎手！"

　　夜风没有从小鱼之死的悲伤中缓过来，无力地与天日三十拥抱后，看着地面一言不发，扛着长矛与黑豹走过去。

　　流浪帮的大头领走过来，与天日三十行了猎手礼，天日三十感谢："你们跑来告诉我们大水来了，救了我们！一起走，你们知道我们母系族有严格的禁忌，就是在迁徙中，禁忌也不能破，你们在后面与母姐不见面，结亲依旧是老规矩，奉礼而来，一掌一次！"

　　大头领点点头，与天日三十执手承诺，动作就像现在掰腕子的手势，当众两个男人的手握在一起，互撞肩膀三次，这就是商定达成协议。

　　日月宗迁徙，前面探路的公羊腿派人过来说去黑白宗结亲的路已经断了，大水淹没原来的路，以往具夫们的见面台已经是一片汪洋！

　　几天前还是通道的地面已经变成一片湖水，面对着漂浮着冰块、各种植物、枯朽的树干的水面，日月宗的具夫们茫然了。天日三十让具夫"长杆"探探水深，"长杆"个子高，放下长矛，脱掉皮袍子，腰系麻绳，接过黑豹递给他的长杆，下水走到齐腰处回头大喊："水很冷！"

　　他坚持往对岸走，一步一探，用长杆插进前面的水中测量水深，到了齐胸处，脸色因为水寒已经完全变色，嘴在打寒战，动作迟钝。天日三十在水边大喊，呼唤他回来；其他的具夫跟着一起呼喊；"长杆"似乎没有听到呼唤，扶着那根长杆在水中摇摇晃晃。天日三十知道"长杆"冻傻了，命令具夫们收拉麻绳，"长杆"似乎没有了意识，任由收紧的麻绳拖拽。手中的长杆脱落，漂在水上……

　　"长杆"被拖上了岸，嘴唇乌紫，下巴上下颤抖，躺在草地上，两眼发直；猎手们拿来一张大羊皮——几张羊皮连接用于具夫睡觉铺在台子上——把"长杆"裹在皮子中，一群人围在旁边不停地拍打全身各个部位，片刻，"长杆"脸上渐渐恢复了血色，明白过来的第一句话"冻死了！"具夫们知道与黑白宗不能一起走了。

　　天日三十看到水大而且又冷又深，无法通过，就回到休息地，把状况告诉老宗母，建议沿着新形成的河水向西南走，这样很可能会遇到向同一个方向迁徙的黑白宗；老首太躺在一旁，喘着气说："西南有一道深沟，很长很长，从来没有走到头！"

　　天日三十意识到可能遇不到黑白宗，能遇到大概也是隔沟相望，可望不可及，他没有把这个消息告诉其他的猎手具夫，他对见到黑白宗还抱有希望。

日月宗迁徙的人群顺水而行，行走在山坡上，前后不断传来相互呼应的梆鼓声、呼哨声，这样做不仅能做到首尾呼应，还可恐吓周边的野兽。

只要走到高处，天日三十就要站到最高点眺望四周，但除了高处的山丘树林与低洼处的水流，哪里能看到黑白宗的踪影。

此时的黑白宗正处在挣扎中。黑白宗的居穴虽然也处在一个山坡上，但是整体地势比日月宗的低了许多，尤其是河流到这里转了个急弯，河道收窄，水流湍急；大水来了水位迅速上涨，黑白宗紧急撤离爬到高处，居穴很快就被淹没，虽然没有人员伤亡，但是慌乱中，许多物品遗落在居穴中。

黑白宗的老宗母处在病中，少宗母是老宗母的女儿，除了会吟诵"传说"，没有什么能力和经验，乌金大首太带领宗门全体人员按照与日月宗商定的迁徙方向，向西南方向行走，但是地形复杂，大水肆虐，他们只能按照大致方向，根据地形走势迁徙。

第一天晚上，遇到群狼的攻击，宗门在大首太的带领下，很快上到一个背后是断崖的坡地，猎手具夫站在外圈，年轻的母姐手持火把与各种工具站在第二圈，孩子和怀孕的母姐被围在最中间。群狼估计也是因为大水无路可走，与迁徙的黑白宗走到一条路上，群狼也是饿急了，绕着圈子寻找弱小病弱的人，黑白宗没有给它们机会，几条公狼突然从侧面扑过来，两个具夫在搏斗中与恶狼一同跌落悬崖，几条敢于进攻的公狼非死即伤，将近天明，群狼在嚎叫中撤离……

黑白宗具夫们筋疲力尽，打死的两条狼成为肉食，架在火上……

休息了一阵子，继续上路，行走的速度缓慢，由于许多物品食品没有带出来，只要找到一片可以采摘的植被，还要停留下来采集食品。

黄昏时分，不远处山坳中发现有一片果子林，具夫和母姐们跑过去采摘，进入果林不久，传出一声尖叫，原来是毒蛇攻击一个母姐，另外几个母姐拿麻绳捆住受伤的手臂，大巫姐拿出一片白色石刀，切开伤口排血，涂抹药浆，过程中，受伤的母姐一直痛苦地尖叫，老宗母拖着病体说："堵住她的嘴，这种叫声会把群狼招回来！"

少宗母拿着一块羊皮堵在受伤母姐的嘴上，母姐张嘴咬住羊皮，发出强忍疼痛的哼唧声；听到老宗母的警告，几个猎手拿着长矛弓箭，猫腰走出果林，抬头一看，昨晚袭击过他们的狼群站在山坡上，始终跟在人们的后面！

见到人们发现了，几条狼溜下山坡，远远地看着黑白宗的人，大首太看着那几头狼，回头对旁边的猎手说："母狼怀着小狼，饿极了，我们给它们一些吃的，要不这一晚上又不能休息了！"

篝火点燃，黑白宗的猎手打来大动物：一头野猪，一只大角羊。大首太叫猎手们把肠子拿到不远处，分别放了几堆，狼群围上去，撕咬抢夺着，大打出手，三头母狼围着一堆羊肠子吃得很认真，没有公狼与它们争抢，乌金大首太看到后说："狼群知道护着怀小狼的母狼，这群狼里没看到小狼，看样子它们的窝也被淹了！"

黑白宗的人们筋疲力尽，只有篝火在燃烧，所有的人都入睡了。

夜间，冰水从山上下来，聚积在上面的一个坑中，越积越多，终于聚积了足够的水量，水坑边自然坝体突然坍塌，激流汹涌而下，朝着黑白宗露营的地方冲来！

照看篝火的具夫听到响声，惊醒后四周查看，大水已经到了营地上方，具夫大喊："水来了，水来了！"

全部惊醒，却不知该向何方逃离！

乌金脚下已经是泥水，看到右侧有一个缓坡，指挥人们向右面逃去；人们惊慌失措向坡上奔逃；不断有人被水冲走。

乌金看到两个母姐滑倒被水流带走，追上去，想把她们拉回来；两个母姐挣扎着脱离了水流爬到高处，乌金却被后面滚落的冰泥混合水流砸倒，随即被裹挟而下；站在坡上的猎手们大声呼喊，只看到乌金的一条胳膊伸出泥水，摇晃了两下，消逝在洪流之中……

第十九章　救黄毛狼　击败群土狼

夜晚，日月宗点燃了三堆熊熊篝火，流浪帮在距离不太远的地方点起一堆篝火。

日月宗的三堆篝火中间，为母姐们搭起一圈宿营棚架，这是花豹从黑石族那里学来的，与好手一起把棚架结构改造一下，更加简化，几根横杠捆架在立架上的杆子，既加强了棚架的稳定性，又把睡觉的位置架高，脱离潮湿冰凉的地面。老宗母称赞花豹是宗门的巧手。猎手具夫的棚架分别搭在三堆篝火边上，一溜架起，相互关联，进出方便。

日月宗在这里已经居住了很多代，整个宗门的迁徙露宿很长时间没有发生过了，规则和经验都要从宗门说唱传说中寻找，这些说唱中记述了早年间四处迁徙的经历和方法，现在唯一不同的是没有与结亲宗门共同迁徙，这种状况让老宗母、老首太和天日三十感到紧张，老宗母问天日三十："有没有看到黑白宗

160

的踪迹？"

天日三十摇了摇头，他们都在想一个问题：明天就到了惯常的结亲日，却没有结亲宗门，这会发生什么？想到这里，天日三十抬头望了老宗母一眼，老宗母正在看着不远处的夜风，夜风正在捆绑自己的长矛，黑豹坐在一边往篝火中添加树枝。天日三十知道老宗母在担心什么。

"狼来了！在后坡！"在树上的瞭望猎手喊了一声；猎手们顺着瞭望指示的方向望去，十几对绿色的小亮光在闪动，若隐若现。天日三十喊了一声："站在自己的地方，看清楚了！"

猎手们天天在一起狩猎，都明白自己该处在什么位置，该干什么，没有人慌张，就像是准备一次晚间的狩猎。

群狼是被烤肉香味吸引来的，有三条狼并排走过来，尾巴垂着，保持着相当的距离。中间那只黄色大头狼坐在那里，东张西望，跟在旁边的两只狼匍匐在地上，眼睛盯着野猪肉，半睁半眯，没有露出凶恶攻击的神色。这种状况老猎手都可以看出来，夜风说："这群狼饿了，但不想跟我们抢食，不用担心！"

天日三十说："给它们点吃的，让它们守着吧！"

扒皮刀说："它们吃惯了可就不走了，天天跟着，一不小心它们就偷孩子！"

夜风说："没关系，看紧了母姐和孩子，野狼敢偷孩子就杀了它们的头狼，头狼一死，狼群就要互相咬，重新找个头狼！"

天日三十："夜风说得对，喂好了这群狼，其他的狼群就不来了，等于给我们守卫！"

黑豹砍下一条野猪腿，剁成四五块，分别扔到那只头狼的身后。头狼转过身，不知发出什么信号，几只成年狼叼起肉块钻进远处的灌木丛，灌木丛里传来吃食的喧闹；这边的头狼低头吃一块肉，吃了几口后，转身离开，继续蹲在老地方观望人群，两只跟随的狼撕咬分食了剩下的肉。

流浪帮那边穿戴着狼头披，学着狼的嚎叫，也扔给了狼群一块肉。没人看清楚这个狼群有多大，走出来的成年狼吃了人给的肉，都显得很满足，有的狼甚至做出四脚朝天的仰卧，一副放松而信任的舒服样子。

半夜，这群狼发出骚乱，朝着一个方向嚎叫，天日三十、夜风站起来观察那个方向，流浪帮的大头领对这边喊："又来了一群狼！"

流浪帮大头领带着几个人到了天日三十的篝火堆，商量如何对付两群狼。

流浪帮大头领是个极有经验的猎手，与狼打交道是他们的拿手好戏，对狼群的习性有较深的了解，他认为每个狼群都有"领地"，群狼原本靠尿液排泄物标定领域，不同的群各有领地，保卫领地是狼群的天性；但是，大水来了，陆地被大水侵蚀，各个狼群为了生存择路而逃，多少代形成的领地乱了，冲突不可避免。

大头领认为狼群有生有熟，生的很恶，伤害人类，熟群是知道人不主动伤害它们，而且还有残羹剩渣可以不费力吃到，与人群保持距离，并不伤害人类。

天日三十与大头领商量，两个狼群在身边，咱们应该做什么？

大头领说："先前吃了咱们给的肉的狼群是熟群，咱们先看着它们打，必要的时候帮着熟群，赶走生群，熟群认定咱们和它们是一伙儿的，就再不会伤害咱们的人。"

天日三十点点头："就这么办！"

山坡上树丛中，发出狼群撕咬的声音，树林灌木不断地晃动，猎手们悄悄地围过去。

第二批到来的是"土狼"，丑陋短粗，凶狠残忍！流浪帮大头领悄悄地说："必须赶走土狼，让这种东西跟上，不得安宁！"

土狼的数量多，"黄毛大头"的狼群虽然敏捷，但力量不足，渐渐处在劣势，一头母狼被攻击后断了一条后腿，靠在灌木丛中殊死抵抗，凄惨地嚎叫，灌木中躲藏的两只幼狼被土狼拖出去，瞬间被撕咬成几块，"黄毛大头"奔过来与土狼搏斗，虽然勇猛，但势单力孤，只能防守保命。

大头领不说话，突然抛出长矛，刺中领头的土狼——一只肥壮花斑点土狼。这只土狼后背被长矛刺中，失去战斗力，歪歪斜斜掉头拖着长矛退出攻击，长矛在灌木中脱落，土狼疼痛地翻滚。

其他猎手也抛出长矛，花豹连射出两箭，都射中了狂叫示威的土狼，有一箭正射中一只土狼的眼睛。土狼凄惨地嚎叫，转身逃跑；其他的土狼也跟着逃进树林，不见踪影；草地上遗留着两只幼狼撕碎的内脏和鲜血。断腿的母狼显然是这两只幼狼的母亲，痛苦地仰天嚎叫；其他的狼也跟着长啸，黄毛大头狼坐在狼群的中间，不时地舔舐前腿上的伤口，抬头眯缝着眼睛看着猎手们，身后翘起尾巴左右摇动。

大头领说："这是头狼，在感谢我们呢！"

在天日三十和流浪帮大头领的带领下，猎手们退出树林，回到宿营的篝火边，母姐们挤在一起，黑豹和几个猎手在外圈守护着。天日三十招呼流浪帮的大首领，一同坐在篝火边，拿出皮口袋，倒出两瓢天浆，递给大头领和夜风："干得好，赶走了土狼，天亮了往山上找找，也许能有狼肉收获！"

大头领喝了一口天浆："够味儿！"

这种天浆是发酵果汁，就是天然酿成的低度果子酒。收集起来放在任何器具中，只要没有脏水掺和进去，这些天浆就会继续发酵，酸甜刺激。日月宗把天浆当成祭祀的祭品，也是庆祝待客的饮料，还是治病的药水，抹在伤口上，伤口不烂。日月宗上路的时候带了几大皮口袋天浆，现在拿出来给大首领和夜风饮用，等于对客人和勇士的感谢！

天日三十知道整个宗门已经很长时间没有迁徙了，虽然天天狩猎，但是对各种狼群还不是很熟悉，他知道这一路上可能会遇到各种成群的野兽，但没想到遇到成群的土狼。他问大首领："我们的猎场里很少看到土狼，这些土狼是从哪里来的？"

"在平坦多草的地方能看见成群的土狼，应该是大水淹了土狼的领地，这些东西往上面跑，找活路！"大首领回答，"土狼是凶狠的东西，骨头渣子都吃，同伙受伤死了也要被吃掉！要不是咱们动手，今天这群先来的狼肯定要吃大亏！"

扒皮刀插话说："这群狼不那么凶，最多跟你要吃的，我们曾看到一群狼里有一个半大的孩子，和狼挤在一起睡觉捕食，不会说话会嚎叫！"

大头领说："那就是狼说话，狼群就是靠着各种嚎叫招呼同伙，我们大致能听懂，遇到狼群我们就穿上狼皮嚎叫，遇到大群狼我们就虚张声势，然后躲开。你们母系族叫我们是'狼人族'，没错，我们几乎天天遇到狼群，没有狼头披不会狼嚎肯定吃亏。"

二首领说："我估计群狼把我们也当成了一群同类，脑袋乱动的一群！"

大家为这个比喻笑了起来。

花豹问："我们等于救了那群狼，它们还会来偷孩子吗？"

大首领说："不会！这是一群和人亲近的狼，咱们喂过它、救过它，头狼能记住，只要头狼还在，这群狼就不会再捣乱。咱们看看那只受伤的母狼，可以给它些吃的，带回来，这样这群狼就总跟着咱们，不让其他狼群过来，有了大家伙它们还会嚎叫给咱们报信！"

"好啊！"天日三十很高兴，"拿上块肉，现在就去！"

靠近刚才打斗的那片林子，大首领披上狼头披走在前面，口中发出哼哼嗯嗯的声音，那群狼在黄毛大头的带领下，围在那只母狼匍匐的灌木旁。

日月宗的猎手不由地握紧手中的长矛，大首领拿着肉，哼哼唧唧地走过去，把肉抛在灌木旁边，黄毛大头坐在一旁摇了摇尾巴，口中也发出哼哼唧唧的声音与大首领呼应；受伤的母狼瘸着后腿走过来，趴在地上吃肉，不停地抬头看看大首领和不远处举火把的几个人，最后头也不抬把肉吃了一多半，随即匍匐在地上，眼睛望着人们，毫无凶恶的样子。

大首领向自己人招手，老二带着一个年龄大的猎手走过去，老猎手伸手抚摸母狼的脑门，日月宗的猎手们都紧张地看着，母狼和黄毛大头都没有反应，老猎手用茅草把一根弯树杈绑在母狼的受伤的后腿上，把黏糊糊的天浆渣渣糊在母狼的后腿上，母狼哼哼唧唧，显出很享受的样子，黄毛大头摇着尾巴坐在一边，其他狼都到更远的地方，露出一对对豆绿色的眼睛。

大首领转身带着老二和老猎手回来了，对天日三十说："先回去，明早再来看看！"

第二天天色蒙蒙亮，日月宗的人们拆除了棚架，将物品打捆放在轮架子上，熄灭篝火，准备上路。

天日三十走到流浪帮的篝火堆，与大首领和夜风相见，收拾东西共同行动；流浪群没有棚架，站起来就可以走，熄灭篝火，拿好长矛和狼衣，向昨天晚上那片树林望去，黄毛大头带着那只受伤的母狼站在那里张望，另外十几只大大小小的狼在后面趴着。

天日三十说："它们在感谢我们？"

大头领回答："它们想跟着我们一起走！"

"会把孩子们吓到吗？"天日问。

"保持距离，不要太近！"大头领说。

"野狼会守规矩吗？"天日再问。

大头领说："不断地告诉它们，狼就明白了，狼懂得相互依靠，天生就懂！"

第二十章　遭遇长毛怪

　　日月宗上路了，后面跟着流浪帮，在相当远的后面跟着那个黄色大头率领的群狼。有时狼群会突然出现在行进方向的前面，通常是找在高处嚎叫，好像在告诉迁徙的人们，它们在跟随护卫着。日月宗停下来狩猎采摘休息的时候，头狼会站在不远的地方看着，猎手们会拿一些食物——动物内脏或头蹄——扔给狼群，这段路走下来，迁徙的人群和这群狼相安无事，有时还相互帮助。

　　这一天，走到一片荒芜的地方，人们不知道这样路还要走多远，为了储备食物，日月宗和流浪帮的几个猎手，决定一同狩猎。

　　临近黄昏，猎手们收拾猎物准备返回营地，忽然听到在远处高坡上，群狼的头领黄毛大头不停地狂叫，焦躁不安地来回奔跑，天日三十意识到头狼发现了什么，很可能是大野兽！

　　大头领跑过来说："头狼发现前面有大家伙！狼闻到味道了！"

花豹问："狼群为什么要告诉我们？"

天日三十看着山坡上焦躁不安来回绕圈的头狼："它已经把我们当成它们的伙伴了？"

大头领肯定地说："对！"

天日三十招呼猎手准备狩猎，流浪帮跟着一起行动，约定了信号，分头向前方树林悄悄围过去。

黑豹发现了几个"长毛怪"正在撕扯一具尸体，定睛一看，那具尸体是个女人，血淋淋的断肢和内脏，散在地上，一个粗壮的长毛怪正在用石头砸断一条大腿，不远处两个母长毛怪蹲在地上把一堆内脏往嘴里塞，吃得很粗暴，一个小长毛怪趴在母长毛怪的脖子上，前爪拿着一块滴血的肝脏，边吃边东张西望。

日月宗居穴猎场周边原来有"长毛怪"出没，它们捕食人类，前额窄小，眼睛突出，嘴阔齿利，臂长腿弯，善于攀爬，经常从树上跳下来袭击走单了的猎手和野外采摘的女人。对女人来说这是危害最大的野兽，它们会先泄欲再杀死，通常是在泄欲的过程中，突然一口咬住脖子，吸血啃肉；"长毛怪"什么肉都吃，下颚巨大，它们没有工具，却会抢木棒、抛石头、砸坚果、兽骨。

很早以前，长毛怪是日月、黑白两宗门的主要威胁，因为它们有一定的智慧，会简单计划埋伏，还主动攻击捕食人类；但是这些长毛怪越来越少了，剩下的除了残忍凶狠外，也变得越来越傻，猎手们在远处发现它们，不是在吃就是在交配；近些年，长毛怪相互残害吞噬同类的情景越来越多，因为容易得手的缘故，幼小的和怀孕的母的，肯定先被残害，这就直接造成"长毛怪"数量减少，能力衰退，对日月、黑白二宗的威胁越来越少。

天日三十和大头领做了个手势，分成两路夹击进攻，流浪帮先动手，当长毛怪专心注意流浪帮进攻时，日月宗突然从侧面后面发起进攻！这时，长毛怪会惊慌，猎手们必须在它短时间的慌乱中杀死"长毛怪"，否则它会爬树蹿跳逃跑。

那几个长毛怪听到了狼叫，向四周看了看，完全没有发现猎手们的行动，长毛怪认为群狼就是想来分食，但它们并不怕，回头继续它们的撕咬。

流浪族的几个猎手突然冲出来，近距离抛出长矛，两个长毛怪被刺中，另外几个龇牙咧嘴狂暴地迎战！第一轮长尖矛投出后，第二轮投矛猎手冲上来，长尖矛飞出，夜风的长矛结结实实将一个健壮长毛怪当胸刺穿，长毛怪狂叫，跌跌撞撞，倒在地上，但是另外三四个没有被刺中的长毛怪，疯狂地扑向猎手们，大头领、夜风等人抽出短斧、石矛准备恶战！

这时，日月宗的猎手已经摸到了长毛怪的后面，一声尖锐的哨响，夜风和大首领等猎手迅速跑向两边，让出抛长尖矛的地方，以防误伤，这都是猎手们非常熟悉的战术。长毛怪不知对手何故旁闪，听到后面的哨响，转身查看，把"矛杀面"交给了猎手们！

随即，日月宗猎手的第一轮飞矛抛出，紧接着第二轮飞矛抛出。黑豹、好手加上另外三名猎手轮流放箭！三轮打击过去后，四个长毛怪非死即伤，倒在地上。

突然，在旁边的一只母长毛怪狂叫着转身冲上来，张牙舞爪，夜风迎上，一猫腰，右手短斧挥砍，正中长毛怪的面门，长毛怪摇摇晃晃，黑豹跨步上前将短矛刺进长毛怪的肚子，这个母长毛怪发出一声低沉的怪叫倒在地上抽搐，另一只长毛怪跑进树林，扒皮刀和大力熊追了过去。

天日三十喊："不要跑太远！"

大头领手拢在嘴边，朝着远处连续发出狼叫声，悠长低沉。

黄毛大头带领群狼出现在不远处的草丛中。

大头领回头说："长毛怪的肉不能吃，腥臭有毒！"

花豹问："狼能吃吗？"

"狼什么都能吃！"流浪群的二首领看了看几个死去或垂死挣扎的长毛怪，恨恨地说，"狼群都是先吃内脏，吃饱了就把剩下的肉藏起来，冰冻的时候再找出来吃，这回这群狼可有的吃了！"

猎手们离开狩猎的现场，站在不远的地方等待扒皮刀和黑豹。

见到猎手们离开，群狼跑过来围着那几个非死即伤的长毛怪绕圈，龇牙咧嘴，发出低沉的怪叫声，这狼似乎知道长毛怪的咬合威力，尽管这个长毛怪已经死了，但狼全都躲着它的脖子，显然是害怕被咬到。

头狼咬住一个长毛怪的后腿，两只狼分别咬住一条前臂，合力拖到一边，另外几条狼帮忙，其余的扑上去撕咬肚子；两个奄奄一息的长毛怪也遭到群狼的攻击，两只半大的小狼跟在母狼后面，模仿攻击撕咬的动作；一个长毛怪垂死挣扎，抬头试图扑咬小狼，黄毛大头从侧面突然扑上去死死地咬住长毛怪的后脖颈子，长毛怪在哀嚎中死去。

扒皮刀和黑豹从树林跑出来向猎手们招手，猎手们跑过去，扒皮刀指着树林里面说："里面有一个母姐！"

猎手们疾步走过去，看到一个母姐浑身是血，被放在树杈上夹着，显然是长毛怪捕食的一个人，当作食物存放在树杈上，留待下一顿进食。

夜风和花豹身手敏捷，上树将这个母姐用绳子捆好放到地面。

猎手们围过去一看，这个母姐已经死去，生前显然是被长毛怪暴力折磨，裙袍已经没有了，大腿内脏鲜血淋淋，两手被咬断，右手的手指还剩下两根，也许是母姐挣扎反抗，被长毛怪咬掉了。

日月宗的大力熊忽然说："我看这个母姐面熟，她好像是黑石族的！我不知道她叫什么！"

"是吗？"日月宗的猎手全部围上来看！

一个猎手疑惑地说："黑石族宗的母姐，我们为什么没见过？"

"你肯定吗？"天日三十问！

"嗯！"大力熊肯定地说，"去黑石族结亲的时候，她曾经向我要采摘刀，我把自己的刀给她了，我记得她的右耳朵下有一片红记！"

大力熊走过去抱起母姐的头，果然，右耳朵下有一片不大的红记。

"这么说，黑石族就在附近。"天日三十说。

大首领说："说不准，长毛怪抓了人会带走很远，尤其是女人，它们会反复折磨，不顾死活，死后就吃掉。"

"方向没有错，黑石族是按照我们说的方向上路的，比我们走得晚了。"天日三十说，"要在周围寻找黑白宗，尽快找到他们！"

第二十一章　看到黑石族

地质气候变化，积累了很长时间，突然在某一时刻成为改天换地的大动荡，几十万年积累的冰川融化，变成四处泛滥、奔腾咆哮的大水，所有陆地上的动物都要重新寻找生存家园。

日月宗作为一个整体迁徙的母系族群，男性猎手们开路，女人带着孩子走在中间，后面是装载物资的轮架子——古老的车，押后的是男人猎手；流浪男人帮跟在不远的后面，还有那群以黄毛大头为头狼的狼游荡在周围。

为了生存，几乎每天都要在周围渔猎采摘，冰水改变了水温，虽然到处是水，但是以往常见的鱼类不见了，取而代之的是银白或黑灰色的细鳞或无鳞的大鱼，这应该都是冷水鱼，吃小鱼，很凶恶；陆地上的各种动物却多了一些，大水把动物挤压到逐渐缩小的陆地上，动物界的生存竞争加剧，对于狩猎的人们获取猎物比较容易了。

日月宗与流浪帮的猎手，经常合作狩猎；黄毛大头肯定认为两个群体的人是一体的，狩猎过程中，无论是日月宗还是流浪帮，猎手只要狼嚎呼唤，狼群就出现，协助猎手们围捕猎物，它们知道参与围猎，肯定有它们的一份收获。

与人类狩猎的配合甚至改变了这群狼的捕猎习惯。狼群捕猎是追逐、分割，攻击猎取弱小动物；人类捕猎一般集中攻击成熟的雄性动物，放生携带幼仔的雌性，目的是保留动物的繁衍数量，储存人类的食物；这群狼非常聪明，关键是黄毛大头的带领，配合人群围捕成熟的雄性；每次狩猎成功，群狼都能分配到肉食，大多是狼最喜欢的内脏。无论如何，这群狼在日月宗迁徙途中，成为最及时通报危险的"报警者"与阻隔其他狼群的"保卫者"。

按照少宗母的结绳记事，日月宗的迁徙日夜已经超两个合掌，也就是超过了二十天。迁徙改变了以往的生活习惯，人们都处在焦躁不安中，尤其是依旧没有找到结亲宗门黑白宗，这让老宗母、天日三十等宗门头领们感到非常着急，成年的具夫猎手已经出现了焦躁不安，有几个总是往母姐这边转悠，表现得十分殷勤过分。

前一个黄昏，流浪帮的猎手过来要求结亲，天日三十认为没有理由拒绝，按照居穴时的规矩，由母姐挑选，但是因为几乎天天在一起狩猎，肉食皮毛都是公平分配，流浪帮没有什么礼物，只带来一些小小的彩石饰品，这些饰品显然只能归结亲的母姐个人所有，具夫们不能分享任何好处；最重要的是日月宗的具夫们没有结亲的机会，眼看着本宗门的母姐与流浪帮男人结亲，十分不高兴，在这种情绪状态的鼓动下，日月宗的具夫与流浪帮的男人们发生了口角冲突，远古时期男人的冲突没有争吵，咆哮几声就开始了搏斗。因为是熟悉的友人之间的搏斗，按规矩是不能使用狩猎武器的。

一般来说，男人之间的搏斗进行片刻就会分出胜负，有人过来拉开，双方的火气已经通过搏斗宣泄，头领之间说一下就结束了，男人个人之间的非生死搏斗甚至是猎手们的一种娱乐，都不会当作多大的事情。但是，昨晚黄昏的搏斗有引发群体对抗的趋势，天日三十和大头领都看出这种危机，急忙喝令各自的猎手，结亲不欢而散，母姐们看到这种场面，感到很困惑，悻悻然回到各自的棚架。

老宗母、老首太、天日三十都明白这是为什么，坐在一起商量，老宗母建议，在没有找到黑白宗的时候，暂时停止接受流浪帮的结亲要求，防止双方男性的冲突。

病恹恹的老首太说："流浪帮与我们一同迁徙，遵守我们的禁忌，原因就是可以结亲，停止结亲，它们就会成为我们的对手，抢猎场，争猎物，在迁徙中已经不安定，不知前面会遇到什么，所以要交友，不能树敌。"

天日三十问："老首太的意思是还可以定期接受流浪帮的结亲？"

老首太回答："明着告诉大首领，你们能来结亲，因为日月宗的具夫无处结亲，看着别人结亲自己不能肯定是很不高兴，必定闹事；所以流浪帮过来结亲在后半夜悄悄来，悄悄走，依旧由母姐选人，规矩不变，选不上的就离开。"

老宗母缓慢地说："结亲是母姐具夫的大事，没有结亲宗门也就完了，迁徙途中，禁忌不能破，与黑白宗尚未会合之前，流浪帮来结亲最多一掌一次；尽量躲开本宗具夫！"

天日三十说："没有结亲，无论怎样具夫们都会不高兴！好手已经感到具夫的威胁，带着冰花跟随流浪帮行走。"

老宗母想了一下："好手是我们用得着的人，让他跟着我们走，重要的是尽快找到黑白宗。"

天日三十说："老宗母说得对，重要的是尽快派出猎手四周寻找黑白宗，与他们会合！"

老宗母："这是大事，明天就出发吧！"

第二天，天日三十见到流浪帮的大头领，把宗门商定的结亲办法说明，大头领表示明白用意，接受这个办法。

天日三十转身找到黑豹和大力熊、公羊腿，让他们各带两名猎手，分三组外出寻找黑白宗，叮嘱他们不要离开太远，随时可以回归宗门共同行动。

黑豹建议两组就够了，现在野外凶险四伏，力量单薄容易被攻击。

花豹知道兄长黑豹要外出寻找黑白宗，自告奋勇要和黑豹一同去寻找，他这些天经常想到黑白宗的水芹姐妹二人，他想尽快见到她们。

天日三十认为黑豹说得对，同意四个猎手一组。两组寻找黑白宗的猎手上路了……

黑石族在裂石王的带领下，听从日月宗的劝告向西南方向迁徙，一路还算是顺利，只是在一个夜晚丢失了一对母女。原因是这家在途中因为琐事与另外两家发生冲突，担心半夜遭到仇家的攻击，就在营地区边缘的树上搭了简单的棚架，半夜，长毛怪从树上下来袭击，男人抵挡不住长毛怪，从树上跳到地面，母亲和女儿被掳走。

远古人类经常面对死亡，死亡随时伴随在身边，人们始终处在恐惧紧张中，群体相依互靠是生存必需的条件，亲人死亡来临依旧要悲痛。裂石王在人们悲痛与恐惧中告诫族人："不要因为小事争得你死我活，大家走在一起才可能有每个人的生路！"

这天清晨，黑石族的领路猎手发现大河对面有一群人，有男有女在行走，呼喊后，双方语言不通，裂石王站在高处看了看，对大家说："他们前后是猎手，女人孩子走在中间，这可能是另一个母系族，不知道是不是日月宗的结亲宗门？"

飞雕认真看，但是河面太宽，水流很急，看不清楚。因为相互没有威胁，猎手们善意地挥手呼喊，飞雕认为他们的呼喊和日月宗的呼喊很像，转头说："很可能是日月宗的结亲族，日月宗说他们的结亲宗族是'黑白宗'，但没有看到他们的族牌！"

正说着，河对面亮出一面旗帜，横杆竖挂，旗帜是一个长方形的图案，一半是黑色，另一半是灰白色，那是两块颜色不同的兽皮，举牌子的人不断摇晃手中的旗帜。

飞雕说："必定是那个黑白宗，快亮出我们的族徽，告诉他们我们是谁，他们可能认为我们是日月宗！"

两个高大的猎手用长矛挑起黑石族的族徽：一张白色的羊皮上用紫色的浆果汁画着一块黑石头，黑石上面有一条自上而下的裂缝，可以说是裂缝，也可以说是闪电，说明的意思是一样的：一道闪电飞来黑石，送来火和坚硬的黑石。

对面的人群看着这张羊皮上的图案，议论纷纷，呼喊挥手沿着河水走了。黑石族的也回应呼喊和挥手，对方一群人渐渐消失在树丛中。

花豹兄弟、扒皮刀、飞猴子、公羊腿兄弟加上大力熊、二熊八个猎手离开宗门独自寻找黑白宗，已经两个昼夜了，黑豹兄弟和扒皮刀、飞猴子一组四人出来两天，为了提高行走速度，吃食休息很少。

这天清晨，四个猎手已经上路，行走间看到有人露营的痕迹，几堆不大的篝火灰烬。夜风上前扒开灰烬，用手试了试冷暖说："这是昨天晚上的，但还没有被露水湿透，快点走，也许能赶上他们！"

花豹问："这是黑白宗留下的吗？"

扒皮刀看了看："不会是，黑白宗和我们一样，三个大火堆，这是几个小火堆，不像是黑白宗留下的！"

花豹说："不管是谁的，我们追上看看！"

黑豹招呼飞猴："上到树上看看，远处有什么？"

飞猴把长矛交给花豹，背负一柄短斧，选中一棵高大的树，解下腰间的麻绳，看着上面的横叉，拴上一个两侧木钩，站定转绳子，随后抛出，绳子飞过横叉，勾住麻绳，飞猴借助麻绳，迅速登上树端眺望，很快又下到树下，对大家说："前面就是大河，水势很急，不能下水，只能顺着河边走！"

四个猎手不狩猎，行走速度很快，正午时分，他们登上了一个坡顶，往下望去，飞猴眼尖，大喊："坡底树林里有人！"

扒皮刀和花豹兄弟顺着飞猴的指向，果然发现小树林里影影绰绰有人走动。

黑豹说："往下走走，靠近点儿，看清楚是不是红头族、长毛怪！"

扒皮刀说的这两种东西都是主动攻击人吃人的，尤其长毛怪，即使刚吃饱也要攻击，它会吃了内脏，把尸体挂在树上晾成肉干，这非常糟糕！必须提防。

四个猎手选择一条隐蔽的道路下到山坡中部，隐蔽在一道水沟中，往下张望。

一阵子，没有任何东西走出树林，无法判断树林中到底是什么。

扒皮刀口中念念有词，把一块圆石头滚下山，就好像过往的动物踩踏石头下山；圆石头一路滚下去越来越快，还带动了一些小石块，稀里哗啦下去了，响声越来越大，最大的那块圆石头最先到达底部，重重地砸在岩石上，高高弹起落地，响声巨大；紧接着碎石稀里哗啦倾泻，虽然不多，动静不小；很快，离开石块落下的正面，树林侧面猫腰走出两个猎手，手持长矛，仰头观看山坡上，显然是受到了惊扰……

夜风等人躲在石头后面观察，判定这两个人不是红头族，也不是长毛怪。

花豹认出其中一个健壮的猎手是黑石族的飞雕，他跟随上山查看大平台和在居穴时都见过，他靠近扒皮刀说："那是飞雕，黑石族的猎手头！"

扒皮刀问："你认识？"

花豹非常肯定："我知道，打过交道，是黑石族的猎手头！"

"那就出去打招呼！"扒皮刀说着就走出水沟，一个箭步跳到眼前的石头上。

黑豹也跟着跳上石头，手举弓箭发出猎手呼唤的声音。

飞雕对这个呼唤的声音并不陌生，至少听过三次，他马上意识到这是日月宗的猎手，马上发出回应的呼唤，猎手之间相互信任了！

黑豹等四个人走下去，与飞雕行了猎手见面礼，在这种场合见面，两人不免产生一种患难见友人的感觉；黑豹把扒皮刀、花豹和飞猴介绍给飞雕，然后一同走进树林里面。

花豹与好手天天接触，已经可以与黑石族进行简单的交流，况且黑豹在居穴见过飞雕，也算是熟悉的人。

裂石王带领几个家族首领迎接日月宗的猎手，行礼过后，邀请他们坐下，拿出珍贵的天浆，共同进餐；因为是父系组合家庭，黑石族夜间露营的篝火要生几堆，根据家庭亲疏分火进餐；这是中午短暂休息，只是点燃了一堆火，烤热冷却发硬的肉，就着河水补充体力然后继续远行。

黑豹兄弟等人拿出烤鱼分给大家，几个孩子吃得很香。

裂石王问如何得到的鱼？黑石族生活在山上，周围没有常年不变的湖泊，河流湍急，只有偶尔冲到岸上的鱼，平时很少抓到鱼，所以，黑石族下套狩猎的办法多，抓鱼的办法几乎没有，这对顺水迁徙的人们来说是缺少了一个重要的食物来源。

"日月宗在河边围捕鱼虾，"黑豹指着花豹说，"他是捕钓能手。"

花豹拿出钓鱼的兽骨鱼钩和细麻绳，展示钓鱼的方法，飞雕很感兴趣，拿着那个兽骨鱼钩反复观看。

黑豹问道："你们是否看到黑白宗？"

飞雕把昨天早晨看到黑白宗迁徙告诉夜风："我们隔着大河挥手呼唤，他们最后进入对岸的树林走了！"

终于知道黑白宗的踪迹，知道两宗门被大水隔绝，黑豹转头对扒皮刀和飞猴子说："我们已经找到了黑白宗，只是不能见面，我们回去告诉老宗母、大首太。"

告别离开黑石族，回返的路上，飞猴子说："黑石族人不多，但是母姐比具夫多！"

扒皮刀回答："我也看到了，这应该是具夫在狩猎中很容易受伤死亡吧！"

黑豹说："我听好手说，父系族内部经常打斗，这家的具夫夜里突然会把另一家的具夫杀死，抢走女人。"

花豹有些惊讶，感叹道："自己人杀自己人，那还不如散了各找出路呢。"

扒皮刀闷闷地说："一个具夫在外，随时可能被大家伙吃了，没人敢独自带着女人在外，流浪帮男人们也争吵打斗，还是要凑到一起，毕竟合伙才能活命啊！"

四个人疾步行走，想尽快回到日月宗。

第二十二章　老首太升天

这天夜里，日月宗发生了一件从来没有发生过的事情；让老宗母和天日三十感到很难办。这天夜里，几个流浪帮的猎手到母姐围栏外奉上礼物要求结亲，瞭望的母姐让愿意结亲的母姐们到围栏处挑选，六个期待结亲的猎手都被挑选上，分别进入母姐的结亲棚架。

进入围栏后没多久，一个具夫被母姐赶出来，被赶出来的具夫蒙头借着黑夜逃跑了，母姐在棚架中哭泣。少宗母闻声过来查看，哭泣的母姐满脸的委屈，就是不说为什么赶走结亲具夫，哭泣不止，问询那位年龄较大负责瞭望的母姐发生了什么？年长的母姐也不知道为什么，只是听到棚架中母姐忽然发出惊叫，具夫抱着自己的袍子蒙头跑了出去。

清晨，准备上路，天日三十得知清点人数后少了一个具夫"愣头猴"，这个愣头猴是个不起眼的猎手，个子不高，爆发力好，善于蹿跳，就是脑子不太好用，愣头愣脑，如果不是这个毛病，会成为与夜风一样的树上飞矛的好猎手。

昨晚与愣头猴睡在一起的具夫也说不清楚这个猎手去了哪里，什么时候丢失的也说不清楚，他的长矛放在他睡觉的地方，是不是半夜"出恭"没带武器被野兽袭击了？这种可能性不大，猎手们从小养成的习惯就是夜间长矛在手；夜间野兽非常活跃，所有的猎手夜间大小便一不会走太远，二必须携带长矛火把。但是，没有人听到夜间有猎手被袭击的响声，尤其是自从黄毛大头狼群跟随宗门左右，一旦有大家伙靠近，这些群狼就会嚎叫预警，谁都没有听到黄毛大头的群狼的嚎叫，这到底是为什么呢？

正在疑惑，老宗母叫天日三十过去说话。

老宗母坐在轮架子上，对天日三十说，昨晚母姐结亲发生了冲突，一个母姐始终哭泣不说为什么；具夫那边又丢了一个猎手，这事情很奇怪！

老宗母让天日三十到流浪帮大首领那里问一下，昨天晚上有几个具夫来这里结亲？是不是流浪帮的具夫欺负了日月宗的母姐？

天日三十找到流浪帮的大头领，把前一天晚上结亲发生的事情讲述一遍，随即问："迁徙途中来日月宗结亲的只有你流浪帮的猎手，是谁把我们的母姐欺负得一直啼哭？到底为了什么？"

大头领面无表情，请天日三十到一旁两个首领悄悄交谈。

避开其他猎手后，大头领低声说："昨晚发生的事，我手下的人告诉我了，晚上去结亲的猎手，我这帮里去了四个，我看着他们上路和回来的，可是进了你们母姐棚架的是六个人，忽然有女人喊叫哭闹，一个男人跑了，或许就是你们丢失的那个猎手，另外还有一个，到底是谁，我没有问也没有找，我想也是你们日月宗的男人！"

天日三十有些惊讶，问："你确定是只有四个人去结亲？"

大头领非常肯定地说："我亲眼看到本帮只有四个人去，四个人回！另外两个人就不用多问了，这么多天不能结亲，猎手们有很多不满，这可以想到，只是有族规禁忌，猎手们不会公开闹事的！"

天日三十陷入沉思："你说的是对的！"

两个首领告别分手，天日三十心情沉重，带着两个猎手向前面的营地走去，一路无语，他从来没有遇到过这样的事，不知道如何处理，他决定先找老首太说说，宗门内关系到猎手具夫的事情，老首太会有更好的建议。

天日三十先到营地的看望老首太，老首太一直在病中，他与老宗母说过，把他放到一个山洞里自生自灭；老宗母认为他还能好起来，两次都是让大巫姐做法事祈祷神灵。现在，老首太靠在一个熊皮卷上，眯缝着眼睛，遥看远方；天日三十走过来让他露出了微笑。

天日三十坐下，直接把夜里结亲发生的"怪事"告诉老首太。

老首太听完后，眯着眼睛缓缓地说："大水来，宗门上路，没有和黑白宗会合，我一直担心的就是这种事。具夫母姐，从小就知道结亲禁忌，两个宗门结亲一掌一次，禁忌自然就会遵守，现在找不到黑白宗，母姐有流浪帮结亲，具夫则找不到结亲母姐，你想他们天天看着本宗的母姐，心里自然就乱了，禁忌难守啊！这个事情不用多说，除了流浪帮的，另外两个是本宗的具夫，母姐惊哭肯定是认出了本宗的具夫，又惊又怕，丢失的具夫肯定是那位被母姐认出来的那个，担心遭到惩罚，他不像夜风真心喜欢，敢作敢当，这个具夫就是忍不住了想结亲，偷偷摸摸被认出来，害怕逃跑了，这要不回来，就会把命丢了，大水把大小家伙都赶到一起来了，大家伙饥饿难熬，单个的具夫没有活路啊！"

"老宗母让我去流浪帮问这个事的原委，我回来先找你老首太，"天日三十问，"这种事我是第一次遇到，事关具夫，老首太认为该怎么办？"

"单独与老宗母说，说实话，"老首太睁开眼睛看着天日三十，"就说我建议不用宗门之法，不要声张，不要追究，赶快找到黑白宗，找不到黑白宗就要……"

"就要做什么？"天日三十急切地问办法。

"只能到外族截获女人！蒙眼看管，让具夫可以结亲，具夫一掌不结亲心神不定，一合掌不结亲心燥火重，两合加一掌，必定生乱端。"老首太一板一眼地说，"但是，无论如何宗门禁忌不能破，禁忌一破宗门必有大凶！"

天日三十也是男人，不结亲心燥火重也有体会，对老首太的说法和办法深以为是。

见到老宗母，天日三十谎称流浪帮有六个猎手前来结亲，有一个猎手结亲动作粗鲁，日月宗年轻的母姐不接受这种粗鲁，故而发生争执，流浪帮的猎手被赶出母姐结亲棚架。

老宗母能猜到那个年轻的母姐哭泣不说缘故，听了天日三十的解释也就不再追问，只是觉得本宗的具夫多日不能结亲会有不满烦乱，转头问天日三十寻找黑白宗的具夫回来没有，天日三十说还没有回来。

正在这时，前面准备出发上路的具夫们发出呼哨的声音，远远望去，山路上走来四个猎手，黑豹兄弟和扒皮刀、飞猴子四个猎手。

天日三十迎上去与豹兄弟四个人拥抱问候，在没有熄灭的篝火边拿出烤肉、烤鱼、天浆让四个人吃食，显然四个人很是饥饿，大吃大喝，歇口气的工夫，扒皮刀抹了一把嘴，把稀疏胡须上的残渣擦去，扫视了四面围着露出渴望眼神的具夫们，把嘴里的肉食强咽下去，对天日三十说："找到了，但不是黑白宗，是黑石族！"

具夫们露出失望的神情："找到了黑石族？"

黑豹接着说："是！找到的是黑石族，首领裂石王说，他们看到了黑白宗，黑白宗在大河对面，水宽流急，无法过去！"

天日三十问："你们什么时候见到黑石族，他们什么时候遇见黑白宗的？黑白宗离开多长了？"

一连串的问题，黑豹定了定神说："我们是两个日夜前与黑石族分手的，见到黑石族的时候，裂石王说黑白宗已经过去两个日夜了，进了大水对面的树林！这样看黑白宗离我们有四到一掌日夜的路程，也许他们找到了一个可以居穴狩猎的地方停住了，在那里等我们？"

飞猴子插话："我在树上看远处，有山，很多山，但是山之间是大水，越低的地方水就更大更急！"

花豹建议："我们四个离开黑石族赶快回来，就是告诉大家要快上路，向黑石族的那个方向走，找地方过河，与黑白宗会合！"

天日三十朝着大家挥手："收拾东西，上路吧！"

猎手具夫们散去，天日三十对黑豹等四个说："黑石族什么样子，人多吗？"

扒皮刀回答："不多，零散走单，我数了，他们生了八堆火，各家一堆，前不久他们两个女人是母女，被长毛怪掠走了，一家为了防仇家住在家族营地边缘树上，被长毛怪偷袭了。"

天日三十放低声音问："你们一路上看到其他家族群了吗？"

"没有，但是见到了熄灭的篝火堆！火堆不大，估计人不多！"夜风回答。

"你们见到黑石族的母姐了吗？"天日三十低声问。

黑豹压低声音："见到了，分别在各户的棚架前，还有抱着孩子的！"

扒皮刀接着说："黑石族是母姐多，具夫猎手少，一户一个具夫，至少两个母姐，有的有孩子，多数没有孩子！"

"迁徙路上，孩子很难活下来，"天日三十沉思一下，慢慢地自问自答，"黑石族母姐多，猎手少，我们可以与裂石王商量！"

扒皮刀问："商量什么？"

天日三十低声说："母姐！结亲！"

扒皮刀说："能行吗？他们是公猴族！"

"试试吧，找到谁都好！"天日三十坚定语气，"黑白宗、黑石族都在一个方向！"

黑豹和扒皮刀知道道路，走在全宗的前面，进了树林。

树林内杂草丛生，灌木纵横，行走艰难；但是全体具夫精神振奋，大概是飞猴子把往前走就能找到黑白宗的消息误传到具夫里面，具夫们很是高兴，虽然不知道到底有多远，但是脚步不由得加快了，在前面开路的几个人很卖力气，砍断枯枝败藤。

轮架子走了这些天，木轮子还好，就是连接木轮子的横轴，已经断了好几次了，花豹与好手出来前就知道这个横轴脆弱，准备了几条横木，换了几次后，花豹突然发现轮架子需要改装，可以用四根短轴代替两根长轴，这样既可以节省横杆，也可以坏一个换一个，不必整根轴都拆下来。花豹拿着这个主意去流浪帮找好手商量，好手认为好，提出把架子部分横底加固，以便短轴有支撑。两个人边走边改进，改进后的轮架子更结实了。

中午时分，黑豹让飞猴子跑过来报告，前面发现有几个长毛怪！

　　天日三十马上带着夜风和几个猎手赶到前面，从黑豹隐藏的地方望去，四个雄性长毛怪扛着两个人正在往上爬，显然是从山下大水边上来的。黄毛大头狼群站在远处的山坡上发出啸叫，但是长毛怪显然不把这些狼放在眼里，继续扛着"收获"低头上山。

　　夜风看见这长毛怪全是公的，马上与天日三十商量："都是公的，它们是上来找母的和小的，那些母的大概就离我们不远，我去把流浪帮几个人叫来，防着我们的后面！"

　　天日三十说："不用去了，已经叫黑豹招呼流浪帮大首领了！叫个猎手把他们领到咱们后面看守！"

　　长毛怪越走越近，"收获"的衣袍已被撕烂，上身赤裸，长毛怪换肩的时候，天日三十和夜风同时发现，长毛怪肩上扛着的"收获"是两个女人！天日三十和夜风对视了一下，天日三十说："走近了动手，肩上的女人可能是活的，要救下来！"

　　夜风点头明白，一招手，领着飞猴子、扒皮刀带着短矛、利斧分别上了树，天日三十用手势告诉投矛猎手先打那两个没有扛人的两只长毛怪，随即，带着黑豹等几个猎手在下面埋伏。

　　长毛怪是强势动物，体力强，动作灵活，群体生存，有超过一般大野兽的智力，除了面对人类，在动物界可算是无敌，所以，几只长毛怪一起行走，随手摘吃灌木野果，一副所向无敌的样子，没有发现有真正的猎手埋伏在这里。

　　长毛怪进入了埋伏圈，两只肩负"收获"的走在后面；天日三十带着另外一个日月宗的投矛手，突然从灌木后站起来，两只长毛怪一个愣神，定睛查看，两支长矛已经飞到胸前，距离太近了，十几步之遥；两支长矛几乎同时刺进长毛怪绒毛稀松的前胸腹部，一只肯定被刺中要害，瞪眼龇牙扭曲着无声倒地，另一只则抓着肚子上的长矛怪叫，两只肩负猎物的长毛怪把"收获"扔在草丛中，怪叫着扑了上来，天日三十带着猎手按计划"逃跑"到夜风、飞猴子埋伏的树下，猎手从树上跳下来借重力突然自上面攻杀猎物，这一招是致命的！

　　果然，两只健壮的长毛怪吼叫着追到树下，只顾张牙舞爪追击眼前的"猎物"，没想到头顶上的攻击。夜风、飞猴子一人一个，手持短矛无声地从树上坠下，夜风的那支短矛从长毛怪的后脖子直直地插进去，长毛怪面部扭曲回头狂咬两口，因为短矛的限制没有咬到，随即倒地抽搐；飞猴子的短矛大概是遇到了脊椎骨，竟然刺入后断了，飞猴子跑到扒皮刀隐藏的树下，抽出短斧转身迎面劈砍，却被愤怒的长毛怪一掌打掉，飞猴子一蹲身子试图从长毛怪腋下钻跑，却被长毛怪右臂夹住！长毛怪张口准备撕咬猎物，扒皮刀的短矛、夜风的短斧几乎同时到达，一上一下，正中长毛怪的脖颈子和后腰眼，一声怪嚎，长毛怪倒地而亡！远处传来凄厉的哀嚎呼应……

　　猎手们回到长毛怪抛弃"收获"的草丛，两个半裸上身的女人倒在地上，天日三十和扒皮刀分别用手试了试两个人的鼻息，对另外几个人说："还活着！"

　　几个人把这两个女人抬到一个小水塘边上，捧起水让她们喝，两个女人很快长出了一口气，渐渐恢复，这时夜风看到她们散乱的头发上的红泥，夜风说："红头族！"

　　天日三十与夜风走到一边，商量这两个红头族女人该如何处理，天日三十把前几天发生的结亲事件，自己事后与老首太商量的结果，老首太的办法，都对夜风讲了。

　　夜风听后说："流浪帮大首领把那天夜里结亲的事告诉我了，我以为可以听老首太的，我是被宗门禁忌处罚过的，不便多说，我的看法是具夫们确实需要结亲。"

　　公羊腿看到横卧在草地里的女人，对天日三十说："我忍不住了，我要拿一个来，结个亲！"

　　天日三十制止说："红头族是吃人的，身上有邪气，你忘了'大兔子'怎么死的了，带回去清清邪气才能结亲！"

　　"大兔子"是个结亲欲望很强烈的具夫，一掌一次的结亲从来没有耽误过，一次狩猎在外，一对红头族正在交配时被杀，公的已死，母的奄奄一息，"大兔子"忽然来了欲望，不听劝告，完事后还很兴奋。没几天，浑身发热，阳具肿胀流脓，几天后满嘴胡话，抓狂抽搐而亡。老首太、老宗母和大巫姐知道后，共同认为"大兔子"是犯了禁忌，邪毒附体而亡。

公羊腿想起这事心中害怕，欲望全无，但嘴上还是找理由："那次'大兔子'搞的是长毛怪吧，不是人，这红头族的女人，应该不怕！"

天日三十说："就算你说得对，是长毛怪不是红头族，他们可都吃人肉，吃人的畜生都有邪气，带回去让老宗母看看，看看能不能去了邪毒！"

公羊腿提着长矛转身走了。大首领带着几个流浪帮的猎手过来了。

天日三十问："怎么样，有母的长毛怪吗？"

大首领说："有，两大三小，都被干掉了！"

天日三十惊讶地问："都干掉了？"

大头领杀气未消："干掉了！小的长大了就是祸害！长毛怪完全不讲任何规矩，同一窝的交配就能搞出一群长毛怪，杀人吃人，我们见了长毛怪无论大小就是砍杀，杀得越干净越好！"

天日三十问："这红头族是从哪里来的？"

黑豹说："发大水前，我们在山上见到几个，少巫姐就是那次救下来的。"

"这一带有红头族，饿极了也吃人！现在死得差不多了，平时很少见到，这可能是大水逼出来的一群。"大头领看到了那两个靠在地上的女人问，"这两个女人怎么办？"

天日三十说："带回去，看能不能养熟了……"

大头领点点头："试试吧，不知道行不行啊！"

回返的路上，大头领与天日三十一同走，他回头看了一下猎手背着的两个红头族女人说："我知道你为什么留下这两个女人，找不到黑白宗，猎手们结亲是个必须要解决的事情，流浪帮三天没有女人结亲就要打斗搏命。但是，帮里不能留着女人，猎手们为了女人要自相残杀。"

天日三十说："照你这么说，黑石族早就内斗死干净了。"

大头领回答："我不知道黑石族是怎么活着的，看得见他们男人比女人少，每个猎手都有女人，有的还是两三个，你知道为什么吗？男人除了外出狩猎死伤，内斗更是死了不少，男人少了，就是女人抢男人了，男人没劲为女人打斗了！黑石族这样的只能女多男少，永远是个小帮，大不了！"

"你说得对，"天日三十回答，"你说日月宗里不能养着外来的女人？会内斗？"

大头领点头："你明白了，这是我经历过的，想想你们日月、黑白宗门为什么人多势众？宗门内外男人没有因为女人打斗，自然同心协力。"

天日三十："现在要带回去，放在母姐那里看着养熟了，找到了黑白宗就好了，把她们放走！"

回到宗门营地，天日三十找到老宗母和老首太，把两个一身伤痕、已经大致恢复体力的红头族女人两手背捆，坐在轮架子边上。

少宗母叫两个母姐拿来烤肉和一种辛辣的植物根茎，提来一匏瓜壳水，让这两个外族女人吃喝。手本来就是在身后捆着，那是一种拴猎物的绳扣，很结实，少宗母人解开，把吃的东西给她们。两个吃喝得很兴奋；少宗母和两个高大的母姐走过来，把在一边吃东西的两个红头族女人的脚腕子上加了麻绳，两个女人惊恐地看着拴麻绳的母姐，忘记了吃东西；少宗母知道她们听不懂日月宗的语言，用手势告诉她们不许逃跑！

天日三十对老宗母说："找不到黑白宗，猎手具夫无法结亲，好多具夫浮躁气大。"

老首太说："虽然咱们宗门从来没有在宗内养外来女人，但这是迁移在路上，为了具夫结亲也只能如此，那两个红头族要放在母姐内养着，捆手捆脚，不可乱跑！"

"禁忌不能破，破了就是宗门大难，"老宗母听到老首太这样说，附和道，"找不到黑白宗，只能这样了，一旦和黑白宗会合，这两个女人要不入宗，要不赶走！"

少宗母把两个女人带过来，跪坐在地上，年龄稍大的那个女人似乎知道要干什么，点了点头，用手比比画画，说了一通没人能听懂的话语；老首太坐在一边看着说："她们大概的意思是说长毛怪从树上下来，打死了她们的男人，吃了他们的肉，转头把她们打晕了！"

这两个女人虽然力弱体虚，但已经被长毛怪抓扯破损的缝制粗糙的衣袍，遮不住她们成熟丰满的身体，看神情她们急于表达，一句话："我们是受害的好人！"

老宗母忽然想起了什么，告诉少宗母要仔细检查那两个红头族女人："不管长毛怪是不是和她们结亲了，蒙上头，拉到河边，泡在活水里冲洗干净！"

两个红头族的女人蒙着头，被少宗母等三个母姐带着向河边走去，正在准备上路的具夫们看到后，都不约而同地张望，少宗母知道蒙头无法蒙住身体的诱惑，她催促两个母姐带着红头族女人快步走向河边，冲洗污垢。

天日三十问老宗母："晚上就让那些着急的猎手结亲吧？"

老宗母抢在老首太前面说："不行！要三个日夜，红头族吃人，邪毒在身，三天排干净了，咱们的人才能和她们接近！邪毒上身，宗门大灾，要灭门的！"

老首太接着说："老宗母说得对，胡乱结亲招来邪毒，具夫大量死亡的事发生过，这是两个红头族的女人，必须邪毒排净才可结亲，这些道理要对具夫们说清楚！"

天日三十回到具夫的群体中，把所有成年的男人叫到一起，坐在篝火边，具夫们看到了外族女人，群体中洋溢着一种兴奋的情绪。

天日三十郑重地说："离开居穴已经很多个日夜了，我们与黑白宗被大水隔开，不能会合，具夫们一直没能结亲，现在我们捕获了两个红头族的女人，具夫们可以结亲了。"

具夫们发出欢呼声，显然早已渴望，等不及了。

"但是，猎手们都知道红头族是吃人的，这两个女人肯定也吃过人！"天日三十加重了口气，"吃人的野兽都是有邪毒的，脏臭无比，我们中了邪毒就会给宗门带来灾难，大首太和老宗母说了，这两个女人要排放邪毒，三个日夜，然后才能用于结亲，这三天，具夫们都忍着，老实点；也许过了今天我们就找到黑白宗了，现在要忍着点，不要犯了禁忌！"

具夫们一哄而散，"还要等三个日夜"，有一句牢骚话让天日三十感到紧张。

这个具夫叫"愤怒公鹿"，对大力熊说："咱们自己的母姐不能结亲，却让流浪帮来结亲，再这样我就跑到流浪帮去！"

大力熊憨憨地说："我们是有禁忌的，不能胡来犯了禁忌！"

"流浪帮也没什么禁忌，我看挺好！"愤怒公鹿接着说，"夜风犯了禁忌，有什么灾难吗？没有啊！"

天日三十听到这个牢骚心情复杂，自己是具夫的最高首领，他担心具夫们的不满会蔓延，造成内部混乱，整个宗门正在迁徙中，最要命的就是内部混乱争斗，具夫的结亲欲望难以压制，必须想办法解决。

天日三十对愤怒公鹿大声说："着什么急，两次不结亲就想犯禁忌？告诉你，两个女人已经带回来了，她们是红头族，要弄干净才能用！"

愤怒公鹿看到大首太动怒了，不再发牢骚，低声说："猎手具夫整天狩猎，用命保护宗门，却无处结亲，宗门把猎手们当成什么东西？"

天日三十听后一股怒气，瞪着眼睛对愤怒公鹿说："谁敢犯了禁忌，给宗门带来灾难，就按照'恶爪'处置！"

猎手被定为"恶爪"意味着犯了阴谋杀亲大罪，断手逐出宗门，猎手断手逐出就是死路一条，日月宗多少代也没有对任何一个猎手动用这种处罚，天日三十说出狠话是真正感觉到具夫们已经有了强烈的不满，如不压住这种不满，就会转变成无法抑制的可怕行为。

半夜，靠着愤怒公鹿睡觉的一个叫"白鹤"的年轻猎手跳了起来，大喊愤怒公鹿要害他，天日三十过去问为什么，愤怒公鹿抢先说自己的长矛没有放好，矛杆顶到了年轻猎手的后腰，白鹤嘟嘟囔囔地离开原来的地方："再也不能和你睡在一个地方！"

天日三十知道发生了什么事情，但又不能说破原委，将错就错，对愤怒公鹿说："抱着长矛睡，有劲用在长矛上！"

这三天，天日三十一直在为具夫们无处结亲而担忧；行走途中，他看到一些具夫总想留在后面压阵，不断向母姐的群体靠近，盯着母姐们的腰身臀部看，不停地找碴帮助母姐做这做那。那两个红头族的女人更是成为具夫们追逐的目标，少宗母拿出挡雨的"树叶衣袍"叫这两个红头族女人从头到脚穿上，但是还不行，具夫们都知道这两个披着树叶衣袍的是可以结亲的女人，像闻到血腥味的土狼一样，在周围转来转去。

天日三十知道这些具夫的心思，自己领着押后的具夫，与中间的母姐们保持距离，隔开他们，中间吃东西的时候，天日三十与老宗母在一旁商量，告诉老宗母："因为不能结亲，越来越多的具夫焦躁愤怒，那两个红头族的女人要用来结亲，否则就是祸害了！"

老宗母心情沉重，所有这些她都看在眼里："具夫的愤怒，我都看见了，那两个红头女人到晚上扎上棚子就可以用了，控了三天，见到活水就领着她们冲洗，少宗母还给她们灌了泄毒汤，邪毒排得差不多了，只是，就两个女人让具夫结亲，不够啊，具夫可以轮着来结亲，这女人每晚结亲多少次，不行啊，还必须想办法，黑白宗一定要尽快找到，否则宗门就要面临大灾难，谁都活不了！"

扒皮刀跑过来着急地说："老首太昏过去了！"

天日三十和老宗母赶快走到老首太的轮架子边，老首太脸色灰暗，半张着嘴，喘着粗气，眼神无光。

天日三十拉着老首太的手说："大首太，老宗母来看你了！"

老首太吐了口粗气，眼睛有了光泽："天翻地覆，大水横流，没有办法，宗门迁徙，想办法尽快找到新的居穴，找不到黑白宗就要分立结亲宗门！"

老宗母算起来是老首太的姐姐，拍拍老首太的脸颊："放心吧，三十很能干，有办法，我们会尽快找到居穴的！"

老首太勉力抬起胳膊，向天日三十招手，天日三十赶快凑过去，靠近老首太的嘴边，老首太轻声清晰地说："尽快找黑白宗，另立结亲宗门要两代人，来不及，母姐好找，具夫难寻，赶快多找来几个女人，立一个无具夫的结亲母姐门，否则，宗门必乱！"

天日三十看着老首太的眼睛，深深地点头，老首太眼睛渐渐暗淡，最后一点光亮熄灭，生命永远地离开了。

听到天日三十的呼唤，老宗母走过来，用手合上老首太的双眼，眼泪无声地流下，少宗母伏在老宗母的肩上抽泣。具夫和母姐们渐渐聚过来，两个孩子看到长辈们的神情，哭了起来，母姐们跟着抑制不住地哭出声音，猎手们在天日三十的带领下单腿跪下，母姐们也跟着跪下，向老首太告别。

在河边空旷的地方，架起干柴，大巫姐发出悲凉的歌声，整个宗门的人聚在一起，流浪帮的猎手们也站在不远的地方，低首致哀。烈火在大巫姐的歌声中熊熊燃烧，老首太化为灰烬，顺水飘走。

第二十三章　结亲乱　邪毒来

迁徙的队伍继续启程，天日三十对老首太临终所言"母姐好找，具夫难寻"的说法不明白，问老宗母这是什么意思？

老宗母说："这是宗门传说从往事中说出的道理，我们是母系族，为了宗门兴旺，避免'邪怪入体'，几代人后就要新立结亲宗门，新立宗门的母姐三五个必须是外来的，都是宗母，她们子女长大后才是这个宗门的母姐具夫。新立宗门弱小，容易受到各方侵扰，有的男人将新立宗门的第一代宗母带走了，也有占据居穴就不走的，我们母系族就要帮助追回新立宗门的母姐，打斗搏杀，驱赶强占居穴不走的坏男人。具夫难寻的意思就是好男人难找啊！"

天日三十年轻，对怀孕生育不熟悉，所以疑惑不解地问："什么是邪怪入身？"

"就是母姐生出怪孩子，呆傻软骨、瞎眼鸟趾。这是邪怪入体的结果，必

189

须新立宗门。"老宗母叹了口气，"新立宗门是大事，如果不是这场大水灾祸，我们与黑白宗就要共立新宗！因为黑白宗连续出了两个'邪怪入体'的事情，这就是必须新立宗门的天兆地告！"

天日三十接着问："邪怪入体的怪物出来后怎么办呢？"

"邪怪必须投入烈火烧掉，母姐一个结冰期不许结亲，大巫姐做法事，祈求上天驱魔降福！"老宗母神色严峻地说，"邪怪入体是宗门衰败的天兆，触犯禁忌必遭上天惩罚，惩罚夜风和小鱼，那是没办法的事情，小鱼的孩子没有生下来，如果长成了形，万一是邪怪入体怎么办？我们母系族之所以能够人丁兴旺，靠的就是血脉不乱，遵守禁忌，禁忌是天条，无论什么时候，决不可触犯啊！"

天日三十说："具夫们一直不能结亲，不满愤怒的人很多，现在还可以用禁忌压住，一旦多数具夫愤怒，后果难以预料啊！"

老宗母："再寻找黑白宗，上次豹兄弟外出寻找黑白宗，遇到了黑石族，他们应该有女人，我们可以用重礼换来女人，另立结亲宗门，养到下一代就成为互对宗门的结亲一宗，世代结亲，如同日月、黑白二宗，这是长久之计。"

天日三十听后郑重地说："老宗母说得很对，这样才是长久的出路！"

两个红头族的女人经过少宗母的查看，告诉老宗母，红头族女人的邪污之物冲洗排净了。老宗母把这个消息告诉了天日三十，同时叮嘱说："一个女人一晚只能与三个具夫结亲，多了女人也受不了，容易邪毒上身。"

结亲具夫三合多几个，一晚一个红头女人三个，结亲的具夫只能排序，大约一合能轮到一次结亲。经过天日三十的选择，第一晚结亲的六个具夫兴致勃勃。

几天来，这两个女人虽然手脚被拴着，但是有吃有喝，没有任何虐待，只是灌泄毒汤让她们上吐下泻，浑身无力；两个女人手也从背后拴着放到前面；红头族非常原始，他们的工具仅仅是在原野中选择可用的东西，而不会加工制作，粗糙笨拙，她们对日月宗的各种用品感到好奇，例如晚上睡觉的草垫，日月宗经过选择特定的软草晾晒敲打，编织成厚而轻的垫子，睡上去保暖舒适，而红头女人从来没有在这种垫子上睡觉，第一次睡在垫子上面，很高兴，掀起垫子反复查看，躺在上面很享受。

这些天她们跟随编织母姐，寻找采集软草、拍打晾晒，学习编织草垫；显然她们头脑呆滞、手脚笨拙，一种简单的编织技艺要反复练习还记不住，搞得编织母姐对她们大声喊叫；两个红头族女人听不懂喊叫的意思，却知道为什么发怒，她们看着喊叫的编织母姐一脸憨厚地傻笑，仍然没有学会。编织母姐无奈，只能叫她们采集茅草不停地拍打，两个红头族女人很高兴干这种简单的劳动，尤其喜欢拍打干草，用藤条敲出有节奏的响声，摇头摆尾，乐此不疲。

红头族女人被脱了衣袍放在了结亲棚架中。她们显然知道要发生什么事情，并不惊慌；管束结亲的母姐被称为"内宗母"，在给她们脱掉衣袍的过程中，两个红头族女人主动配合，并且很快有了生理反应，散发出一种渴望异性的气味。

内宗母走出来对少宗母说可以了，还加了一句，："这是两个骚母猴，味道很大！"

少宗母依旧对邪毒有担心，问："有邪毒味道吗？"

内宗母想了一下回答："味道大，倒是没闻出来邪毒怪味！"

少宗母招呼天日三十，天日三十走过去，少宗母告诉天日三十棚架结亲准备好了，悄悄地告诉天日三十："内宗母说这是两个骚母猴，你们要小心丢了魂！"

天日三十瞥了少宗母一眼："不知道谁丢了魂，我躲这种骚母猴远远的，肯定不会丢了魂！"

结亲开始了，六个具夫两个红头族女人，时间长短不一，红头族女人发情的怪叫声让母姐们感到厌恶，但是具夫们却交头接耳，很是兴奋。

工夫并不大，六个具夫就结亲完毕，愤怒公鹿是第一个进去结亲的，出来后很满足，对没有结亲的具夫讲述那个红头族女人的疯狂，搞得几个没结亲的具夫跃跃欲试。

天日三十坐在一旁，默默无语，几个具夫过来说想进去结亲，天日三十把老宗母讲的原则"超过三个结亲有邪毒"告诉那几个具夫，愤怒公鹿不以为然："什么超过三个有邪毒，那红头族女人很来劲，一晚上一掌、一合掌都没事！"

天日三十看着愤怒公鹿说："三个就是三个，你要触犯神灵吗？"

愤怒公鹿仗着为具夫们说话："三个不触犯神灵，五个就触犯了？神灵不会在一边数着几个具夫结亲，结亲是神灵允许的，神才不管多几个少几个呢，就是老宗母多事管结亲的事！"

天日三十走过去，突然出手，把愤怒公鹿摔倒在地，愤怒公鹿爬起来转身扑过来，天日三十灵巧地躲开，顺便伸腿把愤怒公鹿绊倒在地；愤怒公鹿再次爬起来正面扑向天日三十，天日三十转身接过愤怒公鹿伸过来的右臂，一个过肩，愤怒公鹿重重地摔在地上，显然知道爬起来也没用，躺在地上喘粗气；天日三十走过去把愤怒公鹿拉起来，膝盖顶着愤怒公鹿的阳具，对着他的脸厉声说道："照老宗母说的做，下个黑夜你是第一个，否则就永远别结亲了！"

几天来，具夫们轮流与红头族女人结亲，结亲棚架搭得很远。

第五拨三人要结亲，一个具夫跑过来对天日三十说："那个女人不行了，浑身滚烫，有气无力，底下流红白浆！"

天日三十马上叫人喊来老宗母，老宗母带着少宗母、内宗母过来，进了棚架，出来后对天日三十说这个红头族女人有邪毒，把她放在那里留下些食物和水，随她去吧！

老宗母神情严峻对天日三十说："具夫中谁和她结亲了，都要问到，有没有被邪毒上身，有的话就要赶快吃内宗母采集的蒿草，祛邪毒！快去查清！"

愤怒公鹿和另外两个具夫在询问中，愁眉苦脸地承认结亲的"家伙"不舒服，先痒后疼，撒尿费劲；有一个已经滴滴答答流出白脓。

天日三十找来内首太，一个经验丰富会治伤病的老具夫，他看了看，问了问，摇着头说："染上了，那个女人是个祸害，红头族本来就很污浊，我就不赞成与这些污浊的红头族结亲！"

天日三十急忙说："按照老宗母的意思冲洗排邪三个日夜，应该除掉邪毒了！"

内首太摇摇头："邪毒入内，冲洗三天排不掉，具夫母姐结亲邪毒毫无阻隔，最容易上身！这是结亲邪毒，味道很大，老宗母应该不会让具夫与来路不明的女人结亲的，只怪具夫们太着急了，老宗母担心破了禁忌啊！"

天日三十着急地问："你说该怎么办，听你的办法！"

内首太说："用蒿草根捣碎，用天浆搅拌，大量吃，另外用蒿草枝叶捣碎，敷在'家伙'上，如果还不见好，那就是邪毒入内，那就只能随天命了！"

苦辣涩的蒿草根拌上天浆，几个邪毒上身的具夫大口大口地喝下，天日三十站在一边告诉他们："幸亏母姐们采摘时发现了一窝天浆，否则你们就等死吧！"

日月宗上路时带了一些天浆，这些天浆含有酒精和大量维生素，有一定的消炎作用，日月宗一直把天浆当作上天赐给的浆汁，在原来居穴地有天浆池，他们也会定期把水果放进去，天浆源源不断，各种仪式上都会使用天浆。这次出远门，用葫芦瓢、猎手的野猪皮囊尽量多地带了天浆，沿途消耗不少；虽然不断采摘添加浆果，但是途中用量加大，天浆已经不够了。

两天前，母姐们在采摘时闻到天浆的味道，寻味而去，发现了一片浆果灌木，在一个半背阴小坡上，一小片茂密浆果旁有一棵高于周围树木的参天大树，树根处堆积了很多掉落的浆果，浆果堆的下面形成了一层厚厚的天浆，气味芬芳，不远处睡倒了一家子野猪！母姐们非常高兴，拿来葫芦、皮囊装了很多天浆，七手八脚把酣睡不醒的野猪一家子捆绑；母姐们正在装盛天浆时，大树上一片喧嚣，掉下许多树枝杂物，夹杂着一些水，抬头一看，大树上住着一群猴子，对母姐们大量盛装天浆很不满，尖叫抛果子、树枝，还撒尿，母姐们尖叫嬉笑着躲避，拿走天浆回营地了。所以，这几个邪毒上身的具夫此时有了天浆使用。

排队与红头族女人结亲在恐惧的议论中结束了。

清晨，熄灭篝火，日月宗上路继续向原定方向寻路而行。

那个没病的红头族女人站在结亲棚架前，看着日月宗的开拔，坐在地上掩面而泣。

少宗母带着两个母姐走过去，给她一个葫芦瓢，里面是天浆，留给她一大块野猪肉，把一个燃烧的树枝插到旁边的地上，这是留给她的火种，拍了拍她的脑袋。红头族女人抬头大哭，抱着少宗母的小腿，不断地上下磕头。少宗母蹲下指了指棚架中的那个病重的红头族女人，把装满天浆的一个葫芦瓢和一大块野猪肉堆放到她旁边，两个母姐把抱来的柴草放在棚架前，还留下了一块编织软草席；站起来回到日月宗群体中，回头望望后上路了。

几个曾经和她们结亲的具夫，走过去留下了各种生活用品，夜风并没有与她们结亲，但也走过去，把一张羊皮披在低头哭泣的女人身上，他们心里清楚，这两个红头族女人离开日月宗，不出三天就会死于野兽口中，尸骨无存。

因几个具夫结亲邪毒上身，老宗母决定留下他们不带走。日月宗历代对这种搞不清的病症一律认为是邪毒，他们知道这是苍天降临的东西，除了修正自身错误行为后通过仪式告天，剩下的就是躲避。这种被称为邪毒的东西是不可能战胜的。

第二十四章　礼取"黑石"女

中途采摘渔猎时，天日三十与老宗母在一起商量将来怎么办。

老宗母认为，邪毒上身，具夫会感到恐惧，结亲的要求暂时收敛，但过了一段，具夫的结亲欲望再次强烈，因为对外来邪毒的恐惧，就会把欲望实现转到内部，这对宗门禁忌、宗门生存威胁很大，必须尽快找到黑白宗，或者干净无邪毒的结亲女人。

天日三十认为老宗母说得对。老首太去世，除了少宗母陪伴在老宗母身边，大巫姐成为老宗母商议的一个帮手。

大巫姐一向是宗门中的特殊角色，原因是身份特殊，能力特殊，再加上大巫姐的年龄比少宗母大，确实应该受到特别的尊重。大巫姐坐在老宗母身边，少巫姐坐在侧后，背着仪式所需要的一些物品，几串系着许多漂亮羽毛的五彩石头，一张画满各种符号的古老羊皮，羊皮的正中是日月宗的宗门图案，被称为"神兆牌"。

天日三十看到少巫姐，忽然想到这是以前从大水中救出来的外来女人，由此想到前面与黑石族一起上路的好手和他的女人，进而想到夜风他们寻找黑白宗未果，却与黑石族有过见面，显然，黑石族也在这条路上！大水铺天盖地，四处蔓延，可行走的道路并不多，找到黑石族就可以与他们商量结亲的事情。

天日三十单独与老宗母说到黑石族，老宗母忧心忡忡：

"两个宗门活法不一样，他们的规矩禁忌和我们不大一样，与他们商谈结亲，不知道结局会如何，找不到黑白宗只能试一试，具夫结亲是个关系到宗门生死的大事！"

这一天晚上，黑石族露营，一堆大篝火，几堆小篝火，分户而食。

黑石族人口不多，男女老少一共不到四十人，分成十几户，原来因为食物女人要防备内部男人的相互暗算，裂石王以来，王者放弃了初夜权，立禁忌男人不许侵扰别户的女人，严格结亲的仪式，丈夫不死女人不能改户，有了门户冲突先到裂石王处，当面讲明状况，裂石王判断对错，违反族规轻罚重逐，谋害他人者被公开处死，等等，总之，王法订立，各户互助，整体有利，裂石王为了找到新的居住生存地，在迁徙的路上确立了以王者权威为标准的行为方法，全族各户在这套标准中得到了安全和相对稳定的食物来源，恐惧大大减少，都拥护裂石王的权威。一路行走，还算是顺利。

远处山坡上传来群狼的嚎叫声，几个猎手立刻站起来，提着长矛弓箭向叫声方向查看。一群狼若隐若现，在山坡上游荡，并没有表现出攻击围捕的迹象。

裂石王坐在原处没动，等待猎手们回来后说："这群狼已经吃饱了，在周围晃荡！"

飞雕说："它们一个接一个向后嚎叫，似乎在召唤远处的狼。"

裂石王看了看黑暗的远方："看住它们，守住孩子，别让它们钻了空子！"

日月宗在宿营的地方点了三堆篝火，人们按照传统的规矩分坐在三堆火的内侧，孩子们在中心横躺竖卧，他们的母亲坐在一边照看着。流浪帮在不远的地方单独点了一堆火，围坐着吃喝。

忽然，远处那群一直跟随的狼传来叫声，因为已经跟随了很长时间，黑豹一直在注意它们的习性，对它们的叫声已经理解了很多；听到这种不断嚎叫，黑豹对坐在身边的夜风说："这群狼好像发现了什么？它们在告诉我们前面有东西！"

夜风警惕地问："是大家伙还是长毛怪？"

黑豹歪着脑袋仔细听了听："好像不是，它们的叫声没有害怕的声音！"

夜风说："去告诉天火，让他知道！"

黑豹走到天日三十身后，俯身在耳朵边说了说。

天日三十站起来对黑豹说："如果不是见了大家伙，那大概就是看见另一拨人了，大水一直没有断，黑白宗可能还没有过到咱们这一边，应该是黑石族或其他什么人？天色晚了，明天一早过去看看！"

"不怕！"黑豹说，"这群狼我经常喂它们，已经熟了，跟着它们走，是一个保护呢！"

"是吗？"天日三十很惊奇，"没想到这群狼还挺认主的，走，咱们一起跟着它们去看看！"

天日三十、夜风和豹兄弟、大力熊一起上了山，那群狼一看到黑豹几个人，就叫着往前跑，很奇怪，它们会选择人能走的路，真正地带路；黑暗中走了不短的时间，在一个高处，向下望去，几堆大小不一的篝火，一些人在那里休息露营。很有意思，头狼黄毛大头看到日月宗的几个人，就带着群狼退到一旁，也不叫唤了，让这几个人躲在树丛后面静悄悄地观察下面的情况。

天日三十看了一会儿就肯定地说："这是黑石族！"

黑豹跟着说："没错，我看见那个猎手头目飞雕，他旁边的那个壮汉就是裂石王！"

天日三十说："打招呼，告诉他们，日月宗来了！"

花豹拿出一根竹管，手拢在嘴边，发出日月宗的呼号，这声音与在大冰山深沟呼喊的一样；竹管号声加呼喊，在树林中传出……

天日三十很快看到，篝火堆边上的飞雕站起来了，带着几个猎手走到营地边，向这边发出呼应信号。

天日三十与裂石王见了面，两个家族首领行了猎手礼，双手拉在一起。

在冰峰上相识，借路而行的两个家族的首领见面了，行礼后拥抱在一起。

这是上次在日月宗居穴送别以来第一次见面，夜风、花豹和裂石王、飞雕等猎手行礼拥抱，看上去很亲切。

这一是因为日月宗曾经善待帮助黑石族，二是因为双方都在迁徙的路上，命运不确定中遇到了可信赖的友情，双方都很高兴。

一阵寒暄，吃吃喝喝，虽然语言不太通畅，但是连比划带绘画，加上生活方式简单接近、思想单纯，交流还能够进行。

天日三十想到有些事情要与老宗母商量，就与裂石王约定天亮后带着花豹、好手这两个能语言沟通的猎手，过来商定双方交往的事情。

天日三十回来后，拜见老宗母，告知见到"黑石族"，天日三十明确地问老宗母："天亮要商定双方合作交往、互通有无的事情，你有什么想法？"

听说找到黑石族，老宗母很高兴，她很清楚具夫没有结亲对象，家族内部就要陷入禁忌危机，老宗母不知道突破禁忌的后果是什么，老首太死后，她陷入对未来的恐惧中。

老宗母说："具夫们结亲是大事，与黑石族商量能不能有母姐与我们的具夫结亲？"

天日三十对此没有把握："可以找黑石族说建立结亲往来，但是，黑石族是父系族，固定男女结亲，跟我们的结亲完全不一样，相互往来结亲，到底按照什么规矩呢？"

老宗母也没有办法，想了一下说："我们的禁忌不能破，黑石族的具夫要能接受我们的结亲规矩，可以礼取她们的母姐，另立宗门！"

天日三十不明白"礼取"意味着什么，听老宗母说得很自然，就不便多问。

天日三十说："父系族不接受我们的禁忌，也不会按照我们的规矩结亲，他们是黑石族，不是黑白宗，他们的母姐就像是长矛、斧头和弓箭，属于固定的男人，不会让我们的具夫与她们结亲！"

老宗母问："他们必定有女儿，母亲不会允许女儿与自己男人结亲，如果是那样，黑石族早就被邪魔咬住，人死族灭了！我们要他们的年轻的女儿与日月宗的具夫结亲！"

天日三十说："按照好手的说法，父系族的女儿在小时候就约定好了男人，长到一定的年龄就会在太阳落山前成礼立户，再说，不知道黑石族一共有多少可结亲的母姐？"

"有几个就行，礼取回来，可以让具夫结亲，保住宗门！"老宗母忧伤地说，"对我们来说，无所谓年轻与否，只要是可以结亲的外宗女人就行！让具夫不犯禁忌的结亲是最重要的！"

天日三十点点头："明白了，我天亮与裂石王商量！"

朝霞满天，水面上飘着薄雾，篝火已经烧了一夜。

天日三十带着夜风、花豹兄弟和好手，很早就上路了；太阳还没有升起，他们已经坐在裂石王的篝火旁。

裂石王的家人在远处准备上路，装载简单的用品，飞雕在指挥全族的猎手灭火捆绑，两辆与日月宗学会的轮架子上装了一些东西，黑豹还发现，黑石族有一种单梁不大的两轮架子，一根横杆与一根纵向木杆连接，装上两个木轮，物品都绑在那根纵向木杆上，搭棚架的木杆，兽皮，皮口袋，装着食物，人拉着木杆行走，简单实用，每家都有一个。

天日三十没有绕弯子，开门见山说到"期待两个族群结亲"的愿望。

裂石王看着天日三十说："结亲是可以的，但是两家的规矩不一样，结亲后男女在哪里住？有了后代怎么办？都要说好，我们是朋友，不能因为结亲变成仇人！"

天日三十说："说得对！我们知道两家结亲的规矩不一样，你们有了男人的女人不能与我们的具夫结亲，我们想你们必定有年轻的女儿，这样的女人必定会被男人领走，日月宗给你们领人走的礼物，把你们的女儿们一起领走，你看行不行？"

裂石王想了一下说："这样没有什么不好，女儿总是要出门入户归属男人的，我们的规矩是女儿要能看得上你们的猎手，看得上，礼物够，父母同意，就可以领走！"

"这个好，和我们的结亲规矩一样！"天日三十高兴地说，"我们结亲也要母姐选定，母姐不愿意就不能结亲。"

裂石王听后笑了，一拍膝盖："好，我们有四个可以送礼领走的女人，两个生的，两个熟的！"

"生的熟的？"天日三十不解。

裂石王笑出了声音："生的就是没有过门破过红的，熟的就是男人死了，还没有另找门户的女人！"

天日三十问："熟的，有孩子吗？"

"没有！"裂石王说，"就是有也不能给带走，特别是男孩儿，要留在我们这里长大成为猎手！"

天日三十问裂石王："我们什么时候下礼领人？"

裂石王笑着说："我们一般是在太阳落山的时候下礼领人，现在是太阳升起的时候，我们可以今天宿营的时候收礼送人。"

天日三十站起来施礼："好，今天我们宿营离得近一些，现在我去准备礼物，我想知道你们需要什么礼物？"

"盐，多一些盐！"裂石王站起来还礼。

"好！我们去找来！"天日三十爽快地答应下来。

盐是必需品，仅次于水火，日月宗原来就有一个取盐的苦水潭，临上路带了很多，每个猎手还带了自备盐，最神奇的是，那群黄毛大头狼群似乎知道人群需要盐，领着猎手到一个沟底的水边，那里有一层厚厚的盐分，一些鹿、羊、猴子等哺乳动物定期到那里舔食盐分，这次补充让日月宗有了充实的盐储备。

黑石族原来带的盐就不多，途中也没有遇到盐池，也没有黄毛大头群狼引导他们找到盐池，故而家族的盐已告罄，没有盐分，人们浑身无力，有些人出现了幻觉，一天到晚喊"有鬼"。

天日三十见到老宗母，把与黑石族谈好的条件告诉老宗母。老宗母低头不语，认真听天日三十的讲述后问："人领回来，放在哪里？谁来管啊？"

天日三十回答："听老宗母的，照规矩另立宗门，防止乱了系代，我以为在行走迁移中找母姐管理，到了地方有了居穴，就另立宗门！"

老宗母低头想了想说："好，由少宗母代管，少巫姐是外族，可当内宗母，到了地方马上另立宗门，现在为了区别就称为'小日月宗'，辈分从三十起，另起系挂，一人一个宗牌，不能乱了！"

大巫姐听到要把少巫姐调走去监管新立宗门担任内宗母，马上找到老宗母说："少巫姐不能走，她是外来母姐，到了新宗门肯定会与本宗具夫私下结亲！"

老宗母说："对啊，她是外来的，那就让她去新宗吧！结亲也是可以的，添丁加口。"

大巫姐一听连忙说："不行，不行，少巫姐已经是巫姐，触摸使用灵器，让她回到母姐群，与具夫结亲，那是犯忌讳的，神灵知道必定降下灾祸！"

老宗母听大巫姐提到神灵降下灾祸，马上犹豫了，想了一下就撤回让少巫姐还俗去新宗的想法："那就还是让她继续跟着你侍奉神灵吧！"

少巫姐成熟的身体中有一种燥热常常侵扰心绪不宁，她知道这是为什么，但是母系规矩禁忌严格，荇花只能自我压抑。大巫姐多次挑逗，并发展成同性相亲的程度，亲密无间，有空儿就会撩拨，搞得少巫姐荇花对结亲之事有了渴盼；而渴盼不能得到实现，她渐渐对大巫姐的挑逗撩拨感到厌恶，虽然没有想到逃跑，但已经有了自己的想法，少巫姐心里看上了性情自由、性格忧郁的夜风。

少巫姐从其他母姐的议论中得知，夜风因为违反禁忌被赶出宗门，少巫姐并不是日月宗的女人，对宗门禁忌没有崇拜折服之心，对夜风爱恋自己所爱，敢于担当的作为颇有好感，她悄悄注意夜风，心生爱慕，觉得这就是一个真正有魅力的男人！

她知道在本宗内勾引私下结亲是犯忌，更何况自己是少巫姐，根本不能涉及男女结亲之事，如果犯了禁忌，重罚是肯定的；她自己还不敢公开突破禁忌，也不想给夜风造成麻烦，但是男女爱意无法压抑，她悄悄倾慕夜风，想办法接近示爱。

夜风渐渐地感觉到少巫姐对自己的注意和爱意，但是他并没有从怀念小鱼的悲情中走出来，再加上少巫姐血缘上虽然不是本宗的母姐，却担任本宗的少巫姐，身份十分特殊，所以夜风表面上对少巫姐的好意相当冷淡。

这次听大首太天日三十说要让少巫姐去新宗门当内母姐，夜风内心中为她高兴，就在打点行装的时候，找了个机会悄悄告诉了在一旁帮忙的少巫姐。

少巫姐荐花听到夜风说的消息后很是高兴，看着夜风健壮敏捷的身手，内心想入非非："夜风主动告诉我这个消息，那他一定是喜欢我！"想到此，心情异常激动。

少巫姐认为今晚也许让自己当新宗门的宗母，或者是当内宗母，不管怎么说，自己可以选择自己喜欢的具夫，想到这里，少巫姐心中暗暗地念叨："我就要夜风，别人都不要！"

大巫姐从老宗母处回来，看到少巫姐神色异常，问："你怎么了？"

少巫姐回答："没什么，今天的太阳特别热！"

大巫姐没有追问转而将老宗母的决定转告："今天黄昏，具夫们要从黑石族领来新母姐，晚上要行立新宗大礼，咱们要做礼事，敬告神灵。"

"我要跟着做礼事吗？"少巫姐心里忽悠一下，感到事情不妙！

大巫姐依旧冷冷地说："你是少巫姐，怎么能不做礼事？"

"说是要立新宗啊？"少巫姐追问。

"是啊，立宗不立门，迁移过程中，只能在夜里分成两门，做礼事还是合在一起做，将来定下来了，另立了宗有了门，或许会让你去做新宗门的大巫姐，两宗的礼事还是咱们姐俩的事，分不开的！"说到高兴处，大巫姐展开手臂，搂住少巫姐的腰身。

少巫姐预感自己不能进入新宗了，一切美好的想象都没有了，她明白肯定是大巫姐鼓动老宗母改了主意，不让自己去新宗当内宗母！这时，大巫姐的手在少巫姐的腰上摩挲，少巫姐心中一阵厌恶升起，用手臂隔开大巫姐的手臂，转身躲开大巫姐的纠缠，厉声说："我本来就是日月宗外之人，应该进入新宗！"

大巫姐脸拉下来说："你已经是日月宗的少巫姐，一朝通神，终生为巫，胡思乱想必定遭受神灵的惩罚！"

少巫姐站在那里，面对面盯着大巫姐说："你做的那些事背离天道，会不会遭受上天的惩罚？"

大巫姐走过去贴近少巫姐的耳朵，低声厉言："我们是一对，这是命里注定的！你只能跟着我！"

第二十五章 "奉礼取女"

黑石族的营地在一个山坡上面，高处有树林灌木，自从大水下来，宿营已经不能在低处，必须选择两边有沟壑的高处。

今天裂石王指挥族人在营地中心区燃起一个很大的篝火堆，烈火燃烧，呼呼作响，鹿肉和羊肉，在烈火中吱吱滴油。

迁徙的这些天狩猎并不难，大批的动物在冰水肆虐中，四处寻找生路，都往高处陆地走，原来有领地分散的动物集中到无水的狭窄高地，狩猎很容易就遇到惊慌失措逃生的动物，还有一些淹死饿死的动物，猎手们避强就弱，收获大量的肉食。

黑石族成人像过节一样，穿戴上各种装饰，头上是美丽的羽毛做的头饰，女人脖子上挂着彩色石头串成项链，颜色在脸上涂上花纹，只是男女的花纹图案有所不同；男人因为有胡须，主要在额头鼻子脸颊上涂表示威武的花纹，女人则满脸都是装饰空间，花纹是吉祥花草象形图案。

男人们敲响木鼓，这种木鼓是空心木蒙上薄厚不一的兽皮，礼仪中敲打木鼓，发出有节奏的声响，表达喜悦高兴的心情。响器是远古生活必需的信息传递、壮大声势、庆祝喜事的工具，这些响器在远古各个群体中都有，样式不同，作用一样。

黄昏，天日三十带着夜风、花豹兄弟、扒皮刀、愤怒公鹿、公羊腿等具夫，带着礼物来到黑石族的营地，因为说好了今天要下礼物领走女人，黑石族称这个事是"奉礼取女"，日月宗是从来没有这样的举动，只有携带个人礼物去结亲，所以就按照黑石族的说法"奉礼取女"，带着宗门的礼物登门"礼取"。黑石族也没有一次就送出几个女人的"奉礼取女"，平时最常见的就是两个家庭之间的"奉礼取女"，所以对这次"礼取"感到很新奇，轰动隆重。

日月宗的猎手具夫们来了，一个轮架子上装载着丰厚的"礼取"礼物，到了营地篝火边站成一排，猎手具夫们都做了结亲的装饰，装饰完全是个性化的，有相对一致的审美习惯，却没有统一样式。漂亮花纹的坎肩、帽子、彩色的羽毛。

黑石族成年男女都按照传统次序分别家庭排定，家长在前面，其他成员靠后。

裂石王戴了一顶雄鹰硬翅编成的羽毛头冠，穿了一件豹纹马甲，坐在正中，一群年轻的猎手分坐两旁。

引人注意的是各种响器，不大的空心木上绷蒙着薄兽皮，男猎手几乎人手一个，这是狩猎恐吓骚扰猎物，相互传递信息常用的响器，各种不同的仪式上敲击各种有节奏的鼓点，表达心情；女人是采摘使用的工具，硬木尖铲，有尖有刃，两个尖铲的手柄敲击出各种节奏，还有一些是女人拿着树叶吹出悦耳的声音，这些声音与男人们的鼓点配合，很是喜庆！

天日三十带领日月宗的猎手具夫走过来，黑石族欢迎的鼓声响起来，日月宗也有节奏地敲打着手鼓、响木——其实就是梆子，让日月宗感到骄傲的是一种吹管，一种空心植物上面钻了几个空，长短粗细不同，加了个牛角吹嘴，声音高低大小不一样，当然还有直接吹牛角，配合着各种有节奏的声响很是热闹。

日月宗带来一个轮架子，上面是礼取用的礼物，具夫们也穿上自己认为好看的衣袍，其实大多是一张围系在肩上或腰里的漂亮皮子或狐狸尾巴，当然五彩缤纷的羽毛是少不了的，具夫使用羽毛装饰大多是插在头顶，这只是在节庆结亲等仪式上才会穿戴，外出狩猎则要利落轻快；日月宗的具夫还带来一串大黑鱼，当天捕获的，很新鲜，这种鱼肉多刺少，生长于冷水中，含有大量脂肪，烤着吃很香。黑石族一直在山上，身边的水流湍急，捕鱼不易，所以黑石族大多是吃飞禽走兽，很少吃鱼；上次借路在日月宗见面，吃到了烤鱼，很是称赞，所以这次天日三十特意让黑豹带人围捕了一些大黑鱼，串在树枝上用长矛挑着，很是喜庆招摇。

双方见面，响器敲响，不太远的黄毛大头狼群用相对舒缓的嚎叫参与，它们知道在这种情景中，它们也会得到美味食物。

礼取的对象，那几个女人们在一个棚架子中梳妆打扮，主要就是擦洗身体，洗脸编头发，戴上头饰，与父母告别，年龄小的免不了恐惧悲伤，和母亲抱头哭哭啼啼，当父亲的倒是挺高兴，女儿被取就可以得到许多礼物。

那两个死了男人又没有父母的成熟女人在平静中等待着，戴着漂亮鲜艳的羽毛头饰，脸上涂着吉祥图案，体态丰满健壮，看样子是生过孩子的，但是并没有带在身边，这就有两个原因，一个是自己进别人的门，孩子就留给别人当养子养女，双方都高兴；另一个原因是最有可能的，孩子得病死了；蛮荒时代，婴儿死亡率极高，能活下来长大成人的只有十之一二，还有就是女人因为难产死亡也很多，尤其在原始父系家庭中，生活并不稳定。那时候人的平均寿命不到三十岁，为了生存，人们想了各种办法，生存，繁衍，这是原始人类各种群体的最高目的！

双方的首领见面、行礼，日月宗的猎手们把轮架子上面的礼物，搬下来，摆在黑石族面前。

天日三十双手捧着一个牛皮袋子，里面是珍贵的盐；夜风和黑豹各自捧着一小袋子盐，交给黑石族的两个猎手，仪式很庄严，双方头目交接礼物后，握手拥抱。

随即，各种响器一起奏响，杂乱却很热闹。

大巫姐和少巫姐按照本宗的传统，用白垩粉末在地上画了一个圆圈，做了一个祭告上天的简单仪式，少巫姐忘情地舞蹈，不断地用眼神看着夜风；大巫姐手持点燃的火把，念念有词，围着白圈手舞足蹈。

祭告苍天仪式完后，被礼取的女人由自己的父母陪着，走到大巫姐面前，让大巫姐看了看，然后，父亲在女儿的头上盖了一个细麻绳编织的帘子遮挡面部，但并不妨碍眼睛的视线。

这个时刻，在黑石族看来大巫姐代表"奉礼方"的神意，交给她看看的意思是"我们的女人是健康成熟的"。

家长给被取走的女人们头上盖上麻编帘子是表示这个女人的容貌身体从此就属于"礼取"她的男人了，显然这只是一种父系家族的风俗，对日月宗母系家庭来说，一个宗门的成年男人共同"礼取"了这几个女人。

被取到日月宗的女人们没有确定是谁的女人，故而这几个黑石族女人与大巫姐坐在一起，低头默默不语。

双方的首领和猎手们再度施礼，然后开始吃喝，敲敲打打，热热闹闹。猎手们还敞开嗓子喊叫一些有节奏的吉祥话，好像还挺押韵，旋律相对简单，却是动感十足，几个猎手站起来跺脚扭动，大家高兴地跟着喊叫，一切都很顺利。

几个日月宗的具夫商量，想拉走"礼取"的女人去结亲，却找不到可以结亲的隐蔽地方，站在不远的地方东张西望。

天日三十看出了他们的意图，走过去低声告诉他们："已经说过，这不是黑白宗，这是黑石族，绝对不能在这里结亲，礼取后回到日月宗才能结亲！"

那几个挨了训导的具夫很扫兴地回到座位上，鼓动具夫们离席回宗门营地，等候礼取女人到营地后结亲。

吃喝差不多了，"礼取仪式"结束了，猎手们相互道别，离开父母的女人又开始哭哭啼啼。

日月宗的具夫们在回营地的路上，兴高采烈，敲着响器，一路呼喊，前后呼应，不断回头观望走在后面的那几个"礼取"来的女人。不远处的黄毛大头狼群似乎是呼应着喊声而吼叫，这时狼群的叫声似乎有了一些变化，短促连贯。

大巫姐和天日三十走在一起，少巫姐跟随，闷闷不乐，"礼取"的几个女人相互搀扶拉扯着跟在后面。

礼取的人们回到了自己的营地。

营地已经点燃了三堆篝火，这是流浪帮趁着大部分具夫外出礼取，过来与日月宗的母姐们结亲留下的，礼物一点都不能少，还要帮助点燃篝火，流浪帮很高兴做这样的事情，毕竟跟着日月宗一起迁徙，提出结亲的请求很少被拒绝，狩猎和长途迁徙还能有相互照应，流浪帮原本强掠骚扰的习惯也收敛了，至少在日月宗这里很规矩。

老宗母坐在最大堆的篝火旁，少宗母等几个宗母陪着，她们穿戴着仪式服饰，等待着"礼取"的具夫们归来。在不远处那堆篝火是专门为这次新立宗门仪式而点燃。火光中几个老具夫在添柴加火，一个用树干架起来的台子放在篝火边上。

应该说，这种在迁徙途中新立宗门的仪式，日月宗从来没有举行过，因为活着的母姐具夫从来没有迁徙过。老宗母之所以决定新立宗门完全是为了解决具夫们的结亲，新立宗门的仪式只能从简，敬神立宗是不能少的，新来的女人不了解，必须有一个懂传统规矩的母姐带领她们，老宗母想的是让少宗母暂时当新宗门的"代理"老宗母，等到安定下来，那几个外来女人再加上其他地方收集来的女人都明白了禁忌规矩，再确定新宗门的老宗母。

人没有到，响声已经传到，随着黄毛大头狼群叫声，具夫们回来了。

在营地外围，流浪族的大首领上前与天日三十打了招呼，就带领手下离开营地中心，围坐在不远处外围的火堆边，远远观望日月宗的新立宗门的仪式。

天日三十走过来向老宗母行礼，那是晚辈对长辈的礼貌；随即听从老宗母的招呼，坐在她身旁，简单讲述"礼取"的过程；老宗母微笑着听着，随后好奇地问："那几个礼取来的母姐呢？"

天日三十走到大巫姐面前行礼说："老宗母想看看那几个女人，带过来吧！"

大巫姐对少巫姐说："带她们过来！"

这时，老宗母对天日三十说"礼取"的由来：原来礼取是父系家族结亲的规矩，"取"就是带回来，礼取就是用礼物交换女人并且带回来；母系家庭多少代后血缘相近，必须另立血缘远的结亲宗门，否则"邪怪"就要出现；女人来自各方，收留的，交换的，还有就是从父系家庭"礼取"的。

少巫姐带着三个遮盖着麻帘的女人走过来，另外两个戴着头饰却未遮帘子，老宗母问："为什么有的遮脸有的不遮脸呢？"

少宗母在路上已经连比画带说，把这些事情大致搞明白了，对老宗母解释说："遮脸的是第一次离开父母被'礼取'，没遮脸的是男人已经没有了。"

老宗母听后，点点头说："和咱们不一样，总还是有规矩的，不管怎么说，有规矩就好。"

第二十六章　小宗新立

在一个大堆篝火旁边，画了一个白色圈，两根立木上横着一根修理光滑的红色硬木，硬木上钻了一个孔，穿过一条包裹了牛皮的麻绳，拴环系一个有讲究的绳子扣，五根麻绳共同拴在这个环上，一根麻绳意味着一个最初立宗的母姐，她的称呼、来历用另外一根细麻绳结扣记载，这就是记述宗门辈分血亲的"系挂"。能做结扣纪事的是宗母、少宗母、巫姐身份的人，一些愿意学习的具夫也会结扣记事，毕竟这是一个"技能"，日月宗鼓励更多的人学会掌握这项技能，但是能够熟练掌握并依据绳扣说出"禁忌"和"系挂"全部内容的只有两三个人。

少宗母将这个系挂立在白圈内的孔内，五个"新宗源代"母姐各自拿住属于自己的那根麻绳，上面结扣记载各自的称呼、辈分、来历，大巫姐手举火把手舞足蹈几下，仰头高举火把站定在一个母姐身后，在少宗母的指导下，这个母姐就把代表自己身份的那根细麻绳拴在那根自己应属的粗麻绳上，随后手牵着属于自己的那根麻绳站立。

经过五次的舞蹈，新宗的五个母姐全部拴绳完毕，在"宗门系挂"前站成一排。

大巫姐围着火堆手舞足蹈，口中念念有词；随后指示少巫姐拿来一个木盘，里面是调和好的红色染料，大巫姐念着一些咒语，用手蘸着染料在五个新宗母姐的前额画出"小日月宗"的族徽——一棵树苗，日月在分枝下左右排列。

每画完一个就用手盖住头顶，闭眼念一段咒语，意思是"你已经是小日月宗的母姐，必须遵守日月宗的禁忌与规矩，否则就要遭到上天的惩罚"。

完后，过来两个粗壮的母姐，领走一个新母姐到老宗母的棚架内，进入棚架后，一边一个，撩起母姐的衣袍遮住头脸，抱起母姐，分开双腿私处，老宗母查看是否有病；检查通过后，回头对大巫姐说一句，大巫姐跨前一步，用一根光滑的棒子，在露水天浆中蘸一下，将其插入被检查母姐的下体。露水天浆是清水与天浆的混合物，除了有神秘神灵降临的意思，还有一些消毒洗净的作用。

两个成熟女人对这个神降洗涤的插入动作没什么感觉，蒙在衣袍里惊叫一声，随即就没什么惊恐了；三个年轻礼取的女人——只有十四五岁——对此仪式极不适应，尖叫扭曲，两个粗壮的母姐似乎很熟悉这种挣扎，熟练地把小女人夹住；大巫姐很喜欢这种"工作"，口中念念叨叨，尤其对小女人，见到木头上有血迹，大巫姐向老宗母报告"破红！"

老宗母听着不断的尖叫声有些烦了，说"可以了"；大巫姐这才结束。

老宗母转身离开了这个闹哄哄的地方，躲到自己的棚架中。

其实日月宗这样的母系家庭对是否贞洁处女并不重要，或者说他们就没有建立什么"贞洁"概念，因为日月宗的结亲形式不会注重什么贞洁的，他们担心的是血缘和病患，还有就是母姐的第一次，不应该由一个普通的具夫进行，而应该由"神灵"完成。大巫姐手中的那个假阳具就意味着与神灵的"结亲"，祛病报平安，多生后代。花豹第一次与小芹结亲，小芹已经完成了"神灵结亲"，但估计是生母或姐姐做的"神灵结亲"，小芹一喊叫，做"神灵结亲"的就走个样子，并没有做彻底；所以花豹和小芹结亲，小芹依旧"流红"；但毕竟是第二次了，伤害不大。

　　因为很长时间没有立宗仪式，这个用来"神灵结亲"的"神根"，已经很长时间没有使用了，但是，少巫姐看到这个神根不禁一阵厌恶，大巫姐曾经对她多次使用过这个物件。

　　另立新宗仪式结束了，可以结亲了。但是那三个刚刚"破红"的小女子哭哭啼啼，并不适合当天开始结亲。少宗母询问她们是否能够或愿意当天结亲，从山上下来的少巫姐大致知道黑石族的语言，把少宗母的询问转告年轻女子，她们都惊慌地表示"不能"！

　　少宗母没有问那两个成熟母姐，只是担心只有两个母姐可以结亲，难以满足长期期待结亲的具夫们的强烈愿望。如果把母姐搞坏了，从此不愿意结亲，还不能生孩子了，而且，还要造成具夫之间的"混乱"。尽管日月宗结亲是"伙伴"结亲，但在一个结亲日都是遵守一对一的习惯，几乎没有母姐一对二结亲状态，花豹的第一次结亲一对二，那是姐姐带着妹妹体验第一次结亲。现在是男多女少，如何是好？少宗母没有遇到过这种事情，转身找老宗母求办法。

　　出了棚架子，几个等待的具夫着急地问："另立宗门了，可以结亲了吗？我们的礼物都准备好了！"

　　少宗母没好气地说："等着，着什么急！"

　　具夫们一听马上不高兴了，发出一堆牢骚："这么多个日夜没有结亲了，你们母姐有流浪帮结亲，我们可该怎么办？"

　　"你们没中红头族的邪毒是万幸！"少宗母对一个年龄大的具夫说，"现在是狼多肉少，我去问一下老宗母怎么办！"

　　老宗母听了少宗母的担心，想了想，对少宗母说："这是具夫们的事情，你去把大首太天日三十叫来商量商量！"

　　天日三十与老宗母商量后，决定采用一晚四个或六人，一个母姐对付三个具夫，只要母姐不愿意，具夫不能勉强，今天是那几个人，由天日三十确定。

　　天日三十回到具夫们那里，把新立宗门母姐们的状况说明，礼取来的年轻母姐刚刚"破红"，今晚先挑六个具夫结亲，其他人等到后天夜里那三个年轻母姐可以结亲了。挑选谁今夜结亲并不是一件难事，具夫们还都有亲兄弟谦让的族风，长期生活在伙伴结亲习惯中，他们还没有自己独占一个特定女人的意识，他们认为结亲宗门的母姐是一个整体，是自己宗门的结亲对象。如此，当下可以进行结亲的六个人选出来了，显然都是一些健壮的头目，夜风和花豹都是被推选之人，但是两个人都推让了。

夜风问花豹为什么推让不去结亲，花豹说："我不喜欢这种排队结亲，急急忙忙，没意思！"

夜风看着花豹，拍拍他的肩膀说："好样的！咱俩到流浪帮去吃肉喝天浆去！"

新宗小日月的结亲开始了，具夫们显得很兴奋，忙忙碌碌，结亲在棚架中，发出的声响让那几个没排到结亲的具夫躁动不安。

几个具夫凑在一起悄悄商量："三个年轻的礼取母姐为什么不能结亲？我们一起打猎送礼，礼取过来躲着不能结亲，要她们干什么？"

越说越激动，几个人一起进入那三个母姐的棚架，强行进行了结亲。

少宗母开始还在棚架前劝导，后来也放手不管了，实话说，她心里还是认为具夫们说得有理。

不远处棚架中尖叫声不断，老宗母转到远处看着远方的夜空，繁星闪烁，心头慌乱烦躁，不知宗门未来会发生什么。

少巫姐从黑暗中悄悄走过来，站在老宗母身边。老宗母问她有什么事情。

少巫姐犹豫了一下说："老宗母，你知道我是外来的，当初让我做巫姐，为的是咱们宗门的禁忌规矩，大巫姐也需要一个帮手。现在另立了新宗，我想进到新宗当母姐！老宗母看是否可以？"

老宗母感到有些突然，问："你不愿意服侍神灵了吗？"

少巫姐面带难色，欲言又止。

老宗母平静地看着少巫姐："做个巫姐不容易，你真的不愿意了吗？"

少巫姐低着头："我不是当巫姐的女人！"

老宗母回答："让我想想，大巫姐知道你不想做了吗？"

少巫姐抬头面带愠怒："求求老宗母，我找你说这事请千万不要告诉大巫姐！"

老宗母似乎明白了什么，点点头。

第二十七章　礼取母姐逃离

第二天清晨，准备上路了。少宗母慌慌张张找到老宗母说："那三个黑石族礼取的女人跑了！"

老宗母问："为什么？咱们的具夫欺负她们了？"

"本来她们是第一次破红，不愿意结亲，我也说等等，但是具夫们等不及，拥进去结亲，是不是把这三个小母姐搞得受不了了？"

老宗母听完点点头："应该是这样，但是已经礼取了，就是咱们宗门的人了，这事让大首太们去处理吧！找黑石族说说，领回来就是了，无非是再给些礼物吧！"

少宗母有些担心："黑石族会不会不愿意？"

"让天日三十去一趟再说，我看那个裂石王是个讲规矩的首领！"老宗母说。

少宗母依旧担心："他们是什么规矩？跟咱们的规矩不一样吧？"

老宗母摇摇头，心力交瘁，没说话。

采摘宗母领来了一个女人，那个红头族女人；采摘宗母并不知道这个女人与本宗的关系，即使知道前不久发生的"结亲邪毒"事情，也没有记住那个被抛弃的红头族女人到底是哪个，更何况这个女人离开了本族，没有染头发的红泥染料，头发恢复了本色，失去了红头族特征。

采摘宗母发现这个女人这两天总是跟在日月宗周围，时隐时现，日月宗母姐查看了她就是一个人，认为没有什么威胁，就没有赶她走；今天早晨采摘时，她主动走过来，手里拿着一把又长又粗的草根，交给采摘宗母，当着采摘宗母拿起一小根，嚼了起来，表示好吃；然后把嚼碎的草根酱，涂在自己手臂的伤口上，表示这种酱汁可以疗伤。采摘宗母和其他母姐们都尝了尝这种藤草根，很甜，跟着红头族女人一起识别了这种甜草根，收工就带她回到营地。

老宗母看了看这个女人，是一个矫健成熟的女人；经过复杂的询问，判断她不是那个带来邪毒的红头族女人，而是从其他部落逃出来的人，前几天夜里，部落里的人被突然而至的大水卷走了大部分，剩下几个又连续遭到土狼袭击，这个女人侥幸活到遇见日月宗母姐采摘，她就跟随左右，渴望被收留。

老宗母盯着这个女人看，片刻，她叫少宗母和大巫姐带她到棚架中检查是否有病，用那"神根"降神洗涤，驱邪避难。

一切进行得都很顺利，少宗母回话说没发现有什么污浊邪恶，转脸让少巫姐带着，把这个捡来的女人带到了"小日月宗"棚架。

看到这个安排，老宗母想到少巫姐私下的要求，而且少巫姐能够和黑石族的女人交流，对新来女人的语言似乎也懂一些，就对少巫姐说："少宗母讲的她们还不太明白，你带过去后就留在那里看着她们，告诉她们宗门的规矩禁忌！"

大巫姐本来想阻拦少巫姐，但老宗母发话指定了，大巫姐也不好说什么了。

日月宗的具夫并不知道昨天结亲的"小宗"母姐们已经受不了，连夜结伴逃跑了，只是听到黄毛大头群狼在夜里叫了一阵子，没人会重视这种非警告性的叫唤。

少宗母找到天日三十，告诉他"小宗"三个年轻的母姐跑回黑石族了："你们要不要派人到黑石族去一趟，重要的是看她们是否回去了，野地里野兽很多，如果回去了，就要对裂石王说明你们没有欺负她们！"

天日三十听到后没有惊讶，回答少宗母："一帮长时间没有结亲的具夫猎手，肯定是饥不择食，粗手笨脚，这些小母姐肯定是受不了吧！我去找裂石王！"

少宗母说："有受不了的，还有追着来的，一个流浪的女人要进入新小宗，据说她原来一直跟着流浪帮，结果流浪帮的两个猎手要为她动斧子，大头领就把这个女人赶到咱们这边来了！"

天日三十笑了："这个大头领就是个聪明人，把这个女人赶到咱们这里来当母姐，他们内部弟兄不打架了，想用到这个女人就过来结亲，太有办法了！"

"要不怎么当流浪帮的大头领呢，"少宗母听着笑了，"流浪帮可不是随便谁都能管好的，大头领真是个有办法的人！"

"肯定是个有本事的男人！"天日三十看着少宗母说，"我觉得大头领对你特别好，是不是？"

少宗母脸上透出兴奋的神情："是的，老宗母已经警告我了，老宗母说他眼睛里还藏着眼睛，我就看不出来！"

天日三十说："会盘算的人心里想得多，眼睛就是多！"

花豹跑过来，给少宗母行了个礼，转脸对天日三十说："黑石族的猎手头飞雕来了！"

天日三十对少宗母说："果然，他们找来了！"

飞雕领着两个猎手，见到天日三十认真地行了猎手礼，随即说："三个女人又跑回去了，说受不了，你们的猎手……"

"坐下先喝点东西！"天日三十拉住飞雕的手，招呼另外的两个猎手一起坐在篝火边，拿来天浆请他们喝，接着飞雕的话说。

"我想你们应该知道，咱们两宗门的结亲不一样，那几个女人肯定不知道，她们在你们族里长大，不知道'礼取'到我们日月宗会发生什么，对母姐说结亲的事应该是家长宗母告诉她们，宗母肯定对她们说了，因为互相听不懂有了误会，我们这里只有花豹和好手知道你们黑石族的意思。"

飞雕听花豹传达的意思后说："我们的女人没有说其他，只是说她们受不了不停地换男人们结亲，黑石族的结亲是一个男人一个女人，不能换来换去。"

天日三十说："没离开居穴前，我们的结亲也是一对一，但是具夫每次结亲的母姐不会是同一个母姐，这次结亲是离开居穴后的第一次，具夫多，母姐少，都想结亲拦不住，以后应该不会了，那几个'礼取'的女人呢，来了吗？"

飞雕为难地说："三个女人分属三家，三家的父亲想要礼物才能让女儿回来，你看怎么办好？"

天日三十故作为难地说："我们已经礼取了，想要礼物可以给，但不能像礼取那么多了！"

飞雕笑了："礼物不用多，那些父亲总是想趁机捞些东西，其他的事我去说！"

天日三十："母姐们今天晚上就能回来吗？"

飞雕肯定："能过来，我带她们回来！"

"我也跟着去，还想看看裂石王呢！"天日三十笑着说。

天日三十找到行进中的老宗母，把与黑石族交涉的结果，告诉老宗母。

老宗母很无奈，这辈子从来没有过宗门迁徙，没有遇到过这样的麻烦事，她有些心力交瘁："行啊，就这样办吧，只要能让具夫们结亲满意就行啊，现在的大事是尽快找到黑白宗，找到居穴的地方，要不还不知道出什么事呢！"

天日三十劝导老宗母不必担心，老宗母看着周边流动的水，抬眼望着远方，忧心忡忡："灾难是个很奇怪的东西，你不知道它会从哪里冒出来，它会假装，开始时你根本看不出它是灾难，等人们看出来的时候，它已经掌管了一切！人就像中了邪，被灾难逼着走，回不了头！"

走在路上，具夫们已经知道了新小宗母姐们逃跑的事情，行进过程中也确实没发现昨天晚上的三个年轻的母姐；中途歇息的时候，具夫们关心结亲小新宗的状况，天日三十做了安抚，告诉他们母姐大概晚上就能回来，还需要一些礼物。天日三十特别告诉这些具夫："新宗的女人们来自黑石父系族，结亲就是一对一，不习惯一次结亲有许多人，再说，我们原来到黑白宗去结亲，选定后也是一对一，哪里有几个具夫一个母姐？我已经对黑石族的人做了保证，不会再出现昨天晚上的结亲了！你们自己要排个顺序，不能几个找一个母姐结亲！"

具夫听说后，七嘴八舌，竟然有人说："我看还是黑石族那样好，具夫选母姐，选好后在一起，要结亲每天都可以，是不是啊！"

其他几个具夫随声附和。

天日三十听到这话很不对头，但也没道理说服，只能厉声说："胡说八道！胡作非为要遭到神灵惩罚，日月宗到我这里已经三十代了，下面还有三十一、三十二代，你们难道要毁灭宗门吗？"

话说完，几个不满的具夫猎手虽然不顶嘴了，但是神情上明显是不服气。

天日三十说："按照老规矩，人人一掌一次，没那么多母姐的时候轮流结亲，说好了，结亲带礼物，新小宗没有具夫，毛皮、肉食都要靠猎手结亲送礼，结亲没礼物、礼物太少就不要去了，让给下一个！"

因为大首太发怒训斥，谁都不再公开表示不满。

两个管理内务瞭望放哨的具夫说："我们不狩猎的怎么办？"

天日三十看着这两个年龄大一些的具夫，讪笑着说："砍柴编席搓麻，这些东西人人天天都要用，有本事还怕没礼物吗？"

晚上，在天日三十的迎接中，飞雕和几个猎手带着那三个年轻女人来到日月宗。

天日三十带着几个猎手与飞雕几个人吃喝一顿，用鹿皮袋分装了三小袋盐，外加几张羊皮子，黑石族的猎手们高高兴兴地回去了。

第二十八章　具夫出逃

因为有了这个新小宗的存在，具夫的结亲似乎正常了一些，公开的牢骚怨言少了，但是四周的冰水日渐增多，这个地方明显不是久留之地，狩猎采摘的地域狭窄，日月宗决定还要上路，寻找新的长久居住地。

就在这个时候，老宗母和少宗母发现宗门内部发生了变化，按照大巫姐的说法这是一件"中了邪的可怕事"，日月宗内部具夫和母姐两个群体分裂了！

其实，在具夫与母姐分裂的同时，具夫之间也出现了新的裂痕，迁徙前，具夫内部也有矛盾，但这种矛盾是男人之间在能力、角色和被尊重方面的竞争，现在的矛盾却是为了小日月宗的那几个女人，到底谁可以在今晚或更长时间中占有其中的一个！

竞争的开始是展示自己拥有更好更多的礼物，送上更加丰厚的猎物。由此直接损害外出狩猎，狩猎的合作性受到危害，都想获得属于自己的猎物，而不愿意共同合作猎杀大家伙；为此，损人利己的暗中较量越来越多。

与此同时，因为小宗女人只有几个，具夫只能采用排序轮流结亲，而且依照传统规矩，母姐对结亲有选择权，"来红"、身体不舒服、怀孕，都可以拒绝结亲；所以每天能够并且愿意结亲的母姐更少了。如此状况，具夫结亲不仅要等，而且即使轮到了也要面对母姐的选择。能否顺利结亲、满足欲望，依旧是一个问题。最致命的是，两个成熟的母姐似乎在利用选择权获取更多的礼物，甚至夜间私下与多送礼的具夫结亲！

具夫们除了吃喝，即使是在狩猎看到动物的交配，都会让具夫们琢磨着小宗的那几个母姐，似乎具夫们都在想办法让她们接受自己；几个相对弱小长时间没有结亲的具夫，目光中流露出一些怨恨的神色！

表面看日月宗一切正常，男渔猎女采摘，但一些状况让老宗母和天日三十担心起来。具夫们对本宗的母姐和孩子们既不重视也不关心，以往关系融洽相互协作的内部气氛渐渐消失了。

原来所有的收获都是大家族的，狩猎中猎手们重视合作，猎取大型猎物，扛回来交给宗门，大家围着篝火烤肉吃食，讲述当天狩猎的过程，狩猎中的能手获得大家的赞扬，其乐融融。

现在猎手们似乎更加重视猎取小动物，因为这种猎物按照习惯做法，在结亲日能够成为自己的结亲礼物，即使猎取了大型动物，几个具夫也是在野外就把猎物分割，各自带回，成为自己结亲的礼物。真正能够成为宗门家族的肉食和皮毛越来越少，大宗门的母姐们的肉食要靠前来结亲的流浪帮提供，小宗门的母姐们倒是每天都有大宗门猎手提供的肉食，小宗门母姐少，具夫们为了讨好结亲会拿去更多的肉食皮毛。

老宗母和天日三十都看到了这种内部变化，坐在一起商量，却不知道该如何阻止情况的恶化，只能寄希望尽快找到黑白宗，恢复到以往生活。夜风和黑豹带着两个猎手被派出去再去寻找黑白宗。临行前，天日三十转告老宗母的意思："尽量寻找到，否则宗门就有大灾难！"

夜风、黑豹走了没两天，具夫内部就出事了。两个具夫因为结亲打起来了。

猎手愤怒公鹿突然偷袭了另一个正在小宗内结亲的猎手，遭袭击的具夫手臂被短斧砍伤，幸亏结亲的母姐发现有人悄悄钻进棚架，惊叫一声，结亲的具夫回身下意识用手臂挡了一下，否则那一短斧正中后脑，必定丧命。两个猎手在母姐的棚架中扭打，被闻声赶来的其他具夫和母姐强力分开，两个具夫都受了伤。

遭到袭击受伤的猎手不明白愤怒公鹿为什么突然袭击自己，以为他疯了。曾经有些猎手在野外误食毒草或被野兽袭击后，会有发热到六亲不认的疯狂举动。

天日三十搞清楚前因后果，厉声质问愤怒公鹿，为什么偷袭同宗兄弟；愤怒公鹿虽然年轻健壮，但受到棚架和劝架的束缚，也受了些轻伤，他不断擦拭鼻血，低头不语；天日三十问了三次后暴怒："偷袭猎杀宗门兄弟，如同毒蝎，宗规重罚！"

此时，愤怒公鹿猛然抬头两眼直视天日三十："这个母姐是我的，她答应了就和我结亲！"

天日三十听到愤怒公鹿的回答，感到困惑，从来没有具夫提出独占一个母姐的要求！他下意识地转头问那个母姐："有这么回事吗？"

那个母姐是成熟母姐中的一个，斜卧在棚架角落，丰满的身体围着一张鞣制柔软的棕色羊皮，露出的小腿皮肤白净，浅棕色的长发遮着半边脸，埋在手臂中，听到大首太的质问，抬起头，一双岩羊般的眼睛挂着泪珠，不知所措。

这时少宗母已经站在棚架开口的地方，天日三十看到后让少宗母查问，少宗母探身上了棚架铺上，问那个母姐。

母姐其实对日月宗的语言知道得不多，少宗母把少巫姐拉到铺上，让她询问，如此才知道愤怒公鹿给这个母姐许多礼物，那条柔软的羊皮就是愤怒公鹿专门鞣制，在上次结亲时送给这个母姐，愤怒公鹿要这个母姐答应，只和自己结亲。事实上这个小宗的母姐对日月宗的语言不懂，对愤怒公鹿的意思并不十分明白，只是见到好礼物高兴地不断点头，愤怒公鹿却以为这个母姐答应了一切。

少宗母下了棚架，天日三十也明白事情的缘由，对愤怒公鹿厉声说道："宗门没有独占母姐的规矩，你想独占……别的兄弟怎么办？"天日三十本想说"想独占就离开日月宗"，可想到愤怒公鹿是个好猎手，不愿意随便赶走，就顿了一下，改了说法。

看到老宗母走过来，天日三十迎过去，与少宗母一同把具夫争斗事件说给老宗母。老宗母听到后没有说话，脸色严峻，随即叹了一口气问："找黑白宗有消息吗？"

天日三十看着远处，回答说："派出去的人还没有回来！"

老宗母说："你派出去的是夜风？"

天日三十点点头："夜风是个好猎手，还有黑豹等三个猎手，一定能找到黑白宗！"

老宗母说："咱们日月宗门内从来没有发生过结亲争斗，现在具夫们竟然为了结亲争斗，这时不祥之兆，消此灾祸只有尽快找到黑白宗，恢复以往的生活状态。"

到了晚上，天日三十认为具夫的争斗平息了，就让扒皮刀看护着白天争斗的二人，自己想着夜风等人寻找黑白宗的事情，从篝火旁站起来，带着花豹一同上了营地的高处，向远方瞭望，希望看到夜风等人回归的火把。

黑夜在月亮、繁星的照耀下，大片的冰水反光，发出灰蓝色的光芒，各种动物发出各种声音。

忽然，扒皮刀跑步上到高处，神色有些惊慌地说："愤怒公鹿不见了，他的长袍和长矛弓箭也不见了！"

上古蛮荒时代个人的物品很少，猎手们除了自己的工具、武器，剩下的就是非常简单的衣物，没有专门的内衣，外衣被称为袍，说明它的功能是包裹，夜间就是铺盖；猎手外出狩猎肯定要携带自己的长矛、弓箭，如果当天回返，就不会携带过夜的长袍，如果要在外面过夜，就要带着长袍；长袍不见了，就意味着出远门，要在外面过夜了。

天日三十在想：愤怒公鹿没有和任何人讲，就带着长袍走了，肯定不是狩猎，狩猎必定要结伴，孤身一人远走，基本上就是找死！带着矛斧长袍外出，不像是去找死。要在外面过夜还要活着，那一定走不远，天日三十忽然明白了："愤怒公鹿不是去了流浪帮就是去找黑石族了！"

扒皮刀等着眼睛问："那怎么办，把他追回来？"

"不用了，追回来也看不住，他有了自己的主意了……"天日三十看着黑石族方向说，"老宗母要问愤怒公鹿哪里去了，先告诉她愤怒公鹿外出狩猎去了。"

扒皮刀为难地说："他一个人去狩猎，不可能啊！"

"先这样说吧！"天日三十无奈地回答，转身走了。

天日三十回到自己的棚架，脑子里不断翻腾迁徙以来的各种麻烦，随即翻身出了棚架，向营地高处走去，篝火旁的花豹看到大首太独自一人，就手执长矛跟在后面一起上了高处。天日三十看到花豹跟在后面，没说话依旧默默无语上了山。

站在高处，可以看到远方黑石族的几堆篝火，天日三十忧心忡忡，他并不赞成黑石族的生活方式，一群人分散自顾自，人口不多，力量弱小，承受不住灾难打击，可是，迁徙以来，日月宗内部不断发生麻烦，好像一切都与具夫是否能正常结亲相关，作为男性，天日三十知道具夫们对结亲的强烈需要，如果不是有宗门禁忌管着，具夫们每天都期望结亲，一掌一次的结亲对具夫来说是最大的高兴事；迁徙后黑白宗不知所踪，具夫们无法结亲，一切麻烦接踵而至，想到这，天日三十不由说出："一定要找到黑白宗！"

愤怒公鹿走在山路上，不久感到身边有几头狼跟随，在树林中发出窸窸窣窣的声音，异常恐怖；愤怒公鹿左手晃动着燃烧的火把；右手提着短斧，身背长矛，长袍横扛在脖子上，这样可以防止狼从后面扑上来一口咬住脖子；几条狼紧跟不舍，寻找机会；愤怒公鹿快步行走，不给群狼一点机会，终于接近了黑白宗的营地，愤怒公鹿发出猎手狩猎的呼哨声，这是一种警告的呼哨声，虽然各个家族群体狩猎哨音意义并不相同，但是警告的声音不约而同都差不多，尖锐、高音、急促、连续不断。

就在此时，一条土狼从后面高处扑到愤怒公鹿背上，张口朝着愤怒公鹿脖子咬去！

　　愤怒公鹿是个有经验的猎手，长袍横在脖子上，限制了恶狼的攻击，缩脖子低头的同时，反手过肩，给了后背上的狼脑袋一斧；受此一击，恶狼怪叫一声，从愤怒公鹿后背跌落下来；正面左侧一头土狼扑上来，愤怒公鹿一个侧步，让出扑空的地方，右手顺势朝狼腰劈去，这一劈力量很大很快，愤怒公鹿清晰地听到"咔"的一声，他知道土狼的腰断了！愤怒公鹿勇气倍增；断腰狼嚎叫一声跌落在地，其他的几条狼迟疑不前；愤怒公鹿趁机跨步向黑石族营地大门跑去。

　　实际上临时营地不会有大门，尤其黑石族更不会建大门，所谓大门就是用荆棘围了一圈，留下一个出入口，这个出入口的荆棘白天移动，夜晚就堵上，成为营地"大门"。愤怒公鹿狂喊跑过来，身后还有几条狼，黑石族的猎手看出奔来的人是日月宗的猎手，他曾经来过黑石族营地。猎手们在飞雕的指挥下，用长矛挑开堵塞大门荆棘"门"。愤怒公鹿一步跑进去，坐在篝火边，大声喘气。

　　飞雕等候片刻，问愤怒公鹿："为什么黑夜被狼追到这里？"

　　猎手递上来的水瓢，愤怒公鹿喝了一大口，随即喷出，旁边的猎手们哈哈大笑，飞雕笑着说："苦甜果汁，先苦后甜，解渴的好东西！慢慢喝！"

　　愤怒公鹿又喝了一口，一口一口咽下去，果然咽到了舌头根有一些由苦变甜的滋味，感觉很清爽，没有多问，愤怒公鹿直愣愣地对飞雕说："我以后到你们这里来，跟你们一起狩猎，不愿意在日月宗了！"

　　"为什么？咱们两族是朋友啊，经常要见面！"飞雕担心愤怒公鹿在日月宗犯了族规，跑到这里来，让黑石族很难办。

　　"日月宗猎手没地方去结亲，到你这里来，能找到自己的母姐，像你们这样，具夫和母姐在一起！"愤怒公鹿急切地说着自己的愿望。

　　飞雕大致明白愤怒公鹿的意思，有些惊奇地问："前些天日月宗礼取了我们五个女人，怎么不能结亲呢？"

　　愤怒公鹿闷着头突然昂首说："我要一个我自己的母姐，不想在日月宗几天轮一次结亲，我喜欢的母姐就是我的！"

　　"为什么要到我们这里来呢？"

"你们黑石族就是这样生活的！"

飞雕说："日月宗是我们的朋友和恩人，我们不能随便收留跑到我们这里来的日月宗人，你留在这里，我必须经过大首太天日三十的同意。"

愤怒公鹿不会明白飞雕的全部意思，只是从飞雕急切的表情中感到自己不会被收留；只能低头不语。

天日三十看到飞雕带着两个人从远处走来。见面后行猎手礼，天日三十抢先问话："我们这里的愤怒公鹿到你们那里去了，对吗？"

飞雕笑着说："你估计到了，昨晚他被一群狼追到黑石族，差一点就被狼围住了！他说他想在黑石族，你知道这件事了？"

"知道，因为结亲他与宗内的具夫打斗，他想独占一个母姐，你知道，日月宗不是这样的，礼取来的母姐属于另外一个结亲小宗，所有的具夫……"天日三十解释。

"这个我知道，"飞雕说，"愤怒公鹿想留在我们黑石族，你说怎么办？"

天日三十低头不语，因为日月宗从来没有遇到这种事情，片刻抬头说："问他自己，他想回来，就说是被狼追的跑进了黑石族；他不想回来，强送回来也没用，日月宗认为他失踪了！"

飞雕点点头："我明白了，看他自己了！"

第二十九章　找到黑白宗

天日三十送走了飞雕，回到日月宗的营地。

清晨，准备再次迁徙上路。少宗母前来找他，把他拉到一边急切地说：

"母姐们已经好几天没什么肉食，除了花豹、扒皮刀给老宗母送过来一些肉食，母姐们只能等待流浪帮过来送些猎物，那些带孩子的母姐没有肉食，有气无力，奶水不足，吃奶的孩子已经死了两个了，其他的病病恹恹，这样下去人口日渐减少，咱们日月宗要垮啊！"

天日三十说："知道了，我先找猎手们要些肉食应急！"

"这不是个办法，今天有了明天又没了，具夫们的心思已经变了，心思全偏到那个小宗的母姐那里去了，"少宗母焦急地说，"早知如此，还不如把这些外来的野女人赶走！"

"赶走了也没用，还无端地把黑石族伤了！"天日三十也有些急躁，"具夫不能结亲，肯定想着找母姐，黑白宗找不到，礼取黑石族女人是没有办法的办法！你有什么办法？打破禁忌，具夫结亲？"

少宗母无言以对，但是对现状非常焦急。毕竟这是他们一生中谁都没有遇到过的危机。

不远处，具夫们在准备再次上路的轮架子车，看着大首太和少宗母神色焦急地争论，都不说话。

天日三十说："我和老宗母商量过，在这里等待夜风和花豹找黑白宗，我对具夫们和流浪帮说一下，让他们尽量拿出更多的肉食，现在没有别的办法！"

少巫姐急步走过来，面带喜色对两位首领说："我看远处走来几个人，好像是夜风他们回来了！"

两位男女首领一听，马上问："在哪里？去迎接他们去！"

夜风和黑豹带着两个猎手，风尘仆仆回来了，十分疲惫，天日三十把他们拉到篝火旁，刚坐下天日三十就迫不及待地问："找到黑白宗了？"

夜风疲惫地叹了口气回答："找到了！"

"在哪里呢？"少宗母急切地问。

"离这里有两个黑夜的路，"黑豹看了夜风一眼说，"他们说，大水来时是夜里，他们仓促撤到高处，年龄大、腿脚慢的具夫母姐被水淹没在居穴里，还丢了很多东西……"

天日三十焦急地追问："乌金大首太呢？现在他们在哪里？我们能和他们会合吗？"

夜风疲惫不堪地说："刚上路迁徙，乌金大首太为了把两个落水的母姐捞上来，被大水卷走了；黑白宗剩下的人没想着和我们会合，也许是走不动了！"

少宗母惊讶地问："大首太被大水卷走了？"

夜风摇摇头说："黑白宗已经散了，走的途中，具夫们用母姐换了结亲女人，女人们分在具夫手中，老宗母已经没有了！"

"啊？"少宗母更加惊讶，"黑白宗的老宗母怎么了？"

夜风低头不语，天日三十再次追问，黑豹回答："具夫说他们的老宗母上路没几天就升天了，少宗母管不了事，后来为了躲避发疯的具夫带着几个母姐跑了，估计也活不了……大水加上群狼、大力熊……"

"听你们刚才说，黑白宗的具夫们用母姐交换女人，"天日三十直奔主题，"他们用换来的女人结亲？"

"是的！"黑豹回答，"具夫们不能违反禁忌，就用本宗的母姐与其他宗门交换女人，他们说，因为在迁徙中，分手就可能见不到了，所以他们就把女人带回宗门，还有几个是他们在路途上救下来的女人，具夫们谁看着好就留在自己身边！"

"他们没有分立宗门吗？"天日三十追问。

一直不说话的夜风插话说："没有，他们的老宗母死了，少宗母和大巫姐都跑了，谁主持再立宗门呢？"

"黑白宗完了？"天日三十一屁股坐在石头上，默默无语，篝火中残存的灰烬，不时地跳出一些小火苗……在座的人都没有话说。

沉默了一会儿，少宗母把老宗母和大巫姐请了过来，老宗母显然是从少宗母处知道了黑白宗的状况，坐在天日三十的旁边低声说："黑白宗遭了大难，我们的状况也不太好，但是黑白宗和我们是结亲家族，世世代代是一大家子，我们日月宗不能见死不救，应该尽快找到他们！"

天日三十说："我听夜风、黑豹的意思，现在的黑白宗没有想和我们会合，母姐们也都交换逃散了，找到他们能做什么？"

老宗母坚定地说："找到黑白宗，拯救姐妹们就是拯救了宗门，也拯救了我们自己！"

天日三十不再说什么，夜风则在一旁不以为然地摇摇头，花豹看到夜风的态度，闷头没有说话；大巫姐则把这些都看在眼里。

天日三十问："拯救？母姐都换出去了，我们能做什么？"

老宗母坚定地说："我们新分立了小日月宗，两宗汇合了，新来的母姐都归到小日月宗，黑白宗和日月宗都可以与小宗结亲！结亲的规矩就是宗门将来的生路，不能乱啊！我们有经历过乱了规矩的灾难，但是你们没有听到'传说'里的说法吗？"

大巫姐插话说："还是一掌一次，黑白和日月两宗结亲日错开，逃跑离开的母姐们知道了也会回来！"

老宗母说："大巫姐说得对，这样就能恢复到迁徙前的规矩。"

天日三十想了一下："既然老宗母有这个意思，那我们就去与黑白宗会合，明天就动身，夜风、黑豹带路！"

夜风和黑豹听到了没说话，点头表示领命。

吃过食物，灭了篝火，天日三十让夜风去流浪帮，把日月宗迁徙的日期和方向告诉他们，劝他们跟着一起迁徙。

现在的流浪帮已经不是打家劫舍的男人帮，大冰水下来了，他们也没有那么多可以盗抢的部族，现在流浪帮不仅是日月宗母姐结亲和提供肉食的族群，而且还是具夫们狩猎御敌的帮手。

晚上过夜时分，日月宗已经接近黑石族的营地，多数人搭棚架子、点火准备过夜；不远处黄毛大头狼群跟着，在不远的地方卧地观望，这群狼已经成了日月宗的特殊成员，不离不弃；原来保持的距离，可闻其声，偶见其影，现在是越来越近，闻其声见其形，人狼之间不仅不害怕了，而且相互认可，至少日月宗的人看不到这群狼在周边出现，就会感到奇怪，几个猎手还给它们起了名字，大头王、黑眼、白尾、花背，等等；非常有益的是有了黄毛大头群在周边，其他狼群很难靠近，日月宗反而安全了许多。

天日三十带着几个猎手和几个小宗的母姐，专门前去与黑石族告别，看到黄毛大头群，招了招手，黄毛大头带着几条狼跟在后面；花豹扔了几块砍下的大骨头肉，其他的群狼们摇着尾巴目送这些人离开营地，然后按照狼群内的地位顺序开始啃那些骨头。

进了营地后，日月宗与黑石族两方的首领坐在篝火旁喝天浆吃烤肉，相互相识的猎手们坐在一起边吃边聊；小宗的母姐们回到各自的父母处，拥抱哭泣欢笑。

天日三十告诉裂石王和飞雕等几个相识的首领，日月宗已经上路了，去寻找黑白宗会合，然后共同去寻找新的长久生存之地。

天日三十问裂石王黑石族将来的打算。

裂石王说："说实话我们到这里就觉得这是活命的好地方，可是冰水越来越多，这不是久留之地，我们也只能离开了。"

天日三十说："既然要走，晚走不如早走。"

裂石王回答，族里有些人想法不一样，感到这个地方生活方便，比原来山上好多了，有些不舍得走，还有两家女人要生孩子，想生产后再动身。

分别的时候，裂石王和天日三十互相赠送礼物，裂石王很感激地说："在这里得到你们的周济，还学会了制作轮架子和捕鱼的方法，足以救命，受益无穷！"

双方约好行走方向，说好日后相邻而居，互相照应，随后行礼告别。

走远了，天日三十回头看，裂石王和飞雕等几个首领还在营地门外向这边招手。

第三十章　老宗母升天　夜风再离宗门

老宗母病情严重了一些，原来可以四处走动，现在只能在轮架子上倒卧不起，少宗母和几个母姐在旁伺候。老宗母有气无力，说自己该走了，随后闭着眼睛等待着死亡来临。

黑豹带着两个具夫走在日月宗的最前面带路，不远处传来猎手们狩猎的声音，黄毛大头几条狼帮助围捕，这样的周边狩猎就是打兔子山鸡，大型动物早就躲避在远处眺望。

天日三十没有出去狩猎，跟随着迁徙的人们，轮架子遇到崎岖之处只能几个人连推带抬通过，背着孩子的母姐更加艰难。

小宗的几个母姐没什么东西，只有一辆小型的轮架子就把所有的物品都装上了。在老宗母的指定下，少巫姐虽然没有明确是小宗的新宗母，但已经成为事实上小宗的首领。行进过程中，少宗母不断回头向后回望；在日月宗的后面，是夜风带着几个猎手。他们把日月宗与后面跟随的流浪帮隔离开，同时也可以在后面收容掉队的宗人。

夜风看到小宗几个母姐推动那个小轮架子上山有点费力，就带着一个猎手上来搭一把手往上推。少巫姐挤在夜风的身边，用力时紧紧贴住夜风的身体；夜风感觉到了少巫姐的温度和热情，侧脸一看是少巫姐。少巫姐用热情的眼光迎接夜风的目光，毫不回避，喷射出倾慕和渴望。夜风轻轻地点点头，转脸又用力把轮架子推上山坡，他感到少巫姐的手放在自己的腰后用力推，他明白少巫姐的心思。

夜间，篝火熊熊，荒蛮起伏不定的山坡避风处，日月宗的大小宗和稍远处的流浪帮，搭起过夜棚架子；流浪帮大首领和几个猎手带着猎物山鸡、兔子来找日月宗的母姐们结亲。

大首领没有去结亲，和天日三十坐在篝火边，烤着山鸡、兔子，说起迁徙的目的地。少宗母走过来，天日三十问老宗母的病情。少宗母神情悲哀，说老宗母不吃不喝，只是闭着眼睛昏睡："连水都不喝了，怕是时候不多了！"

日月宗几个轮到结亲的具夫，带着礼物到小宗的营地结亲，结亲的声响对等在外面的具夫是一种刺激，这些具夫们在外面焦躁不安，低声咒骂。

少巫姐荇花从夜风眼前经过，用眼神示意；片刻后，夜风起身循着少巫姐的方向，找到一片灌木丛，地上铺着一块羊皮；夜风刚一出现，少巫姐就扑上来抱住夜风，亲吻着夜风的胸膛，口中念叨："来了，来吧……我一直想你……"，自己揭开长袍敞开胸怀，撕扯开夜风的袍子，一起躺在地上……

夜风自从小鱼死后，就几乎没有像样的结亲，他甚至怀疑自己根本就没有结亲能力了，但此时，他感到躺在下面的就是小鱼，比小鱼更丰满更疯狂，不断颤抖扭动，手臂紧紧地抱着一刻也不松开！夜风感到自己又复活了，精力旺盛的结亲能力重新回到体内，他眼前恍惚，一会儿是小鱼，一会儿是少巫姐荇花，夜风用力地享受着结亲的快感，与少巫姐身体紧紧地贴在一起，摩擦触发，渴望激情的顶点……少巫姐眉头紧锁，发出挣扎、渴求、压抑的呼唤；荇花的全部动作刺激了夜风，他感到了身体内部的膨胀，欲望，渐渐贯通全身，集中到一处，形成高压顶端地释放，喷射、喷射、连续有力地喷射；少巫姐在喷射中忽然身体收缩颤抖，发出难以抑制的叫声，随即身体又完全放松，迎接和享受夜风体内发出的重力与压力……

激情来到了，过去了，两个人依偎在一起不愿意分离。

黑暗中一双眼睛看到了这一切，这是大巫姐的眼睛。她早就发现少巫姐变了，处处躲着她，想方设法摆脱她的纠缠。

大巫姐极有心计，她知道少巫姐被自己"开发"后就渐渐转向正常的异性结亲，随后，她开始暗中注意少巫姐苟花的行为；大巫姐很快就发现了少巫姐苟花中意的猎手是夜风，少巫姐想方设法要去小宗更是说明了她的愿望，少巫姐对夜风表现出的兴趣和追求都看在大巫姐的眼中。今天晚上少巫姐独自离开营地，大巫姐暗中跟随，随后夜风到来，两个人发生的一切都被大巫姐看在眼中。

大巫姐探望老宗母，老宗母病入膏肓，闭着眼睛，昏昏沉沉；大巫姐知道老宗母已经无力处罚这样"犯忌"事件，她找到少宗母把少巫姐的行为归为"违反宗门禁忌"，迁徙途中绝不能姑息，必须严办。

少宗母直觉认为少巫姐与夜风私下结亲不对劲，但不能断定是不是犯忌，宗门对宗门内私下结亲处理很严厉，例如小鱼与夜风，但如果不是宗门内结亲，又没有影响采摘狩猎，宗门并不严管；少宗母在犹豫中说："问问大首太的意思。"

少宗母和大巫姐一同来找天日三十，大巫姐说明来意，并表明这是遭天谴的"犯忌"行为，少宗母犹豫不决，认为在迁徙路上、宗内纷扰，具夫结亲不顺，少巫姐是外来母姐，不必处罚过分，尤其是迁徙途中，用人之际，不能对夜风进行处罚。

大巫姐则认为少巫姐是要祈祷上天的母姐，胡乱结亲必定污秽不堪，侵害了天神，宗门必遭上天惩罚！

大巫姐角色特殊，被认为是通灵致神的，现在又搬出上天惩罚，少宗母不再说话，天日三十听明白了各自的道理，自己也不愿意多事处罚猎手，尤其像夜风这样的"特殊身份"的猎手，他说：

"夜风身份特殊，前面因为宗内结亲被处罚，驱除宗门，去了流浪帮，夜风到现在也说不清算不算日月宗的具夫？如果算是日月宗的具夫，那就要有一个像样的仪式说明白回归；如果不是宗门内的，他和荇花这种外宗的母姐结亲就不算冲犯禁忌吧，少宗母怎么看？"

大巫姐说："荇花是宗门少巫姐，擅自结亲，已经不洁了，冒犯天神，必有灾祸降临！"

天日三十回答："这倒是个大事，好在还没有什么宗门敬神告天的仪式，那就不要荇花做什么少巫姐的营生了，最好让她去小宗。老宗母原来也有让她担任小宗少宗母的意思，不如就让她当小宗少宗母！"

少宗母附和说："这样挺好，既没有污浊了敬神，也解决了小宗没有母姐首领的事！"

看到天日三十和少宗母都在替夜风和荇花开脱说话，自己报复的目的没有达到，反而遂了荇花的心愿，大巫姐愤恨离去，临行前说："如宗门遭上天惩罚，不要怪我没有说！"

这件事就此压下。天日三十认为无人知道此事，实际上，没多久日月宗的具夫和小宗的母姐们就都知道了：少巫姐荇花是夜风的女人。曾经有具夫送礼给荇花尝试结亲，也被荇花拒绝；此后，没有具夫再要求与荇花结亲。夜风和荇花这种"奇怪"的结亲关系置放在日月宗中。

老宗母的病越来越重，大巫姐要少巫姐前去看望老宗母，一同作法祈求上天驱赶死神。少巫姐本不想去做法事，推脱说自己已经不是日月宗的少巫姐，但架不住大巫姐抬出老宗母的权威和恩情，少巫姐跟着大巫姐一同去看望老宗母，准备祈神仪式。

老宗母在少宗母的呼唤中睁开眼睛，看到周围的几个人没有说话，眼神停在大巫姐的脸上，张嘴想说话，却没说出声，头一松，歪在一边。

少宗母惊恐地说："老宗母应神召唤了！"痛哭失声。

天日三十和几个人来到老宗母的身旁，一同垂手，单膝跪下，行离别大礼；母姐们陆续过来，围绕在一旁，相互依偎，低声啜泣。

大巫姐突然大声说："老宗母临死前，张嘴告诉我，是什么害了宗门！"

大家一惊，都看着大巫姐，天日三十说："老宗母临终已经无力说话，我们都在旁边！"

少宗母也说没听到老宗母说遗言，大巫姐高声说："老宗母临终朝着我开口无声，你们都听不到，只有我能知道老宗母的遗言！"

天日三十感到大巫姐想无是生非，也提高了声音说："当前宗门灾难的原因很明显，是上游大平台冰湖崩塌，大水泛滥，逼得我们不得不离开居穴猎场，走到这里，这是大家都知道的事情！"

大巫姐浑身抖动，发出祭天神时的声音："冰水来临，猎场被淹；颠沛流离，活命艰难，日月黑白，两宗分离，灾难触动，邪魔复活，猖狂邪魔，扰乱人心，人心不正，邪魔得逞！"

看到大巫姐浑身颤抖，口中念念有词，和作法仪式相同，大家敬畏之心不禁油然而生；因为大巫姐的特殊角色，天日三十和少宗母也不好说什么，任凭大巫姐作法。

这其中只有一个人清楚大巫姐要干什么，这就是少巫姐荇花！某次大巫姐与荇花亲热耳鬓厮磨，高兴之时对祈神仪式加以嘲笑，甚至轻蔑地认为所有人都被她蒙了；荇花问她是否看到过天神；大巫姐目光迷离说："谁能看到天神，能看到的就不是天神！天神就在我心里，我说看到了就看到了！"

荇花知道这时候的大巫姐再利用她能与天神对话，在说自己想说的话！大巫姐有自己的阴谋！

大巫姐把脸慢慢地转向少巫姐，用手指着少巫姐说："她背叛了天神，她违反了宗门的禁忌，必须烧死她，烧死她，烧死她！"

少巫姐很惊讶，她知道大巫姐对自己躲避她的控制很不高兴，却万万没想到大巫姐会利用天神的权威，想烧死自己！

大巫姐的这个提议搞得人们心神不定，除了惊讶，没有话说，天日三十认为这种做法很是过分，站前一步问道："什么背叛天神，还要动火烧死？"

大巫姐怪声怪气地说："荇花已经是天神的舞者，她违反舞者禁忌，要去与本宗猎手结亲……"

"是吗？真的吗？"具夫和母姐们似乎更想知道大巫姐的指责背后的原委。

突然一声怒吼："又在装神弄鬼！"

夜风突然跨步走到前面，裸露着半个上身，一身肌肉和几道狩猎伤痕，手里提着短斧，身背长矛，指着大巫姐大声说："你根本就不是天神的仆人，你是一条丑恶的母长毛怪！"

大巫姐愣住了，随即马上浑身颤抖念念有词："天神来临吧，惩罚背叛你犯禁忌鬼怪，天神来临吧！"

夜风大声喊："用不着你呼唤天神惩罚，我早就看透你这一套了！荇花，跟我走，我们离开这个地方！"

少巫姐荇花背着自己简单的行李，快步走到夜风身边。

大巫姐、少宗母愣在那里，天日三十想规劝夜风，但是夜风一伸手，大声说："大首太不必多说，我本来就是已被日月宗清除出门的猎手，你我是猎手之间的交情，永远不变！"

说完，夜风带着少巫姐荇花离开营地，向远方走去；黑豹和扒皮刀追了出去；天日三十把手中的一根树杈恨恨地仍在篝火堆里，"咳"的一声坐在篝火边。

少宗母神色惊慌，走到天日三十身边说："大巫姐跑了，临走说日月宗要遭大难！"

"不用管她，"天日三十稍微平静了一些，两眼看着跳跃的火苗说，"安葬老宗母，你要坐在老宗母的位置上，宗门不能没有老宗母！"

少宗母问："谁当少宗母呢？"

天日三十回答："看看再说吧！"

山坡高处堆了一个柴堆，老宗母的遗体用她生前的长袍裹住，因为找不到大巫姐，仪式没有告知上天程序，具夫和母姐们敲响木鼓，节奏缓慢，少宗母走上前点燃柴堆，浓烟，火苗，烈火，木鼓响器声渐渐加快，坐在地上的母姐们先出哭声，猎手们发出低沉的悲哀呼叫，几个母姐开始大哭。

火堆熊熊，忽然坍塌，燃烧的木柴把老宗母的遗体掩埋在烈火中……

两个母姐陪着少宗母走过来，不远处是事前安排好的一个位置上，那个位置上铺着熊皮，那是老宗母生前使用的熊皮。仪式的规矩是少宗母坐在那个位置上，大巫姐祈告天神，一段仪式后，母姐和具夫一起朝她行礼，行礼完毕，少宗母就成了老宗母，这是日月宗第三十代老宗母，依代系计算与天日三十同辈，这就意味着，宗门最高首领从大首太到老宗母都进入了第三十代。

少宗母对天日三十说："继任老宗母的仪式往后推一推，等到见到黑白宗，告知黑白宗后再举行仪式吧，现在大巫姐不知躲到哪里去了，少巫姐和夜风也出走了，母姐、具夫们也都没有这个心情，等到会合黑白宗后再说吧！"

天日三十想了一下说："你说得有道理，等到与黑白宗会合后再举行仪式。"

随即，天日三十走到在大家面前说：

"按照老宗母生前定下的计划，日月宗还要向远方行走，一是尽快与黑白宗会合，少宗母继任老宗母；二是共同寻找新的居穴猎场。明天出发，按照……黑豹他们说，再走一天就可以与黑白宗会合。明天上路，仍然由黑豹带路！"

天日三十本来想说"夜风他们"，但刚刚发生了夜风带着苄花脱离宗门的事情，此时不能再说"夜风"，只能说"黑豹他们"。

扒皮刀走到天日三十之前说："我和黑豹送夜风，黑豹现在还没有回来！"

天日三十不禁一愣，随即马上平静下来说："你去找一下，回来的路上要小心狼群！"

扒皮刀回话："不怕狼群，黄毛大头的几条狼跟着呢，那几条狼跟黑豹、夜风很亲近，不怕其他的狼群！"

"黄毛大头还在吗？"天日三十追问。自从黄毛大头狼群渐渐与日月宗成为一体，日月宗的夜晚和狩猎就安全方便了许多，如果这群狼不了了，被夜风带走了，那对日月宗很不利，晚上外出必须结伴成群，过夜也要多加猎手看夜。

"头狼没有走，还留着几条狼！"扒皮刀爽快地回答，"就在西面卧着呢！"

随即，用手拢住嘴，朝着西面发出长声"嗷……嗷……"

黄昏中，几条狼在黄毛大头地带领下出现在山坡上，发出嗷嗷嗷的短促叫声呼应。

扒皮刀拿了两块骨头肉上了山："我要扔给它们，它们已经是咱宗门的朋友了！"

晚上，扒皮刀和花豹回来了，黑豹却没有回来。天日三十问："黑豹为什么没回来？"

扒皮刀疲惫不堪地说："他说日月宗坏人当道，好坏不分，不想回来了！"

"那黑豹为什么回来了呢？"天日三十问花豹，"你们是兄弟啊！"

"黑豹让我也留下，兄弟们在一起快活自在！"花豹说，"我想着咱们宗门那么多兄弟还等着我做轮架子、硬弓呢，我有时还要探望好手呢！"

天日三十这才想起来好手和他的女人寄居在黑石族，顺口问："好手他们在黑石族过得怎么样？"

黑豹回答："好手过得挺好的，他的女人冰花给他生了个女孩！"

天日三十问："黑豹他们今天在哪里呢？"

"他们在离流浪帮不远的地方扎了棚架子，"花豹毫无保留地说，"流浪帮前一个晚上在水边救了两个母姐！说要给黑豹一个抱着暖身子！"

"两个母姐？哪个宗门的？是不是黑白宗的？"天日三十连串地发问。

"不是黑白宗的，也不是黑石族的，她们说的话没人能听懂，她们比画的意思好像是遇到大水冲散了！"花豹快速回答。

天日三十追问："怎么救的？"

花豹回答："流浪帮几个猎手在河边取水，看到大水冲过来一棵树，树上抱着有女人，流浪帮抛绳子把那棵树拉到岸边，救了她们，有一个已经冻死了，刚上来的时候基本上是死人！"

天日三十忧心忡忡，分门而立，维持宗门不变，具夫们的结亲正常是现在宗门最大的事情！天日三十想到第二天去找流浪帮，要来一两个女人放到小宗里，能解决具夫结亲不济的大事。

扒皮刀和花豹当向导，带领整个宗门继续迁徙。

路上，天日三十看到具夫们对小宗的几个女人很照顾，帮助拿东西，途中休息主动送吃食；而本宗的母姐就很少人搭理，除了几个年纪大的具夫帮帮手，全靠母姐自己，几个有孩子的母姐显得格外艰难。

天色已晚，但宗门迁徙男女老少，行走缓慢，扒皮刀、花豹几个猎手早就走到前面很远的地方了。

点燃篝火一般是具夫们的职责，两堆篝火很快就燃烧起来；非常明显，小宗的那堆篝火更大、更旺火，三三两两的具夫拿出自己的肉食送给小宗的母姐们，而对本宗母姐明显保持距离，大宗篝火上的肉食也无法与小宗篝火上的比较。

少宗母走过来悄悄对天日三十说："你应该都看到了，具夫们只是关照小宗的母姐，迁徙途中，肉食都是自己背着，又不能停下来采集果实，母姐们只能在途中草草摘取一些果实树籽，根本不够吃；具夫们自带的肉食很少分给本宗的母姐们，这样下去怎么行呢？"

天日三十回答："看到了，只能忍一忍，很快就能与黑白宗会合了，到那时小宗分立，重新回归宗门的老规矩就好了。明天我带几个人去狩猎，给母姐们补充一些肉食。大巫姐怎么样了？"

"越来越不正常了，疯疯癫癫的！"少宗母无奈地说，"我看她是拿着上天通话，想指挥宗门，老宗母曾经对我说过别被大巫姐搅扰昏了头！"

"对啊！"天日三十警醒地说，"老宗母曾经当过宗门的大巫姐啊，她老人家知道祈神告天！"

少宗母低声说："大巫姐原来是快病死的女娃子，生养她的母姐死了，别人说她没救了，当时是大巫姐的老宗母看她还有口气，就抱到自己居穴救活了，长大些就跟着老宗母当了少巫姐，她祈神告天全是老宗母教的；那时候选定的少宗母病死了，上一代老宗母看中了咱们的老宗母，就把少宗母的位置传给了咱们老宗母，让大巫姐继承了老宗母当年大巫姐的位置，说实话，大水下来后，上了路，大巫姐她不知道怎么了，变得很张狂！"

"原来是这样，"天日三十明白了，"我那时候小，只知道跟着老猎手们出门狩猎，对宗母传代不清楚啊！"

少宗母继续说："你是具夫猎手，当然不知道宗母这边的事情，咱们日月宗是母系族，以母亲姐妹代代相传，宗门内全是一家人，当个老宗母当家人不容易啊！"

天日三十忧心忡忡："宗门正在迁徙的路上，黑白宗还没有找到，老宗母升天了，为了结亲具夫们心思变了，宗门主心骨没有了，现在要靠咱们两个和几个有经验的猎手母姐把宗门撑下去，会合黑白宗找到了新地方，举行老宗母继承仪式，一切都会慢慢回到从前！"

"具夫们心思变了！"少宗母忧心忡忡，"我怕新地方还没有找到，宗门就遭了大难！"

"什么大难？"天日三十追问。

"具夫和母姐散了，宗门垮了！"少宗母说话的神色幽幽的。

"我们担心的是一回事！"天日三十长长地叹了一口气，"咱们日月宗整整三十代了，难道真的要毁在咱们手中吗？"

少宗母回到自己的棚架子，钻进去一看里面已经有一个母姐。

"谁啊？"少宗母对这种事并不怪罪，迁徙途中，露营搭建棚架子的主要材料要随轮架子车带着，但是一些遮挡用的辅助材料常常找不到；原来具夫们主动关照，宿营前搭好架子，兽皮在里面，砍树杈子在外面，穿插编制，盖顶遮风挡雨；结亲不顺，具夫多有不满，加上巴结小宗母姐，对本宗母姐关照并不尽心，少宗母这样的母姐头目应该是单独一个棚架子，但现在常有母姐挤不进棚架中，即使结亲用棚架子空出来，依然有母姐要露宿。少宗母见到这种情况通常会把她们叫进自己的棚架共同宿营；但是，像眼前这样主动先钻进自己棚架的还是第一次。

棚架子中那个母姐抬起头，朝少宗母招手："进来，是我啊！"

少宗母定睛一看，是大巫姐，盖着三张豹皮连制的长袍，露出上半身，摘下脖子上的花串；这时少宗母才闻到棚架中弥漫着一股迷人的香气，味道并不强烈，却很浓郁。

少宗母问："你怎么不回自己的棚架？"

"少巫姐走了，一个人很孤独，总是梦见老宗母进来跟我说话，叫咱们姐妹相互照顾！所以我就来了！"

少宗母躺在铺着熊皮的架子上，脱下外长袍里面还穿着一件鹿皮的短袍，在弥漫着浓郁香气中昏昏欲睡；大巫姐从侧面抱住少宗母的腰腹，口中念念有词，手下轻轻抚摸，若即若离；少宗母从来没有经受过这样的抚摸，加上多日没有结亲，心中压抑，在这样气息中的抚摸，使少宗母很快进入放松迷幻，飘然享受；虽然少宗母从理智上觉得这感觉来得不正常，但是，真心感受上又不愿意这样的感觉消失。

大巫姐似乎明白少宗母的心思，一双手软滑，围绕着身体上的敏感之处层层进入，终于走到最敏感的部位；这时的少宗母已经完全被这种内省涌动享受的感觉所俘获，口中渐渐传出享受的声……

少宗母渐渐回归正常，散射的目光向外望出，忽然发现灌木丛中，一双眼睛在火光下反光！少宗母一个激灵大声问："什么人？"

那双眼睛一闪就消失了，灌木丛中悉索，黑夜中掩饰了一切。

少宗母裹上袍子前去查看，大巫姐全身赤裸，慌忙裹上袍子，跟上一起查看；但是什么都没有看到。

少宗母看到大巫姐跟着跑过来，很不高兴，说："你一跑出来，那就是告诉偷看人这里是谁！"

大巫姐一言未发，转身回到棚架子；少宗母回来后，大巫姐已经入睡。

一夜过去，清晨，少宗母睁开双眼时，大巫姐坐在旁边直视少宗母。

两个人没有说话，默默地对视了片刻，大巫姐轻声说："晚上我和你一起过夜！"

少宗母没有说话，大巫姐穿上长袍，戴上巫姐的头饰，拿着那根传了不知多少代的巫姐魔杖，走出棚架。

少宗母看着走远的大巫姐，昨晚的那种感觉涌上心头，忽然眼前出现了树丛中的那双眼睛，不禁心头一惊："那是谁？"

具夫和母姐分头灭掉篝火，收拾杂物，整理轮架子，准备上路。

天日三十看着忙碌的人们，心中始终沉浸在昨天与少宗母交谈的担忧中；夜风和黑豹找到黑白宗回来告诉他的黑白宗状态，始终在脑子里挥之不去。

从黑豹并不完整的叙述中，黑白宗经此大难也发生了很大的变化，天日三十能够感觉到黑白宗已经乱了。这些感觉，他没有对少宗母说，他抱着一些希望，两宗会合后，也许还能促成回到以往的规矩，毕竟那是大家从小就熟悉习惯的生活方式。

第三十一章　两宗会合　危机浮现

又一个母姐的孩子在清晨死去，母姐很伤心，两个母姐扶着这个失去孩子的母亲，一路艰难地行走。走到一个高处，大家停下来向远处望去，下面远处的树林中冒出青烟，黄毛大头带着几个同伴，朝着那个冒烟的地方不停地叫唤。

花豹站在天日三十边上说："它们的叫声是看到了熟悉的同伴，是不是黑豹和夜风他们？"

天日三十说："全宗的人在一起走得慢，也许晚上才能到那个地方，你们到前面看看去，到底是谁在那里生火！"

花豹和扒皮刀走到前面去了。

天日三十带着几个人到下面的河水中捕鱼。

　　找到一处水流缓慢的开阔处，在岸边洒下青草叶、花瓣和草籽，眼看着水下的鱼开始向水面有食的地方聚集，掀起一阵阵涟漪；确定了地点，几个猎手在岸边短矛斧子并用，很快就挖了几个半人深的鱼坑；然后在鱼坑附近撒了些草叶花瓣，几个人并排站在水中，用长矛插入水中，左右划动，一人喊号，整齐划一，渐渐合拢，向鱼坑方向移动；鱼坑附近的鱼纷纷钻进鱼坑躲避，几个人分别跳进鱼坑，摸到鱼就往岸上扔，两个猎手捡到鱼就穿在荆条上，一掌一串五条；原始状态的水域中，尤其是水流缓慢的地方，大大小小的鱼很多，站在鱼坑中的猎手只抓大的，小鱼半大的一概放过，收获的喜悦让大家一时忘记了眼前的困难。

　　忽然，在猎手们的身后涌起了一股大浪，推进速度很快，靠近猎手！

　　在岸上捡鱼的一个猎手发现了这种变化，指着水面大声发出警告的呼叫；水里的猎手们回头一看，大惊失色，一个巨大的鱼头，灰褐色，张开嘴露出黑色大牙，扑过来！

　　离鱼头最近的是大力熊和公羊腿，两个人的反应非常一致，做出刺杀大型动物的动作：让开中间，分离两侧，挺矛刺杀；但是，人在水中动作迟缓，鱼在水中速度很快，大力熊侧身没有站稳跌倒水中，大鱼张嘴扑过来，那鱼嘴足有公岩羊的屁股大，朝着大力熊跌倒地方一口吞下去！大力熊是个好猎手，没有忘记倒下去的时候将长矛立起来，这是猎手们面对大型凶猛猎物正面扑咬的一招，此时果然有用，大鱼一口吞下去，立起的矛尖带着血丝，从鱼的鼻梁侧面刺了出来！

　　这时，公羊腿也赶上一步，从侧面将长矛刺进大鱼的身体！大家伙在疼痛中拍打身体，足有两个人长短，掀起巨大的浪花；猎手们赶过来将长矛刺向大鱼！

　　大鱼遭受多面打击，扭动已经无力，大家七手八脚把大鱼拉到岸上，大力熊上半身还在大鱼的口中，只是那根立起的长矛挡住了大鱼咬合。大家从鱼嘴里把大力熊拉出来，大力熊已经将近昏迷，躺在地上喘了一阵子，才恢复过来。

　　天日三十为了缓解大力熊的紧张，开玩笑说："你饿了，要吃鱼肚子里的东西吗？"

大力熊喘着气说："大首太，那里面太臭了，我是被恶臭熏倒了……"

大家注意这条大鱼，大嘴像鳄鱼却比较宽，上下都是灰黑色的尖牙，大力熊要是被两排牙咬下去，肯定没命了。大鱼眼睛不大，浑身无鳞，灰黑色的坚硬外皮，一条条纵向的纹路，长尾巴靠近肚子的地方有两条小腿，谁也没有见过这种怪鱼，猎手们两个一组轮流抬着；其他的猎手长矛荷肩，上面几串大鱼，浩浩荡荡回到营地。

营地篝火熊熊，母姐们七手八脚，收拾冷水鱼；四个猎手把那条大鱼放到山坡上，开膛破肚，内脏一大堆，厚厚的白油，全都留给了黄毛大头那几条狼；那几个家伙吃得摇头晃脑，很欢快地发出哼哼声！

鱼生活在低温水中，脂肪层厚，烤在火上吱吱作响，香气扑鼻。

那条大鱼肉粗多油，皮很厚，大力熊说让扒皮刀回来看看，这种皮好不好用；愤怒公羊割下一块肉，放在嘴里尝了尝，神色惊讶地说："鹿肉的味道，比鹿肉还要软一些！"

天日三十说："烤熟了再吃，不知道是什么东西，烤熟了好一些！"

忽然，黄毛大头朝着远处叫起来。两支火把若隐若现逐渐移动走过来。

愤怒公羊对天日三十说："是扒皮刀、花豹回来了吧！"

天日三十让愤怒公羊去迎接一下。

扒皮刀、花豹风尘仆仆，举着火把，持矛别斧，身负硬弓，坐在篝火边，喘了一口气，扒皮刀对天日三十说："找到了，黑白宗就在前面！"

"告诉他们了吗？我们明天就到！"天日三十说。

"说了！"花豹回答，"黑白宗说等着咱们，夜风、黑豹也在那边露营！"

天日三十追问："他们在一起露营吗？"

花豹说："不远，黑豹让我们留下过夜，我想着你们着急听消息，看天色不晚，就赶回来了。"

天日三十忽然想起迁徙前，花豹到黑白宗结亲，有两个母姐很喜欢花豹，问花豹："黑白宗喜欢你的母姐在吗？"

花豹高兴地说："水芹姐妹，看到她们了，水芹姐姐还在问候你呢！黑白宗的大首太是她们同生母的兄弟，她们没有被换出去，看到我和黑豹就跟着出来了，现在跟着黑豹、夜风在一起呢！"

"守着老规矩？"天日三十问，"你们和她们结亲了没有？"

花豹低头不语，扒皮刀高兴地说："花豹和小芹结亲了，没有要我们的礼物，还说一直想着我们！"

找到黑白宗了！日月宗具夫们知道这个消息后，始终兴高采烈地交头接耳，一副按捺不住的样子。

天日三十找到少宗母，把找到黑白宗的消息告诉她，少宗母也很高兴，憧憬着重新回归旧日美好。天日三十并不像少宗母那么乐观，因为，他知道的消息比少宗母多，通过夜风和扒皮刀两次遇到黑白宗所带回来的消息，天日三十感觉到黑白宗的状况并不是那么好，有明显的迹象，黑白宗已经发生了相当大的变化。这种变化让天日三十担心会合的结果。

花豹和扒皮刀领路，天日三十和少宗母、大巫姐几个具夫、母姐的头目，经过不到半天的路程，终于走到了黑白宗的营地。

双方看到后，还有相当距离时，就发出欢呼的喊叫，那是一种男女配合、音高变化、节奏鲜明的喊唱，先是长音，再是短音，然后短促音，戛然而止后再次重复！

每次两宗共同举行大型活动的时候，都会有这样的群体喊唱！但是很明显，日月宗欢欣鼓舞，声音大而持续时间长；比较之中，黑白宗并不十分兴奋；而兴奋的日月宗并没有听出来变化。

见面后，母姐是一群，具夫们是一群，分别打招呼拥抱、问候叙旧。

黑白宗的大首太在大水中失踪了，新选的大首太能力一般，却很有心计，难负众望。天日三十在与他交谈时，常常被另外一群具夫打断，说法完全不一样，明显有冲突别扭。

说到别后经历，黑白宗的大首太摇摇头，不愿意多说；另一拨人发泄不满，嚷嚷着怪罪走错了路，损失了几个有能力的猎手，包括乌金大首太坠河失踪。

日月宗的具夫们提出今晚结亲，黑白宗的具夫们并不反对，但是却不热情地说："结亲要母姐们愿意，要问问黑白宗的母姐们是不是愿意！"

日月宗的具夫们纷纷说："我们宗内的母姐都愿意，黑白宗的也应该愿意啊，走散了这么多天，咱们两宗门一直都没有结亲了，怎么会不愿意呢？"

黑白宗的大首太对天日三十说："这么多天，宗内发生了变化，大首太失踪，老宗母也走了，现在宗内老规矩全都乱了，具夫们收养了女奴，母姐们也有外来流浪具夫，还有宗内的具夫占了母姐，老规矩全都坏了！你想想看，母姐们即使愿意结亲，一路照顾她们的流浪族具夫也不乐意啊！"

天日三十听到这些说法，大惊，一起坐着的黑白宗具夫们不以为然，一个身材高大好像是一个头目的具夫说："大水来了，能活下来的聚在一起，找不到你们，哪里还顾得了那么多规矩，母姐、具夫都要活，能活下来就很好了！"

围在边上的几个黑白宗猎手七嘴八舌，表示赞成。

显然，这次见面就是单纯的见面，没有结亲的内容。天日三十和少宗母带领日月宗几个人告别了黑白宗，临行前，天日三十还是不死心，告诉黑白宗大首太：

"日月宗的具夫们盼望结亲很久了，你还是要对宗内的母姐们说一下，明晚两宗结亲！"

黑白宗的大首太站起身回答："我会告诉她们，但是有多少人结亲就看她们自己了！"

日月宗的几个人回到不远的日月宗营地，天日三十与少宗母坐在一个火堆边，忧心忡忡地说：

"黑白宗已经不是以前的结亲宗了，他们现在很混乱，以往的规矩全都乱了！"

少宗母也是同样的心情，说："黑白宗母姐的棚架子中，几个母姐都和几个具夫混住在一起，有些具夫母姐也不知道从哪里来的，黑白宗的老宗母死了，少宗母自己也有一个具夫陪着，规矩全都坏了！"

天日三十一听不禁说出来："那明天晚上能结亲吗？"

少宗母说："我看要像以前那样结亲是不行了！你看看黑石族，一个母姐一个具夫，还算是有规矩，黑白宗规矩已经全乱了！"

天日三十说："老宗母曾经说，乱了规矩必定出妖孽，毁灭宗门！"

少宗母回答："我们宗门传下来的规矩是这样，我们也认为是这样，可是黑石族虽然人不多，但也活下来了。"

天日三十说："听飞雕说，他们也出现过怪物妖孽，他们一见怪物出来，马上火烧，将生出怪物的男女拆散，否则就赶出宗门。"

少宗母低头拨弄着火堆，不言不语。

天日三十自言自语像是在下决心："无论怎样，明天黄昏去黑白宗结亲，看看黑白宗到底发生了什么，咱们的具夫也落个明白！"

黄昏，日月宗的具夫们高高兴兴，带着自己准备结亲的礼物，聚在一起，大声招呼天日三十，让他带着大家去黑白宗结亲，这次结亲是大水造成分离后的第一次。

看着这些兴高采烈的等待结亲的具夫，心里有事的天日三十，把具夫招呼到一起说：

"我与他们的大首太和几个头目会面了，黑白宗因为发大水遭了大难，一路走过来，已经发生了很大变化！按少宗母的看法，黑白宗现在更像是黑石族那样，母姐们有了选定的具夫，具夫们找了自己的女奴，黑白宗还有没有母姐结亲，我不知道，黑白宗的大首太也不知道。我们过去看看，黑白宗没有母姐来结亲，也别发怒，回来后我们再想办法！谁也不许与黑白宗的具夫争斗，他们改了规矩。"

具夫们一听，本来高兴的心情遭到当头一棒，兴奋变成了担心，低着头，背着礼物，跟着天日三十去黑白宗的营地。

营地不远，到了门前空地上，日月宗的具夫们和以往一样，摆出礼物，开始有节奏地呼喊歌唱，伴随着歌唱手舞足蹈。要是在以前，黑白宗的母姐们会在对面站成一排，应声歌唱舞蹈，两轮下来，母姐们就会陆续走过来，挑选日月宗的具夫，拿起礼物，领走具夫入居穴结亲。

但是现在对面只有两三个母姐，看上去年龄较大，身后还站着半大的孩子，既不合唱也不舞蹈，两三个人交头接耳商量什么。黑白宗的具夫们带着自己的女人坐在火堆旁观看，一副与己无关的样子。

两个母姐走过来，拿了礼物，选中了两个具夫，大力熊是被选中的一个，跟着两个母姐去了里面的棚架。其他的具夫感到很失望，坐在外围怨气十足，不明白到底发生了什么。

天日三十与黑白宗的大首太坐在一起，黑白宗的大首太没有继承乌金的名号，猎手们都称他为"领头人"，"领头人"与天日三十是同一个辈分，年龄大一些。他并没有找一个固定居住的女奴，但也没有领着黑白宗的具夫去日月宗营地结亲，有几个具夫自己去了日月宗。

天日三十看那个黑白"领头人"神情漠然，开口问："我们两宗的结亲还能不能像过去一样呢？"

"说不清楚啊！"领头人叹了口气说，"逃出大水后，找不到你们，乌金大首太为了救落水的母女俩，被激流卷走了，老宗母也是那次呛了水，没多久就被天神召唤了，宗门无人能主事了，每天就是躲大水找高地，找吃食，时不时遇上土狼、黑熊、长毛怪，好几个孩子被长毛怪从上面下来拖走了。找不到你们，没有结亲，具夫和母姐都很愤怒，时间一长，冲犯禁忌，偷偷结亲，经常发生。大首太和老宗母在的时候，还可以管得住，他们升天后宗门就乱了，我是管不住的，没人听我的！"

天日三十问："那些女奴是哪里来的？"

领头人叹了口气说："有的是沿途捡到的，大水冲下来，说不清楚从哪里来的，为了躲开大水，都往高处找生路，大水冲下来一些人，死的多，半死不活的也有，女人就被具夫们收留当女奴了，男的被母姐挑走了，还有几个女奴是他们的男人偷袭我们，被我们猎杀，女人就留下做女奴了；这样女奴都要拴住手脚，她们难免想报仇。这一段过下来，有吃喝，能结亲，具夫们满意；具夫不闹事就没大事，只是老规矩没人再提，除了祭告天神，大巫姐自己也找了具夫；好在宗门还聚在一起，狩猎还在一起，我就管平分猎物；现在，火堆烧在一起，共同狩猎的大猎物平分，小猎物就不用分了，谁打的归谁。"

天日三十疑惑地问："你们的大巫姐的也找了具夫？这样规矩肯定要乱，冲犯了天神，难道就不怕灾祸降临吗？"

领头人："没人在乎规矩禁忌了，能够聚在一起，宗门不散就已经不错了……"

天日三十一问："你们的吃食猎物收获还好吗？"

黑白三十一看着远方的冰河说："还能活下去；有东西的拿东西换，自己有了再换回来；没东西的就用自己的女奴结亲换吃的，这个办法不吃亏，自己少一次结亲，能换到肉食。现在没有女奴的具夫就必须打到肉食，有猎物收获自己有的吃，还能换到结亲！"

"这很危险，猎手们会争抢女奴的！"天日三十抬起头追问，"具夫为了争抢女奴要拼命的！"

"还没有为女奴死命争斗，发大水，不断能找到流落的女奴，女奴够多就不会冲突！"黑白三十一叹了口气说，"一场大水，老居穴被淹了，以后怎么样谁知道呢？"

天日三十突然想到母姐们的处境："母姐们怎么办呢？"

"母姐们有的选了一个外来具夫，有的单独过着，有的姐妹一个具夫；老规矩，谁要结亲就拿吃食礼物来，谁都可以结亲，老规矩坏了！"

天日三十对现状感到惊讶："这样就是一掌一次没有了？天天吃食就天天结亲吗？"

"还有什么老规矩，规矩坏了！"黑白三十一摇头叹气，"不知道将来怎么办，走下去看吧！"

"老人和孩子呢？"

"还是老样子，孩子跟着母姐，谁生的谁养；老的只能自生自灭了！"黑白三十一突然想到什么，"对了，你宗门的夜风带着黑豹来过，送来两张黑羊皮，我们同生母的水芹姐妹知道黑豹兄弟，就跟着走了；妹妹小芹等着花豹呢！"

天日三十并不感到意外："我知道，夜风他们离这里不远，他们应该是和那群流浪帮在一起！两三个人无法生存下去的！"

领头人说："是啊，现在黑白宗老规矩坏了，人反倒是多了一些，母姐找来具夫，具夫拉来女奴，人群还是越大越好吧！"

黑熊结亲出来了，走到天日三十旁边坐下，把长袍扔在地上，靠在上面，对天日三十说："哪有这样的结亲，那个母姐的棚架外守着个具夫，收走了礼物，不停地在棚架外嚷嚷，结亲的母姐心神不定，一个劲儿叫快点儿，这叫什么结亲！"

领头人听着笑了："他们具夫今天没出去狩猎，靠收礼物得点肉食，有些着急啊！"

天日三十问："那个具夫一直与这个母姐在一起吗？"

领头人回答："常在一起，具夫是外来的，不是水里救来的，就是路上捡来的，有好有坏，我们听不懂这些具夫说什么，大多靠比画。大力熊遇到的这个具夫能吃不能干，母姐想把他赶走，但有个具夫在身边指使，至少能背东西吧！"

忽然，不远处喊声叫骂，日月宗的结亲具夫"大斧头"与黑白宗的具夫厮打起来，一个母姐衣着凌乱，竭力想把两个具夫分开；那个黑白宗的被大斧头卡住了脖子，蹬腿嘶喊，奇怪的是黑白宗的其他具夫只是看着，指指点点，两宗的大首太走过去，把两个打架的具夫分开。

大斧头一脸不屑："我结亲，给了礼物，母姐愿意结亲，你是什么东西！"

天日三十问原因，大斧头说："我给了礼物，在棚架和母姐结亲，已经穿了袍子，这个东西突然闯进来，喊叫着拿斧子要劈我！他哪里是对手，我躲过斧子，转身就把他打翻了；母姐拉我快走，我出来，那东西又跑过来，要和我决斗，不知道为什么，疯了吗！"

天日三十也不明白，这时领头人走过来，对日月宗的大首太和大斧头说了原因。原来那个具夫并不是黑白宗的人，是他们不久前在一棵树上救下来的。当时，一群野狼围着那棵树，树下的女人已经被吃得只剩下残缺不全的脑袋和手脚，这个具夫在树上已经被围困两天了。恰好黑白宗的狩猎到此，听到呼救，驱散狼群，把这个男人救下来。

这是一个类似黑石族的猎手族的，躲大水的路上孩子被土狼掠走，男女追赶土狼救孩子，结果是孩子没找到，两个人被土狼群围住，无奈中上了树；夜间困倦疏忽，女人半身坠落，被守候的狼叼住手臂拽到树下，立刻被狼群围住撕咬，顷刻丧命。男人在树上毫无办法，眼睁睁看着自己的女人在惨叫声中被狼群撕咬吞噬。

此后，这个猎手跟着黑白宗迁徙；黑白宗猎手看他身强力壮，狩猎勇猛，就接受了他，更主要的是一个母姐同意收留这个男人，成为黑白宗母系族的"赘挂"。

作为"赘挂"，男人只能与收留自己的女人结亲，跟着猎手们狩猎收获，如有不轨或者具夫猎手们决定把他驱逐，那这个"赘挂"只能离开，当然，也有姐妹两个母姐与一个"赘挂"结亲的，只是这种情况并不多见；"赘挂"具夫带着母姐逃跑是不可能的，成群的食人族、野兽在猎食没有群体的人。

这次冲突是这个外来的"赘挂"男人不懂母系族"结亲"的规矩；结亲母姐想通过结亲获得结亲礼物，有吃有用；这个"赘挂"男人语言不通，没有搞清楚，看到自己女人与送礼男人在棚架中结亲，立刻大怒，要杀了"大斧头"；大斧头完全没有想到会发生这样的冲突，只能奋起自卫，冲突就此爆发。

天日三十好不容易搞清楚这冲突原委后，与黑白宗领头人商量："以后你们的'赘挂''女奴'越来越多，我们两宗的结亲怎么办呢？"

领头人坐在火堆边，两眼望着远方，无奈地摇摇头说："已经乱了，具夫和母姐都得到了好处，再回到过去那样不容易了。"

天日三十问："得了什么好处？乱了宗门规矩禁忌，宗门内部必定生出祸事，祸事生出，人人受害，宗门大难！"

"这一段时间倒是没什么祸事，"黑白宗领头人，"以后会怎么样，真是不知道，没有我们自己的猎场，经常流动迁徙，只能走着往下过着看吧！"

两门的头领没有商定出结果，天日三十只能带走自己的具夫。

第三十二章　内乱换亲

与过去结亲回归途中的欢快高歌完全不同，期待已久的两宗结亲草草结束，来时欢天喜地的日月宗具夫们此刻垂头丧气。结亲的具夫已经看到黑白宗的生活现状，也知道日后不可能再与黑白宗结亲，至少传统的"结亲"已经不可能了。

天日三十忧心忡忡，一路一言不发；天日三十有一种不祥的预感：从明天开始，具夫结亲再次成为日月宗的大问题。日月宗的具夫们看到黑白宗的现状，也会想到放弃传统的禁忌，会像黑白宗的具夫那样寻找"女奴"结亲！

走到途中遇到那几个结亲回来的黑白宗具夫，他们的神情似乎很满意，主动与日月宗结亲的具夫们打招呼；日月宗的具夫们结亲受挫，没有像以往那样与他们热情攀谈，只是应付对方的热情，双方匆匆擦肩而过；黑白宗的具夫们似乎知道发生了什么，一个领头的具夫对天日三十说："这场大水冲毁了居穴，淹了猎场，黑白宗一切都变了，不知道以后会是什么样！"

回到日月宗的营地，篝火熊熊，两个瞭望守夜的老具夫抱着长矛靠在一边，昏昏欲睡，不远处是黄毛大头带着几只狼卧在哪里，最近，这几条狼过夜的地方与营地近了许多，有了这几条狼，瞭望守夜的具夫们轻松了许多，远处一有动静，这几条狼就警觉起来，一旦有危险靠近，它们就会发出警报，有几次是黑熊、土狼和野猪靠近企图偷袭，都因为黄毛大头们的嚎叫，引起具夫们的注意，没有遭到偷袭。

看到具夫们回来，黄毛大头们站起来，朝着这边摇尾巴，欢快地绕着圈子跑动。几个结亲未成的具夫礼物没有送出，就把手中的肉食撕下一块，叫着"吼——吼——"，抛给黄毛大头，那几条狼似乎接受了这个"吼吼"的称呼，只要一听到召唤，就出现在人们视线可及的地方，模仿人们的叫声回应着。

搭设了棚架的具夫们回到自己的棚架，更多的则和衣靠在篝火边上，嘀嘀咕咕说话。天日三十知道那些结亲不成的具夫很是不满甚至愤怒，但也想不出什么解决的办法，就去找到少宗母问小宗的那三个母姐们干什么呢？

少宗母听了天日三十对这次结亲失败的说法，也感到惊讶，无可奈何地说：

"一场大水，家破人亡，一个结亲，宗门混乱，下面该怎么办呢？"

天日三十说："以后的事再想办法，现在让没有结亲的具夫能够结亲，小宗的母姐怎么样了？"

天日三十担心没有结亲的具夫不满，会闹出违反禁忌的举动，更担心黑白宗的变化引发本宗的具夫们效仿，所以不如让具夫们再去找小宗的母姐们去结亲。

少宗母叹了一口气："小宗的母姐本来就只有六个，一个荇花跟着夜风走了，还剩下五个母姐，有两个已经不来'红'了，她自己也不愿意结亲了，应该是有了身孕；剩下的两个刚才都结过两次亲了，咱们的具夫结过一次，流浪帮和黑白宗的又来过，谁知道她们还愿意不愿意了？照你说的，咱们没结亲的具夫可不少，两个小宗的母姐肯定不能让宗门所有的具夫都结亲，母姐不愿意，谁都不能强迫啊！"

天日三十听到少宗母的说法，也是无可奈何，只是说："算了吧，我去告诉具夫们，大家都知道，结亲不结亲要看母姐愿意不愿意！"

少宗母忧虑地说："前面我们一直把希望寄托在找到黑白宗这里，现在黑白宗变了，结亲没有去处了。"

天日三十更担心："黑白宗的变化，咱们的具夫也看到了，知道以后的结亲没有了，这可怎么办呢？"

沉默不语片刻，天日三十忽然抬起头对少宗母说："这场大水毁了宗门啊！"

少宗母忧伤地点点头，没说话。

"黑白宗变是变了，却没有散，宗门还在一起过活。"天日三十看着少宗母说，"黑白宗一路上收留了散落的具夫、母姐，人口不减少。现在，咱们已经看到了，宗门母姐很少有具夫主动照顾，都追着小宗这几个母姐转，还有为了小宗母姐要争斗的苗头，心思变了！这次结亲未成，具夫们看到黑白宗的活法，回来的路上嘀嘀咕咕，我们必须想出办法，否则要遭大难！"

少宗母心慌意乱，谁都没有遇到过这样的麻烦，心急如焚却没有一点办法，只能对天日三十说："这都是具夫猎手的事情，全听你大首太的，你就拿主意吧！"

天日三十沉静坚决地说："明天把具夫聚在一起，我对他们说！"

少宗母回到自己的棚架，自从少宗母接受了大巫姐的情感，经过多次接触，少宗母已经习惯了甚至有些享受大巫姐的"纠缠"，两个母姐首领常常共用一个棚架，母姐们并不觉得奇怪，迁徙途中，母姐们同寝共眠是常见的事；母姐过夜的棚架一般都是老具夫和母姐们一起搭建；用于结亲的棚架通常是专用的两三个，以往都是具夫搭起来的，这不仅是义务还能收礼物；迁徙以来结亲棚架一般是流浪帮过来架设；结亲轮流使用棚架；拉上一个遮挡帘子，帘子外吊一束青草，其他人看到帘子、草束，就会回避等待。

少宗母钻进棚架，松开衣带，长袍裹身，心里还在想着刚才大首太所说的一切，心绪烦乱，不知道宗门后面会遇到什么。

已经睡里边的大巫姐，翻身靠过来，伸手探进少宗母的长袍，缓慢地在胸部、腹部轻轻地抚摸，少宗母在这样的抚摸下，心情渐渐平缓，发出匀称的呼吸声；大巫姐的手，慢慢滑到少宗母小腹下的敏感区域，柔软的手指就像是精灵触角，有节奏地诱发少宗母身体内在的欲火，从温热到炽烈，整个身体发生了欲望反应，喉咙情不自禁地轻轻地发出哼哼声……

少宗母和大巫姐已经进入了迷幻的状态。忽然，外面发出一声惊叫，是母姐受惊吓的尖叫。少宗母马上从迷幻中清醒，裹着长袍跳出棚架，两个母姐站在不远处的棚架外，衣着不整，又哭又叫。少宗母快步走过去，询问发生了什么？

一个年轻的母姐哭着说："一个具夫偷偷钻进棚架子……"

不用多说了，少宗母就知道发生了什么事情，有具夫强行结亲！少宗母想起那天晚上树丛中的那双眼睛。现在这个钻进母姐棚架的具夫如果是本宗的，那就是直接触犯宗门根本性禁忌，轻则鞭笞，重则驱逐出宗门。

少宗母听了母姐的哭诉，加以劝慰，并没有声张，少宗母找到天日三十，悄悄地商量办法，说了自己的担心，认为现在是非常时期，找到违反禁忌的具夫按照宗门禁忌处理还不知道会引起什么麻烦。少宗母问大首太天日三十的想法，毕竟天日三十是具夫们的头目。

天日三十听后，沉吟片刻说："迁徙路上，始终没有正常的结亲，具夫偶尔冲犯禁忌也是无可奈何，请少宗母安慰一下那个受了惊吓的母姐，不要声张费力追究了，一是很难找出来到底是谁，二真找出来了严加处罚，可能会引起具夫们的不满！"

少宗母点头称是，转身去找那个被吓到的母姐去了。

虽然没有声张，但许多具夫还是知道了这件事；第二天清晨，看到天日三十回来并没有追究这件事，具夫们心怀疑惑，交头接耳。

天日三十看出具夫们的疑惑，干脆公开说："大家不必议论，我问了少宗母，什么事情都没发生，一个母姐夜里做梦被吓着了，现在收拾一下继续找新猎场去！"

具夫们正要散去，昨晚结亲不顺的大斧头突然问："黑白宗的结亲不行了，具夫们结亲怎么办？"

天日三十昨晚很晚才睡，把具夫结亲的出路想了很久，黑白宗的变化给了天日三十提示："是不是可以按照黑白宗解决具夫们的结亲呢？只要宗门不散，以后慢慢再看！"这时，听到大斧头的喊叫，具夫们都站在原地不动，想要大首太的一个回答。天日三十不想把自己不成熟的想法说出来，但又不能没有一个说法，于是站在具夫们的面前语气平静："大家不要着急，结亲一定要有办法，我要出去找黑石族、流浪帮商量办法，给我们的小宗增加母姐！"

愤怒公鹿突然说："我们为啥不像黑白宗那样呢？"

大斧头等几个具夫随声附和。天日三十环视后说："这是大事，像黑白宗那样要有足够的赘挂、女奴，这不是马上就能找到的！"

大斧头喊了一声："没有就去抢！"几个具夫用长矛顿地，跟着一起嚷嚷；嘈杂之声引起母姐们的注意，停下手中的活计向这边张望，少宗母心里有数，对母姐们喊："赶快收拾上路！"

天日三十大喊一声："不要乱喊，等我回来再说！"

大首太的权威是足够的，大家不喊了，散伙分头拔营装轮架子，准备上路。

天日三十对扒皮刀交代了一下，带着花豹、公羊腿等四个猎手，离开众人，踏上寻找黑石族的路；花豹朝着黄毛大头那边呼喊了几声；黄毛大头们回复几声，带领自己的群狼，跟着天日五个人一起行走。

前些天，花豹在寻找黑白宗的路上，曾经看到过黑石族的营地，在前面带路。五个人加上保持距离后面跟随的一群狼，行走在荒野莽原之中。

行走到高处，向远方望去，寻找黑石族的踪迹；花豹与去了黑石族的好手有一个约定，为了更好地联系，用弓箭超高空射出冒烟的"啸箭"。

这种"啸箭"是花豹和好手两个人一起发明的，过程也不难，冰冻季寒风穿过狭窄的细缝会发出尖锐的呼啸声音，两个人都对这种现象感兴趣；猎手们在狩猎中使用牛角号，低沉声远，但需要技巧和底气；花豹、好手根据风吹窄缝发声的现象制作了哨子，发现哨子越短，声音越尖锐，好发声；他们制作了各种长短不一的哨子，分给猎手们；最小的哨子绑在箭杆上，射出后在空中发出尖锐的哨声，用于相互联系，花豹叫它"啸箭"。猎手们都有弓箭，做哨子需要找材料和手艺，猎手们只能找花豹和好手要；长短不一的哨子成为猎手们特别喜欢的物件，把喜欢常用的哨子挂在脖子上，随时取用；牛角号太沉，只是放在营地使用；而"啸箭"除非必要是不会射出去的。

这种冒烟带火的啸箭在夜间能看得更清楚；如果看到这样的"啸箭"在天，马上回应射出"啸箭"，联系双方马上知道各自的位置，可以尽快靠拢，这显然比单一的号角声要准确，尤其在夜间非常好用。

现在在路上，每走相当距离，花豹就射出一支啸箭，等待回应。黄昏时分，终于收到回应，一支啸箭发出尖锐的"吱"长声出现在山根方向，花豹马上欢喜地告诉天日三十："找到了，在山下！"

天日三十也听到啸箭的声音，说道："走！过去找他们！"

日月宗的五个猎手在天日三十的带领下来到黑石族的营地。这时天色已暗，日月宗由花豹呼唤，花豹与好手的交情，基本掌握了黑石族的语言。

黑石族通过啸箭知道日月宗来人了，但看到大首太天日三十到来知道这是有大事了。飞雕陪着裂石王带着几个猎手走到营地进口，发出欢迎的呼唤和有节奏的敲打声。

天日三十向裂石王行了猎手礼，裂石王回礼后，两个首领拥抱，其他猎手相互打招呼；花豹与好手拥抱在一起，显得格外亲热。

天日三十拿出礼物——一袋盐，裂石王接过去交给飞鹰，再次行礼，从另外一个猎手手中拿过两张鹿皮，送给天日三十。

两方人围坐在篝火边，吃肉喝天浆，一轮过后，天日三十直接对裂石王说：

"我们已经和结亲宗门黑白宗会合了，但是他们在路上发生了很大的变化，老规矩全都变了，我们两宗已经无法结亲了！宗门没有结亲，具夫母姐们都有怨气，引起宗门内乱。我专门来到黑石族，再礼取几个母姐，加上上次礼取的几个母姐，我们宗门内的小宗门就可以树立起来，宗门的结亲就可以解决了！"

裂石王对母系族结亲规矩并不清楚，也不知道什么是"小宗""树立宗门"，再加上花豹并不清楚的传话，裂石王等人一头雾水，只是在天日三十说的话里听到"礼取"这个说法；因为"礼取"是黑石族的规矩，故而有一个特定的称谓，天日三十也只能使用黑石族的说法，所以裂石王感觉到日月宗有要求，想要黑石族的女人。

裂石王追问："你们这次来是不是想'礼取'黑石族的女人？"

听到花豹的翻译，天日三十连连点头称是。

裂石王起身与飞雕商量，随即打发人叫来三个年龄老一些的男人，走到一边商量，过程中好像还有一些争论，待到裂石王转身回来坐下时，大家都已经平静下来。

天日三十等待着结果。裂石王招呼天日三十和其他具夫喝肉汤，吃肉，随即开始回答。裂石王说：

"我知道你们还想礼取几个黑石族的女人，我与族里的长辈们商量了一下，黑石族在迁徙途中，一路上狩猎奔波，受伤死亡大多是男人；黑石族本来就是男人少女人多，你们要礼取我们的女人可以，但是我们想要你们的男人，这样对我们都有好处。为了表达我们的善意，我们用两个女人换你们一个男人，而且不必礼取，你看行不行？"

天日三十搞明白裂石王的意思后，既高兴有困惑，高兴的是这个"交换"提议显然是对日月宗有利，能解决日月宗的燃眉之急；困惑的是日月宗里是否有猎手愿意交换到黑石族呢？

天日三十与花豹、公羊腿商量。公羊腿曾经单身跑到黑石族想留下，但并不了解黑石族的生活方式，待了两三天就主动离开了，因为自己的经历对黑石族没有好印象，故而主张日月宗可以推荐那几个无能体弱的具夫来黑石族。

天日三十认为这样不好，猎手的强弱非常明显，一眼就可以看出来，如此，不仅办不成事，而且没有诚意互换，破坏了两个家族已经形成的友好关系；换就要是好样的，是自愿的。

这时候花豹悄悄地说："我有一个想法，不知道行不行？"

天日三十鼓励花豹说出来；花豹把天日三十拉到一边，环顾四周低声说："裂石王的要求我们可以答应下来，我们有猎手，我们可以找到夜风、黑豹，他们本来就是咱日月宗的猎手，劝他们为了日月宗到黑石族一起行动，或许还能说动两三个流浪帮的人一同去，这样，我们就不用一定找宗内的具夫交换，而且夜风、黑豹这样的猎手必定会成为黑石族猎手首领，这样，既可以礼取几个女人，又可以使日月宗和黑石族就成为亲密的伙伴家族。"

天日三十听着花豹的说法，暗自赞扬花豹好主意，随即问："夜风和黑豹都有自己的女人，这你是知道的，我担心黑石族会接受吗？"

花豹回答："黑石族缺少的是猎手，并不是要'礼取'的具夫，再说，黑石族只要双方愿意，两三个女人可以共有一个具夫；好手告诉过我，现在他们猎手少，猎物少，一个男人很难养活两三个女人，所以，愿意二换一要我们的猎手！"

天日三十赞许地看着花豹："说得对，花豹长大了，手巧心灵！可是黑豹去了黑石族，你怎么办？"

花豹说："我还是日月宗的人，将来当两边的联络通知的猎手，好不好！"

天日三十高兴地说："好好好，就这么办吧！想你的黑白宗小芹就在黑石族！"

花豹不好意思低着头说："小芹到了日月宗也只能进小宗，还不如让她们姐妹在黑石族呢！"

几个人的商量就在篝火边，当着裂石王几个人，因为是日月宗的语言，只有好手略知一二，告诉裂石王"日月宗同意裂石王的办法，换来的一定是最好的猎手！"

天日三十商定后对裂石王说："裂石王的办法对我们两边都有好处，让谁过来，我们还要回去商定，很快，我们就会定下来，请裂石王黑石族在这里等着我。"

裂石王听说后很高兴，说："现在天色已晚，群狼野兽太多，你们就在这里睡一晚，天亮了再动身！"

天日三十一行人欣然同意，开始吃肉喝肉汤、天浆，很是高兴。好手带着自己的女人冰花坐在花豹旁边，好手二人在日月宗居住了一段时间，与花豹关系很好，两个人一起制作发明了许多方便狩猎生活的工具，在一起有很多话说，跟着一起坐过来的还有一个女人，年轻貌美，唇红齿白，窈窕温情，好手把这个女子介绍给花豹，说这是裂石王养子也就是飞鹰的妹妹雪花，意思是好看干净；雪花有很好的编织手艺，缝制皮衣，还很喜欢动手制作提高效率的工具，所以与好手关系很好，两个人共同制作了一个提供切割力量的切刀，在今天看来就是铡刀剪刀的原始状态；这回听说好手在日月宗时的好友花豹来了，一个制作能手，就跑过来认识一下。花豹和雪花见面后，两个人聊得很好；花豹就让雪花认识天日三十大首太。

飞鹰走过来，与天日三十打了招呼，拉起妹妹雪花问："你中意这个猎手吗？"远古先民没有那么多礼教，对男欢女爱的束缚除了对宗门族群有危害的行为，其他都很开放，表达兴趣直接，进入性趣快捷。雪花听到哥哥的问话，痛快地点头，承认自己很中意日月宗的猎手；飞鹰赞成妹妹的想法，悄悄对雪花说："你把他带到咱们黑石族来，这个猎手有本事！"

雪花回答说："不可能啊，那是他们日月宗的大首领！"

飞鹰一听才知道自己误会了，他说的是花豹，谁知妹妹雪花看上了天日三十。

天亮了，天日一行人告辞了裂石王、飞雕等首领；雪花也跟着一起来送行。飞雕悄悄地告诉花豹，妹妹雪花对天日三十很有情意，告诉花豹把妹妹的意思转达给天日三十。花豹说："一定传达，我们会要尽快回来！"

临行前，天日三十问送行的裂石王最近是否看到流浪帮？飞雕知道日月宗与流浪帮有结亲的往来，回答："我们与流浪帮没有来往，两天前我们的猎手在狩猎中远远地看到一群男人，跟着他们身后的还有几条狼！不知道他们是不是流浪帮？"

天日三十问那群男人在哪个方向？飞雕叫来那个猎手，猎手指明了方向。

天日三十追问他们身后不远是否有几条狼？猎手肯定地说有，而且表明"那几条狼在不远处跟着，猎手们没有围捕狼群，狼群也没有攻击人"。

天日三十感谢黑石族送行后，向莽原走去。

第三十三章　少宗母逃亡　从结亲到结盟

就在天日三十领着几个猎手在黑石族商谈"礼取"的夜里，夜风、黑豹带着各自的女人——少巫姐荇花、黑白宗水芹姐妹——在流浪帮的营地扎下棚架。

流浪帮应该说就没有什么固定的居穴，倒是经常搭建过夜的营地，所以对寻地搭棚都有很丰富的经验和方法；他们通常是比较认真地找一个避风干燥的地方，一般是在斜坡上，道理是搭棚架方便，可以利用高低落差搭建悬空的棚架，防潮安全；竖桩端部砍成斜茬口，对着山坡，防止坡上野兽扑下来。粗树干搭棚架，细枝当柴烧，一点不糟蹋；棚架搭好的同时篝火开始燃烧。

夜风早就掌握了流浪帮的这套露营的方法。他们离开日月宗后就与流浪帮汇合，流浪帮一向把夜风当成帮内重要的头目，并没有因为夜风、花豹带着女人就排斥他们，只是夜风为了防止女人存在对流浪帮内部造成冲突，夜营的时候有意与流浪帮主要营地保持距离，单独燃起一堆篝火，夜风和花豹在两个篝火之间走动，三个女人坐在自己的篝火边，从不去男人们聚集的大篝火堆边；夜间那几条狼窝在大小营地之间。今天依旧是这样夜营，棚架已经搭好，篝火熊熊，架子上的肉食烤出阵阵香气，几条狼知道快有吃的了，兴奋地在营地周边小步轻跑；男人们在火光中吆喝喧嚣，商讨今晚去哪里找女人结亲，日月宗、黑白宗的营地就在不远的地方。

自从迁徙以来，一直跟着日月宗，流浪帮习性改变了不少，原来的劫掠强抢行为改了很多；日月黑白两宗会合后，流浪帮与日月宗心照不宣，保持了相当的距离，尤其是夜风、花豹的到来，更加强化了这样的分离。空间的分离不妨碍流浪帮男人们带着礼物登门求结亲，这已经是迁徙以来的一种习惯，只是流浪帮去黑宗结亲并没有得到响应，原因是黑白宗的内部发生了变化，具夫和母姐都有了自己相对稳定的结亲"伙伴"，这种稳定的关系自然排斥流浪帮外来并不稳定的"结亲"。所以，流浪帮大多去日月宗送礼结亲。今晚流浪帮的男人们想的也是去日月宗结亲。

篝火熊熊，热热闹闹，男人们吃饱喝足，拿着礼物结伙上路，去日月宗送礼结亲。

流浪帮的男人们举着火把走到半路，忽然看到远处扶老携幼，一群人在两三只火把的照明下，慌慌张张走过来。看到流浪帮的男人们，对面高声问："流浪帮的具夫吗？"

流浪帮的男人们一听是女人们的声音，快步迎了上去，走近一看，是日月宗的一群母姐，领头的是少宗母和大巫姐。见到流浪帮的男人们，少宗母对领头的大头领说："宗门内几个具夫闯进母姐的营地，要混乱宗门禁忌，霸占母姐，强行结亲！"

大巫姐浑身颤抖，哭天抢地："冲犯禁忌，触犯天神，必遭天火雷劈，宗门大难啊！"

流浪帮的猎手们不知所措，大头领问："大首太不在吗？你们打算去哪里？"

少宗母："天日三十出门找寻黑石族，现在还没有回来，这帮畜生乘着大首太不在冲撞宗门禁忌！"

大头领问："留下的猎手们全都捣乱吗？"

"扒皮刀几个具夫阻拦，被他们捆起来了！"少宗母悲伤无奈。

其他的母姐们惊慌失措，哭哭啼啼。

大头领说："先到我们的营地去吧，问问夜风、黑豹该怎么办吧！"

到了流浪帮的营地，夜风、黑豹见到了狼狈不堪的日月宗母姐，苻花虽然反感大巫姐，但多日不见，又和少宗母一同落难，就压住内心的不满，开始跑前跑后，添柴加火，让出座位，招呼吃喝；黑白宗水芹姐妹和苻花一道，十分热情。一路惊慌失措的母姐们受到这样热情接待，如同见了亲人，坐在篝火边渐渐平静下来。

流浪帮的大头领走过来，对夜风和少宗母说流浪帮的男人们已经准备好了结亲礼物，日月宗的女人们是否愿意结亲？少宗母询问母姐们是否愿意接受礼物结亲？平静下来的几个母姐表示愿意。

两堆篝火中间，几个期待结亲的流浪帮男人把礼物摆在自己面前，日月宗的母姐们站在另一边，夜风作为日月宗的具夫检验了流浪帮结亲男人的礼物和礼物的主人，因为对每个人都很熟悉，夜风让一个男人离开结亲的行列，少宗母看到那个男人身高体壮，悄悄地问夜风为什么让他离开？夜风回答："他有结亲病，不干净！"

以往选定男人的母姐是把男人领到自己的棚架，现在母姐们没有自己的结亲棚架，选定后，收走礼物后跟随流浪帮的男人走向他们自己的棚架去结亲。有些母姐结亲后按照习惯回到少宗母所在篝火边，还有几个一夜未归；因为临时逃过来，没有足够的棚架，加上宗门离散两处，少宗母也无心管教，坐在篝火边，双目失神，想到宗门遇到这样的混乱，竟然内部冲撞宗门禁忌，造成宗门分裂，默默流泪，一夜无语。

夜风看到少宗母悲伤的样子，虽然知道宗门发生了灾难，但是想到自己已经是脱离日月宗的具夫，也不好说什么，默默地坐在一边，一言不发，时不时给篝火添加柴火。

夜深了，大巫姐和衣躺在篝火边睡了。只有夜风和少宗母还在篝火边坐着，苟花已经回到自己的棚架中。四周原野除了传来鸟兽的叫声，一片黑暗。少宗母忽然低声问夜风："你和苟花在一起过得挺好吗？"

夜风点头说："挺好的，黑豹他们也过得挺好。"

少宗母问："你知道黑白宗离开居穴后的变化吗？"

"知道！离开宗门后，我和黑豹先遇到了黑白宗，"夜风看着跳跃的火焰说，"那时候他们已经和黑石族差不多了，女奴、赘挂已经进了宗门，过往的结亲已经没有了，所以黑白宗的水芹姐妹出来，要跟着黑豹兄弟。"

少宗母幽幽地说："在此之前，为了解决具夫们的结亲，在宗门立了小宗，小宗就在身边，日月宗的具夫们心思明显变了，黑白宗的变化让具夫们看到两宗的结亲没有了，所以在大首太外出寻找黑石族突然冲犯禁忌！宗门难道就此破散了？"

夜风问："天日三十为什么要去黑石族，礼取母姐吗？"

"黑白宗变了，日月宗结亲不行了，"少宗母无奈地说，"具夫结亲已经成了宗门最大的事，没有具夫结亲，就没有宗门安定。另立小宗是无奈，但合规矩的另立宗门是另立，而不是在宗门内另立小宗！你看这就乱了，小宗母姐不够具夫结亲，具夫因愤恨屡屡冲犯禁忌！大首太无奈，只得再次找寻黑石族礼取母姐扩大小宗！"

"没想到，三十代的日月宗竟然逃于大水，毁于结亲啊！"夜风在火光照射中，神色忧伤。

少宗母幽幽地说："这些天我也在想，流浪帮是无后之群，公猴群黑石族是个男人各立门户，从来就不是我们的对手，可是，遇到和我们日月黑白两宗一样的大难，他们反倒没什么内部灾难，这为什么呢？"

夜风平静地说："就是个具夫结亲的事，黑石族具夫们不用到外面找结亲，流浪帮很随意，到处找结亲；我们日月、黑白两宗分开就无法结亲；无法结亲，具夫母姐都有怨气；母姐们有怨气还好办，有流浪帮，具夫有怨气谁都压不住，宗门就会出大灾难！"

少宗母还想说自己的看法，突然想到夜风就是因为宗门内规矩禁忌出走宗门的，少宗母不说了，陷入了一种无望的沉思中。

天日三十带着花豹等几个猎手，朝着飞雕指示的方向，行走在莽原上，有意思的是走在他们前面的还有几条狼，好像是探路者，不时地站在高处回望这几个行走"缓慢笨拙"的伙伴；这时候狼和人确实已经成为相互依赖的合作伙伴，狼协助人狩猎，人有办法收拾大型猎物，狼和人都有丰富的收获。

天日三十问花豹："你和好手有啸箭的联系，黑豹也有啸箭吗？"

"有！"花豹肯定地说，"黑豹跟着夜风，我们分手时为了后面联系方便，我给了黑豹几个啸箭，约定听到啸箭就要回射啸箭！"

天日三十高兴地说："那就好，到一定的地方，你就用啸箭联系，要尽快找到夜风和黑豹；到时候，我跟他们商量，帮日月宗摆脱灾难。"

花豹很有信心："很快就能找到他们！"

黑豹和夜风与几个流浪帮的男人，依照少宗母的意愿，在距离大营地不远的地方建立了母姐小营地，还扎了篱笆，搭建了棚架，送来大量干柴，点燃火堆坑；逃离此处的母姐们就算安顿下来，少宗母始终认为夜风、黑豹是本宗兄弟，但也不断表示感谢，大巫姐因为荇花与夜风的结亲，曾经主张对荇花动用火刑，这时候只能躲起来。

夜风、黑豹与少宗母一同坐在小营地篱笆外，商讨宗门的未来道路。

忽然，天空传来尖锐的哨音，黑豹寻声找去，发现远处山后空中有烟迹，哨音就是从那边传过来的，黑豹转头兴奋地对夜风、少宗母说："这是花豹的啸箭，他们来了！"

少宗母急切地问："你怎么知道是花豹来了？"

"这是花豹的啸箭，我们有约定！"黑豹一面说，一面拿出一枚哨子，看了一下方向，绑在箭上，搭弓拉满，朝着烟迹的方向射出去，箭带着尖锐的哨音飞向天空！

少宗母和母姐们惊奇地看着这支啸箭飞向天际……片刻，那个方向又出现一支啸箭，黑豹说："花豹知道咱们在哪里了，很快就会来！"

天日三十带着花豹和其他三个猎手出现在营地不远的山上，黑豹和母姐们发出呼唤，流浪帮也随之发现了这些人，跟着一起呼喊。

先跑过来的那几条狼，迎着飞奔而来的黄毛大头大叫，夜风这边的几条狼早已经飞跑出去迎接，原来的一群狼汇集在一起，跳跃追逐，格外欢快。

终于，天日三十、黑豹等人快步走过来了，夜风、黑豹带着日月宗的母姐们迎上去，拥抱拉手，兴奋地大叫；流浪帮的大首领也带着男人们走过来，与天日三十见面。

热烈地相逢平静了，天日三十开口问的第一个问题就是对少宗母："你们怎么到这里来了？"话音未落，少宗母已经哭出了声音，旁边几个母姐也跟着哭了起来。

"你们走的晚上，几个具夫突然闯进母姐营地，公开冲撞禁忌，要强行结亲，扒皮刀拦不住，被打倒捆了，我拦不住他们，只能带着几个母姐逃出来，无处可去，只能朝着最近有人的地方来，好在夜风、黑豹也在这里，救了我们！"少宗母悲伤地讲述，"怎么办，宗门垮了，在我们手里垮了……"

天日三十惊讶加愤怒，拔出腰间的短斧狠狠地砍在眼前的木墩子上，满脸怒容地说："这帮畜生，直接毁了宗门！"

旁边的猎手没有人说话，天日三十问："都在这里，大家说怎么办？"

少宗母说："宗门不能被毁了，闹事的就那几个人，多数具夫并没有冲撞禁忌！"

现场的具夫中，除了天日三十，夜风是大家认为最有威望的，几个具夫等着夜风说点什么；天日三十也看出大家的意思，就主动问："夜风你有什么看法？"

夜风本来一直低着头，这时抬起头："我一直认为我是宗门之外的人，但是，我来自日月宗，大首太现在问我，我就说了。具夫结亲是大事，长期没有结亲，具夫必定生出怨气，大斧头他们闹事冲撞禁忌，并不是要毁掉宗门，而是要解决自己的结亲，闹事的没几个人，这样就不必动用武力，大首太可以让几个具夫先回去，告诉大斧头几个人说大首太已经与少宗母会合一处，很快就要回营地，让他们放了扒皮刀等具夫，安顿好母姐，迎接少宗母、大首太回营地，没有大罪。如不放具夫母姐，那就是大罪！"

少宗母问："我和大首太应该尽快回去吧？"

天日三十说："夜风说得对，如一起回去，大斧头几个具夫没有认错机会，他们要么害怕逃跑，要么困住母姐拼死抗拒；我和少宗母晚回一夜，闹事具夫也许平和很多！"

天日三十让公羊腿几个具夫马上动身先回去，对大斧头几个除了说明大首太与少宗母的会合，还要告诉他们结亲已经得到解决。

公羊腿带着两名猎手上路了。少宗母看着他们的背影忧心忡忡地对大首太说：

"公羊腿不是很守规矩的具夫，回去后会不会与大斧头们搞到一起去？"

"不会！"天日三十说，"公羊腿他们都在黑石族礼取了女人，只等着将来领回日月宗呢？"

少宗母心中困惑问："礼取黑石族女人是放到小宗吗？"

天日三十回答："放到小宗吧！"

夜间，天日三十和少宗母、夜风、花豹兄弟坐在篝火边，想着明天回宗门营地可能发生的事情。

当着少宗母的面，天日三十说："宗门遇到大难，外有大水，淹没了居穴和猎场，日月、黑白两宗分离，宗内具夫结亲没有着落，宗门外是冰水遍地，狩猎采摘都很艰难，始终没有找到长久的居穴和猎场。"

少宗母面色苦恼悲哀："外部还没有什么威胁，宗门内部却已经乱了……"

天日三十让夜风说一下自己的看法，夜风劝导少宗母不要过分伤心，转脸看着天日三十，转而看着火光说："现在的处境还算可以，内部的事情都好办，变个活法应该丢不了命，几天前流浪帮来了三个猎手，两个浑身是伤，第二天就死了，他们说我们往下走的方向上，有一大群专门吃人的东西，类似红头族，他们把人当成上不了树的'地猴子'，现在最紧要的事是安定宗门内部，携手宗门外各个家庭，继续往下走寻找新猎场，这样就必须要面对'吃人族'的进攻，不把'吃人族'清除赶走，我们谁都活不下去！"

天日三十马上问："你说逃出来的人死了两个，还有一个呢？"

夜风回答："也跟死了差不多，什么都不会干，跟着打猎一惊一乍，坐在火堆边上两眼发直，念念叨叨，估计也活不了多久了！"夜风站起来往流浪帮火堆看了看，手指着那个方向说，"就在那里火堆边趴着呢，一会儿一抬头，害怕，东张西望，被吓着了！估计活不了多久。"

天日三十听到这些，感到应该把"换取结盟"对夜风说明白，随即说：

"夜风说得对，前面到底有什么可怕的东西我们还不知道，大水来了，活着的都在找出路，可以活人的地方必定少了，如此大家就要争抢；谁能获胜活下去，就看谁的势力大。两天前我带着花豹、公羊腿等几个人去了黑石族，本来就是想像上次那样给小宗'礼取'几个母姐，但是黑石族有女人缺男人，不要礼取，要'换取'；我说日月宗具夫不离宗，裂石王说我们两族可以永远就近而居，携手照应。裂石王的话让我想到除了宗门结亲以外，还可以有'礼取换取'结亲，携手照应，那样对两方都好，尤其是夜风说到前面可能会有吃人族，不知道他们到底有多少，我们总可以结亲携手，扩大人手力量，对我们都好啊！"

天日三十说到这里看着夜风、少宗母，察看他们的态度是否赞同这个"换取结亲携手"的主意。少宗母想到母姐们的利益，显然是赞成说："天日三十的这个主意好，能解决具夫结亲的事，还壮大了宗门的人手，宗门内部也会安定下来，只是，我想'携手'也应该有流浪帮，能不能想个办法让现在'结亲'关系与携手帮助固定下来？"

说这话的时候，少宗母看着夜风，因为夜风更加了解流浪帮到底是怎么回事，还是他们的头领。

夜风知道少宗母的意思，接过话来回答：

"流浪帮原来是游走四方，都是各个宗门族群赶出来的猎手，胆大有身手，大水来了，跟着咱们日月宗迁徙，除了结亲以外，已经形成了携手照应关系，需要的是首领之间的兄弟结盟，就像黑白宗一样，流浪帮不同的是没有母姐与日月宗的具夫结亲，所以，具夫结亲还是要壮大'小宗'！"

少宗母一听"壮大小宗"马上想到具夫远离母姐，亲近照顾小宗母姐的状况，马上表示这个办法行不通："与流浪帮结盟兄弟可行，壮大小宗母姐，我看不行，现在小宗就几个母姐，具夫们已经不理睬宗内母姐的肉食柴火，再多几个小宗母姐，本宗母姐就要见不到肉食了！"

"具夫结亲不解决，更大的麻烦在后面，不信就往下看！"夜风没道理，硬冲出一句话顶回少宗母。

天日三十马上说："具夫结亲必须要想办法，我们这次出来就是做这个事，现在已经说好了与黑石族'换亲'，一男换二女，裂石王说他们缺的是猎手，是真正的好猎手，我现在就想商定这个事情，让谁去黑石族？夜风，你带着黑豹，是日月宗的好猎手，去黑石族，那样我们不仅仅是换取几个母姐，最重要的是日月总和黑石族成为携手兄弟，再加上流浪帮，我们可以打败所有的猎物鬼怪！"

夜风看着天日三十："就我和黑豹两个猎手过去？站得住脚吗？"

天日三十说："裂石王说了，黑石族一家一门，狩猎大家伙在一起，谁本事大谁当首领，长辈就愿意把女儿礼取给你！"

夜风笑了："豹兄弟现在已经有黑白宗水芹姐俩了，好在不缺吃喝啊！"

天日三十追着夜风问："你和黑豹愿意去吗？"

"这是为了日月宗能活下去，可以！"夜风爽快地回答，"有一个条件，日月宗、黑石族、流浪帮三群人不能散了，找到黑白宗，把他们也带上，是不是？"

夜风转脸问黑豹。黑豹爽快地点点头："好！"

天日三十高兴地说："花豹会说黑石族的话，在日月宗和黑石族之间走动！"

大事商量好了，随后商定：

天亮后，天日三十与少宗母回日月宗营地，安定宗门内部。

随后，夜风、黑豹兄弟上路去黑石族"换取"黑石族的女人，然后尽快带着换取的女人去日月宗，如果可能就带着黑石族迁移营地，与日月宗靠近设营，形成携手群体。

流浪帮可以先与天日三十共同去日月宗营地，待到都聚齐后商定携手结伙，随后，去寻找黑白宗，最终四个宗族的人举行仪式告天，正式携手。

第三十四章　逃亡遇怪兽　三方定结盟

天亮了，两拨人分别上路了。

天日三十带着几个母姐，流浪帮跟在后面，返回日月宗的营地。

离营地还有些距离，扒皮刀和公羊腿已经带着几个猎手前来迎接。

天日三十问宗门内怎样了，扒皮刀带着脸上被打的伤，肿着嘴说：

"几个闹事的具夫知道你们今天要回来，带着小宗的女人和两个母姐逃跑了，我说让他们别跑，跑出去几个人没活路，他们害怕大首太回来动用宗门规矩惩罚，吓跑了！"

少宗母问："大斧头他们闹得厉害吗？没逃走的母姐们怎么样了？"

扒皮刀歪着嘴说："我和大力熊拦着他们，母姐们也拼命反抗，只有两个跟他们跑的母姐顺着他们，小宗的母姐说他们不守宗法，也不愿意他们胡闹，挨了他们的打，见你们回来了，捆了两个小宗的母姐逃跑了！"

　　回来的母姐和这两天担惊受怕的母姐见面抱在一起，嘤嘤地哭了，大巫姐很愤怒，大喊大叫，手舞足蹈，念叨说天神大怒，要降灾难惩罚！少宗母轮流拥抱安慰各个母姐。

　　天日三十站在营地的高处，对具夫母姐说："大家放心，我们把该做的事情都办好了，宗门的狩猎、采摘，结亲、平安，都安排妥当了！"

　　少宗母说："冲犯禁忌的畜生一定会遭到天地惩罚。"

　　天日三十接着说："我们已经知道了，前面有祸害人的吃人族，据说吃人的怪兽还很多，现在宗门里的具夫母姐都不能单独活动，防备吃人族偷袭！"

　　公羊腿喊："大斧头糟蹋宗门的那几个东西，不能轻饶了他们！把他们抓回来！"

　　具夫母姐一片呼声："抓回来，抓回来！"

　　天日三十说："我们都知道，几个人离开宗门流浪，他们走不远，也活不下去，不用急着抓他们，上天会惩罚他们，想活着只能回来被宗门惩罚！"

　　大力熊问："黑石族的母姐什么时候来啊？"

　　具夫们听到后一阵呼应声；天日三十大声告诉具夫们："夜风和黑豹兄弟已经到了黑石族营地，明天落日前，他们就能带着礼取的母姐回来！"

　　这里，天日三十并没有说"换取"，他不想让具夫们知道夜风和黑豹的身份发生改变。

　　夜间，日月宗和流浪帮的两堆篝火格外红火。

　　流浪帮的猎手们找日月宗的母姐结亲，日月宗的具夫想着天日三十的承诺，都在幻想着即将到来的结亲梦。

　　天日三十与流浪帮的大头领坐在篝火边，商量着未来的走向。天日三十把前一天与夜风等人商定的结果，变成自己的语言，问流浪帮是否愿意找到一块好去处，日月、黑白两宗加上流浪帮与黑石族，四群人就近而居，成为"携手相助"的族群结盟。

　　流浪帮大头领是个善思考的猎手，当年因为是某个群体中发生冲突，杀了仇人，逃跑出来，加入流浪帮，因为身强力壮，有智慧，渐渐成了头目；大头领说话不多，但思考成熟；流浪帮是一些胆大妄为、四处流浪的男人组成，能够约束并带领这样一批人必须有相当的统治力；大头领就是这样一个男人，他一向知道拉帮结伙的重要性，即使感到自己力不从心的时候，也必须掩饰，否则就会有挑战者出现；为了拉帮结伙，大头领选择了有能力的夜风当了二头领。

听到天日三十的建议，大头领认为这是一件好事，飘忽不定的流浪帮有了相对稳定的伙伴群体和生存条件，尤其听说食人族在前方猖獗，携手互助是最好的选择。但是大头领知道几方面的规矩和传统不一样，携手在一起就必须有一个各方共同接受的统一的规矩，没有这样的规矩，这种"携手互助"很快就会散伙，甚至相互攻击，大头领说：

"我赞同，迁徙以来，我们流浪帮都是和你们日月宗在一起，一群狼都分成两堆，一边一堆跟着走；现在要做的是携手长久，需要携手各方立誓言的天条；没有天条，各行一套，不仅携手长不了，搞不好还会成为仇人。"

"说得对！"天日三十肯定地说，"待到四方聚到一起，头领们再一起商定天条！"

"还要选定一个同盟大首领，招呼各方商定大事！"大头领接着说，"大事情就是对各方都有利，不能顾前不顾后，前腿绊倒，后腿也站不住，你说呢？"

天日三十点点头："有道理！就这么办！"

大斧头五六个捣乱的具夫带着两个母姐和两个小宗的女人逃离后，商定去找黑白宗，大斧头想的是黑白宗原来就是结亲宗门，现在又发生了变化，接受"赘挂"具夫和女奴，不会驱赶日月宗逃出来具夫和母姐，这几个都认为自己是好猎手，不会增加黑白宗的吃食负担，说好方向后，抓紧赶路，在荒原岩石山上需按照道路朝着黑白宗营地走去。第一天露营，就遭到一群野兽的攻击，一个母姐被野兽拖走，另外三个女人吓得号啕大哭，哀求大斧头带她们回日月宗营地。躲在岩石缝隙中的大斧头也犹豫了，但是想到自己犯下必遭重罚的冲撞宗门禁忌的大错，还是心有余悸，最后，几个人商量了一下，明天再找一下黑白宗，如果找不到就回日月宗营地认罚，总比在荒野上被野兽撕扯成碎片要好得多。

第二天上了一座高山，到了山顶上看到下面谷地中好像有一片营地，感觉好像是黑白宗的营地，一些人在进进出出，添柴烤肉，编绳搭棚，搭营挖灶的布置与日月宗的样子相似。几个人兴奋地呼喊，下面的人似乎听到了声音，仰着头东张西望；大斧头这些人觉着只要下到下面，就可以会合到一起，却找不到下山的路，眼前是悬崖绝壁，两边是一眼望不到边的悬崖和冰川。

大斧头与几个猎手决定找一个相对低矮山势较缓的地方下去。选定了右边，开始向那个方向移动。忽然下面的人开始聚集在火堆边上，一群低矮粗壮的"怪兽"，手持棍棒，将山下的人围住，几个方向几群，比"黑白宗"的人数多很多，手脚并用，上蹿下跳！谷底的人手持长矛短斧，抛出火把，但是围攻的"怪兽"并不拍火，反而捡起火把扔回去，怪兽源源不断，群体很大，步步紧逼；"黑白宗"发出弓箭，抛出长矛，打倒了逼近的怪兽，怪兽不但不退反而被激怒了，一群扑了上去！"黑白宗"的猎手虽然有长矛短斧，但是挡不住两三只扑向一个人，棍子打，尖桩刺，"黑白宗"的人抵挡不住四散而逃，很多人被扑倒在地，撕扯啃咬，断肢喷血；几个怪兽按住一个女人蹂躏，两个粗壮的怪兽擒住一个女人，竟然把大腿撕了下来，凄厉惨叫声不断……

山顶上的大斧头等人惊慌失措，三个女人吓得浑身发抖，一个小宗女人禁不住尖叫！下面的怪兽显然听到了，转过头往上看，看到山顶的几个人后，举着棍子，大喊大叫示威！大斧头几个具夫看到，胆战心惊，只能迅速回头，带着三个惊慌失措的女人回去找日月宗的营地。

夜风、黑豹兄弟带着黑石族来到日月宗的营地。

双方见面热情非凡，日月宗的具夫们帮助黑石族搭建营地，两个营地距离很近，中间隔着一条小溪，日月宗送去搭建棚架的木头和柴火，巨大的篝火很快就熊熊燃烧起来，黑石族与日月宗不一样的是各门户还有自己的小柴火堆，三个大篝火，数个小篝火，远处看去很有气势。

日月宗、流浪帮加上黑石族，男女大约有一百多人，算起来还是日月宗人最多。

这是一次从来没有过的大聚会，这在远古时代几乎不可能，远古人类的死亡率太高，部族群体不可能太大；生存资源的竞争激烈，族群有强烈的领域意识；群体与群体之间具有很强的戒备心，要么格斗驱赶，要么迁徙远离。

流浪帮是群体收留个体，群狼收留孤狼；日月、黑白两宗是群体生存自觉地相互依存，算是理性的文明关系，有一整套制度规矩。

黑石族的内部关系是从动物群体进化过来的，不同的是动物的雄性王独占交配权，黑石族则是雄性只要能够完成家族任务，足以养活女性和后代，就有独占的交配权，家族内部为了稳定和群居抗敌，用制度维护"独占的交配权"；黑石族的这套生存方式是多年来在内部生死教训中进化的，因为居住在相对高寒地带，竞争对手少，一直延续下来；大水造成的迁徙以来，黑石族内部分立的弱点造成男人死伤较多，经常是一两个男人保护女人孩子，伤亡很大。

因为身处患难中，经过反复接触后走到一起，见面后大家都很高兴，夜风、黑豹成为英雄般的人物。天日三十与裂石王、飞雕拥抱；拉过少宗母、流浪帮的大头领，与黑石族首领相识。

黑石族安营在日月宗、流浪帮的协助下，进展顺利。

入夜，各方的大首领聚集到专门为这次聚会而起的篝火堆，每个首领面前横放了一段树干，便于切肉、置放饮瓢，这是长期定居的篝火才会有的设置，日月宗称其为"台"，迁徙中篝火都是临时的，设"台"就省了，这次把台放好，说明很正式隆重。

各方首领围坐在篝火边，台上放了一块烤好的鹿肉，一瓢天浆。

现在的天浆已经与有居穴时的大不一样，都是沿途采到果子，捣碎出汁，灌倒在牛皮口袋中，再加上原来的天浆，几天后，牛皮袋中的果汁发酵成为新的天浆，酸甜，口味很不稳定，解渴助兴即可。

黑石族和流浪帮是日月宗大首太天日三十请来的，天日三十自然有"主人"宴客的意思，但这次又不同一般的宴客，而是要建立携手互助的关系，要盟誓告天。这是这几个族群从来没有过的事情。

天日三十站起来先说话："大水来了，把我们三方赶到一起来了，我们没有发生冲突，还经常携手互助。前面还要走多远，谁都不知道，听说前面还有凶恶的食人族，我们三方决定一起走，携手互助，为了能找到长久居穴狩猎的好地方！现在我们确定共同遵守的规矩，盟誓告天。"

黑石族的首领裂石王是年龄最大的长者，站起来说："三方的首领已经商量好了，我们的盟誓就是'携手互助，福祸共享，违者天惩，苍天为证！'"

天日三十让流浪帮的大头领说话，大头领站起来向大家行了猎手礼：

"流浪帮是猎手帮，流落四方，大水冲来，与日月宗共同迁徙，携手互助，今天见到裂石王的黑石族，三方共同结盟，必定能找到好地方，猎杀怪兽！"

少宗母忽然站起来说："三方生活结亲方式不同，日月宗是母系族，流浪帮大头领知道我们日月宗的规矩，我们也曾经礼取过黑石族的母姐，现在三方在一起，几乎天天见面，各方必须遵守规矩，不能破坏别人的规矩！"

黑石族的裂石王说："日月宗少宗母说得好，现在看来各方的生活传统并没有干扰其他两方的传统，要注意的就是男女结亲中对各方传统的遵守！"

夜风突然站起来："我是日月宗的猎手，在流浪帮待了一段时间，又与黑石族打交道，我对三方的传统都知道一些，最大的传统区别就是结亲不同；需要管束的有几条：流浪帮内部没有女人，结亲随意，可以'礼结'母系族日月、黑白两宗，就是不能抢掠黑石族的女人；黑石族和母系族可以用'礼取''换取'，宗族内的规矩传统不受影响；日月宗是母亲宗门系挂，结亲只可与结亲宗门往来，原来有黑白宗，现在要尽快另立日月小宗；各方同意坚守规矩才可长久携手！"

天日三十拉着少宗母的手，共同举起说："日月宗的规矩和禁忌是宗门传统，维护结盟才能有大家的出路，日月宗必定携手互助、维护结盟！"

日月宗的具夫母姐跟着一起喊："结盟，结盟！"

天日三十看着流浪帮的大头领，大头领起身说："流浪帮会严守规矩，维护结盟！"随后举起短刀说："如有背约毁盟，必遭天杀！"

十几个流浪帮的猎手一起举起刀矛："背约毁盟，必遭天杀！"

这时，裂石王带着飞雕站起来，举起手中的那把"王斧"："大首太、大头领说得好，这应该成为我们结盟告天的盟誓：携手互助，维护结盟，背约毁盟，必遭天杀！"

黑石族的人跟着一起喊："盟誓，盟誓，盟誓！"

夜风大喊："请各位首领盟誓，告天结盟！"

夜风话音刚落，站在周围的人们发出欢呼。

天日三十在欢呼声中与裂石王、大头领共同牵手站起来，裂石王拉过夜风的手，夜风则拉起飞雕的手，另一端的大首领拉过少宗母的手，几个人共同高高举起拉着的手，连举三次；这时，大巫姐和黑石族举办告天敬神的男性、占卜问天的占卜伯，举着火把，一同走到空场中央，那里有一个临时搭建的小土台，两个主办神事的人开始各自的活动。

大巫姐浑身抖动，口中念念有词；黑石族告天猎手也是高举火把，仰视苍天，口中发出低沉的长啸；占卜伯则坐在地上，闭目沉思，手举几块兽骨，随即突然抛撒在面前，然后低头细看，口中念念叨叨；这样的过程做了三次。

两个问神的人站在三方首领面前，分别讲述告天神意的结果。

大巫姐用不正常的声音："天神告诉我，向前走会遇到风险，三方携手，能度过危机……"

黑石族的占卜伯把手中的骨头按照一定的图形摆放在地上，蹲在地上，指着几块骨头的位置讲述图形的提示："前方有危难，但这地方不是久留之地，必须走过去才有生路，这三块骨形预示着我们将遇到意想不到的变化，这个变化不是凶兆，如同树长分枝、开花结果，但是不顺天意，必遭大难。"

两个告天敬神者都说前有险路，但一定要前行，天神保佑。

三方首领歃血为盟，在此之前，日月宗到底该谁出头"歃血"，大巫姐说应该是少宗母，因为日月宗是母系族，宗门最高首领是女性领袖老宗母。

少宗母主动退后，说自己并不是老宗母，不是宗门总首领，再说这次盟誓主要是外部抗敌的携手互助，理应在外作战具夫首领大首太出面歃血为盟。

大首太天日三十拉过少宗母的手："我们是同一宗门系挂的两个首领，为了宗门一起歃血为盟！"

三方首领四个人的鲜血流在一个瓢中，长矛挑置于火中，化为灰烬升天敬神。

告天仪式结束当晚，日月宗具夫们欢天喜地迎来了黑石族的八个母姐，加上原来的两个，结亲的具夫站在结亲棚架前，准备好礼物等待母姐们的挑选。被挑上结亲的具夫欢天喜地，没选上的也不丧气，围坐在篝火边期待是否有下一轮。

流浪帮的猎手则在日月宗母姐的棚架子前等候母姐们的结亲选择。

在最大的篝火边，三方首领加上夜风、飞雕、黑豹兄弟围坐在一起，天日三十要少宗母一同，少宗母认为这里都是男人，主动离开了，临行前低声告诉天日三十："日月宗的传统规矩不能变，冲撞禁忌宗门毁灭！"

天日三十安慰她："放心吧，流浪帮的结亲靠我们，黑石族的具夫母姐成双成对，看到结亲的样子，他们担心的是日月宗具夫破坏他们的规矩！"

回到篝火边，大家商量未来的迁徙路线，很快就取得了一致，向前行！

有人提出前面的危险到底是什么，是大水还是食人族？

夜风说："全都有，我们携手就有办法对付大水和怪物，活路是找到的，不是等来的！"

裂石王说："硬弓箭矢要多准备些！这可都用得上！"

第三十五章　犯忌大斧头遭难

　　天亮了，三方人收拾行装，上路了。远处看还是三个人群，流浪帮走在最前面，中间是日月宗，最后面的是黑石族，队伍拉得挺长，人们身上裹着皮毛，拉着大小不一的轮架子；能看出来，小孩子已经很少了，迁徙途中死亡率太高，能走动的也许还可以活下来，但也要随时防止野兽偷袭。

　　夜风把苻花放在黑石族，黑豹的姐俩也跟着一起走，飞雕等几个黑石族的猎手走在前面，夜风不时等在旁边，尤其遇到陡坡难行的地方，夜风和黑豹一定等在险要处，协助体力不济的母姐们，一路上大家都有互助，人多胆子大，感到安全。

　　快到正午了，少宗母告诉扒皮刀跑到前面，让天日三十找个地方歇一歇；扒皮刀找到前面的天日三十，说明了少宗母的意思，天日三十带着扒皮刀快步赶上流浪帮的前锋，说要找个歇脚的地方，夜风几步上到一个高处四下观望，身边的黑豹突然说："那里有人！"

顺着黑豹指的方向望去，果然山坡下上来几个人，疲惫不堪；大头领仔细看了一下说："好像是你们宗内的大斧头啊！"

黑豹定睛一看，果然是大斧头，动作迟缓，好像腿上还有伤，拄着长矛一瘸一拐，后面还有四五个人疲惫不堪地走着，黑豹发出日月宗猎手的呼哨；远处的几个人听到呼哨，马上做出反应，回了哨音，毫无疑问是大斧头等人。看得出大斧头几个人很兴奋高兴，不断挥手呼哨，但已经跑不动了，只能在原地等候。

日月宗的猎手们快步走过去，看到大斧头，遍体鳞伤，精疲力尽。

见到天日三十和满脸怒容的少宗母，大斧头很惭愧，低下头连连自责。

少宗母悲愤交加，指着大斧头等几个骂他们是畜生，应该死在外面！

天日三十等少宗母叫骂得差不多了，劝阻道："他们已经受到了天谴，现在知道错了，看看都成了什么样子了，跑到外面活不了！回来了，罪过记下，好好为宗门狩猎！"

大斧头几个人连连点头，两个小宗的母姐基本上就剩下半条命，靠在一旁；其他的母姐上来把她们扶到一边。

天日三十向黑石族发出信号，就地歇息。

吃喝了些东西，大斧头等人有了力气。回答人们的问话。

天日三十问是否看到黑白宗的人们。大斧头一听黑白宗，马上坐起来，脸上露出恐惧的表情。

"黑白宗？全都完了，没剩几个了。我们看到他们在山下被食人怪成群地撕咬，开始还能抵挡，但食人怪太多了，围着他们，两三个撕咬一个猎手，一口竟然咬断了胳膊，两个食人怪撕扯一个母姐，把腿给撕下来了，血流一地，那帮怪物生吞活剥，太可怕了！"

旁边听着的人不寒而栗，面面相觑，一言不发，天日三十问："食人怪这么厉害，长什么样子？"

另外一个跟着回来叫"猴蹦子的"，特别善于蹿跳，惊恐地说："长得很像是长毛怪，但比长毛怪矮，半蹲着走，手脚并用，跑几步就蹿跳，大嘴尖牙，一口能咬断胳膊！"

大斧头说；"这食人怪先扑上来一两个，另一个突然从后面跳到上面咬脖子，黑白宗的猎手们就被咬断了脖子！"

一个具夫问："食人怪会上树吗？"

羚羊腿说："没看到他们上树，突然从树林里窜出来，没看见从树上跳下来，随地捡起木棍，劈头盖脸打人，会双手扔石头砸人！"

夜风问："你们看了，估计有多少个？"

猴蹦子看着大斧头说："我看怎么也有四五合！"这意思就是有四十多个！

裂石王在旁边听着忽然问："能看出公母吗？公的有多少？"

大斧头说："能看出公母，奶子大的就是母的，母的站在边上怪叫，等到公的将猎物打倒了，就扑上去狂咬，专门咬脖子和脑袋！"

裂石王说："我们见过这东西，这是另一种长毛怪，后脖梗子和前胸往下有长毛，不太会上树，在地上走不快，几步跑跳得远；这长毛怪也不怕火，经常为吃食和抢占母长毛怪自相残杀，原来我们因为水大就在树上搭棚架，防水防土狼和长毛怪，几乎每个夜里都能看到树下有长毛怪，它们嘴里叼着木棍笨手笨脚地要上树，很少能上来，却很吓人。长毛怪啃咬很厉害，上树上不来，就愤怒啃树皮，好像是想把树啃断；这些长毛怪在大水冲下来前消失了，好像它们知道大水要冲下来，提前逃跑了！"

夜风问："裂石王，你们和长毛怪打过吗？"

飞雕接过话说："打过，我们的女人采摘中被掳走，我们追杀，它们只有木棍，我们有弓箭长矛短斧，对付长毛怪一定要防备，长毛怪会突然从背后跳到后背上，从后面咬脖子脑壳！对了，这种长毛怪多少不一，一般都是八九只一群，很少见超过二十只一群的，四十只是大群，应该是几群合在一起了！"

天日三十说："往前走，我们肯定躲不开这群长毛怪，必有恶战，我们一定要想好狩猎的办法，这是一群不一样的猎物，听听裂石王的主意，黑石族见过这东西！"

裂石王说："如果长毛怪多，我建议引诱它们分散，分别快速干掉它们，不能和它们混战，被它们咬一口就要命！"

飞雕接着说："长毛怪会扔石头，但扔得不准，我们要尽量用弓箭和飞矛，在远处就把它们干翻搞死！"

"对！"大头领肯定地说，"我们现在不知道长毛怪到底有多少，大斧头看到的那一群如果不是全部，我们就要注意先摸清它们的大致多少个，先在外面悄悄干掉一些零散的，再把它们引诱到一个有利于我们狩猎的地方，发挥我们的长处弓箭飞矛，还有夜风带猎手树间飞杀，四面八方，随时出击，长毛怪力量大，跳得远，不给它啃咬的机会！"

天日三十接话说："对啊，夜风！就像我们捕猎大家伙，把长毛怪引诱到我们的狩猎场，猎手从树上飞下来矛刺斧砍；事实上我们的猎手要分出一部分守护母姐和女人们；我说，马上制作一批飞矛，猎手至少要有三支可以抛出，同时要让女人们后背捆上三支短尖桩，防止长毛怪突然跳到后背上咬脖子，猎手们最好也有短尖桩护身，在手臂内外绑上短棍，防止咬断胳膊，花豹和好手尽快多做一些箭矢，越多越好，每个猎手都要准备自己的武器，等到用短斧的时候，就危险了！"

裂石王大声说："大首太这是好主意，女人们带上防止咬脖子的尖桩，保护的猎手照顾得过来，大家赶快准备东西。现在应该派出一队猎手，看看这些长毛怪在哪里活动，飞雕带几个猎手可以做这件事！"

夜风说："我和飞雕兄弟一起去，还要找一处猎杀的场子！"

"我也去！"黑豹站出来。

天日三十看了一下裂石王，说："好，现在就去吧！这边设营原地准备长矛硬箭！"

探索猎物的猎手们出发了。

三拨人原地扎营，四处找做长矛硬箭的材料，母姐们找护身的短尖桩比较好找，花豹找到少宗母，拿出一个后备保护架——立着的三根尖桩中间，靠近后脑横捆两根两头尖的短棍。

花豹说，用两根横桩，绑住三根立桩成为整体，更好防护，还可以刺穿恶口，防备横咬；少宗母看后连连夸赞花豹聪明，随后告诉母姐们马上按照花豹的样子做，多做，越多越好，人人用得着！这可能是最原始的铠甲！

具夫猎手找干松枝，粗长的，把粗的一端削尖，制作飞矛；细长的绑上箭头，做弓箭；猎手们平时就寻找合适的石料、羽毛，砸碎磨制成箭头，用过的箭尽量找回来，毕竟有些箭射出去就找不回来，就要不断制作飞箭，原来这是每一个猎手都要掌握的手艺，这时候猎手人人动手，制作飞矛箭矢。

天日三十要每个猎手都制作了后背防护尖桩，捆扎过程中猎手们还对前胸腹部做了相应的防护，天日三十看过后，马上推广到母姐和其他两个群体；流浪帮传来保护头部藤条帽子，其实就是几根坚韧的藤条编在皮帽子上，尽管流浪帮原来就有狼头帽，那东西用于恐吓没问题，但在战斗狩猎中那东西很不实用；黑石族有专门保护手臂的藤条护板，这种护板后来发展成盾牌；很多东西就是在使用中发现完善的，对身体的护具这是猎手们最早开始广泛使用的战斗护具。

两天来，三个宗族的男女都全副武装，从远处看已经完全变了样子，专门制作了运送飞矛的轮架子；飞矛用于抛出在一定距离之外杀伤猎物，头重尾部轻；长矛是手持刺杀的武器，头部绑着专门打磨出来的矛头，坚硬锋利。

根据母姐们的建议，用麻绳编了许多不大的网，网的边绳上绑上石头，旋转抛撒出去，扣住就束缚前爪，没扣上落在地上，就能绊住后腿；这是母姐们在采摘过程中抓野鸡、走地鸟的办法，现在用到收拾食人怪身上倒是非常有效。

绳子是远古人类主要的固定材料，在没有金属固定手段的时代，各种粗细的麻绳用途非常广泛；无论什么家庭，女人重要工作的就是搓编麻绳；而且，人类在用绳子的过程中，学会创造出许多绳扣，这是渔猎时代必需的技艺。

第三十六章　伏杀食人怪

　　中午时分，夜风、飞雕带着人回来了。几个首领坐在一起，夜风和飞雕讲述看到的情况，飞雕说："我们看到了食人怪，数量不少，至少有大斧头说的那么多，甚至更多一些，这些怪物粗壮凶狠，看到它们的时候，这帮东西正在撕咬两头野牛，有几个正在吃人腿，骨头直接咬碎，满地是血！"

　　夜风说："回来的路上有一片树林，可以在那里设好陷阱，引诱它们过来捕食，我建议，女人们不要过去，等猎手们把它们猎杀大部分后再过去，留一些猎手在这里保护女人孩子，其他的猎手过去诱杀围猎食人怪！"

　　首领们听了夜风和飞雕的说法，心里有数了，商量了一下，决定留下几个猎手保护女人，需要找一个有利躲避、易守难攻的地方，藏身高处，其他的猎手在选定的猎场合力围杀食人怪。

　　裂石王说："下手要狠，让它们知道厉害，再不敢攻击我们！"

决心已下，马上迅速行动，找到一处高台，那里只有一条很窄的斜坡可以上去，女人们全部上到这个高台，生起篝火，备好石块、飞矛、箭矢，还有啸箭，以防万一，及时发出危机求援的消息。

围猎食人怪的猎手们出发了，夜风和飞雕走在最前面，每个猎手至少有三根飞矛，十几支箭矢，长矛在手，肩负立桩，手臂小腿，短棍缠绕，呼哨高歌，气势豪迈。

裂石王带领几个猎手留下保护女人，看到莽莽原野，高山冰川，猎手们寻路而行，不禁高兴地对身边押后尚未出发的天日三十说："我们三方携手结盟是做对了！"

天日三十忽然想起来了黄毛大头领着的那群狼，他把已经跟着夜风向前走的黄毛大头们呼喊回来，让它们跟着母姐们一起上了山坡，必要时这群狼也能帮忙防卫，至少可以站脚助威。

天日三十感叹地说："完成这次狩猎，走到前面找到我们共同的居穴和猎场！"

母姐们和黑石族的女人们站在宽高坡上向走向远方的猎手们挥手呼喊，黄毛大头们朝着远方嗥叫，猎手们则以呼哨和挥舞长矛呼应。

到了选定的围猎场，猎手们动手设置陷阱，绊脚网索；地上的猎手形成一个半弧形，确定各自进攻的位置；夜风带领荡杀猎手选定空中攻击的树木，捆上飞行的吊索；"荡绳飞杀"猎手要约定好进攻秩序，统一指挥，夜风就是荡绳飞杀总指挥，排定了进攻顺序，一组三个，对头荡绳杀猎手分两组，对头飞；横向荡绳飞矛手一组，夜风、大斧头、黑豹各领一组，对头荡绳飞过，横向荡飞一次，这是日月宗围猎大型猎物的独特办法，非常有效，常常是致命攻击。

这种荡绳杀猎手用的矛叫钩矛，短柄上横捆一根削尖的短棍，这种钩矛容易制作，劈砍后就刺入猎物体内，一松手荡绳回到树上，再拿一个钩矛，进行再次进攻；猎手们还喜欢用长柄斧，飞行中身体倒挂在横杆上，双手握斧飞行而来，照猎物头部的要害劈砍，自上而下的飞行速度加上奋力劈砍，攻击又快又狠，击中要害足以致命。

"荡绳飞杀"猎手最大的危险是受到阻力后身体失去平衡，但是有经验的好猎手两腿勾在横杆的绳套中，在空中调整姿势，能迅速恢复平衡，避免纠缠，目的是实现第二次往复攻击。

一切都准备好了，天日三十领着腿脚利落的猴蹦子和花豹、扒皮刀，前去寻找长毛怪，引诱它们进入狩猎场。夜风认为天日三十离开狩猎场不妥，地面缺少指挥；天日三十坚持要去，认为这种危险的活计必须有个领头的。

没走出多远，天日三十就看到不远的山坡上有一群后背长毛、腰里围着皮裙子的家伙，有的正在交配，还有等在一边的。

天日三十几个人商量好，一起摇晃身边的灌木，花豹和猴蹦子站在空场的地方大喊大叫。这些动作很快引起那群长毛怪的注意，在原地愣了片刻，看明白了，马上冲下山坡朝这边追过来。

天日三十一声令下四个人转手就跑，一边跑还一边叫喊，长毛怪毫无顾忌，手持木棍怪叫着追了过来；天日三十回头大致看了一下，约有三十多个，奔跑有些笨拙，蹿跳能力确实很强，几乎就是跑几步助跑，一个蹿跳，显然这帮东西爬山能力更强。

猎手们在飞奔中不断引诱食人怪寻路而来。跑到围猎场里，四个猎手迅速进入狩猎行列，鸦雀无声，手执飞矛，严阵以待！

片刻，跑到前面的几只食人怪进入围猎场，站在原地东张西望，大概是没有找到那几个被追逐的"猎物"，眼前的寂静让它们感到狐疑；随之一群长毛怪，手持木棍，拥进入了猎场，站成一群，跟着东张西望。

突然，天日三十呐喊发令，猎手们弓箭齐发，霎那间箭矢飞出，前面几个食人怪被射中，抓住射进体内的箭矢嗷嗷怪叫，拔出折断；随之，第二波箭矢飞来，又有几个中箭，狂跳不已。

站在树上的荡绳杀猎手拉弓搭箭，居高临下，箭速飞快，黑豹的箭射中一个食人怪的耳朵眼，箭矢横贯而出，那个食人怪摇摇晃晃，倒地，抽搐！

天日三十再发号令，第一排飞矛手扬手投出飞矛，六支飞矛呼啸而出！

食人怪听到呼叫声，陡然一愣，一起向声音发出的方向观看；看到数支飞矛呼啸而来，还没有看清楚飞来的是什么，锋利的飞矛已经到了眼前；两个食人怪被刺穿倒地，扭曲着身体嚎叫不已，领头的食人怪前臂被飞矛刺中，怪叫一声，一发狠把刺入体内的长矛拔了出来，鲜血涌出，领头食人怪跳脚哇哇怪叫，朝着飞矛猎手们站着的地方扑过来，其他畜生紧跟其后。

因为草丛布下了绳网，套住食人怪的脚掌，相互拉扯，跌倒在地，没有倒地的蹿跳过去，随之落入了陷阱中，陷阱虽然并不深，但其中有尖桩还有绳网，食人怪被尖桩刺伤，绳网套住，东倒西歪，一片怪叫声……

站在屏障后面的天日三十看得清楚，再次发出飞矛号令，第二组猎手早已跃跃欲试，听到号令，几步助跑，目标早已选定，奋力抛出，飞矛就像长了眼睛朝不同的食人怪飞去，又是几个被刺中，倒地扭曲嚎叫；鲜血让这些嗜血怪物立刻发疯，一窝蜂朝飞矛方向扑过来，第三波飞矛再次飞出，因为距离近，前面三四个马上中矛，那个领头的食人怪和另外一个正爬出陷阱，同时各中两支飞矛，头领嚎叫着倒地，后面的几个怪物犹豫了，站在原地哇哇大叫。

天日三十一声呼哨，夜风指挥第一组荡绳猎手，两个猎手手持长柄石斧，一个手持钩矛，自上而下，从怪物后面飞下来，无声地飞行加速度；待到食人怪感觉到风声动静回头的时候，荡绳猎手已经近在咫尺，石斧、钩矛劈下，三个食人怪两个迎面被劈中，脑浆迸裂溅出，当即倒地；还有一个胸口被钩矛刺进！

那个被钩矛击中的怪物扭曲着脸看着胸前的钩矛，瘫倒在地；其他的食人怪很是惊恐，不知飞过来的是什么，正在惶恐，侧面又飞过来一组三个荡绳猎手，这次三个猎手都是用的钩矛；食人怪顺着刚才猎手飞行的方向张望，没发现侧面飞过来的这一组，三个食人怪再次被击中倒地；怪物们极为愤怒，东张西望，大喊大叫，第三组荡绳猎手飞将下来，这是三个手持长柄石斧的猎手，再次劈倒三个怪物；旁边一个突然蹿跳，抓住荡过去的大斧头，张嘴就咬，虽然大斧头后背绑了短尖桩，长毛怪口大如盆，咬住大斧头的肩膀！延缓了荡绳的飞行，没有到目标树枝，就开始回荡！最危险的场面出现了！

大斧头想拔出自己腰间的短斧，搏斗中短斧落地，荡绳速度减慢，并且回到最低点！

夜风喊了一声，招呼黑豹："我杀怪物，你带人！"随即先荡了下去；猎手们都是平时配合狩猎，对职责和目标非常明白，一点就通！黑豹看夜风的飞行距离，随后跟在侧后飞荡下去。

几个食人怪看到一个荡绳速度慢了，愤怒地迈着罗圈腿围了过来，这时，夜风赶到，抢斧砍在那只啃咬大斧头的怪物腰上，斧头深深地砍进去！食人怪在冲撞和打击下掉下去，随即，黑豹荡过来带住大斧头的荡绳飞走了。

看着这番惊险过去，天日三十再发号令，飞矛猎手依次投出飞矛，又是几个怪物中矛倒地，剩下的几只已经无法经受这种连接不断、来自各方的打击，连蹄带跳逃回去了。大家都松了一口气，忽然一个食人怪从身后跳到扒皮刀后背，张口照着后脖子狠狠咬下！

扒皮刀已经感到危险，本能地低头缩脖，伸手到腰间抽短斧！扒皮刀缩脖子使得三根短立尖桩顺着后背斜护在头上，怪物一口没有咬到对手的脖子，短尖桩深深刺进长毛怪的上颚内！食人怪发出号叫，甩动脑袋拔出尖桩；随即又是愤怒地咬下去，短尖桩再次刺进上嘴唇，竟然刺穿，鲜血四溅，流了扒皮刀一脖子，此时扒皮刀已经短斧在手，回手一斧，劈中食人怪的面门，嗷的一声怪叫，食人怪跌落在地，刚才不敢下手害怕伤到扒皮刀的猎手们找到了机会，两支长矛从两个方向刺进长毛怪体内，扒皮刀反身高高举起石斧，照着头部奋力劈下，食人怪号叫一声，满头是血，倒地抽搐！

猎手们走出来，看到地上十几个食人怪，有的已经死亡，还有几个半死不活，垂死抽搐，猎手们围上去用长矛短斧结果了它们，围猎大胜！

大斧头肩膀被食人怪严重咬伤，鲜血直流，只是感到疼痛，不禁叫出声音。伤口血肉模糊，肩膀头几乎被咬掉，猎手们赶快采摘一些疗伤的植物叶子，撕碎敷在伤口上，同时烧起一把火，把热乎乎的草灰捧起敷在流血不止的伤口上，再覆盖上大把的茅草，捆住伤口上下。两个猎手背着大斧头往回走。

其他猎手追击逃窜的食人怪，看到怪物们逃回原来的坡底，十几个食人怪长呼短叫，惊恐地东张西望，显然知道了大部分被杀的结果。猎手们想追下去一起猎杀干净，天日三十制止住说："赶快回去看看，这群怪物似乎在说什么！"

猎手们迅速回转，远远看到裂石王带着几个猎手正在抵抗食人怪往上爬，母姐们也搬起石头往下砸，黄毛大头们朝着下面狂叫，坡下已经倒着两具怪物的尸体。天日三十大喊一声，猎手们杀得兴奋，手持弓箭站在外围发出群箭，箭矢随着清脆的弓弦声，疾速飞去。几只在张罗着爬山坡的食人怪立刻中箭，滚落下来；另外几个回头朝这边冲过来，天日三十一声吆喝，飞矛手扬手飞出几支飞矛，两个食人怪中矛；接着又是几支飞矛飞过去，又是三个中了飞矛；飞雕一声呐喊，猎手们跟着一起挺着长矛飞奔过去，两只当即被刺穿倒地，先前受伤的也被捅杀，三个腿快的食人怪凄惨号叫，逃跑了。

猎手们知道第一战胜利了，高举着手中的武器欢呼！

猎手们齐声欢呼，就地生起篝火，烤肉庆祝胜利。

那些食人怪的肉是不能吃的，经验告诉这些人类，有些肉不能乱吃，会吃出瘟病；食人怪尸体被拖到远处，架火烧了，火势熊熊，发出噼噼啪啪的爆油声，黄毛大头们围着这些尸体，撕扯着它们的内脏，吃得很兴奋，大火把这一片照得很亮。

大家都非常高兴，裂石王端着天浆高兴地说：“这次围猎食人怪打得很痛快，我们三方携手互助拿到了首战大胜！”

“你们的荡绳飞杀真是厉害，长毛怪猝不及防，猎手杀伤力真是威武！”飞雕对日月宗的荡绳猎杀很是佩服，对夜风说，“夜风，你要把这手交给我，我再教给黑石族的猎手，以后咱们一起狩猎，保证是无敌四方，猎物多多啊！”

夜风非常高兴：“这是我们日月宗打大家伙的绝招，陷阱、钩矛加荡绳杀，从来没有空过手！荡绳杀重要的是钩腿架，两横一竖，竖的那根要够长；放心，我教你，关键是砍杀后要能起身飞到对面树上，最怕的就是今天大斧头这种事，砍杀过后没起身，被猎物抓住了！”

飞雕兴奋地说：“是啊是啊，你和黑豹出手救大斧头的那一招真厉害！我们在地面想冲过去，还没动，你们两个先后飞过，劈了怪物，捞起大斧头，太好了！”

“今天，你们地面打得也很漂亮，长毛怪遇到咱们是没活路了！”

夜风喝了一大口天浆后摇摇头说：“现在的天浆越来越没味了，等咱们找到新猎场，咱们好好做几坑好天浆，喝几杯睡个好觉！”

大首领大笑说：“好好好，做几坑上好的天浆，日月宗的天浆真是好喝啊！"

天日三十对大家说："今天没捕猎那些母的食人怪，主要是看到它们在比比画画说什么，我担心母姐这边有什么事，现在想，这些母的长毛怪会不会招来其他的怪物，这种东西会跳狠咬，不知生死，一群一块进攻，一般的猎物还真不是它们的对手，黑白宗不就吃了亏吗？我们还要防着长毛怪！"

裂石王接着说："大首太说得很对，猎物大多一样，一群母的必定招来一群公的，原来没有那么多公的是因为被咱们猎狩的这些公的，不让其他公长毛怪来，现在没有了对手，其他群里的公怪物很快就会聚过来，我们必须防备，这是一群结了仇的食人怪，虽说它们吃了亏，一时半会儿过不来，它们会悄悄地跟着，我们绝不能单独行走。"

大头领说："不知道下次围猎还行不行，吃了亏的食人怪还会跑进我们预设的猎场吗？这帮东西笨是笨，但还是知道吃亏要命的！"

裂石王说："大头领说得对，长毛怪看到同类死亡，它们会记住的，围猎场可以用一次，下次就不好用了！"

天日三十说："这群的公怪物被杀得差不多了，母怪物能新招来公的，新来的食人怪不知道前面的怎么死的，还会往陷阱里跳！"

裂石王老成地说："我们狩猎都是留下母的和小的，猎杀公的，猎杀长毛怪就不一样了！一个母长毛怪大约能招三四个公的，下次打食人怪要猎杀母的，母的少了，公的就会相互争斗；母的绝了，这个群就散了，剩下的公怪物为了抢母的，就要找其他的群争斗，争斗必定死一批，如此下去，食人怪就会越来越少！"

夜风突然醒悟地说："裂石王的意思是引走公的，猎杀母的，让它们自相残杀，绝了后系！"

"对！"天日三十说，"下次遇到长毛怪，摸清楚它们的母怪在什么地方，引走公的，能杀就杀，重要的是围猎母长毛怪，把它绝了后系！"

三方经常在一起，大家的语言在融合；远古人类语言很简单，词汇少，思想单纯，融合起来非常容易，但是像"后系"这样的专用词汇，不是日月宗的就不知道。花豹向裂石王解释"后系"的意思，裂石王、飞雕听明白了，笑着说："对对对，再次围猎就是要把长毛怪绝了后系！"

天日三十对大家说："明天启程，行不行？"

大家都很赞成，兴高采烈。只有少宗母一言不发，阴沉着脸。

因为日月宗的特殊，少宗母是唯一参加首领汇聚的女性，流浪帮不用说，非常知道少宗母的宗门地位，黑石族尊重日月宗的传统，但从不与少宗母单独交流说话。

第三十七章　危机再起　威胁传统

离开篝火后，天日三十单独问少宗母："明天启程不好吗？你怎么想的？"

少宗母说："没什么，就是怕咱们日月宗最后绝了后系！"

天日三十："不可能，三方携手互助，我们只能越来越兴旺！"

"你不知道，母姐们的心思在变啊！"少宗母看四下无人幽幽地说，"看到黑石族的女人有一个猎手护着，有吃有喝，还能帮着管孩子，母姐们很羡慕；咱们日月宗的男人眼睛心思全在小宗的那几个女人身上，本宗母姐们很艰难，最怕生孩子，一个人在迁徙中养活孩子，很难啊，弄不好把自己的命也丢了！因为怕生孩子，流浪帮来结亲，除非礼物特别需要，母姐们不敢结亲，生怕怀上孩子！这样下去，咱们日月总肯定绝了后系啊！"

少宗母说到伤心处，带出了哀怨的哭诉。

天日三十是具夫，不知道母姐们的这些心思，也从来没有想过"后系"延续的事情，作为宗门的男人首领，他想的就是宗门的安全和吃喝用品，带领猎手围猎保卫家人，对母姐们的结亲困扰，他一无所知。少宗母的话让他感到问题严重了。但这是日月宗的事情，与流浪帮的男人们有关，与黑石族关系不大。他想了一下，对少宗母说："这事先要问问流浪帮的大头领。"

几天的行走，表面上看很正常，但是很明显日月宗的母姐与具夫的关系冷淡，具夫们还是关注着小宗的女人，想的是宿营后能够被选定结亲。

围猎长毛怪受伤的大斧头伤势越来越严重，浑身发烫扒光了衣服，有时浑身发抖要靠近火堆，时不时地说胡话，伤口发出阵阵臭味。大家都知道大斧头快死了。大斧头本来有伤，可以不参加猎杀大家伙，但是大斧头心里有愧，一定要将功折罪；本来天日三十还准备就大斧头几个具夫在宗内冲撞禁忌加以处罚，但是人都快死了，其他几个闹事的除了死在路上的，"猴蹦子"积极主动参加危险狩猎，处罚的事只能暂时不提了。

具夫们在迁徙中走在母姐的前面，后面跟着的是流浪帮，这样的顺序是为了防止野兽，尤其是食人怪的袭击，但是，流浪帮因为日月宗母姐不愿意结亲，越来越懒散，根本没有押后保护的意思。

晚上过夜，母姐那边静悄悄，没有结亲的躁动。天日三十走到流浪帮的篝火旁，找到大头领，坐下来说起少宗母的担心，问大头领流浪帮有什么不高兴的。

大头领拨弄着火堆说："我本来要找你说说这事，现在正好说明白。日月宗的母姐们都不愿意跟我的猎手结亲，不是礼物少，而是就不愿意。你知道猎手们就那么点事，白天围猎，到晚上有精力，就想找女人们结亲，但是你们的女人们都不愿意，日月宗的规矩是女人不愿意，男人不能强迫，帮里的猎手们不能结亲，又不能到结盟的黑石族'抢亲'，必定心生怨气，说要是这样就没必要跟着结盟走了！我劝过他们，但是流浪帮的男人们无亲无故，想法简单：狩猎结亲，活个痛快。不能结亲就留不住他们。为了三方的携手互助结盟走下去，日月宗的母姐们必须接受流浪帮的结亲。否则，很可能散伙！"

天日三十一听有些急了，说："三方携手，歃血为盟，告了天，怎么能随便就散了呢？"

"我一直在压着他们，这几天没事，长了就难说了！"大头领一脸无奈，"携手互助是告天了，当时是日月宗的母姐们愿意结亲啊，现在呢？母姐们大都不愿意了，猎手们觉得没意思了，到哪里都可以，他们要找能结亲的女人！"

天日三十说："我真是不知道，一个结亲不顺会有这么大的灾难，大水冲来，具夫无法结亲，大斧头竟然冲撞禁忌，就是为了结亲。少宗母告诉我，母姐们不愿意结亲是怕有孩子，有了孩子就要养活，就要牵挂；原来日月、黑白两宗的孩子是宗门共同养活，现在黑白宗被毁了，日月宗具夫们为结亲都追着小宗女人跑，本宗的母姐没人帮；每天在路上，母姐们不敢也不能养活孩子啊，这一路上死了多少孩子了？"

大头领接着说："这个我懂，母姐都爱自己的孩子，但是知道生下来很难活，还可能把自己的命搭进去，当然不敢要孩子了！流浪帮为什么不带女人，就是这个原因，知道是自己的孩子，就会爱惜，爱惜就要保护，保护不了时连自己也要丢了命！女人还有生孩子这一关，你们以前有固定猎场，躲在居穴里生，现在天天行走，路上生孩子，那血味马上就招来畜生野兽，刚生下来的孩子就被叼走，女人肯定很伤心，伤心毛病就上了身，为生孩子，多少女人丢了命！"

"大头领，说得对啊！"天日三十一下子对年长自己的大头领肃然起敬，不禁问道，"你说怎么办？母姐不愿结亲，你们就要走，携手互助就要散了吗？"

"你直问，我就直说，为了我们大家好！"大头领两眼直视天日三十。

天日三十郑重地说："请大头领直说，告诉我，如何才能让和盟走下去？"

大头领一字一句地说："唯一的办法，就是改改你们禁忌！像黑石族那样，一男一女，这样猎手可以结亲了，女人白天黑夜有男人保护，即使有孩子，男女两个人管，三个人都能活下去，这样做，宗门也就能活下去，和盟就能走下去！"

沉默片刻，天日三十点点头："大头领，你说得对，但必须得到少宗母的同意，少宗母也要有全部母姐们愿意！"

大头领说："我想母姐们应该会愿意，这样对她们有好处！现在，我们两个应该找裂石王商量一下，事不宜迟！"

在黑石族的篝火旁，三方的头领坐在一起彻夜商量。

裂石王认为日月宗的规矩禁忌和敬神的做法都很好，但是大水是天意，大水逼着人们离开原来的家园，原来的规矩打破了，没有办法，为了能活下去，只有改变规矩，否则整个宗门都要死亡。

大头领说只要日月宗改了规矩，流浪帮的男人就愿意保护自己的女人，女人有了保护，有了安全就能有后代，有了后代才有宗门的后系！

大头领说，一旦找到了新的家园，日月宗如果还想恢复以前的规矩，猎手们没有什么障碍，对流浪帮来说无非就是再流浪四方。

"当流浪帮有了自己的女人和孩子，就不愿意离开了！"裂石王笑着说，"我看要想恢复老规矩只能等下一代了！"

第二天的路上，少宗母与大巫姐一起走，看着母姐们艰难地走在路途上，还要照顾几个孩子，一个临产的母姐躺在轮架子上哼哼，天日三十领着几个具夫帮助母姐们走在荒原之中，被大水冲过的荒原一片泥泞。

忽然临产的母姐痛苦地呻吟，羊水破了，母姐们把轮架子拉到一个相对平坦的低洼处，用毛皮围住轮架子，大巫姐和一个专门管生育的宗母钻进去，其他的母姐围站在外面，紧张地看着四周，少宗母大声呼叫天日三十，招呼具夫们过来守护，生怕有野兽袭击，具夫们在远处三三两两地守护着，并不是很担心；忽然一个母姐指着不远处的山坡上尖叫，猎手们顺着手指方向望去，影影绰绰有几个身影，黑豹突然大喊："长毛怪！"

猎手们开始紧张起来，准备好弓箭飞矛。但是那几个长毛怪并不下来，只是在那里探头探脑。夜风突然意识到这些长毛怪肯定是闻到了腐肉和血味，对天日三十说：

"大斧头躺在后面的轮架子上毫无生机，肩膀上的伤口溃烂，散发出味道，飘得很远，加上母姐生孩子，长毛怪肯定有所察觉，所以寻味而来，也许跟了一些时候了！"

裂石王也走过来，同意夜风的判断，主张就地严阵以待，散落在路上行走，很容易受到突然攻击，裂石王有些担心地说：

"看样子那几个母怪物已经找来了公怪物，这一路上要小心，找机会把它们全干掉，否则我们一路上不得安宁！"

天日三十发出号令，具夫们全部如临大敌，做好防备，用轮架子把外围挡住，搬来枯树挡住四周，一旦有野兽袭击可放火保护。

母姐生育呼叫声音渐渐轻缓，少宗母走过来对天日三十说："孩子刚生下来就死了，这已是路上死的第三个了，宗门无后，怎么办呢？"

天日三十问："为什么生下来就死了呢？"

少宗母叹了一口气："一路劳累，担惊受怕，母姐身体虚弱，孩子自然弱小，这孩子就没长好，差点儿就是怪物了，真要是怪物，那就是触犯了天神，上天惩罚啊！"

"真是触犯了天神吗？"天日三十惊讶。

"应该没有，我们是冰开后，不到花开期走出来的，现在马上就要过了落叶期了，那个母姐肯定是宗门没有上路时就'停红'了，这母姐没有触犯禁忌，就是迁徙累的，没吃没喝，孩子长不好。"

少宗母说的这些，天日三十大多没听懂，他对生孩子根本不懂，但是知道"停红"这个说法，就是有了孩子在肚子里了，停红多长时间生孩子，他也不太清楚，能看到的就是肚子越来越大，天凉了，连肚子大了也不知道，远古人的衣着肥大，没有那么合身，不注意也看不出怀孕。

天日三十对少宗母的牢骚并不在意，已经听了很多了，只是这次死了新生儿，甚至不知男女，加上几天前分别和少宗母、大头领的对话，让他感到宗门后系出了大问题，必须要与少宗母商定该怎么办，否则流浪帮走了，三方携手散了，宗门要么混乱，要么在混乱中触怒天神遭到上天惩罚；想到这里，天日三十想起大斧头带头冲犯禁忌的事件，他无法想象携手散伙，宗门内再出现混乱局面；这心里想事，外表就要发呆。

少宗母发现天日三十不说话发呆，就问他干什么呢？天日三十缓过来掩饰内心，说："不知道大斧头怎么样了，我去看看吧！"

少宗母对大斧头冲犯禁忌非常愤恨，本想在宗门内严厉惩罚，但还没来得及惩罚，大斧头就受重伤了，天日三十觉得大斧头没有几天了，其他几个跟着闹事的也垂头丧气，却在狩猎中尽心竭力，天日三十不想动用什么宗门惩罚了，这些天发生的事情太多，人心浮动，不想再多事了。

到了地方，一个轮架子的旁边，大斧头盖着一块羊皮，奄奄一息，毫无生气。旁边照顾他的具夫用一束香草堵着鼻子，确实伤口溃烂的臭味很大。天日三十走过去蹲在大斧头身旁，问照看的具夫："一直这样吗？有没有醒过来的时候？"

"没有啊，先前是一天不如一天，从昨晚就是一时不如一时了，看着就不行了！"

天日三十说："现在没法烧，挖坑把他放进去吧，先不要埋，湿气激活了就拉上来，活不了就算给他找个安身的地方！"

"这地方土太硬，那边有个坑，有些潮气，放到那边看看，咽了气再埋了！"

"行，就这样办吧，先浅埋，留着嘴，要不然味大把长毛怪招过来了！"

"长毛怪跟了一晚上了，它们没敢上来，我就没说，不想吓着母姐们！"照看的具夫睁大眼睛说，"我想就是伤口味道招来的！"

几个具夫抬着大斧头往不远处的坑洼处走，刚走了一半，那个照看的具夫就跑回来说："大首太，大斧头睁眼了，要说话！"

天日三十跑过去蹲下，大斧头半睁着眼，看到天日三十后说："大首太，我对不起宗门，对不起母姐们，我该死，该死啊……"天日三十想安慰他，大斧头两眼发直，头一歪咽气了。天日三十站起来，和其他几个具夫一起向死去的大斧头行了猎手礼，天日三十说："埋了吧！"

几个具夫把大斧头抬到坑洼处，找石头掩埋；这时，少宗母抱着一个羊皮包走过来对天日三十说："一起埋了吧，这是那个刚生下来的孩子，一个小母姐……"

事情都处理好了，三方继续上路。走了不远，听到身后一阵怪叫声，天日三十往那个方向望去，几个粗壮的长毛怪正在掏挖埋葬大斧头和孩子的地方，那个小孩先被挖出来，一个大粗壮的家伙把死孩子抢到手，转身往山上跑，另一个不愿意放手，孩子被撕开了，小肠子拖出来，倒也没什么血；一会儿，大斧头的尸体被掏出来，引起了争抢骚乱，这就非常血腥，撕咬拉扯，惨不忍睹，好在远古人类见到血腥死亡太多了，反应都很平静，只有一个与大斧头生前关系好的具夫说："走远点放下大水冲走好些！"

第三十八章　规矩禁忌　宗门生死

在路上，天日三十看到落在后面的流浪帮，感到必须与少宗母说明白了，流浪帮今晚就可能离开。

天日三十想了很久，最终决定直接说，这是必须要解决的大问题。天日三十对少宗母说："流浪帮要拆伙，退出三方携手，另寻出路了！"

少宗母平静地说："看出来了，他们这些天不来结亲了。"

天日三十说："三方携手是宗门活下去的办法，没有流浪帮，后面跟着长毛怪，狩猎的猎手不够，怎么办，再说，流浪帮走了，黑白宗散了，日月宗门无后系，将来怎么办？"

少宗母叹了一口气："大难临头啊，可是母姐们不愿意结亲，我也不能强迫啊！"

"没人保护当然不敢生孩子，有人保护就敢结亲生孩子，我与裂石王、大头领商量了，咱们的结亲规矩要改！"天日三十急切地说！

少宗母一听改规矩，两眼直视天日三十："改规矩？怎么改！"

天日三十低声坚定地说："像黑石族那样，一个母姐一个猎手，既可以留住流浪帮，还可以给每个母姐找一个猎手保护！"

"这不就成了'公猴群'了吗？日月宗还存在吗？"少宗母声音有些大。

"只要人不散，宗门就在，只要有后代，宗门就有后系！"天日三十坚定地说，"现在不变，必生内乱，内乱必定造成宗门离散，那时候要规矩还有什么用？"

少宗母看到天日三十很坚定要改，道理很充分，沉思片刻，考虑到整个宗门正在迁徙中，整个宗门的食物安全都要靠具夫们，天日三十是具夫的头领，一切都要靠他管束，想到这里，少宗母说："我去问问母姐们愿意不愿意，如果母姐们不愿意，那我们只能另想办法！"

天日三十知道这是少宗母的推托之词，但是无论如何也要全体母姐至少是大多数愿意，所以马上说："少宗母说得对，是要母姐们愿意才能行，你就马上问问母姐们的想法！"

离开少宗母后，天日三十多了个想法：少宗母并不愿意改规矩，她见母姐们如果把改变规矩说得很可怕，母姐们肯定不愿意，那样后果就严重了。

天日三十想自己和少宗母一起去询问母姐们的意思，但宗门没有这个规矩，大首太只管具夫的事情，母姐的事情都是宗母管，正在发愁，忽然看见夜风的女人荇花，他马上走到夜风休息的地方，说明自己的想法，夜风同意，马上把荇花叫过来说："大首太有事叫你办，你来听命！"

荇花在日月宗中身份特殊，是宗外女人，当过少巫姐，又当了几天小宗的宗母，现在跟着夜风组成固定结亲，应该明白改规矩后的好处，由她去了解母姐们的想法应该能得到真实想法。

当着夜风的面，天日三十把日月宗不得不改规矩的想法告诉了荇花，请她去日月宗母姐那里了解一下母姐们对改结亲规矩的想法。荇花是个痛快敢为的女人，没加思考就一口答应，说："我和黑白宗的姐妹一起去，算是送礼物相互看望，这样不会引起大巫姐的疑心，大巫姐心思多，晚上和少宗母一个棚架过夜，对少宗母影响很大！"

天日三十听后不禁对荇花另眼看待，感到这才是母姐首领的人选，连声说："你想得很周到，就按你说的办，尽快了解真实想法。这样就能稳住流浪帮，保护咱们的三方互助，这可是生死大事啊！"

荇花回应："我今晚就去！"

当晚的篝火边，天日三十和夜风、黑豹、流浪帮大头领坐在篝火边，四个人都知道荇花和黑白宗姐俩已经带着一些肉食去了日月宗母姐的营地，其实就是不太远的另一处篝火；短腿长毛怪的出没逼迫三方把过夜营地尽量靠近，外围是具夫猎手，内里是母姐女人们。

天日三十心事重重，一言不发，就等荇花三人带回母姐们的想法，同时还担心少宗母和大巫姐从中阻挠，心急之中甚至想到"强干"，心里有了这个想法不自觉流露给了在座的三个人。大头领沉吟不语，夜风说："这是个办法！"

天日三十说："我只担心强干会不会触犯天神降下大祸？"

大头领开口了："天神是保护宗门族群活命的，如果这样办能保护男人女人，天神不会降灾，反而会保佑人们。"

这番话让天日三十心有所安，回话："大头领的话有理，我们这么做就是为了保护所有人啊！"

荇花带着黑白宗两姐妹回来了，高高兴兴地坐在篝火边。天日三十问："母姐们愿意吗？"

"多数愿意，有几个不说话，只有两个说不愿意！"荇花爽快地回答。

"为什么不愿意？"大头领追问。

"说是这样会触犯禁忌，冲犯天神。"荇花回答。

"这样的想法没关系，日后看到别人活得好，没有天神降灾就会愿意的！"大头领接着说，"天神是保护我们的，没做坏事，天神不会降灾！"

天日三十问："你们去和母姐说话，少宗母看见了吗？"

"看见了，没过来，也没说什么其他的！"荇花回答。

"你觉得少宗母有没有对母姐们说改规矩的事？"天日三十追问。

"我觉得没有，听到改结亲规矩，母姐们开始都很惊讶，我们说了自己的结亲相处，母姐们开始感到新鲜，后来都说我们这样挺好的！"水芹姐姐回答说。

天日三十证实了自己的推测，少宗母不愿意改规矩，也没有询问母姐们对改结亲规矩的意愿。天日三十说："如果少宗母不愿意改规矩，强干会有冲突的。"

夜风说："大首太，你想得太多了，现在是宗门是不是能活下去，不是一个少宗母愿意不愿意，少宗母不愿意，任由大头领他们离去，少宗母有办法解决母姐们的结亲后系吗？母姐就都要跟着倒霉吗？整个宗门都要跟着倒霉吗？你不对她说，我和大头领一起去对少宗母说！再不行就'强干'，一个少宗母加上一个大巫姐，能怎么样？"

苈花突然悄悄低声说："有个母姐悄悄告诉我，少宗母和大巫姐在一个棚架中过夜，相互亲热……"

天日三十大惑不解："两个母姐相互结亲？"

大头领显然懂得多："这不奇怪，流浪帮常常找不到女人结亲，有些男人急了就胡来，找猎杀的母羊甚至母野猪，所以流浪帮男人多有结亲病；我当了大头领就立了一个规矩，绝对不许与母畜生交，冲犯规矩就赶出帮！有人说这是自己的事，我告诉他们：帮里有两个得了结亲毛病的，像日月、黑白宗就不会接受一个帮，他们一听就明白了，只能与人结亲，男人急了自己解决，女人也一样，正常啊！"

天日三十从来没想到过这种事情，茫然不解地说："这也就是一个母姐的传闻，不足为信，还是尽快改规矩是大事，是不是到黑石族裂石王那儿说一下，改规矩也要黑石族帮助啊！"

几个男人起身去了黑石族的营地。其实营地并不远，还没走到，裂石王已经看到四个人走过来，就和飞雕起身迎接。飞雕和夜风、大首领成了好友，相互行礼拥抱，手挽手坐在篝火旁。

天日三十开门见山，把要改结亲规矩的想法告诉了裂石王，只是把流浪帮要走的事情说出来；裂石王听后没有犹豫，说：

"大水冲来，只能迁徙，你们母系族结亲必有结亲宗门，现在黑白宗结亲宗门毁了，那就只有改规矩了，要不然全宗内部混乱，这也会影响到我们三方携手互助，所以，我赞成你们尽快改规矩。我会多想一些，改规矩后是不是完全像我们黑石族一样？其实，我们内部也有问题，没迁徙前各个门户相互防备，各种门户冲突时常发生，我倒觉得你们的猎手如兄弟，各显其能，很少冲突，对外力量大。改规矩后应该保留兄弟携手互助，不要因为杂乱小事门户争斗。"

天日三十深以为然，点头称是说："裂石王提醒得对，改规矩后的兄弟携手很重要，我想除了自立棚架结亲，宗门的规矩还是不能变，还要订立新规矩，兄弟棚架不请不能进，兄弟的母姐不可混乱结亲！"

裂石王接着说："很对，兄弟母姐不可混乱结亲，我们都是男人，要女人，为女人争斗是男人的天性，这一点黑石族从祖上没立规矩，经过多少代内部争斗混乱，力气大的就强占，身体弱的寻机偷杀，死伤多人，从我上辈开始立规矩，加上水大上树居住，长毛怪地上威胁，这才好了一些。规矩要变，但立命的规矩不能变，没有立命规矩就全都完了！"

天日三十下了决心，改结亲，立新规矩。

回去的路上，大头领对天日三十说："我会对帮里的弟兄们说明白，谁都不能走，等着你们改规矩！"

"一言为定！"天日三十有了信心。

天日三十再次找到少宗母，把昨晚具夫首领们的决定告诉了她，同时说："裂石王说得对，我们改规矩，同时要立新规矩，不能改了规矩就没规矩了，母姐们可以放心，挑选结亲具夫还是她们来挑，只要具夫愿意，就自立棚架结亲；自立棚架结亲后就不能随便换人，要换就必须还要告诉宗门首领，老宗母和大首太要同时同意，尤其有了孩子，母姐不同意就不能换人；随便换容易引起具夫们的争斗，造成对宗门后系的伤害！"

少宗母知道这是具夫男人们的一致看法，想挡也挡不住，只能流着泪说："宗门会不会散了？"

"不会！"天日三十肯定地说，"我已经和大头领说好了，来日月宗自立棚架结亲的男人都是日月宗的'赘夫'，后代都是日月宗的后系！日月宗的具夫还是咱们母姐的兄弟，要为母姐们做主，不能被欺负！"

"你们想得挺周到的。"少宗母悲哀地说，"我和大巫姐商量过，自立棚架结亲，后代就知道谁是他们的父亲，现在都是'赘挂'没关系，等到第三十二代以后怎么办？我们的具夫的女人肯定是外来的，具夫们的后代算日月宗还是算成外来女人的？"

"无论具夫还是母姐，后代都是日月宗的！"天日三十肯定地说。

少宗母提高声音："要想好了，我们的宗门系挂多少代都是依照母子延续后系，如果我们具夫的孩子也是日月宗的，那就要有一个具夫用的宗门系挂，这两个系挂都属于日月宗，照规矩不能结亲！如有违反，天降大灾！"

"什么大灾？"天日三十问。

"后系怪物一群啊！"少宗母脸上露出恐惧的神色。

天日三十无话可说，片刻后反问："那黑石族怎么没什么怪物呢？"

"我不知道黑石族是怎么回事！"少宗母说，"日月宗传下来规矩，同出一门不能结亲！具夫只知道结亲，后事一概不管，母姐若生出怪物，轻则逐出宗门，重则柴火烧死！"

"好！具夫母姐两个系挂，同门不结亲！"天日三十大声地说。扰得附近几个向这边探望，大巫姐在一旁冷笑摇头，坐上了旁边的轮架子。

说归说，天日三十还是心里没底，他也不敢触怒天神。离开少宗母后，他找寻到裂石王，见面寒暄后，悄悄地说："前面说到的改规矩结亲的事已经同少宗母说过，她最大的害怕是后代同门结亲搞得天神降灾，生出怪物。我想问你，黑石族这么多代会生出怪物吗？"

裂石王拉着天日三十坐在一平坦处，认真地说："我们也有结亲的规矩，叫同名不结亲！一个母生的孩子，跟随父亲确定户名，确定一个辈分名，下一代换另一个辈分名，按照手指头排列的辈分，'前后左右中大小上下平'，十辈一轮，最后是同辈中的排列；飞雕是大家叫的号，实际上他的户名是'山中三'，山户五代排三；户名相同不能结亲；这也挡不住生出怪物，如果生了怪物，我们的处罚不是烧人，而是强行拆户，男女各自另找成户。"

天日三十听后点头："你们这样惩罚生怪物不死人，挺好！"

裂石王说："谁也不想生出怪物，生出来了，那就是两人不搭，强行拆开、把怪物埋掉就行了。我们黑石族是门户养孩子，一个女人看一两个，经常死孩子，没办法啊，你们养孩子的办法好，母姐都在看孩子，死的少，所以人口多！"

天日三十说："现在不行了，谁都不想结亲生孩子，所以要改规矩，少宗母不愿意，担心乱了宗系天神降灾生怪物啊！"

裂石王回答："你们的天神和我们的神不一样，我们的命是那块黑岩石给的，我们就信它，它能让我们活着！你们的天神也应该是这样，能叫你们活下去！"

裂石王拿出那把王斧，黑光油亮，摸索着。

天日三十最后说："要改规矩，具夫立户还要从黑石族礼取几个母姐，你们的女人还够吗？"

裂石王笑了，把斧子别进腰说："够，我们这里还有一户两个女人的，养活不了，总会有办法的！"

当晚，天日三十、大头领和夜风、黑豹兄弟、扒皮刀、公羊腿、愤怒雄鹿等几个好猎手把改规矩的事情说明了。几个猎手当然是一致同意，他们关心的是具夫的结亲是不是也要这样，现在小宗没有那么多女人，担心不够立棚结亲的。天日三十告诉他们已经和裂石王说好了，从黑石族礼取几个，够猎手们立棚结亲。

在母姐的营地，篝火熊熊，大巫姐侧卧在平躺的少宗母身旁，大巫姐那蛇一样的手轻轻地钻进少宗母的贴身短袍里，轻柔地抚摸，少宗母对改规矩还是心有余悸，七上八下；推开那只蛇一样的手，转身坐起来问："你说这改结亲规矩会不会有天神降灾，你能起台问一下天神吗？"

大巫姐抽回手平躺着，贴身短袍敞着，内里赤裸裸，散发出一股强烈的迷幻味道，懒洋洋地说："规矩是宗老们与天神商定的，怎么能改呢？改规矩冲犯天神必遭天灾……"

大巫姐的语调阴阳怪气。少宗母忧心忡忡地说："大首太听了那两方首领的说法，一定要改规矩，说是为宗门后系，我不知道改了规矩后果会怎样？"

大巫姐坐起来了瞪着眼睛问："我以为是具夫为了结亲闹腾，还真要改吗？"

少宗母叹气说："大首太和具夫们商量，也可能这几天就要改，母姐们好像也愿意改，谁能拦得住呢？"

大巫姐狠狠地说："我说那个荇花和黑白宗姐俩到咱们母姐群里晃悠，知道就没好事，闹了半天是来挑动母姐们改规矩，这是冲犯天神！"

"母姐们没有猎手保护，不愿意结亲生孩子，这也是无法解决的麻烦啊！"

"无论什么也不能改规矩冲犯天神！我看就是那个荇花心怀不轨，跟着夜风跑了不算，还要把我们日月宗的母姐全拐跑！"大巫姐狠狠地说。

少宗母不想听大巫姐这些怒话，她知道大巫姐对荇花很是嫉恨，说了一声："明天还要上路，我们睡吧！"

刚睡下不久，就听到黄毛大头一群"吼吼"地叫。

少宗母担心出事，从棚架中探出头，听到不远处的山坡草丛中发出哗啦哗啦的声响；还没看清楚，那边的棚架中发出母姐惊恐的尖叫声。

少宗母披上长袍就下了棚架子。往尖叫的方向查看，几个黑影抓住一个棚架子用力晃动，还有两个黑影再往里面钻。少宗母第一个反应就是流浪帮猎手几天没有结亲，跑来强行结亲来了！拿起棚架中的短矛，大喊一声："畜生，住手！"

那几个黑影听见声音，转过身来。

月光下，少宗母一看，大惊失色，那是几个粗壮的矮腿长毛怪！

其他棚架子中也有母姐跑出来，跟着一起尖叫，都朝少宗母这边跑，长毛怪愣了愣，有三个开始往这边走来，随之一跳……

除了少宗母手中有一个短矛，其他母姐都是空着手，看到跳过来的长毛怪，母姐们除了尖叫什么办法也没有。

少宗母突然意识到逃跑，大喊一声跑！就带头向具夫的营地跑，一边大喊："长毛怪，长毛怪！"

两个营地紧挨着，中间隔着一个大篝火堆，火堆边还有几个具夫在睡觉，听到尖叫一起站起来，手持长矛短斧跑过来迎接母姐们！

花豹和扒皮刀拉弓搭箭，朝着后面紧追不舍的长毛怪射了出去，显然有一个中箭，发出怪声，疼得原地打转，另外几个犹豫不决。

跌跌撞撞的母姐们跑到具夫营地这一边，具夫趁此工夫投出飞矛，又有一个长毛怪中了飞矛，抱着受伤的前爪逃跑，一群具夫猎手拿着长矛短斧追了过去，几个长毛怪跑到山坡上消失在黑夜中。

结果是一个在棚架中的母姐被抓伤了腿，在外围守夜的老具夫被咬断了脖子，死在草丛中。

经过这场长毛怪的袭击，母姐们服饰凌乱，围在具夫们的篝火边哭哭啼啼，显然受了很大的惊吓，少宗母不断地安慰年轻的母姐们，自己实际上也是哆哆嗦嗦。

天日三十走过来安慰少宗母，坐在一起说："还是快改规矩吧，有猎手在身边保护总会好得多！"

心有余悸的少宗母点点头说："改吧，明天一早太阳出来就改！"

第三十九章　结发结亲　宗门依旧

太阳出来了，天日三十、少宗母把日月宗的具夫母姐聚在一起，把流浪帮叫过来，请来了黑石族的裂石王和飞雕几个首领。

天日三十告诉日月宗的人："夜里长毛怪来了，惊吓了日月宗的母姐，为了母姐们的安全和日月宗后系有人，在迁徙路上只能改变结亲规矩！母姐们选择流浪帮的猎手，自己选，具夫愿意，就'结发立誓'，长久结发结亲，一旦成为长久的结发结亲伙伴，就不能改变；只有母姐、具夫都愿意，才可以解发分手；流浪帮的猎手被选定，就是日月宗的赘夫，如果有孩子都是日月宗的后系，结发立誓有天神做证！"

一脸悲哀的少宗母对母姐们说："我本来不同意改变规矩，但是迁徙以来发生的各种事情，尤其是夜里长毛怪扑进棚架，我只能下决心改日月宗的规矩，让每个母姐都有一个具夫保护，具夫狩猎的肉食必须供养自己的结发母姐，对他们的孩子要一起养大！具夫要保护结发母姐，不能打骂欺压；结发后，母姐关紧自己的棚架，只有结发具夫可以进，这是日月宗的新规矩！天神做证，冲犯者必遭大难！"

天日三十对具夫们说："日月宗的具夫礼取黑石族的女人，也是要男人女人同意，生的孩子也是日月宗的后系。我已经和少宗母，还有黑石族的裂石王商量过了，后代结亲必须遵守禁忌，现在是同母兄弟姐妹后代结亲禁忌，将来父母相同的兄弟姐妹结亲禁忌，生出怪物马上处死，结亲男女必须分手，否则天神降灾！"

少宗母拿出宗门系挂，说："这里有宗门系挂，日月宗的具夫选'日'，母姐选'月'；同一个生母的兄弟姐妹要选定一个'姓'，将来的孩子也是这个姓；后代日月同姓不能结亲，防止怪物降临，这就是规矩。今天我在路上准备各种物品，晚上在神台上同母兄弟姐妹上来一个抓阄，独身一个的自己抓阄，这是上天定姓，一旦定了永世不改，代代不改。将来日月同姓不得结亲。"

日月宗的母姐们窃窃私语，但能看出来都是面带兴奋，大多愿意改规矩。

流浪帮的男人们也在议论纷纷：

"什么是'赘挂'？"

"就是你不是日月宗的男人，是外来的，你的孩子是日月宗的！"

"孩子归他日月宗，那倒没什么，赘挂有什么区别吗？"

"没有区别，就是不上他们那个的宗门系挂。"

"不上就不上，本来咱也是流浪帮的！"

"天定姓号是怎么回事？"

"那是他们日月宗的事，怕后代乱了，不该结亲的结了亲，担心生出怪物！"

天日三十大声说："晚上我们抓阄定姓号，现在出发！"

大巫姐忽然大声说："这样改规矩，怎样告天神？"

少宗母说："晚上在神台上告天神，大巫姐这是你的事！"

在路上，少宗母和天日三十让母姐和流浪帮走在一起，那些流浪帮的猎手想到晚上就能有长久的结发结亲女人，个个表现得很活跃殷勤，都想被好母姐挑上结发立户。

少宗母和天日三十在一旁商量拿什么当姓号。

天日三十问："咱们需要多少个姓号？"

少宗母对这些很清楚，马上说："同母兄弟姐妹一共有一合掌加五个，剩下的都是单独的母姐和具夫，有二合掌加两个，这样算来我们需要定下来，我们一共需要三合一掌二！"

"辈分我们原来就有，我们可以用世间之物定门户。"

天日三十看着周围说："这周围的山川河流、花草树木和我们用的物件足可以定了，咱们那个口袋随手采集，够用了就行！看我的身上袍、靴、斧、矛、弓、箭，你身上的彩石、玉坠、手刀，还有头上的黄花、绿叶、树、林、草丛，太多了，我们都放在口袋中，晚上让母姐具夫抓阄，抓住哪个物件，哪个就是姓号！"

少宗母同意，拿了个口袋走在旷野中边走边找，装在口袋中。

大头领走过来问少宗母干什么？少宗母这时心情挺好，告诉大头领：

"找些东西晚上抓阄，当姓号抓阄用！"

大头领主动说："我帮你一起找吧！"

他把自己腰里一直挂着的一块玉摘下来，托在手里说："这个彩石很漂亮！"

少宗母一看果然漂亮，黄里透绿，还有一条红线，亮晶晶的，不禁说："很好看！"

大头领把彩石扔进了口袋，说："这算一个，用完了拿回来，这可是给你的，不许让别人拿走！"

少宗母忽然感到大头领似乎有什么意思，但又不能明说，脸一下子憋红了，片刻后才说："不会让别人拿走，用完了再还给你！"

大头领认真地说："拿回来，是我给你的！"

少宗母这时才认真注意观察大头领，标准的猎手装束，扛着长矛，上面捆着一卷黄色花斑的豹子皮；皮肤铜色发亮，身高体长，鼻梁高耸，眼神中透出坚定成熟的神情。

少宗母因为身份关系，她很少仔细观察男人，这时她感到大头领对自己的吸引力。大巫姐走过来说："晚上要搭台子告天！我们该怎么办？"

少宗母感到自己刚才有些发呆，是不是被大巫姐察觉了？少宗母感到有些不安，转头问大巫姐什么事？

大巫姐又重复了一遍问题，少宗母恢复了常态说："就照以前那样告天吧，应该像冰开时节那样告天！"

日月宗每逢大事就要做告天神仪式，固定最重大的告天仪式是在冰开时节，也就是春季，他们选定的是冰面开裂，河水长流的那一天的夜晚，在神台上做最大的告天仪式。少宗母说像冰开一样的告天仪式，那就是认为这是宗门最大事件，必须认真告诉天神，获得允许和保佑。

大巫姐提出要荇花再当一次少巫姐，帮助她完成大仪式。少宗母说：
"你可以去告诉荇花，让她来当少巫姐！"

"少宗母你去告诉她，让她来才行，因为荇花跟着夜风离开的时候，我阻拦她，她很恨我！"大巫姐说出道理。

少宗母一听感到有理："好，我去叫荇花来！"

荇花答应了少宗母的要求，晚上去当一次少巫姐，完成改宗规的告天仪式。随后，她开始准备仪式用的一些特殊象征意义的植物、果实、种子、花瓣，自己编了一个"百花冠"。夜风看到荇花忙忙碌碌就问她，为什么做这些事？荇花把少宗母召唤她给大巫姐当少巫姐，为晚上大仪式做准备。

夜风听过荇花讲述大巫姐的那些行为，又听到她用同样的方法左右少宗母，认为大巫姐很邪恶，是个女妖！他仔细询问了再做少巫姐这件事的前因后果，悄悄地对荇花说："这个女妖不知道想什么坏事呢，你可以去神台上做仪式，但是要始终在她的身后，或者面对着她！"

荇花很爱夜风，认为他是神一样的好猎手，处处照夜风说的办，听到夜风这样的叮嘱后点头应承，牢记在心。

神台搭好了，这就是一个高处平地的土台子，搭台子其实不准确，应该是找一处缓坡，把周围和平面砍砍修修，形成一个台子。

台子两边各有一堆篝火，正面是一个大火堆，台子后面是那个宗门系挂，挂在一个临时搭起的架子上，两边是拴在牛皮上的"结绳传说"；三方的人坐在台子对面，日月宗坐在中间，中心地带是日月宗的母姐，两边是具夫，少宗母和天日三十坐在日月宗前面。夜风没有坐在日月宗具夫的队伍中，而是站在侧面最靠近台子的地方。

告天仪式开始了。大巫姐头戴着它那个特殊的羽毛帽子，脸上涂上了能够被天神认识的图案，身披一个插满羽毛的麻织迷网；手持大巫姐特用的神杖，上面挂着的各种鸟兽的颅骨、关节骨和彩石，神杖底端是个像飞矛尖，做成尖的是为了告天仪式的时候，可以随时插在地面，大巫姐围着神杖手舞足蹈，做各种告天的动作。

在母姐具夫低沉的鸣叫声，大巫姐摇摇摆摆地走上台子，荇花带着她的百花冠，举着火把，提着一个口袋，里面是她采集的各种告天仪式用品。

大巫姐摇摆着走到台子中心，闭着眼睛口中念念有词，突然睁开双眼望着天空，高举神杖，插入地面，随后摇头晃脑，浑身抖动，围着神杖转，手舞足蹈。

荇花站在正中靠后，把专门采集的长茅草递给大巫姐，大巫姐半闭着眼睛，接过茅草大幅度晃动，抖动妖娆，更加疯狂，每转过来一圈，从荇花撑开的口袋里抓一把花瓣撒出去，几圈转下来后，跪在地上望天，念念有词，突然身体往后倒下；台下的低鸣声在少宗母带领下响起；大巫姐就像是昏过去了，慢慢苏醒；突然睁开眼睛口中说了一些谁都听不懂的话语，荇花曾经告诉夜风，这些话语都是大巫姐瞎编的。但是，母姐具夫们很是虔诚，低着头闭目发出低沉地鸣叫，听凭大巫姐在哪里念念有词。

终于，大巫姐不动了，不说了，伸腰，逐渐平静，说了一句："已经得到天神回告！"

少宗母领着母姐具夫全部睁开眼睛抬头，聆听大巫姐的天神回告，大巫姐看到人们全都朝着她看，开口说："天神回告，日月宗改宗门规矩，凶吉未卜，必多来告天，巫神一体，避凶驱魔。"

少宗母问："宗门可以改规矩吗？"

大巫姐煞有介事："凶吉未卜，多多告天，巫神一体。"

少宗母说："这意思是不知改了规矩凶吉，是吗？"

大巫姐又把原话重复了一遍。

天日三十插话说："大巫姐说天神回话的意思是改规矩凶吉难测，让我们经常告天，以求天意。"

大巫姐不说话，闭着眼睛，站在那里。

夜风忍不住插话："既然凶吉难测，那就先改了再说，不改马上就有凶难，先避过这个凶难再说吧！"

大巫姐拔出神杖，拿在手中说："天神之意，凡人不可冲犯，宗门之外，更不可胡言乱语！"

荇花忍不住说："宗门之外不可胡说，我是宗门之外的人，找我来做少巫姐干什么？"

大巫姐瞪着荇花："侍奉天神不敬，必遭报应！"

天日三十把荇花拉到一旁说："夜风说得有道理，先渡过眼前的凶难要紧，开始抓阄决定姓号吧！"

少宗母拿出那个确定姓号的口袋，对日月宗的说："同母兄弟姐妹上来一个，其他母姐具夫自己上来抓阄，每人一次，阄定姓号！"

先是有兄弟姐妹的上去一人抓阄，第一个从口袋里拿出一枝花；少宗母说"姓号为花"；又一个抓出一个树棍，少宗母说"姓号为树"；一个抓出一小把茅草，少宗母"姓号为草"；终于有一个母姐摸出那块彩石，高兴地给少宗母看；少宗母拿过那块彩石说：

"这是大头领放在这里供抓阄的，抓到的姓号为彩，彩石还要还给大头领！"

三十几次抓阄，一会儿就抓完了，各种姓号：花、草、树、木、岩、矛、斧、刀、箭、石、皮、毛，等等，天日三十和少宗母不必抓阄，他们用自己的姓号，少宗母的姓号是"光"，天日三十的姓号从老少宗母，取"火"。

少宗母说："母姐具夫的姓号记载于宗门系挂，永世不变；自己也要记住，代代不变，你们的后代，无论是母姐还是具夫，只要有日月宗姓号的，后代都是日月宗的后系。一个不变的禁忌，同一姓号的后人不能结亲，冲犯禁忌者鞭笞共同驱逐出门！"

天日三十开始说话："改规矩后，有了姓号，辈分也不能乱，日月宗门早就有禁忌，同姓号不能结亲，第二个禁忌就是辈分不同不能结亲。我们定了一掌一个辈分，天地山河木，宗门内有三个母姐和两个具夫是我和少宗母的前一代，他们是'天'一代；我和少宗母是'地'一代，宗门最多的是'地'一代，下一代是'山'，'水、木'两代还没有出生！"

少宗母接着说："这就是天生地，地生山，山生水，水生木，再转过来就是木生天，天生地，代代不乱，辈分禁忌就是不同辈分不能结亲，子辈不可与母辈结亲；冲犯禁忌同样鞭笞驱赶出宗门！"

天日三十说："在姓号后加上辈分就不会混乱，宗门系挂上也会有结绳记下！还有第三个禁忌，这是对结发具夫母姐的结亲禁忌，具夫母姐一旦结发，就是对天神发誓只和结发者结亲，不能侵犯其他的结发誓言！结发誓言是为了防止宗门内部因结亲生出争斗。内部因结亲争斗那是对天神的冒犯！"

具夫母姐感到三个禁忌没什么新鲜的，第一、第二个禁忌原来就有，第三个也是选好一个结发固定结亲伙伴，母姐对此很乐意；具夫们也觉得改规矩后可以保证结亲，不用每天总想着到哪儿找谁结亲；再说，原来到黑白宗结亲也是被母姐选上，才可以结亲，也不能强占别人的结亲。具夫们也就跟着宗母欢呼。

少宗母说母姐具夫都同意三个禁忌，我们要发誓告天神，冲犯禁忌必定遭到天神惩罚。母姐具夫一阵欢呼。这次在神台上，大巫姐在中间，少宗母、天日三十手持火把，站两边，开始了发誓告天神的仪式。

大巫姐又是一阵抖动加手舞足蹈，把神杖往地上一插，开始闭眼念念有词，当她朝上空呼唤几声后，拉着少宗母和天日三十的手臂，一起朝上举起，单腿跪地，由少宗母宣告日月宗的三个禁忌，请天神接纳保护，冲犯禁忌必遭重罚。随后所有的母姐具夫在台下，改坐地为双腿跪地，开始跟着一起说出誓言——遵守誓言，永不改变，冲犯禁忌，天地惩罚！

第四十章　人祭风波　"结发"立户

　　随着众人连续五遍的誓言，少宗母和天日三十把手中的火把连举了五次，最后一次两支火把合在一起，高高举起。这是庄严的誓言，母姐和具夫共同誓言。

　　大家以为告天仪式结束了。大巫姐忽然大声说："献祭——！"

　　少宗母和天日三十对视了一下，天日三十转脸告诉黑豹把猎物拿来！

　　一只大羚羊扛来，树枝搭成的架子，把羚羊架在上面，少宗母拿手中的两支火把点燃柴火，片刻，烈火熊熊。

　　大巫姐又是一阵手舞足蹈，站在祭品面前，闭着眼睛仰面朝天，念念有词，突然睁开双眼对少宗母大声说：

　　"天神告宗门改规大事，必须要有人祭，要有人祭！"

　　少宗母惊讶地问："人祭？"不知如何回答；天日三十说："日月宗从来没有

3/3

用人献祭！"

夜风在一侧，冷笑着看着大巫姐。

大巫姐翻着白眼说："以前从来没有改过规矩，所以不用人祭，这次是改变宗规，天神回告要人祭！"

少宗母大惊失色，连说："人祭？这怎么能行，哪里有活人献祭？"

大巫姐用手一指苻花："她就是祭品，她曾经是巫姐，理应成为人祭！"

夜风手持石斧一步走到前面大声说："早就看出你不安好心，我看用你当人祭最合适！"天日三十连忙拦住夜风。

大巫姐闭着眼睛双手上举，口中念念有词，拔出神杖，举过头顶，大呼小叫。

大巫姐突然趁人不备，挺神杖刺向苻花！夜风有所防备，一斧将大巫姐手中的神杖打落在地。大巫姐大呼小叫："天神降灾啊，天神降灾！"

神台上一片混乱，裂石王、大头领上了神台说："可以把人祭放下，日后猎杀了长毛怪、红头族再来献祭！现在应该是母姐们选定结发猎手！"

具夫们和流浪帮的男人们一起呼喊赞成！

在天日三十劝导下，夜风拉着苻花下了神台，大巫姐也在几个母姐的拉扯下离开神台。

少宗母看到具夫和男人们都要母姐选定结发。只能进行下面的仪式。

日月宗的母姐们选定流浪帮的猎手，大头领站到旁边，声称自己不在被选定的行列中。

流浪帮的猎手一字排开，站在对面，母姐们根据自己的意愿，把选中的猎手顺序悄悄地告诉少宗母，少宗母暗暗记在心中，然后告诉大头领，由大头领过去把母姐选定的结果告诉猎手，猎手要是同意选定结果，就朝前站出一步，如果不同意就退后一步。

有三个猎手同时被两个母姐选中；大头领低声告诉猎手，询问他同意与哪个母姐结发？三个猎手做出选择后告诉大头领，跨出一步，有几个没有母姐选定，站在原地不动。整个过程算是顺利，没有猎手退后一步，都想有一个结发母姐。

大头领把猎手选定的结果告诉少宗母，少宗母把双方同意结发的母姐领出来，送到猎手面前；剩下的母姐可以针对留下的猎手再进行选定，又有几对结发选定，最终，母姐四个都是不再选择，退后；留下的猎手有五六个，都是老弱之人，他们都是跟着撞大运的，也没觉得自己会被选上，嘻嘻哈哈退到后面去了。

随后就是日月宗的猎手站成一排，等着小宗的母姐和黑石族的女人们选定，黑石族的女人还有三个带着孩子。

这一轮选定，由天日三十代替了大头领的角色；裂石王是黑石族族长，笑呵呵站在一旁。

最后，所有母姐可以选定已经有结发的猎手，这意思就是两个女人与一个猎手结发，这在远古先民那里并没有道德障碍，他们更看重的是要让母姐结亲、怀孕、生育。先前剩下的四个母姐有两个找到自己第一选择的猎手，与姐妹共同结发。很明显，共同结发的猎手责任更加繁重，所以，不仅要第一结发的母姐同意，还要已经结发的男人同意。

随后就是日月宗的猎手们礼取小宗母姐和黑石族女人，这个过程有些不一样，最先选择的是具夫们，他们拿着自己的礼物走到自己中意的女人面前，放下礼物，表明自己愿意与这个女人结发结亲。具夫这一选择进行得很快，有的母姐面前有两三个礼物，这意味着有三个具夫看中了这位女人，这样的女人一般都是年轻强壮，丰乳肥臀，而年龄大领着孩子的就不太会引起具夫的愿望，三个黑石族的孩子母亲只有一个面前有礼物。

女人们选择是否留下礼物，礼物被选定留下的，就是说明同意结发结亲了，面前有两三个礼物的，这女人就要认真一点，防止拿错了；有一个母姐大概没有记住放下礼物的是哪个具夫，就举起礼物朝具夫那边招手，送礼物的具夫举双手呼应，连续三次，确定了人选，选定了一个；被选定的具夫高兴地跳起来呼叫，没有被选上的倒也没有垂头丧气，因为还有第二次、第三次选择；第二次选择开始了，没有被选定的具夫走上前，拿起自己的礼物再次选放在自己中意的女人面前，留下的女人大多是黑石族的；很快所有的女人都被选定了，日月宗的具夫们除了老残瘦小的具夫，大部分具夫都有了自己结发结亲的女人，高高兴兴地聚在一起说笑跳舞。

少宗母、天日三十把大头领和裂石王请到神台上，开始结发仪式；因为是向天神宣誓，就应该找来大巫姐。但是刚才发生的刺杀一幕，大巫姐不知道跑到什么地方去了。少宗母正在为难，荇花走过来说："我来担任巫姐，请黑石族'占卜伯'一起来结发誓言告天！"

少宗母有些犹豫，天日三十说："好好好，就这么办！"转脸对裂石王说："请你们的占卜伯一起来办结发誓言告天仪式！"

占卜伯就在台下，在裂石王的招呼下迅速走上来；裂石王交代了几句，占卜伯走到台子中间和荇花商量。荇花说："我们这是誓言告天神，你们是占卜问神，意思一样。如此，我来告天神我们的事情和誓言，请占卜伯占卜回答看天意，行不行？"

占卜伯的穿戴与其他猎手不同，从上到下一个白羊皮长袍，胸前后背是两块黑色的狼皮，这两块黑色狼皮和老营地的那块石头相似，腰里系着牛皮绳，上面挂着一些兽骨和竹筒，头上戴着一顶两条花狸皮缝成的帽子，两条花狸尾巴垂在脑后。

花狸猫是一种很聪明的动物，来去无声，很难捉到，负责通灵的巫神占卜的人认为花狸猫是通神灵的动物；占卜伯的这两条花狸猫皮是老辈传给他的，老一辈占卜伯说这是一公一母，来到黑石族就没走，占卜伯每天喂食，还给它们在树上修了一个窝，年年繁育了后代，死了以后留下了皮毛，做成了占卜伯的帽子，成为专用神器。

占卜伯还是黑石族的医生，治疗创伤寒暑，远古人认为生命是和天意连在一起，敬神的人就应该告天治病，能不能治好都是天意，但是占卜伯会保留和发现一些能治病的植物果实。

荇花和占卜伯说好了职责，荇花开始闭目双手举起火把，片刻后开始舞蹈，动作幅度收敛稳重，荇花的舞蹈没有什么怪异的抖动，她认为天神一定不喜欢怪模怪样的动作，喜欢的是真诚敬畏。

舞蹈后，荇花把火把绑在一根长矛上，矛尖插入地下；带领大家对着火把发出誓言：现在发誓，结发结亲；冲犯禁忌，甘受天罚！发誓五次。

占卜伯手拿占卜的兽骨，举到头顶，松手兽骨散落在地；占卜伯俯身仔细端详；没说话，再次占卜，一共三次后，占卜伯对几位首领说："天神接受了我们的誓言，告诉我们要遵守誓言，否则必有大灾降临！"

天日三十代表几位首领像结发的男女们把占卜伯的卜辞大声说了两遍："都记住，这是我们自己的誓言，天神接受了我们的誓言，绝不要冲犯誓言，否则会天降大灾！"

男女们一起应承。随后就是"结发仪式"，男女把一缕头发系在一起，展示给大家，然后将"结发"断下，交给少宗母，在宗门系挂上找到属于母姐具夫的那一根麻绳，把"结发"捆上。捆好后扶着宗门系挂高兴地看着大家。

这时，大头领走到少宗母面前，双手捧着一件花豹皮做的长袍，还有一串美丽的彩石，看着少宗母说：

"我要和你结发，请你接受我！"

少宗母没想到大头领会突然要求与自己结发，既惊慌又内心激荡，满脸通红，不知所措。

天日三十也没想到，但马上感到这是好事，上前说：

"好啊好啊，少宗母快接受礼物吧！"

忽然感到身后有人拉扯自己，回头一看，是飞雕领着妹妹雪花，对天日三十说："大首太，这是我妹妹雪花，她见过你一次，但她始终惦念着你，她想和你结发，请你接受还礼！"

天日三十毫无准备，也没有参加结发，对结亲的事没有过多的思考，只想让宗门安定迁徙顺利，找到新猎场，飞雕突然把妹妹雪花领到面前，要与自己结发结亲，一时不知道该如何面对这个事情。愣在了那里。

结发的具夫母姐们看到后倒是非常兴奋，跟着呼喊："结发！结发！"

裂石王走过来拉住天日三十和少宗母的手说："咱们两方携手又结亲，我是比你们都年长，听我说道理：你们两个大首太和少宗母都结发结亲了，大家心里就都安心了，认为你们也上了誓言，誓言就不会变来变去了，对不对？都接受结发结亲吧！"

裂石王说得言真意切，在情在理。天日三十看着少宗母说："长辈说了，为我们宗门好，我们就接受吧，结发！"少宗母红着脸点了点头！

台下一片欢呼。大头领拉着少宗母的手，雪花挽着天日三十的手臂，面对人们接受欢呼……

这一切都被藏在树林里的大巫姐看在眼中，妒火中烧，又无可奈何。她原以为誓言仪式人们会找她，前面的"刺杀"经过少宗母劝解就过去了。谁知，荇花和占卜伯把誓言告天神仪式做完了，大家还很高兴，她这个大巫姐已经成为可有可无之人；这时候大头领又把少宗母领走了，成为结发结亲立棚的两人，她知道自己被抛弃了。

她拖着那根神杖走到一个山谷裂缝，看下去是月光下白色的激流，发出隆隆的声音。大巫姐仰望远处的群星，放下神杖，朝着裂缝走去，正准备跳下去，一只有力的手拉住了她，回头一看，月光下是夜风的脸。

大巫姐一看是夜风，认为他是来报仇的，闭上眼睛等候夜风的行动。

"我早就发现你很怪，一直跟着你，为什么要投悬崖？"夜风拉住她说，"告诉我！"

"你把我推下去吧！"大巫姐闭着眼睛说，"我不能再回到宗门了！"

"我不会把你推下去的，我知道是你收留了荇花！"夜风低沉地说，"我知道你为什么刺杀荇花，因为你不能像荇花那样活着！"

大巫姐双唇紧闭，一言不发！眼中却流出眼泪。

"无颜面重回宗门？"夜风说，"我给你个办法，永远蒙住双眼，我对他们说你在树林中刺瞎了眼睛！看不见，心不烦，一心想天神，你还是能通天神的大巫姐！"

大巫姐一言不发，却渐渐低下了头。

夜风摘下自己围脖羊皮，割下一条，走过去蒙上大巫姐的眼睛。

大巫姐禁不住流泪抽泣，抱住了夜风的胳膊，说不出话。夜风说："我知道你和荇花都一样，原来都不是日月宗的母姐。我对你说，什么时候你要不想做大巫姐了，就可以摘下蒙眼皮子，也可以结发结亲，你蒙上眼好好想想，我现在带你回去！"

大巫姐拉着夜风的长矛，跟着回去了。

整个仪式已经结束，下面就是聚在大火堆旁载歌载舞。原始歌舞很简单，黑石族歌就是有节奏音高的呼喊，日月宗的歌相对复杂一点，因为原来结亲有一套传统的歌舞，男女呼应；随着这种呼喊大家拉手跺脚转圈；山坡上的黄毛大头那群狼跟着一起有节奏地叫唤，还是非常热闹。

欢乐中的少宗母忽然看到夜风领着大巫姐从山坡上走下来，大巫姐蒙着双眼，扶着夜风的胳膊，跌跌撞撞走过来。

少宗母大惊失色问夜风："怎么了？发生了什么？"

夜风回答："大巫姐在树林中找路，结果被荆棘刺伤了眼睛，我恰好看到了，就把她领回来了！"

少宗母要打开羊皮看看伤势，大巫姐不让，夜风悄声说："敷上了草浆，不要打开了！"

少宗母似乎明白了什么，转身让两个母姐把大巫姐扶回了她的棚架子，叮嘱要关照好大巫姐。

入夜，结发结亲的男女找到各自的棚架，开始了男女结亲要结发立户的第一天。

第四十一章　留条活路　不可绝杀

结发男女都散去了，夜风还坐在天日三十身边，荇花和雪花在火堆旁边添柴加火。

夜风把山上发生的事情告诉了天日三十，天日三十对夜风的处理方法非常赞赏，夜风说：

"说实话，我恨大巫姐的邪恶，但是，她毕竟是在日月宗和我们一起长大的，不忍心她走了绝路，蒙眼也许是最好的办法，对于她，对于大家都好！"

天日三十说："方法好，给大巫姐留下了活路，你的心胸开阔，我想结发立户后，这个大首太让你来当！"

"千万不能这样做！"夜风马上回答，"我无非是不忍心看到一起长大的姐妹死掉，尤其是大巫姐和荇花一样，都不是咱们日月宗的门内人，她们有难处又不能说，我不能见死不救。大首太要把具夫母姐们都聚在一起，尤其现在刚刚改了规矩，只有你能当这个大首太，我全心帮助你，加上黑豹兄弟、扒皮刀、大力熊、公羊腿周围这些好猎手，日月宗会越来越好的！"

三方的男男女女再次上路了，现在流浪帮的男人已经成为日月宗的"赘挂"；改宗规后，母姐的身边都有了一个猎手——那个结发立户的男人——保护照顾，看上去大家都很高兴，拉拉扯扯，说说笑笑，队伍拉得很长。

少宗母和黑石族的雪花跟着大头领与天日三十，后面跟着一个轮架子。

这些天，花豹和好手很忙活，赶制大大小小的轮架子，做得多了，就有所改进了；主要的改进是轮子与轴的连接，尽量减少摩擦，他们发现动物的油脂可以涂抹在轮轴之间，增加光滑，好像也能让轮轴更加结实耐磨。

为了多做，他们主要做轻便的单人便可以拖拽的轮架子，这种轮架子很受结发立户的猎手们喜欢，他们得到轮架子就会送给花豹、好手礼物。主要是沿途狩猎的肉食和鱼，这样，花豹、好手加上两个愿意帮忙的具夫，都不缺食物。

两个帮手主要是跟着一起找材料，动手钻孔；做轮架子的材料主要在那些干枯倒地的树木中，有些常年泡水的硬木头似乎更结实好用。他们把尖利的石头矛头放在火上烧热，用钻木取火的方式，让一根短矛当钻，钻轮子的中心点，套上一个摇把，用力转，圆孔很快就钻好了；围绕着中心圆孔拉线画圆，再用石斧周边砍出来。这种按画好的线砍周边的事情，就交给具夫们自己动手，花豹、好手把轮、轴、架相互连接好，一个轮架子很快就做好能用了。这让迁徙变得轻松了许多。

扒皮刀有一天领回一头母牛，带着一头小牛。天日三十问："这是怎么回事？"

扒皮刀自己也说不清楚："咱们一般留着带小牛的母牛，这母牛卧在地上，小牛站在一边，我看母牛好像快死了，我就给它放了一些草和野果，领走了小牛；没想到，一会儿母牛跟上来了，也没有撒野，就是慢慢地跟着，这就跟来了。"

大家都感到很惊奇。大头领说："以前有过这种事，母牛没那么野，它看你没杀小牛，就敢跟着你，它要感谢你吧！"

少宗母说:"那就叫它们跟着吧!"

过了两天,又有两头母牛带着小牛加入了迁徙的队伍。迁徙的队伍很奇怪,前面是黄毛大头那几条狼,后面跟着三头牛带着小牛,然后是拉着轮架子的男女,最后是另外几条狼。黄毛大头还自觉承担起看小牛的事,小牛刚一跑远,一两条狼就把它们赶回来。整个队伍变得生机勃勃,很愉快。

这天近黄昏,正在寻找夜营的地方;走在后面的愤怒公羊跑过来对天日三十说:"那几条狼总是朝着两边山上叫唤,我看着奇怪,仔细一看,是长毛怪跟上来了!"

"又是他们?有多少?"天日三十问。

愤怒公羊眼睛睁得很大:"不少啊,没看清楚!"

大头领说:"这是和我们结仇了!"

天日三十说:"我看也是,今晚男女分开,女的在内里,猎手们在外面。"

大头领说:"赶快把裂石王叫来,一块商量一下,裂石王知道这些怪物,我看要找一个高处空旷的地方,防止它们蹿跳下来!"

见到了裂石王和飞雕,听说了情况,裂石王说:"大头领说得对,结仇了,母怪物会告诉公怪物,这次必须尽量多干掉母怪物,让怪物们在群里自己打起来!我想咱们靠水找个山坡,我们在高处,你们陷阱绳网都要用上,周围没树,荡绳杀就用不上,要想办法把它们包围,一次杀几个,不跟长毛怪混战,咬一口不得了,我们要把它们逐渐干掉!不能让它们逃跑!"

天日三十说:"对,准备绳网,前后左右,围住一层一层地猎杀。必须全都干掉!"

夜风说:"荡绳杀不能用没关系,我有个办法,把小网连在一起,搞出一张大网,铺在山坡上;我们在坡上,矮腿长毛怪登坡踏上了网,我们就把拴网的绳子顺着两边抛下山;山下埋伏的猎手听令拉动地面网,长毛怪就要绊倒,同时再拉动抛下来的绳子,用盖网把长毛怪扣在网下,然后一举击杀!"

大头领赞扬地喊出:"好办法!"

天日三十沉吟片刻这时开口说:"夜风的主意好,两个网,地上一个,盖上一个,盖上这个网不用粗绳,细绳就行,把绳头捆在飞矛上抛到下坡,猎手们拉住；号令分两次：第一次号令，拉地上下层网，长毛怪就要摔倒；第二次号令，拉住上层网，跟着摔倒的长毛怪，下面绊，上面盖，上下网就把怪物全都卷缠在一起，手脚捆住，来不及咬人了，也跳不起来了，两侧的猎手先下手，长矛刺杀，防止怪物钻出来！"

裂石王兴奋地一拍大腿说："好主意，上下一起动手。赶快找地方，准备绳网吧！"

几个头领又接着讨论，出了一些建议，完善狩猎的办法。

绳子是远古部族使用最多的用品，狩猎采摘，搭建棚子，捆扎物品，有太多的地方需要粗细不同的绳子，兽皮切成条也能编绳，但是毕竟造价太高；人们随之也就很早发现了一些植物的茎秆皮剥下来要浸泡，浸泡除了增加韧性结实了，同时把刺激皮肤的毒汁分解。

编织是女人们采摘外主要的日常活计，日月宗母姐们只要一坐下，无论何处，就会围着一堆处理过的荆麻皮，在哪里搓编粗细不同的绳子，多年的搓编，已经有了很成熟的方法，使用坠石，吊起来旋转，专事编细绳；其后，把细绳合成几股，编成小绳、粗绳、大绳，用于各种用途；编网是搓绳后的再加工；网，各种网对远古生活来说太重要了：渔猎捕捞，采摘网带，覆盖做顶，用途十分广泛。迁徙的轮架子上装着大量的绳网。

夜营的地方找到了，一个山坡，背后是湍急的河水。

这是安营留宿的好地方：背对着河即使被包围，照看防备一面就行；万一被围困需要坚守，必须有水喝；不吃肉一天还行，一天不喝水可是受不了啊！这对经常野外露营的猎手们来说是常识。

大家分头动手，陷阱分别挖了几个，地面太硬，挖不深，布了一些尖桩，这些不致命却可以刺伤；地面上的布网捆上了一些荆棘条，这样既可以隐藏绳网，还可以在猎杀中羁绊猎物。

这个网布置得很长，靠近山顶的这一边留下了几根绳索；计划是待到长毛怪靠近时，猎手用飞矛把这些连网的绳索抛到长毛怪的身后，让对面隐藏的猎手接过绳索拉网包抄覆盖，猎场两侧堆放了柴草，以备点火，防止侧面进攻或逃跑，中间留下一条并不宽阔的通道，让长毛怪只能走上布网的地面。

323

此外，猎手们把挖陷阱的土撒到山坡的猎场中，这些松土使山坡很滑，攀爬变得困难；对居于坡上的坚守反抗非常有利。

几个头领商定了围猎方法，正面两侧布上弓箭投矛手，分成三组投矛射箭，山坡下埋伏十几个有力气的猎手，飞石手把绳索抛过来后，隐藏的猎手飞跑过去，听号令分两次，往山坡下拉拉绳，整个绳网借山坡的地形落差从上往下包裹，把长毛怪裹在网中，猎手们出击猎杀。计划很完美，布置也周到，只等着长毛怪前来进攻。

山坡上三堆篝火熊熊，猎手们吃饱喝足各就各位，山下的猎手找草丛隐蔽，还有两名猎手在山下找树爬了上去，发现长毛怪来了便朝天空发射啸箭报信。女人们帮助自己的结发男人捆绑各种防护用具，尽量找更多的石块、柴草，她们相信篝火越旺狩猎就越能成功！

入夜，繁星满天，一片寂静；篝火发出燃烧的噼啪声，架子上没吃完的肉食散发着烧烤脂肪的香味，月光星辰下，猎场中还能看清楚。

女人们一言不发，都紧张地等待，猎手在各自的位置上抱着长矛、飞矛、弓箭靠着，树上的两个瞭望者观看旷野来路，不时地抬头看看天空；鸟叫虫鸣都会让他们感到紧张，仔细辨别是不是啸箭的声音。

花豹看到这种情况，对好手悄悄地说："应该搞出一个带光亮的啸箭，夜里不听声音，看火亮！"

好手回答："想法好，我看在箭头上涂上油，用火把点着了，射出来就行！"

花豹说："像今天晚上这样，藏在树上，还不能露出火把，长毛怪老远就看见了，怎么能把亮光藏起来？"

好手说："能啊，弄一个大一点的火种罐子，把火种留在里面，让它慢慢烧，快灭的时候，再加点软心树的干枝，那东西是暗火，一吹就着火苗，点着了箭头，射出来就是火箭！你看行不行！"

好手想到一个好办法，很兴奋。软心树是一种速生植物，树心绵软，有一个特点，没风的时候是暗火，一吹就冒出火苗。

花豹高兴地说："好啊！重要的是存火种的罐子，咱们想想，用什么做罐子？"

两个人都在思考。这是人类的特长，可以根据需要设计制造自然界没有的物品，对自然现象的发现与抽象、模仿是远古人类制造设计的主要源泉。

花豹突然醒悟说："前些天我看到火堆里有一堆泥，被火烧后变得很硬，我们用细泥做成存火罐，放在火中烧，烧硬了就可以当存火罐！"

好手说："对啊，咱们现在就试试！挖点细泥试试烧！"

花豹和好手起身到周围寻找细泥，找到一些并不细腻的泥，和些水，捏成一个桶装，上小下大，边上捅了一个孔，放到篝火中心，对添柴的母姐说："不要碰这个泥罐子！"母姐答应下来。此时，不远处啸箭的声音划破夜空！

各就各位的猎手们马上站立起来，紧张地看着山坡下的动静；飞石手把绳子掉在手中，观看四周，选定好飞石抢转的位置。

夜色中，几个身影出现了，身影越来越多，短腿肥臀，缩脖大脑袋，提着短木棍，摇摇晃晃往山上走来。

天日三十问："看清楚，多少个！"

扒皮刀马上回话："两合掌多！"

"弓箭准备，近一点再开弓射箭！飞矛手等着！"

猎场入口，这帮东西站住，东张西望，也许是啸箭的声音让它们感到困惑。

猎手们大气不出，担心它们不进猎场。两只长毛怪走到边沿探望，看到了悬崖河水，回来后不久，长毛怪终于开步往猎场中走来；突然一阵骚动，并有怪叫声，一只长毛怪掉进陷阱被刺伤，但大批长毛怪并没有退却，继续往山顶摸上来；有几个发现了绳网，显然它们被这种羁绊很烦恼，胡乱撕扯；这个撕扯又牵连到其他长毛怪，一时间，这些长毛怪都在撕扯脚下的绳网……

天日三十一声号令，弓箭手满弓发射第一轮箭矢，弓弦在夜空中格外清澈，随后听到下面的怪叫；又是一声吆喝，第二轮箭射出，怪叫惨叫声此起彼伏；长毛怪不知后退，更加愤怒，跌跌撞撞往上面爬，因为是上坡，蹿跳的优势发挥不出来，有几个分离蹿跳，脚下不稳，滑落下去；但是整体还是前进了一段……

站在天日三十身边的裂石王喊了一声，几个飞砲手转动飞砲，呼呼有声，一圈一圈在加速度，飞砲手大多是黑石族，这是他们多少代猎取树上的猎物练就的本领，飞石又远又准；日月宗的黑豹也在其中；这次飞石抛绳是第一次，但并没有增加身手的难度，相反的飞石抛绳不要求准确，只要求距离。抡绳几圈猎手感到加速度够了一松手，飞石带着绳子飞出，像流星一样飞向山坡下——这就是现代体育链球运动的来源——石头落地发出很大的声响！抛石是头领们最后的决定，最重要的是抛石相对远，不会被用棍子的矮脚长毛怪捡起来利用。

听到声响，矮脚长毛怪回头观察，发现这些声响并没有威胁到自己，转身又朝着上面攀爬，牙齿因愤怒咬合，发出咔咔的声音……

天日三十大喝一声"飞矛前"！这意思就是第一组投矛。

第一组飞矛手早就跃跃欲试了，听令后，几步助跑加力，奋力投出；飞矛手一般都是在最后两步的时候确定目标，当然前面一定要约定好，哪个目标是自己的，最后一步投向目标，站在那里看着自己的飞矛飞行刺中，就会非常兴奋，大叫一声，转身让出投掷的位置。

第二组听令"飞矛中"！马上举矛上肩，几步助跑，奋力投出，下面又发出各种的惨叫……

天日三十朝着花豹发出号令："放啸箭！"

花豹和三个猎手已经准备好了啸箭，听到大首太的号令，四个人拉弓朝着天空射出啸箭，四支啸叫的箭头，带着油脂飞上天空，到达最高点速度减慢，火箭忽然发出亮光，带着光芒坠落在猎场后面……

天日三十、裂石王看到火箭落下，紧张地看着前面坡下的变化，忽然长毛怪站立不稳，纷纷滑倒，一堆裹着树枝的绳网包裹上来，长毛怪发出惊慌失措的叫声，横七竖八相互牵制，滚落下坡。

天日三十发出第二次号令："放啸箭！"

四支带着响声的啸箭朝天空飞去，随即亮光，缓慢下降……

上层网卷下去，能看到怪物们在绳网中挣扎冲撞，站不起来，四肢乱蹬。

夜风、飞雕带领围猎的猎手们冲出去，矛刺斧剁；黄毛大头们也兴奋地狂叫，长毛怪被缠裹在绳网中，相互牵制，几乎没有反抗能力，只有被刺杀的哀嚎，很快就全部被猎杀。

裂石王指挥猎手们："把死怪物扔下悬崖，快恢复布网！"

获胜的猎手们回到篝火边，兴奋地庆祝胜利，天日三十问裂石王："天亮了去寻找那些母长毛怪？"

裂石王："不用寻找，它们自己就会找上来！"

天亮了，人们灭了篝火，各自隐藏，等待母长毛怪出现。

树上瞭望的响箭射向天空，母怪物三三两两走过来，还有三个背着小怪物。

它们看到悬崖下面的公长毛怪的尸体，随即发出骇人的悲鸣嚎叫，跺脚捶胸，东张西望。

天日三十心中突然有一种不忍心，问裂石王："它们还会招来公长毛怪围攻我们吗？"

"两次死亡，它们也许只会逃跑了！"裂石王眼中也露出柔和目光，"很长时间都不会在咱们身边转了，它们知道我们不是食物，是死亡！"

天日三十问："那把它们赶走吧，不必围猎杀尽吧？"

裂石王点点头："放箭和抛石，把它们赶走吧，它们逃跑，我们离开，它们可能告诉其他长毛怪，千万不要招惹我们这一群！给这几个母的一条活路吧！"

猎手们在天日三十和裂石王几个首领的指挥下，抛石，射箭，大喊大叫，那十几个披着兽皮，裹着围裙的母长毛怪惊慌地往上看，抛石打伤了两个愤怒向前的母怪物，飞箭射过去插在地面上，一个母长毛怪走过去拔出来，看了看，三个背着幼仔的长毛怪突然往后跑掉了，其他的长毛怪也跟着跑了……

飞雕走过来说："说好了要全部猎杀，以绝后患，怎么放跑了呢？"

裂石王说："一群母的，还有幼仔，留条生路吧，它们可能永远都不敢再靠近我们了！"

天日三十发出拔营上路的号令，迁徙的人们踏上寻找新家园的路。

第四十二章　结盟奉天

　　一路上再也没遇到什么真正构成威胁的野兽；黄毛大头们已经毫不回避人，两只母狼还下了两窝狼崽。

　　下狼崽那天，人们忽然找不到黄毛大头那几只狼了。黑豹和扒皮刀到四周看了看，正准备回转跟上队伍，黄毛大头奔过来了，抬着头望着黑豹和扒皮刀，一只大胆的狼咬住黑豹的袍子往后拉。两个人突然意识到黄毛大头有什么事发生了，跟着走过去，发现两只母狼生了小狼，正在喂奶。

　　黑豹、扒皮刀都是猎手，知道不能动野兽的幼仔，母兽会拼命保护幼仔。所以，两个人都没敢动小狼崽，看了看，转身走了。谁知，黄毛大头叼着一个狼崽挡在他们两人的前面，眼中露出柔和祈求的目光。

　　黑豹和扒皮刀商量一下，认为这是希望我们带着幼崽一块走！两个人回去，掀起长袍前襟，试着捡起一个狼崽，放在袍子前襟里。母狼看着黑豹没有动作，黑豹和扒皮刀把狼崽一只一只放好，兜着前襟往前走。两条母狼跟在后面，黄毛大头在前方开路，跟上大队伍后，黑豹和扒皮刀把小狼崽放到一个轮架子上，两条母狼跟着轮架子，样子很高兴，不时会跳上轮架子喂奶；黄毛大头也高兴地前后来回奔跑。

那三头母牛带着小牛，一路跟随，有意思的是，路上母牛上山吃草，回来时招来四头体量不大的公牛，这应该是遇到了一个牛群，那些在群里没有交配权的公牛就会脱离群体，寻找交配的机会，恰好遇到了这三头母牛，就跟着母牛一起走。公牛刚来的时候，猎手们很高兴，认为引来了牛肉，甚至想到经常把母牛放出去，找来公牛狩猎。

流浪帮的大头领想得多，劝阻猎手不要猎杀这样的野牛，他说这样不躲人的牛是认为这群两条腿走动的人可以信任，它们的信任来自母牛，如果为了吃肉省事猎杀，公牛不会再来，母牛也会逃跑。大头领说等到牛群扩大后再选择弱小的公牛作为肉食，猎杀的时候不要让牛群看到。

这样的劝阻让这七头牛跟着迁徙队伍一起走。一天，一个拉着轮架子的具夫累了，就把轮架子架到了一头母牛后背，母牛并没有躲避，老老实实拉着轮架子往前走。这个结果让大家喜出望外，纷纷把轮架子加长，架在了牛背上。但是，除了那头母牛老实，其他的牛躲避逃脱。日月宗的具夫们不知如何是好。裂石王知道后，叫来鹿头。鹿头的称呼来自他会驯鹿，大角鹿都听他的话。

鹿头说："我们黑石族原来驯过大角鹿，帮助拉大型猎物，迁徙前，长毛怪来了，大角鹿上不了树，被长毛怪吃了三只，其他的都放跑了。驯牛和大角鹿应该差不多，老实听话的就给吃的，不老实捣乱的就饿着，饿得不行了就会学着同类听话了，很简单！母的好驯，公的难办。我就让听话的公的交配，不听话的就不让交配，很快就老实了。但还有不交配就发疯的公鹿，还伤人，我一生气就把那伤人的公鹿的两个蛋割了，竟然没死，活过来以后，老实得很，还不想交配了，后来我干脆就把两只公鹿蛋都割了，死了一只，活了一只，一样是老老实实的干活儿，我明白了，公鹿想交配，全在那两个蛋！"

日月宗的具夫听着很神奇，扒皮刀拿愤怒公羊开玩笑："以后再捣乱就把你的蛋割了，你就老实了！"大家哄堂大笑。

随后几天，大家就按照鹿头说的去办，因为在路上，担心割了牛蛋，牛会死，就用限制吃草和交配驯化，几天后，母牛、公牛都接受了拉轮架子，这一下迁徙变得不那么艰难了。具夫们带着黄毛大头寻找野牛，很快又找了六头牛，在鹿头的带领下训练牛拉轮架子。野牛训练后也开始拉起轮架子，大家高兴死了。

自从结发立户结亲，围猎长毛怪、驯化牛拉轮架子以来，三方携手互助，宗门内关系融洽，头领之间商量办事，一切都呈现出迁徙平安，美好未来的景象。

迁徙人群逐渐走进平坦的地方，沼泽遍地，可行走的硬地越来越少，狩猎也变得更加困难，尤其是两个猎手和一个母姐还有一头牛陷入沼泽死亡后，人们一看到沼泽就本能地感到恐惧；大家叫黄毛大头一群探路，但是大家发现黄毛大头一群探来的路也不可靠，狼可以走的路人不能走，狼陷进沼泽平铺肢体，四肢较轻，通常还可以爬出来，人一旦陷进沼泽很难自己爬出来，必须旁边有人，抛接绳子，奋力拉出才可免死。

沼泽让猎手的狩猎能力大大下降，即便看到猎物在不远处陷入沼泽，也不敢贸然过去猎杀。一切的结果就是柴草、食物变得越来越少。除了陷入沼泽的牛，拉轮架子的牛已经就剩下三头母牛了，其他的都杀掉吃了，剩下的三头牛带着小牛，担负着拉大轮架子的重任，几个头领都不同意杀死吃肉，大家都很怀念山上的日子，但都知道回到走过来的山上是不行的，大水不知道什么时候就会冲过来，只能往前走到高处，寻找新的家园。

食物缺少，危机重重的时刻，内部想法和做法在发生变化，结发立户之间在分化组合，兄弟姐妹的门户相互关照救济，还有凭能力组合起来的狩猎组，没有能力的或者没有机会获得猎物的一些猎手，开始悄悄地冲犯禁忌，商量着让结发女人收取礼物结亲，获得一些食物。

天日三十知道有这种情况，但考虑到有些立户男女没有吃的，再说以往也有收礼物结亲的传统，况且已经发生的这类情况都还没有在宗门内男女之间出现，所以天日三十也只能不管不问。

终于，有一个日月宗母姐收礼结亲，男人是日月宗的具夫，这就冲犯了三大禁忌，具夫的结发女人是黑石族的，愤然告发了这次结亲。天日三十带着少宗母一起找到裂石王，商量如何处理这个冲犯禁忌的事情。

裂石王听了天日三十和少宗母的说法，沉吟片刻，说："告发人是我们黑石族的女人，冲犯的是日月宗的传统禁忌，是结发仪式上共同发誓的禁忌，是应该处罚。但是，因为一个黑石族女人的告发，处罚两个日月宗的男女，这会造成什么后果？"

少宗母问："什么后果？"

裂石王看着天日三十说："冲犯禁忌就要处罚，最轻的处罚也是公开鞭笞，严重处罚就是驱逐出宗门，因此，日月宗的猎手和女人们会记恨这个黑石族的女人，因为她的妒忌赶走了两个日月宗的人，这样的仇恨黑石族一旦感觉到，那就是分裂。这是我们都不愿意看到的结果！"

天日三十有些惊讶："发誓是大家一起发誓，难道遵守誓言会有灾难吗？"

裂石王低沉地说："天神在上天，也在人的心中，发誓都在一起，但是人们心中的天神是不一样的，日月宗的天神是日月宗代代相传的系挂，黑石族的天神是那个带来生命的黑石，我知道，这是不一样的。日月宗与黑石族所想的不一样的。当首领要做的是防止灾祸的降临。"

少宗母问："那这个冲犯禁忌就不处罚了吗？"

裂石王说："这是日月宗的宗门内的事情，我不应该说什么，你要问我该怎么办，我就说一个办法，告诉冲犯者冲犯禁忌的事已被记下来，日后处罚。这样可以阻止其他人效仿，也可以避免更多的人生出仇恨。黑石族的那个女人，你们可以送回来。"

天日三十沉重地说："我们回去再去商量一下。你刚才说的人们心中对天神感觉不同是对的，我要好好想想！"

裂石王语重心长低声说："现在最重要的是找到新猎场，我们每天都在一个大缓坡上走，风干气凉，我感到不远处会有干的平地，还会有山，我们快找到新猎场了！"

回去的路上，天日三十和少宗母都心情沉重，分手时，天日三十对一言不发的少宗母说：

"裂石王说得有道理，你去和那个母姐说明，我去找那个具夫说，冲犯禁忌要记下来，以后不可再犯！"

少宗母说："只是以后不可再犯吗？要不要告诉她以后再处罚？"

天日三十说："裂石王比我们年长，他比我们想得多，他能想到人们心里怎么想，怎么做，裂石王比我们周到。"

少宗母点点头："改规矩后一切都挺好的，具夫母姐结亲大事解决了，麻烦事少了很多，现在没有猎物收获，母姐们轻易不敢去采摘收获，肚子饿了，也是一个麻烦事，整天提心吊胆。大巫姐这几天好些了，那天晚上突然找我说，应该做做告天敬神的仪式了，她说天神在梦里告诉她，快到好地方了，但是还有一些难事要过去，这样的梦已经做了三次了，要告天敬神了！"

天日三十问："大巫姐说的是真话吗？我现在不敢相信她！"

少宗母说："我认为她说的是真话，大巫姐现在整天蒙着眼睛，晚上过夜也蒙着，对外面的事不闻不问，她说告天敬神是只跟我一个人悄悄说的，应该是她在梦中收到了天神的传信！"

天日三十说："好！我去和几个首领商量一下，裂石王说得对，大家心中有不同的神，以后会想不到一块儿去，一旦发生大事，谁也镇不住，应该有个大家都信奉的天神！"

"你这想法对啊！"少宗母很赞赏，"咱们的天神不是黑石族的神，管不到黑石族；他们的黑石神灵也管不到我们，要请最高的天神来，保佑所有的人！"

晚上，天日三十坐在黑石族的篝火边，把日月宗大巫姐听到天神话语的事讲了，问黑石族的占卜伯是否得到启示？

裂石王把占卜伯叫过来，让他就共神凶吉这件事占卜征兆。

占卜伯半闭着眼睛说："连着好几次占卜，征兆表明'共克一难，天神有地'，这是凶吉难料的征兆；不知道征兆所说的'一难'是什么难，过不去后果难料，征兆不明！"

裂石王说："占卜伯的这个结果已经告诉我了，我想再等几天，看看后面的征兆。如果你们的大巫姐也接到了天神梦告，那就应该相信了。只是不知道是什么难在前面？"

天日三十说："上次你对我和少宗母说的'心中有神'，我和少宗母都听进去了，商量了一下，我以为我们要一起面对那一难，还要像围猎长毛怪一样，三方共同携手互助才能过了那一难。如此，我们必须共敬一个共同天神，我们一起告天敬神，这个更高更大的神保护我们，我们就能过了这一难，获得新天地。你有什么想法？"

裂石王胸有成竹地说："你们的想法很好，请教占卜征兆，让占卜伯说说征兆是什么？"

占卜伯说："神有高低大小，共同的神一定要在我们自己的天神之上，唯一的最高最大的神，我们自己的神都是这个大天神下面的听从者。"

天日三十问："大天神是什么呢？在哪里呢？"

占卜伯睁大了眼睛："我们永远看不到大天神，她高得我们看不到，大到无边无界，我们永远看不到她的整体，太阳的光芒和热量是她给予的，月亮的明亮和伴随也是她安排的，如果能够被人所看到的，那就一定不是大天神。真正的大天神，我们只能感受到她的无所不能，感受到她的威力，感受到她的给予和惩罚，我们必须敬奉她，按照她的神示去做……"

天日三十问："大天神怎么知道我们敬奉了她，并给我们指示和保护我们？"

占卜伯眼睛睁得更大，遥望远方繁星满天："大天神无所不能，我们敬奉她，她怎么能不知道呢？只要我们认认真真地敬奉，她就会保护并指引我们……我的占卜征兆是这样，那就必须相信，不相信就是一种冒犯，除非我们不知道，知道了还不相信，那就是冒犯，要遭到惩罚的！"

天日三十问裂石王："我想我们应该相信大天神，你说呢？"

裂石王很认真地点点头："占卜征兆这样启示，大巫姐也得到梦中传话，我们又在这里说到这些，说明我们知道了，不能冒犯大天神！"

天日三十与两位商量："我们应该把各位首领都叫来，商定敬奉大天神的事情，敬奉大事不可随便，必须商定好仪式，占卜伯看好日期时辰，我们一定按照敬奉的仪式办理，不能冒犯大天神。"

　　日月宗的各位首领都明白了敬奉大天神的重要，很简单的一个道理，不敬奉大天神就过不了眼前这一关，也会在面临大难的时候全部人死宗灭；这个"人死宗灭"是大巫姐用凄厉吓人的声音说出来的，虽然她用一块黑羊毛蒙着眼睛，但比睁着眼睛还吓人；尤其在夜间，就好像只有一只大眼睛长在夜空正中。

　　大头领在流浪帮中有极高的威信，加上与少宗母结发立户，更增加了权威感，他对流浪帮这些日月宗的"赘挂"一说，人人赞成；日月宗的具夫对天日三十、夜风等人非常敬重，人人赞成这个敬奉大天神的决定。

　　大巫姐和少宗母加上天日三十商定敬奉仪式，天日三十带领他们找到裂石王、大头领和占卜伯，一起商定敬奉仪式。裂石王悄悄地告诉天日三十："仪式一定要有足够的尊重和威严，要让所有的人都知道大天神是不可战胜的，高高在上，掌握着所有人的生死。"

　　天日三十点点头："你说得对，每一个人都要敬畏大天神！"

　　大头领在一边说："只要我们有一个共同的大天神，就不会分离！"

　　裂石王建议派出几个精干的猎手走到前面，探看前面到底有什么。

第四十三章　前有一难

夜风、黑豹和飞雕等几个精干猎手出发了，他们走在大部队的前面，就像一次长途狩猎，目的是探看大巫姐的天神梦语和占卜伯占卜征兆中所说的"大难"到底是什么？

几个首领把他们送到原野中，夜风回头委托天日三十和少宗母照顾苈花、黑白宗的姐妹；苈花和黑白宗姐妹两个人站在天日三十旁边，她们对猎手出远门狩猎很习惯，并没有觉得有什么特殊的，天日三十也感到有些意外，夜风为什么特别委托自己特别关照这两个女人？

夜风在天日三十耳边低语："大巫姐虽然蒙住了眼睛，但她并不瞎，那个遮掩黑羊皮也可以随时拿下，现在敬奉天神有变动，不知道她会干什么？"

天日三十听后心中有数了，让夜风黑豹放心，发现状况及时回来报信。

一行猎手踏上了探路的行程。

　　离开宗门大群人后，夜风一行人一路艰辛，一边狩猎一边探路，确实看到沼泽越来越少了，猎手们都很高兴，认为新的猎场就在前面，重要的是他们在地平线的远处看到了隐隐约约的山脉。朝着山走了几天后，山脉看得越来越清楚，脚下已经很少沼泽，只是能够看到四周的大河咆哮着流向低处的深沟大壑。

　　走在前面的几个猎手返回来了，面带惊讶的神色。夜风问怎么了？一个猎手大声地说："过不去了，一条大河！"

　　夜风一听，快步走到前面。一树多高的河岸下是一条宽阔湍急的河流。

　　夜风向四周看了看，想了想，抬手指着右面说：

　　"看这河岸，这是条老河，水流告诉我们那边低，跟着水流方向走，低处必定有开阔的地方！"

　　猎手们在这里做了一个标志，一棵枯树干，插在突兀的河岸上，在上面绑了带红羽毛的麻绳。猎手们向下游走去。

　　果然，到黄昏的时候，河面渐渐开阔，水流速度也慢下来。向对岸望去，一片灌木一望无际，成片的树林连绵不断，各种飞鸟从灌木树林中飞起落下；一个有经验的猎手说："鸟不安定，时起时落，那里面一定有不少猎物。"

　　远处传来闷雷一样的瀑布声。猎手们都知道在不远处有瀑布，闷雷声说明瀑布大而高。但是放眼望去，眼前的水面清澈平缓。

　　黑豹低头看水里，游弋着的鱼又大又肥，成群结队游动在水中，看得清清楚楚；黑豹用长矛试了试水底硬不硬，感觉还可以，就蹚水下到河中。那些鱼类显然没有遭受过猎杀，并不躲避，反而往黑豹的身上撞。猎手们很少清洗，天天吃肉食，身上有各种脂肪烧烤的味道，也许这些鱼把这个能活动的东西当成了好吃的食物。

　　忽然，黑豹大叫"鱼咬我！"随即从水中抓住一条鱼甩到岸上，那是一条胳膊长短的灰色无鳞鱼！黑豹跑上岸，大腿内侧有咬过的痕迹，虽然不太深，但可以清晰地看到牙齿的印记，弧形，六对红点渗出血！

　　夜风笑着说："大鱼差点儿就把你绝了！水芹姐姐该多着急啊！"

　　猎手们都跟着哄笑，黑豹应付着用牛皮囊里的天浆洗干净，其他的猎手给他找来草药——他们认为可以治疗伤痕的植物叶子——捣烂敷在伤口上。回头仔细看在地上扭曲的大灰鱼，口中上下两排交错的尖牙，长着这种尖牙就说明这东西是吃肉的，而且是一撕一块，很凶猛。

大家在附近找了找过河的路，下游不远的地方水面开阔，水流不急，大部分地方不深，可以借助木排涉水过到对岸。

这些大部分是日月宗的猎手往四周搜看，发现枯树朽木不少，扎捆木排并不缺少木头。日月宗是个平原渔猎采摘宗族，居穴周围一条大河，故而日月宗捆木排是宗门传统，只要有木头就有过河的办法。尤其这条河里还有咬人的大灰鱼。

夜风指挥几个人在此过夜，点燃篝火。那条大灰鱼和其他捕捞来的鱼，成串地烤在火上，吱吱作响，这里的鱼很肥，尤其那条吃肉的大灰鱼，鱼皮柔软多油，很是鲜美，饥饿的猎手们大吃起来，憧憬着将来有鱼有肉的好日子。

夜风和大家商量行程，猎手们都认为这条宽阔的大河就是那梦语占卜所说的"一难"，黑豹说还有河里的大灰鱼也是一难中的麻烦，猎手们哄笑地说这就是"断根鱼"，不小心让它断了根，那就遭了大难了！

疲乏的猎手们围着火堆入睡。夜间，对岸的树林中发出阵阵野兽的吼叫声。猎手们听到这种声音就兴奋，那是猎物在进行夜间捕猎，这意味着过河后会有很多猎物等待他们围猎，狩猎成了就不愁吃穿，就是好日子。

清晨，夜风带领大家踏上回程，干燥的平原找到了，一条大河挡住去路，遇到日月宗这种能做木排的族群，这不是问题。只是夜风有些担心那个瀑布，因为凡是有瀑布的地方，水流在中间某处就会加速，没有尝试着过河，这个暗流在什么地方也说不清楚。

天日三十带领着大群人，跟着牛拉的轮架子，缓慢地行走在从来没有人走过的山道上。原来他们会经常走投无路，走到无法通过的地方，只能折返回来，再次找路前行。这次他与夜风他们商量好，探看的猎手快步前行，沿途设好标记——一根木杆插在地上，上绑一短横杆，有斧砍痕迹长的一端指方向。大群人派出几个腿脚利落的在前面寻找夜风他们留下的路标，以免走错路。其他猎手在周边一边打猎一边跟着大群人。虽然走得慢，但是少走了许多折返路，还是很顺利。

在路上，有几个怀孕的母姐时常到路边呕吐。少宗母看到这些感到高兴，说明宗门有人后系了；现在大家对改变宗门规矩已经接受，原来的担惊受怕慢慢少了，食物分配，狩猎采摘编织基本上按照日月宗的老规矩，共同狩猎，收获均分，对狩猎中的重要的有功的猎手，大家认可，多给肉或兽皮，这些东西都是必需品，可以当作礼物、交换物。

这样的奖励方法使得有能力者能够获得较多的交换物，可以交换各种自己用得着的好东西，一把打磨好的斧子，一张合手的硬弓，一件给自己女人的羊皮长袍，用自己有的东西交换其他需要的各种东西，交换原则只要双方愿意就行。

过去结亲，具夫以礼结亲，由母姐选择，母姐喜欢这个具夫，他送什么礼物都行；那些羸弱丑陋的具夫常常不被母姐选中，那就只有多送礼物，以礼定人，谁的礼物好，就选谁；现在立棚了，结亲稳定了，这里面发生了一个不难察觉的变化；原来，猎手具夫们都要留出一些猎物当作结亲的礼物；现在有了结发立户的母姐，以往结亲的礼物可以用来交换需要的工具用品，原来的结亲礼物含有了实物货币的特点，毛皮、刀斧、漂亮的彩石这些人人要用、便于携带的好东西，成为第一批"货币"。

中午时分，前面探路的跑过来，兴奋地告诉天日三十和裂石王、大头领："夜风他们回来了！"

几个首领和夜风等几个猎手见面了，马上找到一块地方，围坐一起，听夜风讲述探寻前程的结果。女首领只有少宗母坐在内圈，坐在大头领和天日三十中间，其他关心此事的具夫们围在外面。

夜风把看到的状况讲述一遍，黑豹和其他几个也说了一些细节，大家得出的结论就是，一定要过河，否则无路可走。过了河，那面是干燥平坦的缓坡，有树丛有树林，猎物很多，大家特意讲到河中肥鱼成群，很好吃，吃不完；夜风让黑豹露出被大灰鱼咬的伤痕。

大家听着很兴奋，认为新家园就在前面，几个首领也感到很高兴。休息了一阵，大家开始兴致勃勃地上路。

占卜伯在路上并不兴奋，裂石王发现后问他有什么发现。占卜伯狐疑地说："我的占卜征兆，大难好像不是流动的水……"

裂石王追问："那是什么？"

占卜伯有些忧虑地说："好像是陆地上长了很久的东西！"

大难是什么？

大家兴高采烈跟着探寻队一路高歌，欢天喜地地走了三天，都感到新家园找到了，一切就都好了。

终于来到了河岸边，猎手们看到"传说"中的肥鱼，看到了清澈的河水，看到对岸干燥平坦宽阔的坡地，树林树丛，很是高兴，忘记了劳累。

母姐们收集木柴，具夫们扛来捆木排的枯木。还有一些具夫用木钩麻绳钓鱼，一根麻绳不同位置上，拴上七八个木钩，钩上有倒刺，这个现象先民早就发现了，在丛林中被钩挂，没有倒刺一下就出来，有倒刺就很难拿下来，这种现象早就启发了这个水边的部族，他们会用石刀找坚韧的木头刻出倒刺，这样的倒刺可以随心所欲，非常好用；他们发现一种白色的石头摔碎有锋利的刃口，但是黑石族来了后，他们的黑石刀更加锋利，日月宗的人会用猎物交换黑石族的黑石刀，他们每个猎手都有几把大小不同的黑石刀。

麻绳上拴好鱼钩，挂上一些肥大的昆虫，扔入水中，大鱼们围上来抢食，很快就上钩了，因为是几条鱼同时上钩，相互牵扯，哪一条也跑不掉，再加上猎手用麻绳快速牵扯，一提上来就是三五条鱼，而且都是大鱼，有牙齿的大灰鱼居多，肥美无比，群情欢悦。

篝火烧起来，烤鱼飘香，吱吱滴油，味道让人们垂涎欲滴，只是经过这么长时间，盐几乎耗尽，途中没有找到补充，调味只能找一些不成熟的酸果榨汁浇在鱼肉上，这是原始的真正榨汁：把酸果子放在树干上，垫块皮子，用石斧砸碎，收集酸果汁液，放在鱼肉上开始大吃，人人吃得满嘴冒油，很是兴奋。

吃饱喝足，具夫们开始动手捆扎木排，四根枯木并排，四道横木，上下捆扎；材料充足，很快就做好了大大小小二十多个木排，木排的大小是根据木料本身的长粗决定的，除非必要，一般不用截短就齐，有的是枯木，找合适的几根就行。

木排抬下河，根据大小决定乘坐几个人。那几头牛和黄毛大头一群也要用木排载过河，关键是河水里有吃肉咬人的大灰鱼，谁都不想让黄毛大头和几头牛喂了鱼。准备下河了，夜风拦住说：

"大家都听到了，旁边不远处有瀑布，水流不知在什么地方会有急流，控制不好木排就会顺水流下去跌入瀑布下的深潭中。"

大家侧耳细听，果然听到远处传来的水流坠落的瀑布声音。裂石王说：

"听声音这个瀑布挺大挺高，夜风说得对，河水中间肯定有急流，应该想个办法！"

天日三十想了一下说："原来咱们的办法是把木排拴绳捆在树上，一旦遇到急流，拉着绳子能回到岸上，这条河比咱们居穴旁边的河宽，而且我们要过到对岸，只能先试试，过去一个木排，带着绳子，过去后拴在对岸的树上，有一条救命绳拉住，就不至于顺流而下！"

飞雕走上前说："我会水，带两个会水的猎手先过，把绳子带过去！"

花豹、大力熊走上前说："我们两个常常下河捞鱼，我们跟着过去！"

天日三十看着这三个猎手，转眼望着裂石王，征询长者的看法；裂石王拍拍三个人的肩膀，说："好！你们去，全看你们了，每人腰里拴根绳，与木排连在一起，掉下水丢不了。去吧！"

一盘粗麻绳放在一个不大的木排上，三个人腰里拴了绳子，每人手中拿了一根头部带叉的短棍，在木棍的叉上结实地绕了一排麻绳，增加阻力。飞雕拿着这个有点创造力的原始桨，很新奇地问："好啊，这是谁想出来的？"

夜风在一旁笑着说："就是你旁边那个猎手，花豹！"

飞雕转脸看着花豹，用手拍了拍他的脑袋："你这个葫芦里面都装了些什么？一天到晚在转悠，总能想出好办法！"

都准备好了，飞雕带领花豹、大力熊坐上木排下水了，三个人坐成前后一列，根据水流划水向前，木排顺着水流向斜下方前进；岸上的人紧张地注视着这个木排，母姐们有节奏地呼喊着，就像是劳动号子；木排上的三个人在女声的激励下，一桨一桨地往前奋力划水；忽然，裂石王扯开嗓子喊："不着急，留着力气，到激流时用！"

三个人听到裂石王的呼喊，放慢了划桨节奏，木排横向移动得更多了……

忽然，木排向水流方向移动加快，飞雕花豹三人马上感觉到变化，三人在一侧奋力划桨，木排还是快速向下游流下；三人奋力划桨，争分夺秒。

这边岸上天日三十紧张地看着木排的移动，这是水流速度和三人手臂力量的较量；天日三十让几个拉绳的猎手："好好看着，听我的吆喝！"拉绳挂在两棵树上，为了结实，又打了几个桩，猎手们都知道河边的树根不牢。

天日三十期待他们能迅速通过急流区，一旦发生危险，马上拉住，不能掉下瀑布。

母姐们发出尖叫，少宗母呵斥一声，止住了惊叫声。

终于，木排向下游的速度减慢了，急流被跨过去了，三个人终于上了岸。喘了几口气，他们拖着木排回到大群人的对面，挥手庆祝。

天日三十用狩猎手语说："拴好绳子！"

三个人在岸边找到拴绳的树，奋力把粗绳拴好，飞雕挥动手臂手语："先过来三个猎手！"

天日三十明白这是什么意思，就是要加强对面拉绳的能力，他们三个人担心拉不住木排，所以要先过来猎手帮忙。

黑豹、扒皮刀加上两个黑石族的强壮猎手上了一个木排，把木牌与大粗绳拴在一起，这样在激流处就不会偏离太远，难以控制，同时木排依旧束着一根与岸边相连的麻绳，双保险。

有了第一次拴好的绳子，这一次没有了不知结果的惊险，顺利地过去了，这边的猎手把绳子收回，带回木排，准备第三次木排过河。

突然有人喊："看，那边有长毛怪！"

天日三十等几个首领一惊，抬头向对岸望去。果然，从树丛中走出个子不高、穿着简单，手持长矛，身背弓箭的几个家伙，头上顶着兽皮或草编的盖头，上面还插着有色彩的东西，应该是羽毛和花草一类的装饰。这些人明显是朝着过河人来的，他们站在那里观察对岸的人，他们显然是发现有人已经过河了。七个猎手因为过河要划桨，只带了随身的短斧或短矛，长矛弓箭等武器都放在河这一边岸上。重要的是，猎手们都在河边没有上到岸的上边，所以没有察觉到他们头顶上发生了什么变化。

天日三十马上挥手发出"大家伙扑来"的紧急信号！但是，几个人正在固定绳子，黑豹回头突然看见了大首太等一帮人发出的紧急信号，马上与另外几个说了，猎手们看清河对岸的信号，夜风让黑豹站在大力熊的肩上，向岸上张望了一下；这时从树丛里已经有出来十几个矮人，都手持长矛，围在一起，商量了一下，在一个头戴红冠的家伙带领下，开始向岸边走来，后面不断有矮人出现，跟在后面走过来，一边走一边尖叫，嘈杂一片。

大头领说："这不是长毛怪，他们走路不跳，有矛有弓箭！"

裂石王跟着说："这是不是长期住在这个地方人，这架势是要跟我们开战，把我们赶走！"

第四十四章　土著来袭　搭建围圈

天日三十没说话：马上发手势信号，招呼对岸的七个猎手回来！夜风等人很快有了回信，迅速上了木排，出发之前把带过去的麻绳松了，原来跨河的粗绳沉在水中，绳头还留在树根草丛中，掩藏起来。

裂石王一看着急了，马上给飞雕发出信号："拆绳带回！"

飞雕对夜风一说，两个人迅速把绳子解开带回。只要上了木排，回程还是挺快，主要是这岸边拉着绳子往回拽，猎手们的手桨就是保证木排平衡。

刚刚离岸不远，那些东西已经到了岸边。这时候已看清楚了，除了相对瘦小，其他方面与三方猎手没啥区别，他们站在岸边，看上去很愤怒，朝着离岸的两条木排射箭。虽然人多，箭矢密集，但好像力量不足，偶尔有箭矢飞过来，又没有射准。

日月宗等三方的猎手看到这种情况，有些放心，轻蔑地说："这些东西的弓箭无力，射不远。"

天日三十对日月宗的猎手说："不要小看这些东西，看看那岸上有多少？"

大家望过去，对岸上站着的人显然比这边的人多了不少。裂石王说："群狼可以围猎大力熊，个数多就是一大优势！"

对岸的东西站在哪里大喊大叫，做出各种恐吓的动作；这边的黄毛大头领着一群狼朝着对面狂叫；对岸的东西看到这群人中有一群狼，狼与人并排站着，在对面指指点点，透出奇怪的神情。

七个猎手都上了岸，大家围在火堆边烤干长短袍褂，还在吃烤鱼填饱肚子，与水搏斗，着实消耗体力。

围着几个头领，大家商量如何是好。少宗母是唯一参与讨论的女性，依旧是坐在天日三十和大头领的中间。但是少宗母很有分寸，从不对狩猎相关的事说什么，只对有关宗母的事项说出自己的看法，例如，编绳缝皮、采摘果实、鉴别毒草等。

大家都有些沮丧，认为一路上运气不好，妖魔鬼怪太多。

裂石王说："大水下来，各路生灵都往高处干燥处跑，我们就是从上面下来的，如此，就会集中在一块地方，不是运气，是可活的地方少了！"

"说得对，不是运气！"大头领说，"这帮东西在这里才是我们的一难！"

天日三十说："这帮东西认为河那边是他们的猎场。可我们必须过去才能找到我们的猎场！两位首领是否赞成一定要过河？"

大首领、裂石王都赞成过河才能有出路，大家也说必须过河，找到新家园。讨论到了在哪里过河？这个地方能不能过河？

人们议论纷纷，到最后还是要听三大首领加上夜风、飞雕看法。

最后，几个首领都认为在这里过河不妥，第一，"矮猴"们已经发现过河，居高临下，人多势众，在此过河必定伤亡惨重；

第二，要重新寻找过河的地方，选择地方至关重要；

第三，要悄悄撤退，让"矮猴"们认为对岸这些人知难而退；

第四，要寻找新渡口的方向往上游找，那里水流急，但有窄的地方，这一次的纤绳过河虽然没有完成，但是纤绳给了大家很大的信心。

第五，这是大头领提出来的高招，母姐们就地隐藏，具夫们往下游走，让那些矮猴误认为我们到下游去了，他们防备也是防备下游方向，而我们绕一个圈回来到上游去过河，最后交战的时候，出其不意！

夜风说上游过河后地势比这里高，等于我们占据了有利地形。然后他替花豹说，大家在行程中要多找箭杆，一定要直的。矮猴们的弓并不小，射不远就是箭杆不直，歪七扭八，肯定射不远也不准，我们与矮猴们必有一战，矮猴数量多，我们的弓箭一定要比他们的远和准！

花豹和好手是能工巧匠，他们对狩猎家伙的建议，大家二话不说，照办后必定有好处。一路上，具夫除了看路，眼睛都瞪得大大的，寻找可用于箭杆的材料。

一切都已说定，留下母姐和几个保卫的猎手，撤离河岸边，悄悄地不动声色留下，等候具夫们折返回来向上游走。

第二天清晨，具夫们熄灭篝火，拿着自己的长矛短斧，背负行装，大张旗鼓地顺着岸边高坡，时隐时现，向下游走去。

天日三十、裂石王、大头领带着几个猎手留下，保护女人们。留下的人往后撤，寻找可以隐蔽和折返上游的通道，同时，告诉每一个女人，不要声张，这是一次生死迁徙，蒙过对岸的"矮猴"，就可以过河，得到新的家园。

这时候，几个首领才明白，真正的那一难是对面岸上的"矮猴"，数量多，还有和自己一样的狩猎武器，能过去是一回事，过去以后能够立足并占领一块足够养活大家的猎场是另一回事。

入夜，大群人找到了一个露营的地方，在山坡的后面生起篝火，派出两名猎手到后面观察，是否能被对岸看到火光。为了骗过"矮猴"成功地过河，每一个动作都要谨慎。

天日三十和裂石王、大头领坐在一起，少宗母毫无疑问要直接参与商量。

能否过河已经不是太大的问题，大家都相信过河并不难，最大的问题是一旦遭到"矮猴"的攻击怎么办？

几个首领从直觉上感到"矮猴"比长毛怪要难对付。长毛怪强壮，但又笨又傻，容易上当受骗。矮猴就聪明多了，有相同的武器和数量优势，而且三方都没有与这矮猴子打过交道，对他们的底细不清楚，这是个难办的问题！

天日三十在路上一直在思考这些问题，这时说出自己的想法："今天看出来了，他们的弓箭射不远，我们的弓箭厉害，可以在比较远的地方猎杀；但是必定要近身搏杀，我看到矮猴们身体没有防护，我们围猎长毛怪时捆了一些防咬的棍子，这次我们要把这种护身搞得更结实，我们可以一个当两个，矮猴干不动咱们就会害怕。说到害怕，大头领应该把你们的狼头戴上，其他人都可以在脸上画上彩牙鬼眼，这个可以吓唬矮猴，让他们以为遇到一群鬼怪！再有，猎手们可以三人成组，前后左右都可关照到，增加了杀伤力！"

裂石王说："站得高，打得远，砸得狠，这是我们因为大水下来上树以后的好处，咱们站在高处，他们打不到我们，我们可以居高临下，射箭飞石，又远又高，占了优势！"

大头领点头称是说："像上次猎杀长毛怪那样的地形不见得好找，我们要想办法让人站在高处，等他们来进攻，我们居高猎杀！"

少宗母与大头领感情很好，忍不住插话问："你说的办法是什么？"

大头领拿过一个喝水用的瓢，摆放在地上，在瓢上加了两根树枝，指着树枝说："我们用树木搭成这样一个围圈，猎手可以站在上面，射箭抛石；下面是女人，靠近的就用长矛刺；平时大家可以在围圈里住着。这个围圈一定要搭在水边；矮猴们不来的时候，我们可以在附近狩猎捞鱼，有水有鱼，我们就能活得很好；等到把矮猴们消耗掉很多的时候，我们一举围猎，就像围杀长毛怪一样，杀得一个不剩！"

少宗母听着很高兴说："这是好方法，女人们可以在围圈里，烧火烤鱼，保护地下一圈，长矛弓箭，母姐们也可以在围圈帮助围猎！"

裂石王问："这个围圈要多大多高，多长时间能搭起来？我们在树上搭棚架挺难，也很慢，我担心咱们还没搭好围圈，矮猴子就来了！"

大头领说："搭高但不搭太大，大了守不过来；靠着水边搭起来，可以少防一面！"

天日三十一直在听，不断思考，想了一会儿说："三位的办法好，就这么办，先要立住脚，留下回撤的路，不能没有退路。我想，搭围圈最重要的是快，一个晚上就起来，这需要准备好多木材，还有一个咱们自己能解决的东西，石头袋！"

"什么石头袋？"少宗母问。

"就是结网两头扎住，里面装石头，一层木架，两三层石头袋，外面是悬壁，里面是坡，以便于上去；再说，这些石头都是抛石！"天日三十讲得很兴奋，"到了过河的地方，母姐们不过河，编绳结网，具夫们过去准备树木和石头袋，东西准备好了，一晚就搭起来，那就不怕矮猴子来了，居高狩猎，消耗矮猴子！死的多了，他们就会逃跑，这样，我们就可以进去了！"

几个首领说得很热烈，他们知道这一难必须过去。

夜风、飞雕带着猎手们往下游走，顺便看了看瀑布到底怎么回事。夜间，他们看到河对岸有火光，显然是矮猴子在跟着这些猎手查看，担心他们从瀑布下面平缓处过河。瀑布分成三股，急流而下有两树高，下是一个深潭；深潭过后水流湍急，但河面不太宽，河对岸是大面积的沼泽；猎手们沿着河边继续向下游走去，走到一片树林，回头已经看不到瀑布。猎手们在夜风的带领下钻进树林绕圈折返，没有看到矮猴子，显然，他们认为这批"入侵者"走远了。

过了一夜，第二天上路，黄昏时分，猎手们终于悄悄地回到营地，男人女人们重聚在一起，很是亲热。但是一切都要悄悄地进行。

当晚，在首领的带领下，具夫们聚在一起，几个头领们坐在内圈，其他猎手在外圈；天日三十招手让花豹和好手坐到前面。

昨天商定的方法通告了猎手们，天日三十说："这是过一次大难，是一次生死围猎，猎手们，要为我们的宗门和女人们去狩猎！"

猎手们很激动，跃跃欲试。裂石王把狩猎的方法告诉了大家，前后的安排非常明确，先准备东西，准备好了之后，一夜搭起围圈。这个过程要几个黑白天。

少宗母对女人们说："我们要编很多绳网，绳网就是我们的围圈，有了围圈，我们就能像猎杀长毛怪一样围猎矮猴子，各位母姐，为了宗门，为了你们的后系，一定要编出好多绳网！"

其实，经过与长毛怪的两次围猎，绳网用量大，发挥了很大作用，整个族群都特别重视，沿途采集荆麻浸湿后，捆在一起，留待使用，两个轮架子上都是搓麻编绳的荆麻，一捆一捆，母姐们每天手不闲着，分工合作，有空就是搓麻编绳，用编好的绳子结网。

天日三十特别问花豹和好手对搭围圈有什么想法，能不能更快更结实？

花豹说自己的想法："用绳网装石头堆起来，绳网会成为矮猴子爬围圈的抓手，围圈外围应该用竖起来的杆子阻挡，绳索在内侧，矮猴子找不到把手；围圈有两人高就行，内测堆成坡，下面宽，上面窄，便于上下运送石头！"

大家听着一时还不太明白，露出困惑的神情。

好手接过来，一边说一边在地上画："就像扎木排，立木在外，横木在里面捆上！"

花豹拿出一把小木棍和小草捆好的框架，好手放在地上，捧起小石头放在框架中，接着说："这样石头袋不会乱跑，围圈就很敦实！在这上面再加一个框，再往里装石头袋；这样一层一层放上去，围圈就打好了，很结实！"

大头领问："好办法，能很快搭起来吗？"

花豹肯定地说："能，日月宗的具夫都会扎木排，几个猎手分头捆架子，一些具夫抬过去捆绑在一起，强壮的母姐和具夫可以把石头袋放进架子中，瘦弱的母姐可以往网袋里放石头，这样很快啊！"

裂石王突然说了一声："好，就这么干，人人都可以动手！"

两天后，三方人在上游找到一个过河的地方，水流急，却是不宽，河滩里全都是石头，两边岸上都有高大的树木，地面堆满枯树干。看上去一切需要的材料都具备了。

黑石族的抛石手抡起带着石头的粗绳，加速度，将粗绳抛过对岸，但依旧距离太短，绳头只能落在河滩上，绳头的石头卡不结实。整整半天，没有一根绳子能够卡住，即使卡住了，一拉又松开了。抛石手已经累得抛不动了。坐在河滩上无可奈何，感到距离太远了，抛不到树杈上，很难结实地卡住。

大家正在焦急地想办法，有人甚至提议再往上游走，换地方！母姐女人们倒是不管这些猎手的事，找到一块平坦的地方，坐在那里搓麻编绳。

这时候好手和花豹跑过来说："有办法了！"

人们一听这两个好手有办法了，马上聚过来问："什么办法？"

花豹把一个捆绑的小木头架子放在地上，架子横梁上竖绑着一根长木棍，木棍头上拴着一根长绳，绳子的另一头拴着一个长石条。花豹把架子和绳子摆弄好，招呼好手说："压！"好手突然快速压下那根竖木棍的底部，横躺在地面竖木棍突然立起来，带着头部的绳子飞起来！竖木棍立起来后撞到上面的横梁上，咔的一声，竖木棍戛然而止，绳子却没有停，反而加速度飞到对面，飞行速度快而有力。

大家叫好，都说这办法行。裂石王问好手："怎么想到的？"

好手说："做弓装弓弦，有一头没装好，弹出来，力量很大，把弓弦弹了很远，觉得这是个办法，看到抛石手扔不过去，我和花豹一起商量搞了这个弹弓抛绳，或许行，试试吧！"

天日三十大声说："来，赶快试试！"

一个大轮架子拉过来竖起来，稍加改装，找了一根细长的树干，把绳子绑上，绳子头上捆了一个木头的十字架，平铺在地上，一切摆好，花豹叫四个具夫朝地面拉下树干短的一头，当快到地面的时候，对面的几个具夫一起拉捆在短端的绳子，让树干尽快地立起来，撞在上面的横杆上！

干活儿的具夫听明白了，树干绳子也摆好了，花豹发出吆喝"拉"！木杆开始启动，花豹对拉绳的几个大喊"拉起"！几个具夫听令拉起绳子就跑，木杆开始加速度，飞快地立起来，"砰"的一声撞在横杆上，整个轮架子差点倒了！可是拴在绳头的木头十字并没有停，被杆头带着飞向对岸，掉在土坡上，冒起一阵烟土！比抛石手远多了，但是还没有抛到树林中，故而就挂不住。

大家在欢呼中，发出一声叹息，把拴木十字的绳子收回来。准备再试一次。

花豹和好手商量了一下，重新布置了，一是在绳头又拴上一个十字架，增加重量；二是把绳头拉到远端，准备好再次按照前面的程序抛出去，又远了一些，还是没有抛进树林。大家看着再次拉回来的木头十字，有些泄气。

飞雕和夜风走过来，夜风说："花豹这办法行，就是粗绳太重，向后拉太远，十字绳头离对岸太远！这样，用细绳盘在地上，立木杆上装上飞石袋，把木十字装在飞石袋里抛过去！"

飞雕说："只要扔过去一根细绳，就可以扔过去两个，三根细绳就是一根粗绳，过去一个猎手，粗绳就带过去了！你这招行，快试试！"

这一点拨，花豹马上明白了，刚才那大绳子像个巨大的尾巴，在空中延缓了木十字的飞行速度。花豹大喊着："细绳、细绳，要细绳！"

木杆头装了一个羊皮兜，木十字放进去，带着一根细一些的麻绳，地上是一盘麻绳。一切都准备好了，大家期待着等待结果。花豹再次发出吆喝声，这是第三次了，大家都很熟练了，立杆画了一个大弧形飞快竖起，撞击在横杆上，那个木十字飞出去，又高又远，落入对岸的树丛中，一阵欢呼后，开始拉绳子，真的挂住了，牢牢地挂住了！

第二根又抛出去了，落在树丛中，牢牢地挂住；第三根再次抛出，也挂住了，三根绳子拧在一起，人们再次欢呼……

黄毛大头们跟着一起欢快，那几只牛抬头看看，不明白为什么，继续低头吃草。

一帮猎手高兴地把花豹和好手抛起来，花豹说："是飞雕和夜风的提醒，你们把他俩抛起来吧！"

"好家伙，还是你先想出来的办法！"飞雕大笑着说。

一直在一旁默默地看着这个过程的裂石王走过来，对大家说："大家看，这就是一个新武器，抛石架！比弓箭都飞得远，如果装上石头，就能砸死远处的猎物，这个抛石架以后有大用场！"

大首领说："对啊！做几个小的，两个人就能操作，这比用手抛石又快又狠！"

天日三十高兴地说："这东西什么都能抛，可以装一兜子拳头大的石头，抛过去能打一大片，砸上就是头破血流，厉害啊！"

大家都意识到这个新装备会让自己更厉害、更加无敌，兴奋地欢呼雀跃："抛石架，抛石架！"

很快，两根结实的过河绳索拴好了，过河这一端高，顺势滑下去，对岸一端落在地面；多装了一根回来的绳索，也是一端高一端低，便于操作使用。

首领们对到底能不能过河占住猎场，还是没有把握，返回此岸用的绳索是个保险绳，是最终不能站住脚回撤的通道。

有了过河绳索，具夫们陆续顺着绳子过了河，女人只有少宗母过去了，几个首领还是先看地形，一致认为眼下枯木遍地，河滩里有大量的石头块，就地搭围圈，守住两根来往的过河绳，河中有水有鱼，稍往下游行走，水流缓和的地方，大鱼成群；还有很多大鱼逆流而上，停留在岩石后面，找机会就逆流而上，在岩石后面抓鱼很容易。

大家按照事前的约定，由花豹和好手带领几个手巧的扎捆木架子，根据木头长短，大大小小，高度差不多就可以，粗长的立木之间要在内测捆上横木，就像是扎木排，生存危机让大家拿出全部的精力，拼命干着。

河岸上遍布着碎石，一群具夫把碎石装进麻网中，十几个人形成一个队列，从河滩下往上输送一包一包的石头袋；上面接到后就填进木框中，一层一层往上搭，干劲十足，材料充足，进展相当快的。

晚上，都回到对岸，毕竟这边的围圈并没有做好，谁知道矮猴子什么时候会发现。

在岸边不远的地方，点起篝火，烤鱼应有尽有。

夜风这时想起具夫们袋子里有盐！他和飞雕带着具夫去下游绕大圈的时候，在回程时发现一个断层，断层下面坍塌的山体被水冲走了，断层靠近底部有白花花的一层，远望去以为是白石头，谁都没在意；太阳转向，照得"白石头"晶莹耀眼，夜风攀上走近查看，发现这里有许多大角鹿、野羊的脚印；有经验的猎手都知道，这迹象说明这一层可能是盐。夜风马上尝了尝，果然是盐！他大喜过望，马上招呼大家动手挖，背在身上；临行前，给这个地方做了标记，将来有大用场！盐对人们的生存太重要了。

具夫们拿出盐，分发给其他人；日月宗的人还是老规矩，交给了少宗母一起保管；几个流浪帮的"外赘"似有不快，不愿意交出统一管理。母姐在一旁说："交给宗门保管，宗门有就人人都有，快交吧！"少宗母让各户留了一些，大部分集中保存了，这是"战略物资"。

夜风倒是爽快，说："都给宗门管吧，以后还有很多！眼下是要把矮猴子打怕打跑，我们有了猎场，那个盐池子我已经做了标记，就是我们的了！"

飞雕接着说："对，打跑矮猴子，就有新家园！"

几天的辛苦，围圈搭建还算顺利，只是附近的石头已经被用尽，人们需要到附近搬运，要不就是从过河的一边取石头，通过绳索运过去。

在这个过程中，花豹和好手又搞出一个滚动轴，一段圆木头，中间钻了个洞，穿进去一根结实的木棍，两头拴上绳子，等于拿那根粗绳子当作轨道，圆木在上滚过，捆吊着几个石头包运过河，这个简单的滚动轴提高了效率，还节省了粗麻绳，这几天粗绳已经换了很多条了，更重要的是人可以坐在麻绳下面的横木上，对面有人拖拽，快速顺利地往返两岸之间，一旦需要后撤，人们可以很快撤到安全的一边。

花豹和好手简直成为大家交口称赞的大能人。两个人在赞扬中，更加努力，不断想着各种办法，省力高效搭建围圈。

围圈搭建到两人高了，按照今天来说就是三米多高了，一帮人在几个首领的带领下，加固衔接部分，在河边扎上栅栏，双层的，和居穴的外围一样，结结实实，从地面起，设有内宽外窄的出矛口，便于在内防守；上面支了又高又软的围挡，防止爬高翻越。

突然，黄毛大头们朝着远方叫唤，在上面干活儿的人看着远方："矮猴！远处！"

几个头领马上上到高处查看。果然远处影影绰绰有几个活动的"矮猴"，最明显的特征是他们手中拿着长矛。其他猎物不会有长矛，长毛怪也只是手提粗短棍。矮猴显然发现了这边的变化，站在远处看了半天，似乎在判断自己的印象："这里多了一个东西？"

大头领马上告诉赘挂们，抄家伙，有猎物；天日三十也让具夫准备飞矛弓箭，长矛，抛石架。

这时的抛石架已经相对成熟了，对长短不同抛杆，抛石的距离心里有数了；几架"石雹架"，密编的麻网捆兜在叉状的抛杆上，一次兜住十几个拳头大的石头蛋，飞出去一箭到两箭远，砸下来是一大片，看着很有威力；猎手们叫这个是石雹架，像下雹子；还有长抛杆的抛石架被猎手们就称为"雷劈架"，两三块脑袋大的石头放在兜子里，拉动抛出，又远又重，猎手们说就像天空雷劈落地。

身体弱小的女人们都回到对岸，这边围圈里只留下男人和几个身强力壮的女人；经过与长毛怪的两次搏杀，男人们都很清楚自己该干什么，这次多了几个操纵抛石架的，几个女人主要就是往"石雹架""雷劈架"的兜子上放石头。

石头已经准备好了，应有尽有；飞矛手，弓箭手也都准备就位。大家紧张地看着远处矮猴的动作。

矮猴们渐渐地从树丛中走出来，聚在一起，朝这个方向走过来。数量真是不少，比长毛怪多了很多。矮猴们走到距离围圈一箭地的时候，显然是看到了围圈上面站着的人，站在那里不动，忽然在一个高大的矮猴带领下，举着长矛，跺脚大喊大叫，看上去很愤怒。围圈上的猎手们当然知道他们是什么意思。远古先民的语言都很简单，动作表达很丰富，几个头领交换了判断，结论是"这是我们的地盘猎场，你们马上离开！我们很生气，我们要攻击你们！"

天日三十说："不回答，等着，准备围猎！"

矮猴子闹了一阵子，看这边无声无息，领头号叫中，开始举着矛虚张声势跑了几步，突然站定，拉弓射箭，虽然箭飘忽不定，飞得不远，但也是有威胁，能伤人。天日三十看到矮猴要射箭，马上让大家举起藤牌，让几个母姐蹲在抛石架和男猎手的身后。裂石王喊："弓箭！还击！"

乘着矮猴们射完一轮观看效果的空当，弓箭手搭建拉弓，射出第一轮。这些箭都是认真挑选箭杆羽毛的箭，飞得远，加上花豹和好手改良了弓，弹性更强，加强了弓身，弓弦也都是用羊肠子精心鞣制，几股编在一起，弹性很好，射出去的箭高速有力，未等矮猴子们反应过来，已经飞到眼前，几个矮猴子当即中箭，疼得大喊大叫，有两个倒地不起，显然射中要害了。

刚才，三方猎手之所以没有射箭抛石，是在表达善意，"我没有攻击威胁你们"！但是对方并不了解这种无声信号的意义，矮猴子或许认为：我主动来了，表达了要你离开的意思；你不离开，也不敢迎战进攻，那就是恐惧和软弱，那就要武力攻击驱逐。这些过程和两群狼在领地边界相遇时的情景差不多。主动龇牙进攻的被咬了，那就是更加激烈地进攻撕咬。

事实也是如此，矮猴子回撤了一点距离，重新聚集，战成一个"矛头阵"，首领在正中，两侧靠后一些是两个次要的首领，其他的男人站在首领后面，首领的一声吆喝，这些矮猴子，短斧敲着长矛杆，发出整齐的喊叫，开始走，越走越快，声音越来越急促……

围圈里准备了距离不同的四种武器，长距离是"雷劈架"，中长距离是"石雹架"，中距离是弓箭，近距离是飞矛和弓箭；这样的层次布置应该是那个时代最完善强大的猎杀阵仗了。猎手们都想看看抛石架的实战效果，母姐们从来没有参加过狩猎，这次成为"加石手"参加狩猎，也很兴奋，站在身后对岸的母姐们，在那边架火烤鱼，少宗母在水边找到带有酸辣味的水葱，磨碎放在鱼肚子里，烤熟后放在麻绳网袋中通过绳索传送到围圈里，吃着很香。

忽然听到大头领的喊叫："雷劈架！加石头！"原来，矮猴子已经列队走过来了。"加石手"都是强壮的母姐，做事很有条理，石兜子两边堆放了合适的石头，一边站一个加石手，放进石头后，抬着杆头，听吆喝后，双手一抬，杆头另一端是两个有力气的猎手，借势往下压抛杆，对面的四个具夫就力拉抛杆，杆头开始加速度，砰！装在上面的横杆上，石兜子里面石头瞬间抛出！

站在围圈上面的天日三十看着飞石方向。

为了快，这些抛石架都是轮架子改的，"碰杠"放在哪个位置，都是实验调出来，碰杠的位置，决定了抛石出去的"仰角"；那个时代的人还没有"仰角"这个概念，但是并不意味着不知道对这个仰角效果的运用，花豹和好手等一般人，知道碰杠位置决定抛杆的"仰角"，这个仰角合适，不会伤到自己人，还能把石头抛得更远。

两个"雷劈架"发出两声闷响，十几块大小如黑鹊展翅的石头从围圈里飞出，又高又远，快步走过来的矮猴们忽然看到围圈后面飞出一堆石头，全都愣住了，抬头仰面看着这些石头飞过来，有几块落到自己的身后，砸出深坑，发出恐怖的声响。虽然没有伤到，但他们从来没有见到过这样的对手，能把这么大的石头，扔出这么高、这么远，还同时是如此多的石头！

矮猴们感到困惑恐惧，停下来，不知所措，有两个跑过去蹲地看石头砸出来的坑，一块石头砸在岩石上，飞石碎了，岩石砸掉一块，一个矮猴子大喊大叫。进攻的矮猴子又开始向前挪动，但明显步履犹豫放慢。

围圈后的四台"石雹架"先后发出声响，抛石犹如一群飞鸟呼啸而出；矮猴们仰头观看，并不躲避，忽然发现这些石头没有飞到后方，而是对着自己砸过来了！矮猴们大惊失色，抱头往后跑，人多密集，相互冲撞，混乱中飞石砸下，拳头大小的石头落下，头破血流、筋断骨裂，疼得倒地怪叫。

围圈上的猎手们高兴地欢呼，下面加石手母姐们也很自豪，第一次参加围猎就创造奇迹，当然十分高兴，虽然看不到河对岸发生了什么，但肯定是好事，就跟着一起欢呼。

矮猴们倒地哀叫的，抱头号叫的，混乱过后，又聚在一起，在头领带领下，向围圈跑过来；指挥吆喝下，石头不断抛出，雷劈架用不上，全部是四部石雹架抛石。加石手母姐们干得热火朝天，满头大汗，四个抛石架轮番抛出，一时间飞石呼啸，漫天遍野，矮猴子纷纷中招，围圈里呐喊鼓励的声音不断。

好手和花豹在围圈上下不断跑动，调整碰杠的位置，控制抛石的高度距离，一般来说，仰角越大，抛石越高，落下来的距离越近；仰角越小，抛石不高，距离远。

矮猴子就像是一群疯子，纷纷被击中倒地，没有被石头打到的还是在首领的吆喝声中，往围圈奔跑，虽然速度并不快，但已兵临城下。

抛石架靠概率击中，靠近了就用不上了。天日三十大喊："石雹架停，弓箭手上！"

听到号令，早就准备好的弓箭手登上围圈上面，搭箭待射；圈内的加石手——几个强壮的母姐——满脸通红，一屁股坐在地上，大口喘气，她们的男人——如果不是弓箭手——跑过来在一旁安慰递上水瓢，情景感人。

天日三十看着进攻的矮猴子："确定猎物，前排射！""中排射！"

围圈上面狭窄，站不下两派人，实际上是站成一排，一个隔着一个，分别两组，射箭的站起来，下一组就蹲下搭箭，等候站起来发射；三轮过后，围圈外面加上被石头砸到的，已经倒了十几个矮猴子，原始狩猎武器，除非要害，否则不能一剑封喉，倒地即亡，那些受伤的倒地哀号，这边进攻的还是不顾死活，拼命往上进攻，有十几个矮猴子已经跑到了离围圈很近的地方，还投出长矛，虽然矮猴子的长矛不直，飞行轨迹怪异，加上围圈上面拨挡，还是有两三支落入围圈，一个母姐和猎手被刺中，受了伤！情况危急！

在下面的裂石王根据商定好的办法，让几个加石手母姐通过绳索回到对岸，剩下的都是精壮的具夫猎手，在大头领和天日三十的指挥下，夜风和飞雕各守一边，黑豹、扒皮刀和天日三十在一起守住正面，飞矛手看准了近处矮猴子分组奋力投矛，因为距离近，飞矛的杀伤力显现出来，连连重创矮猴子，有几个被穿透胸膛，后退几步倒地大喘粗气，有一个竟然拔出飞矛，起身要把飞矛投回来，但是手臂突然无力，飞矛投到前方不远，反而刺伤了一个首领，受伤的首领回头，气愤地提着石斧跑到这个投矛的矮猴子面前，扬起斧子劈中矮猴子的面门，已经重伤的矮猴子一声没出倒地而亡。

矮猴子进攻无望，拖着受伤的同伴走了。

围圈上，大家喘着粗气，躲过了一难。看到矮猴子们走了，几个首领赶快招呼猎手们捡回飞矛箭矢，还有那些石头，这些武器以后还要用，尤其那些石头，不仅要用来抛石，还不能留在附近，矮猴子捡起来就能抛过来，成为他们进攻的武器。

收拾这些时，看到几个没有带走奄奄一息垂死的矮猴子，天日三十发现有几个双眼距离远，有的一只眼中明显是没有眼球，还有三个是"鸟腿"，腿细，脚趾竟然只有三个，像水鸟一样分叉。裂石王看到了以后说："这是怪物，毫无禁忌的后果！"

天日三十感到奇怪："这些怪物竟然能活下来？"

这些奄奄一息的一般都是被箭矢或飞矛击中要害。猎手们把箭矢和飞矛拔下后，这些矮猴子流血，残喘，死亡。

夜间，大部分人都回到对岸的大篝火，各户的棚架也搭起来了。黄毛大头一群在旁边卧着，一群小东西跑来跑去，找猎手们要吃的东西。

为了取水方便，猎手们在河边挖了一个引水道，将水引入一个坑中，坑满水流走，留下的水清亮干净。

猎手们累了一天，钻进自己的棚架或地窝子，搂着自己的女人进入了梦乡。几个首领和重要的猎手头领依旧围着篝火商讨将来的事情。

大头领和夜风认为这帮矮猴子数量很多，肯定还会回来，夜风说："再过来可能会更多！"

裂石王认为他们的判断是对的，进一步说："我和天日三十看到死了的矮猴子，怪物不少，这种怪物是没有禁忌交配乱来的后果，应该说都活不了多大就死了，矮猴子这样的怪物竟然可以活下来，说明这地方有很多吃喝的东西。"

天日三十跟着说："吃喝不发愁，怪物都能活下来，矮猴子的数量肯定不少，不知道他们是怎么活着？这帮吃了亏，回去能招来多少同类？我们必须要有准备！"

大头领说："要做好准备，咱们看上这块地方了，就要让他们知道咱们的厉害！我看矮猴子是这里最厉害的一群，把矮猴子打服了，其他的就都躲着咱们。"

夜风说："今天我们就伤了两个人，都是飞矛从围圈外飞过来的。站在上面的要射箭飞矛，矮猴子的飞矛多了就挡不住，落下来就会伤着自己人，围圈里面看不见，也来不及躲……"

飞雕接着说："白天矮猴子过来的少，只有三五个到了围圈边上，我们这边的两个矮猴子要用长矛撑着要上墙，撑起来离上面就差得不多了。他们再来，可能会撑杆子，或架树干往上爬，要提前想办法，干掉它们！"

天日三十说："夜风和飞雕说的是要害之处，这和大长毛怪一样，要想办法对付他们。夜风说的外面飞矛进围圈伤人，我想的办法就是拉网盖，只要不影响石鼋架抛石头，其他地方用网盖上，网上铺树枝草棍，落下来也没力了，伤不了人！"

好手忽然插话说："大首太的主意好，用网盖上一圈，中间留下抛石架的地方就行。这一圈网的好处是一旦矮猴子上了围圈顶，就会往里跳，正好落入网中困住，下面的人正好刺杀！"

裂石王说："好办法，陷阱兜网架在顶上！"

夜风插话说："明天，一起动手，把围圈下面挖一道沟，咱们原来居穴外面有水沟，灌上水，沟底下全是泥，站在下面跳不起来，跑不动，正好猎杀！"

大头领一拍夜风的肩膀，赞扬说："好主意，天亮了矮猴子不来，咱们就挖个泥沟！"

天放亮，男人猎手全都起来过了河。为了方便，又装了两根往来的绳索，大部分人开始挖围圈地沟，因为在河边，土质比较松，挖沟进展很顺利，随即从河里取水往沟里倒，泥沟做好了；矮猴子的尸体也扔到河里漂下去了，但是矮猴子并没有来。

没人知道到底有多少矮猴子，天日三十决定再等等看，看看矮猴子到底来不来，贸然离开围圈向内陆进发，拖家带口，一旦被数量大大超过的矮猴子包围，没有地势之利，那就是被围猎的结果。大家一致认为，留守围圈，跨河往来，目的只有一个，认为力量足够的时候，过河向内陆进发，围圈就是堡垒。

第四十五章　围圈城池　攻防大战

几天过去了，矮猴子始终没有出现，猎手们感到奇怪；每天就是小规模狩猎，钓鱼；母姐们做着她们自己的营生：采摘、搓麻编绳、缝补；具夫们就是磨制箭头，制作能够防备弓箭的荆条藤牌，这些都是"狩猎物资"。所有的劳动还是群体一起，只是晚上回到各自的棚架；尤其少宗母和大头领两人在一起，很是和谐恩爱，大头领很尊重少宗母，处处维护少宗母的威仪。那些流浪帮的猎手看到自己的大头领如此对待自己的女人，个个学着大头领，具夫这边再没有因结亲受阻而产生愤怒，看上去都是心情舒畅。

天日三十和少宗母对此感到非常欣慰，首领们交谈中都认为日月宗改规矩是对的，内部没有了因结亲产生的冲突。

裂石王告诉其他首领，占卜伯提出："过大难，敬天神，全体信奉大天神的要祈求天神的保佑！"

少宗母听到后也说："大巫姐前几天也和我说过敬神告天的事情，看样子，我们要择机敬奉天神保佑我们渡过难关！"

天日三十问大家："那就今天太阳落山的时候敬告大天神，太阳落下去就把消息带走了！"

大家都同意。

黄昏的时候，在临时搭起的神事台子上，三方组成的迁徙群体聚在一起举行统一供奉大天神后的第一次敬告活动。

烈火熊熊，场面庄严，大巫姐和占卜伯神情严肃，仪式按部就班，心情虔诚，期待渡过此难，拥有富饶宽阔的新猎场。

仪式结束后，大家都好像信心倍增，感到美好生活就在眼前！

多数人都入睡了，天日三十不放心，又渡河到围圈里看了看，这里是第一线。

上到围圈顶上，两个守夜的具夫正在嘀嘀咕咕；看到天日三十过来，马上凑过来说："不对劲儿，那边好像有火光！"

天日三十顺着守夜具夫指示的方向看去，果然，地平线以外有一片亮光，由于繁星满天，皓月当空，看不太出来。天日三十认定那里是有火光的，而且很可能是矮猴子的。他问守夜具夫："前一个晚上有这个光吗？"年长的具夫昨天晚上也在守夜，回话："没有，所以现在看到觉着奇怪！"

"精神点儿，仔细看着，有动静就发啸箭！"

通过滑索，天日三十回到对岸，找到大头领和裂石王，把看到的奇怪火光的事说了，三个人商定：守夜看紧，暂时不声张；估计如是"矮猴子"，他们今天晚上不会进攻，天亮以后告诉所有的人，准备恶战。

天亮了，天日三十把昨晚远处的火光告诉大家，警告说："矮猴子今天就可能到，来了就是一场从来没有过的围猎，大家准备好飞矛、弓箭、长矛、抛石架，谁都不知道这次会来多少矮猴子！"

大头领站起来面对那些流浪帮的猎手说："过了这一关，新天地就在眼前！"

裂石王年长，走到前面说："我感觉这是生死大关，早知道有这一关，万幸，现在我们三方在一起，有大天神保护，同心协力，过了这一关，这个地方就是我们的新家园！"

猎手们高举各种武器，发出拼死的呼喊；黄毛大头一群也跟着一起大叫；只有那些牛甩着尾巴在附近吃草，抬头看着这些人欢蹦乱跳，转头又去吃草了。

围圈内外，为了覆盖天网，加固围圈，水沟灌水，忙忙碌碌；抛石架经过实战，决定把"雷劈架"改成"石雹架"，"雷劈架"大，发射很占地方，效果只是震慑，杀伤力不行；围圈内狭窄，改成小的抛石架，回旋余地大，还有杀伤力，一旦那个抛石架坏了，还有备用的。

上面的围圈网已经加上了，网上还覆盖了一些树枝，夜风指挥他们往网上洒水，一个道理，担心矮猴子扔火把，扔到网上，绳网干燥很容易着火；大家都认为夜风想得周到。

围圈上面加宽了一些，关键是在里边脚下绑了一根横杠，飞矛手可以蹬着横杠投出飞矛！原来顶上空间不够，没有助跑，动作不到位，投飞矛用不上劲；现在好了，有了蹬杠大展手脚了！

围圈的外边，挖了一道并不深的沟，但是有一定的宽度，灌上水后，里面都是泥，河滩地本来就潮湿，浇上一点水，地面就黏脚，这一点很有用，下面的进攻者用不上力气，动作迟缓，整个杀伤力大大降低；上面的猎手可以正常发挥，又居高临下，增加了攻击力。

这都是老猎手们想得到的，居高临下，突然击杀，力量倍增！但是，那些脑子不够用的部族还要经过许多年，才能知道这些方法，甚至永远都不会知道，还没学会呢，就被淘汰了，弱肉强食，过程残忍，结局无情！

中午时分，顶上的查看猎手发出信号，远方发现了"很多猎物"；大家严阵以待。圈内的加石手除了那几个健壮母姐外，又配备了四个具夫，根据上次的经验，抛石拉杆的具夫们都认为一次装六到八块石头足够了，加石快，发射拉杆轻松，石头飞得远；如此，一个抛石架两个加石手，一人两次加石头，拉杆发射一次，大大提高了抛石效率，等于提高了"射速"。

围圈内的加石手看不到圈外的状况，第一兜子石头已经装好了，拉杆抛石手就等着围圈顶上的"抛石"指令了！

站在围圈上面的天日三十等几个首领，看着远处的树丛，影影绰绰，渐渐走出来一些矮猴子，先是站在那里张望，随即往前走，后面陆续跟出来一群又一群的矮猴子，很多矮猴子还拿着一些简单的行李，其实就是打成卷的兽皮捆在长矛上扛着。看到这些，大头领说："看样子前面被打的矮猴子找来了他们的亲族群，带着自己的东西呢！"

黑豹说："这帮东西的长矛弓箭都很粗糙！看样子很笨！"

飞雕说："当然很笨，生出来的一代不如一代，但是他们数量很多，这边猎物多，大概厉害的大家伙不多，这些矮猴子不怎么管就能长！"

裂石王说："矮猴子大概是这么一种东西，这地方有吃有喝，生得多，群体大，没规矩，肯定是大欺小，强压弱，拿命不当命！"

天日三十有些担忧："这种东西真是我们的一难，一群又一群，没有规矩好讲，不知道携手，甚至不知道交换！要么我们离开，要么大围猎，杀个血流成河！"

夜风在一边大声说："大围猎，杀矮猴子血流成河，要不就是我们血流成河！"

大头领跟着夜风的话："矮猴子不懂得携手结盟，只知道争斗，有我没你，有你没我！也许，他们还知道逃跑，死得多了，就会逃跑了！"

说话间，那些矮猴子成群结伙往这边走，粗粗一看应该有"十几个合掌"，那也就是一百多个，大大小小，高高低低，在原野中的草丛灌木中若隐若现，能看到他们手持的矛头晃动，那是一些磨制粗糙的石矛尖，甚至可以说是一种长柄的石刀或石斧，这和投掷捅刺矛比起来就差了一些，挥舞劈砍需要空间，狩猎常常是在树林中，挥舞劈砍不易，日月宗一般使用短斧劈砍，又快又准，长柄的就是投掷和捅刺，很有效率，难以防备。看到这些，夜风一帮猎手们心里放心了，大头领说："矮猴子很多，但大多要被围猎！"

距离围圈有两箭多远，黑压压一片，矮猴子脸上涂了黄红白三种颜色的图案；他们穿的很简单，上面一个皮子围起来的桶，下面还是皮毛围起来的桶，腰里系着牛皮绳子，脚上裹着兽皮，看上去是用牛皮绳穿捆在腿上，看那块皮子的大小不同，护腿高低不同。

矮猴子把上身的"桶"脱掉，裸露出多毛的上身，把长矛上的"行李"放下，高举长矛，拿个短木棍敲击长柄，一起大喊大叫。

忽然，走过来一排女性矮猴子，走到这群看似要进攻的矮猴子前面，撩起围裙，就地跪下，屁股朝着持矛的矮猴子；那些持长矛的矮猴子扑上来就交配，动作粗野，很快就完事了；紧接着又上来一排。站在围圈上的猎手们看着很惊讶！

在日月宗禁忌、黑石族的规矩里，狩猎前是不能结亲交配的，这是大忌；但是，这帮矮猴子竟然在进攻前不避对手，公开轮流交配，让持有禁忌规矩的三方猎手们大为惊讶，交头接耳，探问这是为什么？

裂石王笑着说："这大概是一种奖赏，对出击猎手临行前的奖赏！"

混乱交配结束了，矮猴子们再次高举长矛，拿个短木棍敲击长柄，一起大喊大叫。

围圈的上下猎手们，没有知道他们在喊什么，估计还是最初的意思："你们占了我们的地方，还杀了我们的人，我们报仇来了！看见我们的愤怒，你们就应该害怕！"

喊了一阵子，开始向前走，和上次一样，越走越快，天日三十和几个首领都注意到，跟在后面的是几个矮猴子扛着几根长树干，天日三十迅速数了一下，一共六根树干，显然，矮猴子汲取了上次的经验，要搭树干爬上围圈。这时候大家感到在围圈外挖沟灌水太好了，可以增加他们的搭树干上围圈的难度。

天日三十看到达了预定距离，大声发出抛石的指令，这四个石礮架先后发出"碰碰"声，飞石密集，四片乌云，劈头砸来！也许有了上次被砸的经验，一些矮猴子拿起手中的长矛、短棍架在脑袋上，但是这怎么能挡得住，还是一片鬼哭狼嚎，那些没吃过亏的矮猴子不知躲闪，被打得抱头鼠窜，大喊大叫，还有些掉头逃了回去，剩下的矮猴子又遭到了弓箭，随即就是飞矛，而"碰碰"的石礮从来就没停过……

这种原始冷兵器战场上，到处都是尖叫惨叫声与受伤后的哀号声，进攻一方的咆哮，坚守一方投掷各种武器的呐喊。十几个矮猴子连滚带爬跳进泥坑；后面不知死活的三个矮猴子扛着树干下了泥坑，后面又有三个矮猴子抱着树干摔进泥坑，刚进去还没有站起来，就有三个扛树干的矮猴子被击中，一个当胸中了飞矛，另外两个都被箭射中，从上往下，直上直下，这箭射进很深，三个矮猴子几乎没有什么挣扎，就倒在地上抽搐。

前面跳进泥坑的矮猴子拉过木头，但是脚被泥坑黏住，用力不顺，跌跌撞撞，上面的大石头下来了！雷劈架不用了，原来储存的石头可是能用，这石头大小和人脑袋差不多，双手举起朝下砸，又狠又准，下面那十几个跳进泥坑矮猴子被落下的石头砸得东倒西歪，逃跑了几个，七八个倒在泥坑中呻吟流血，很快泥浆变成了红色的泥血浆。

第一波进攻被打退了，但是矮猴子似乎并不愿意就此罢休，在树丛中的不知道干什么，只能听到断断续续的号叫声。

猎手们趁机跑出围圈，就近捡回飞矛、箭矢、石头，准备矮猴子们的第二波进攻。

接近黄昏的时候，矮猴子们又出现了，唯一变化的是他们抬着两根粗长的枯树干，看样子，他们知道在泥坑中只能挨打，无法上墙，他们这次抬来粗长的树干就是想跨过泥坑。

夜风突然大喊："把沟里的树干拉回来！不能给矮猴子留着！"

有猎手问"为什么要拉树干？"

夜风大喊："树干搭在围圈上，就能上墙了！"

天日三十知道夜风是对的，也发出吼声："拉不进来的树干，扔到河里去！"

在下面捡物资、处理矮猴子尸体的，听到喊声，纷纷动手，把矮猴子刚才丢下的木头从侧面拉进围圈，加固栅栏，两根细一点的拿上了围圈顶，一阵子忙乱后，具夫们进了围圈坐在地上，气喘吁吁。

这时，令人恐惧的咔咔声响起来，这是在敲击长矛！低沉的嚎叫再次响起，矮猴子的二次进攻来了！

飞石抛出，箭矢飞过，伴随着矮猴子的嚎叫和猎手的吼叫，一支支飞矛抛出，两个猎手被矮猴子的乱箭射中，被拉扯到下面，通过绳索送到河对岸，其余的猎手继续奋战。

这次矮猴子们真的是愤怒到了极点，不顾抛石箭矢，一窝蜂抬着两根大木头到了围圈泥沟边上，七手八脚举起来，想架到围圈上，虽然不断有矮猴子被打倒，但是那两根木头歪歪扭扭搭在了围圈上，几个身手敏捷的矮猴子顺着树干往上爬，猎手们手持长矛，见一个捅一个，矮猴子不断落到泥沟里，但是，在一个粗壮的矮猴子的指挥下，矮猴子们还是不断往上爬！

在围圈边上，格杀非常激烈，一个流浪帮猎手的长矛被矮猴子抱住了，猛力一拉，这个猎手没有及时松手，晃了一下摔下围圈，临掉下去时，被夜风抓住胳膊，但全身已经摔下围圈！夜风加上两个猎手奋力往上拉，下面的矮猴子往下拽，情况十分危急；黑豹看到，马上跑过来，搭弓射箭，下面拉住猎手的两个矮猴子分别中箭，一个是脖子，一个是胸膛，旁边的看到往后躲，掉下去的猎手终于被拽了上来，身上已经被矮猴子刺中，鲜血直流；大头领看见流血，格外愤怒，高举大头狼牙大棒，疯狂地朝往上爬的矮猴子劈打下去，两个在前面的被打翻掉到泥沟里，后面畏惧退却。

在另一面，有三个矮猴竟然蹿上围圈顶，不顾一切往里跳，落在隔网上，站立不稳，摔倒网中，被网缠住；下面的猎手听到上面的呼喊，举矛捅刺！三个落入网中的矮猴子毫无反抗能力，束手毙命。

天色暗下来了，矮猴子整整攻打了一个下午，死伤遍地，终于拉扶着受伤的同伴退却了。

猎手们从围圈向下看去，矮猴子们留下了三十多具尸体，受伤的就更多，死尸大多集中在围圈周围，远处被"石霎架"击中的多是受伤，已经跟着群体撤走了。

夜间，在矮树丛又看到了火光，隐约传来嘈杂的声音，还有长长的嚎叫声。

围圈上的猎手们不敢掉以轻心，警惕地看着围圈周围，防备夜间偷袭。嘈杂声越来越稀少，渐渐无声无息，火光也渐渐暗淡。

　　猎手们走到围圈外，处理下面的尸体，扔到河里随流而下；更多的是捡回"物资"：矮猴子的任何东西都不能保留，肮脏无比的裹身皮毛一股腥臭，猎手们留下的是自己投出的飞矛、箭矢，还有合手的石头。随后，猎手们轮流过河吃东西睡觉，这场恶战使得猎手们已经筋疲力尽，几个受伤的猎手躺在火堆边，无声无息。烤出的鱼肉和兔子肉已经冒出香气……

第四十六章　内讧撤离　家园在望

这几天，猎手们挖的陷阱一无所获，下的套子倒是抓了不少肥肥的长毛兔，这种兔子到处都有，有所不同的是毛色和长短不同。这些兔子生育力极强，个头也不小，应该说黄毛大头这些狼的主要肉食来源就是这种长毛兔。

猎手们也很喜欢这种兔子，只是抓住真正皮毛绵密柔软、色彩纯正的并不多。在宗门结亲的时候，用这种毛色缝制的帽子、护腿算是结亲的好礼物。当然，兔子肉鲜嫩肥厚，烤熟了很好吃。吃了几天的鱼，猎手们拿着兔子腿啃咬，脑袋和无肉的前腿就给了黄毛大头们，当然它们还有鱼的内脏头尾，对黄毛大头这些狼来说，跟着这些人永远有吃有喝，它们已经把这些人当成了能力大于自己的伙伴。

一些肉通过绳索运到围圈上，那上面还有警觉的猎手。天日三十看着麻绳袋包着兔子和鱼，顺利地穿过奔腾的大河，不知道何时才能拥有新家园，新猎

367

场，想到眼下的这场"大难"，天日三十不禁问坐在一边的少宗母和大头领：

"不知道矮猴子吃了第二次亏，还会不会来了？"

大头领在今天的恶战中受了轻伤，左臂中了一箭，虽然不深，但还是伤及皮肉，现在手臂上裹着一种日月宗认为可以止血恢复伤口的树叶，这都是少宗母带领母姐们在附近寻找采集来的，恶战之中，受伤的猎手不会少，这些原始治疗的用料一定要准备充分。听到天日三十的问话，大头领知道是问自己，回答说：

"我发现这些矮猴子并不傻，真正死到临头，都知道逃跑，这就是说他们会知难而退，今天矮猴子死伤很多，天黑了，就主动退了，应该是已经知道了，打不过'侵入者'就只能躲开，这和狼群、猴群是一样的，有了侵入者，先是打，打不过，只能离开让地方！"

裂石王走过来，接着说："大头领说得对，但是，我们还是要看清楚，天亮了，我们派猎手到矮猴子过夜的地方看看，看看他们是不是逃跑了？"

天日三十说："对！天亮后去看看，一切没问题了才能让母姐女人们过去；围圈要留着，万一矮猴子没走，我们还要占着围圈跟他们干！"

裂石王说："围圈是我们这次打跑矮猴子的好办法，以后到了新家园，也要搭一个围圈，一旦有了大群的大家伙，还是要进到围圈里跟他们干！"

大头领接着说："搭围圈真是个好办法，石雹架也是好家伙，矮猴子群大数量多，一样被我们打得死伤一大堆！"

天日三十说："不打不知道，与长毛怪干，我们的绳网派上了大用场，与矮猴子打，我们有了搭围圈抛石架，这一难又一难过去了，我们反倒更厉害了！"

在一旁睡得迷迷糊糊的占卜伯忽然睁开眼说："别忘了，一起敬奉大天神，大天神保佑，就能活得更好啊！"

几个头领点了点头："说得对！要一起敬奉大天神！"

天亮了，三方的猎手组成了一支三十人的队伍，天日三十和大头领带队，一干精干的猎手，全副武装，绑好护具，流浪帮带着狼头帽；黄毛大头一群狼看到这副模样，绕着圈地叫唤，因为熟悉了，猎手们知道黄毛大头一群狼的叫声并不是愤怒恐惧，而是善意地主动打招呼，是对同伴同伙的一种叫声。为了增加战斗力，黄毛大头一群狼被渡过河，跟着一起前去查看；让这群狼走在前面，一旦发现什么，它们马上就会发出信号，大家就会警觉，做好狩猎的准备，真正打起来，这群狼不知死活，还是很有作用。显然，这群狼已经成为这群人的伙伴，像狼群里的同伴相互拼死关照。

裂石王带领余下的猎手驻守围圈，一旦有了问题，迅速接应查看猎手回围圈，一切都看前面的信号行事。

这段路并不远，沿途都是青草，上面开着一些五颜六色的小花，前两次的进攻退却，矮猴子已经在这些草原走出并不明显的路径；猎手们沿着这些路径走向远处那片树丛，保持着警惕，好在这段路原来也许就是河道，除了绿草，周边并没有隐藏野兽的灌木树林。黄毛大头领着自己的部属，很勤快地走在最前面，或许它们嗅到了什么，一个劲地往前审。

快到树丛了，黄毛大头们早就跑到前面，不见了踪影。临近树丛，猎手们提高警觉，防止有弓箭和飞矛的攻击，毕竟矮猴子也会这一套。

忽然黄毛大头们在树丛深处叫了起来，一群狼都跟着嚎叫，本来狼在攻击猎物前和过程中很少叫唤，黄毛大头们的这个嚎叫显然是在招呼自己的同伴——这群猎手。

猎手们明白黄毛大头的意思，但依旧不知道它们发现了什么。难道发现了矮猴子的埋伏？黄毛大头在发出信号。可是以往这种情况，黄毛大头会先跑回来几条狼，朝着有动静的方向嚎叫，这次却没有回来，也没有发出被袭击受伤的叫声。

黑豹与这几条狼接触比较多，相对更熟悉一些，自言自语地说："黄毛大头可能看到什么奇怪东西了。"

猎手们加快了脚步，迅速走到树丛深处。小心谨慎地走到黄毛大头们围着叫唤的地方，探头往里一看，真正被吓了一跳！

横七竖八的一堆尸体，尸体的脑袋全都被砍了下来，还有几具尸体是女性的。这些尸体全是裸体的，上下两圈皮毛已经被脱下拿走了。

大家围着这堆尸体走了一圈看了看，站在旁边，谁都不说话。天日三十和大头领、夜风、飞雕站在一个土坡后面，那个土坡上面已经被血染红，土坡的下面是尸体和斩断的脑袋，有的脑袋并没有斩断，还连着身体。显然，这些死尸生前是在这个土坡上被砍杀，然后推到坑里。

天日三十看了大家一眼说："我看这群矮猴子起了内讧了！"

飞雕问："为什么？"

天日三十指着那些尸体说："你看，这些尸体的肚子上都有'印记'！"

大家仔细看，果然，尸体上无论男女，肚子往上都有深红色的花纹，虽然不太明显，但是明显是做上去的，有烫伤的疤痕。

大头领说："大首太说得对，是内讧。前天我们往水里扔死尸，那些尸体上面也有印记，而昨天被杀的矮猴子，有的有，有的没有印记，可能是第一次来的矮猴子看打不过咱们，就把另一大群矮猴子勾引来了，结果，又被咱们打败了，大群矮猴子认为小群矮猴子骗了他们，让他们死伤了很多，心怀怨恨，开始内讧，小群的被大群的抓住砍了脑袋！"

"应该是这么个过程！昨天进攻前交配应该就是'奖赏'。"天日三十认可大头领的说法，"这么看，我们就可以往里面走了，原来小群占的这块地方就是我们的新猎场了！"

夜风把长矛重重地插在地上："对，往里走，找我们的新猎场去！"

回到围圈重大，留守这里的裂石王听到了大家讲述的状况，什么话都没说，一直在听，看着篝火熊熊若有所思，没人说话了，裂石王就要问："还有什么？"

终于天日三十说："就这些了，听听裂石王的想法吧，我们该怎么办，要不要往里面走，找到新猎场？"

裂石王把手中的一根拨弄篝火的棍子扔进火中，站起来对大家说："我知道咱们过了这一难了！来，占卜伯，再占卜一次，问问上天怎么说。"

占卜伯把大巫姐拉过来，坐在自己身边，四只手握在一起，把占卜兽骨投下去，那些兽骨散落在地上。占卜伯看了看，对大巫姐说："睁开眼睛看看吧！"

大巫姐摘掉眼罩，睁眼看着地上的兽骨，用小木棍画出一个图形，把散落的兽骨连在一起，一直睁眼看。

少宗母在一旁说："你的图怎么说？"

大巫姐看着占卜伯，拉起占卜伯的手往上一举："天神保佑我们，新家园就在那里！"

占卜伯拉着大巫姐的手，指向河对岸繁星满天的远方，大声说："大天神指示我们向那儿走，那是天神给我们长久生存的地方！"

少宗母突然想到了什么，对大家说："我们应该把那些矮猴子葬了，做个告天仪式，让他们踏踏实实走，找个好地方！"

裂石王站起来说："少宗母说得对，虽然不是我们把他们灭族，但毕竟是我们来了，他们走了。要好好葬了，我们做个告天仪式！"

天亮了，太阳升起，田野上雾霭蒙蒙，树林灌木中生机勃勃。

三方男女都过了河，只有一头公牛过河时乱蹬乱踹，绳网断了，牛坠入激流中，其他的还算是顺利。轮架子拆开运过河，过河后再次捆绑好。

黄毛大头在对岸的围圈中过了一夜，看到人们都过了河，欢快地跑来跑去；那些小狼一个不剩，都被猎手们抱着过了河。

一个上午都在过河，终于最后的几个人天日三十、少宗母、大头领、夜风也到达了对岸；四道绳索留下，几个猎手在围圈上插上了一根高木桩，上面绑了一根横梁，拴上红色藤枝随风飘荡，很远处就能看到。

大家笑着离开了围圈，一步一回头，开始向里面行走，寻找新的猎场。

路过那个屠杀场，架起柴堆，火化升天；大巫姐和占卜伯一本正经地做了一个很正式的告天仪式。

少宗母问天日三十："矮猴子竟然把母的矮猴子也杀了，这是一群什么畜生？"

开战前，天日三十一直在围圈上，看到不少女人在那里交配，也看到全部尸体，他对少宗母说："这应该是两群矮猴子，后来的那群吃亏了，认为勾引他们来这里的小群骗了他们，所以要杀他们；母的没有杀了那么多，受伤和反抗的女人被杀了，没有反抗的就被带走了……"

浓烟升起在远古的大地上，大巫姐和占卜伯哼唱着古老的哀歌，祝愿死者跟随浓烟升天，找到自己灵魂的归宿……

经过几天的行走，周边的植被状况非常好，这些靠天地自然生存的远古先民，对周边自然状况很了解，他们看到到处有长满果实的灌木树丛，树林、河流、草原一望无际；猎手们沿途狩猎，猎物也非常丰富，而且长得都很肥壮，尤其那些吃其他猎物的大家伙，一看就知道从来没有饥饿；皮毛光亮，臀部圆滚滚的，猎手们都知道，这说明这里吃草的鹿、羊、牛和小动物很多，河里游弋着各种鱼类。

他们经过了一处有人居住过的营地，估计就是那群被杀的矮猴子居住地，在日月宗看来，这是一个没有章法混乱不堪的居住地，一个大火堆，柴木乱放，中间放了一个牛头颅骨形状的岩石，岩石斜坡上留下很多烧烤肉食的痕迹，这应该是他们烤肉的办法，大头领和夜风都认为这个办法还不错！

营地里的棚架子是一些狭窄的地穴，平地挖下去，铺上干草兽皮，顶上盖上木头柴草，这就是夜间睡觉、避雨防风，盖顶的土窝子。不远处是一个堆放兽骨遗骸的地方，看着这些兽骨堆，估计这群矮猴在这里住了好几代了，周边的植被已经被砍伐破坏了一些，但是，毕竟群体小，对生长能力茂盛的植物还不能构成多大威胁。

三方携手的大群体继续前行，在不远的地方找到了一个理想的定居点，几条长久流动的山泉溪水汩汩流淌，在下游形成了一个很大的湖面，湖面的出口是一条缓缓流淌的河；这个地形很好，依河的半坡高处是个岩石平台，沿着河道很长，岩石平台后面是一个陡坡。平缓一面的坡下就是很大的树林，一望无际。大水到处流的时候，陡坡和下面的沟壑是安全保障，有水能迅速往下面流，并迅速排走。头领们商定，就在这个河边住下去。

几个首领在这里看来看去，最后确定，在岩石平台的边缘建立围圈，保证大家的安全，树林边缘枯树很多，平台上碎石遍地，河滩里也有很多大大小小的碎石；编绳的荆麻在草地里应有尽有。大家很高兴，准备搭建一个高大结实的围圈，永远占住这个猎场。

永远住下去还要有一个条件，要找到一个取盐的地方。虽然夜风他们绕大圈的时候发现了一个有盐的地方，但是有几天的路程，取用不方便，要在周边找到取盐的地方。天日三十这些日月宗的猎手有经验，跟着大角鹿、岩羊这些动物，它们一定知道哪里有盐，这些动物到一定的时候就要通过舔舐盐分补充。它们神奇地知道哪里有盐，所以在它们活动区域不太远的地方寻找准没错。

关键是还有黄毛大头那群狼，它们似乎知道这些经常补充盐分的食草猎物，在哪里喝水舔盐；猎手们要做的就是远远跟着黄毛大头。这是狩猎的细致活儿，猎手们被黄毛大头带着，要盯着同一群岩羊，看它们每天到哪里去，某一天它们离开经常活动的范围向另一个方向走去，那就要跟着。

岩羊的活动范围不小，猎手们除了要跟着还要防备有肉食猎物，那帮被打跑的矮猴子也是要特别防备的，谁知道他们在什么地方游荡；一段时间后，猎手们终于发现了岩羊、大角鹿舔舐盐分的地方。那是一个山坡上的盆地，一个看不到出口的池塘，这地方距离选定的围圈有不到一天的路程，池塘边上的石头上结着盐。盐，终于找到了！

猎手们带回盐的那一天，众头领最终确定了在这里定居。当晚，点燃了三堆篝火，把日月宗和黑石族两种敬神告天的仪式合并成一个"敬奉大天神"仪式，堆起一个土石台子，三方携手群体正式敬告大天神，这群人们将在此长久地生活下去了。

仪式开始之前，日月宗首领与黑石族首领商定，供奉共同的大天神，大天神是三方人两个族群的共同至高无上的神祇；日月宗的大巫姐主持敬天神问天意的仪式；占卜是通解天意的办法。

占卜伯拿出一个羊皮卷，打开后是几张柔软的羊皮，上面画满了各种占卜图形，全部是用烧热的石刀尖烫上去的，密密麻麻，大头领惊叹："这简直就是天上星星啊！"

占卜伯回答："大头领说得对，占卜图就是星图，天意在天上，星星就是天意的表现，这上面的占卜图形在天上都能找到，占卜图形不是我来随便说，这是多少代占卜伯做上去的，每一个图都是灵验过的，大天神就是通过星图说出一时一事的征兆！"

大家听后马上对这几张无人能看明白的羊皮占卜图生出敬意。

大头领问："占卜伯可以看明白？"

占卜伯摇摇头："我也是从小跟着前辈，每天默记占卜天象，用时拿来对照；谁都不能说自己能全部看明白大天神的旨意。"

围绕着选定搭围圈的地方，各户搭起棚架，为了安全防止野兽，大家先挖了一道泥沟，扎起栅栏，每个夜晚都要轮流守夜。

白天，为了长久的安全生存，猎手们搬运碎石，几头牛拉着轮架子往返运输石头麻包，还有一些人从河滩上装碎石，运输就是最简单的滑轮吊绳原理，滑轮是在过河时用过的，现在用到高处运石头，搭个架子在坡顶，上面装个通心圆木，中间穿个结实的树干，通心圆木转起来，上面吊着麻绳，下面的猎手把装了石头的麻包吊到高处；上面的猎手接过麻包，或堆积当抛石架的石头，或运走搭建围圈，河滩上的鹅卵石非常好用。

女人们除了采摘各种果实，围在一起搓麻编绳，经过几次对抗，麻绳麻网的作用显现出来；为了新家园的长久安全，大家干得热火朝天。

这时候，裂石王病了。

大巫姐和占卜伯做了各种驱魔法法事，都无济于事。

天日三十等几个首领围在裂石王周边，裂石王精神好些的时候对众首领说自己到了生命的尽头，能够在找到新家园的时候死去，心中很满足，对得起祖先。裂石王向天日三十、大头领说明自己关心的事：结盟不能散，以后日月宗、黑石族、流浪帮应该成为永不分离的伙伴。

裂石王说："我们三家结盟才走出冰河开化、大水滔天的危机，将来的生存也要结盟联手，我们应该有一个共同的敬神图，在这个敬神图下分为三个门族，大头领应该领着流浪帮立族门。"

大头领说："我们没有立族门的想法，我们本来就是猎手们自己凑成的男人帮！"

"大头领，我知道你们没有另立的想法！"裂石王不想让日月宗产生疑问，对天日三十说，"流浪帮不可能永远在日月宗内当赘挂，当他们的门户有了下一代，他们会离开日月宗，而母姐会跟着孩子和男人一同离开；与其离开时形成冲突，不如让流浪帮带着自己的女人单独立门族，关系清楚，后系不会混乱，对结盟大有好处！"

少宗母说："流浪帮要另立门族，也应该有宗门系挂！"

裂石王眼睛亮了，肯定地说："对啊！日月宗的宗门系挂非常好，一定要有宗门系挂，可防后系混乱，我们看到了矮猴子，他们人多，却打不过我们，他们是结亲混乱的怪物。我们三方门族都要像日月宗那样，确立'系挂'。日月宗改了结亲规矩，好像与黑石族差不多，实际上不一样，宗门系挂不能丢，我们黑石族也要做一个族门系挂，男女结亲立户，宗门系挂不能乱，乱了就会像矮猴子那样，遭到大灾！"

裂石王是众首领中最年长的，他病中的忠告，大家都认为是对的，点头称是。

第四十七章　离门入帮　结盟共神

　　当晚，天日三十和少宗母、大头领商量流浪帮另立宗门的事情。三个头领都认为裂石王的建议是对的，只是少宗母是大头领的女人，一旦流浪帮另立宗门，少宗母的角色很难办，日月宗也会失去它们的老宗母，这是一个日月宗从来没有遇到过，却必须解决的事情。而少宗母在新宗门建立后中应该处在什么位置呢？谁都不知道。

　　少宗母显然对这个事情已经思考多日了，她平稳沉静地对大家说：

　　"老宗母升天后，我是一家的长辈和首领，改了规矩后，少宗母只是母姐们的头目，带着大家为宗门做事，所以，日月宗可以让大首太确定一个宗母，但已经不是像老宗母那样的宗母了，只是母姐们的头目。大水让我们离了'彩穴'上路，与黑白宗失散，我们改了结亲规矩，母姐们都很愿意和结亲猎手在一起，长久相处；我从来没说过母姐们的心思，其实很清楚，母姐们喜欢结亲立户，女人都愿意选一个好猎手长久结亲，一起养孩子。我知道，日月宗回不到过去了！我想好了，我愿意去大头领的宗门，好让大家都高高兴兴得像现在这样过下去！"

天日三十尽管也想过这件事，但从来没有明白地想出一个结果；现在听到少宗母的决定，他还是感到很突然，他不知道该说些什么。

少宗母说："我去把日月宗的母姐们叫过来，把这个事情说明白！"说完后，少宗母离开了。

大头领低着头对天日三十说："我们都知道，必须建立新规矩、新宗门，信奉新的大天神。裂石王说的我们认为都对；少宗母的决定有利于日月宗的改变，也能让流浪帮顺利建立新宗门！"

天日三十说："说明白，也只有这么办了。少宗母说得对，母姐们都愿意与自己中意的具夫长久地在一起，所有与流浪帮结亲立户的日月宗母姐们，都会跟着少宗母到流浪帮，这是肯定的，就像具夫要结亲，不是什么规矩禁忌挡得住的！"

日月宗的母姐跟着少宗母来了，当着这些母姐的面，少宗母把宗门未来的安排说了一下，特别说到流浪帮要新立宗门，母姐们愿意不愿意跟着自己的结亲猎手去新宗门，要日月宗母姐们自己想好。

说完后，母姐们一阵沉默，少宗母还是有权威的，重要的是少宗母说出了许多母姐们的心愿，如果不是少宗母说出来，没有母姐敢违反禁忌；一个母姐小声地说："少宗母去哪里，我们就去那里！"话音刚落，几个母姐就跟着说："我们跟着少宗母！"

少宗母沉默片刻，把对天日三十的话说了一遍，最后说："我要放弃日月宗少宗母名号，我去新宗门，和大头领在一起！"

听到这话，母姐们放开说话："那我们跟着少宗母，一起去新宗门，跟着我们的结亲猎手！"

管理内务的宗母说："那日月宗的系挂呢？"

少宗母对母姐们说："我和大首太、大巫姐商量过了，日月宗的宗门系挂留在大首太这边，母姐们在系挂上的位置依旧留着，这边仍旧是日月宗，我们的本宗，一旦立户结亲有了问题不能持续，母姐们依旧可以回到日月宗本宗来，这里是生母宗门，永远都不会变！"

天日三十突然醒悟："少宗母说得对，过不下去，受了欺负，男人没了，都可以回到咱们圣母宗门，这是你们的本来宗门！"

母姐们听完后，高兴地流下眼泪。

天日三十把日月宗的具夫猎手找在一起会聚，他把成立新宗门、母姐跟着结亲男人去新宗门的事情，告诉了具夫们，具夫们没什么意见，扒皮刀说："总让那些赘挂猎手待在宗门内也不对劲，他们本来就是另外一帮！"

具夫们知道，自己的立户有了后代还在日月宗，只是有人关心说："我们的结亲女人都是外来的，她们并没有在宗门系挂上，我们的后代是日月宗的，在宗门系挂上就要跟着我们日月宗的具夫系挂！"

天日三十还真没有想到这么细致的事情，这个具夫一说，他认为有道理：后代的系挂肯定要算是日月宗的人，日月宗全都是具夫，虽然后代知道自己上一辈具夫母姐是谁，但是礼取来的女人显然是外来的，后代必须跟着具夫系挂。天日三十说："对，就是这样了！后代跟着具夫放在宗门系挂上！"

这是第一代知道自己后代的具夫。

天日三十又告诉具夫们，裂石王同意了，夜风、黑豹重新回到日月宗，成为日月宗的左右两个首太。具夫们一阵欢呼："本来就是咱们日月宗的人，回来好啊！"

一个具夫问："我的女人是黑石族的，当初换来的，黑石族愿意吗？"

天日三十说："我和裂石王商量好了，现在三方结盟了，互相携手相助，所以同意夜风和黑豹回来；当初你们取了黑石族女人，没有给礼物的，都要给人家补上，不用多，但不能缺了'礼'，坏了规矩！"

新立宗门的事情已经都准备好了。几个首领商定，要在裂石王活着的时候把这个事情办了，要把三家结盟供奉大天神的事情确定下来。

飞雕过来招呼天日三十，告诉裂石王要头领们过去，一起商定确定"大天神"。

头领们都聚到黑石族的营地，裂石王病重，靠在一个铺着皮毛的轮架子上，半闭着眼。

看到首领们都过来了，裂石王想坐直身，他的女人给他后背垫了一兽皮卷。裂石王向大家点头示意，低声问占卜伯、大巫姐到了没有？

听到首领们的召唤，占卜伯和大巫姐走到裂石王的旁边。裂石王点头说："来了就好，我想说的事情与你们关系很大。"

裂石王看着眼前的这几个首领，天日三十、大首领、少宗母、飞雕、夜风，示意让自己的女人离开，然后微笑着说：

"我知道我要远行了，不回来了，走前我要向你们交代一下。"

裂石王低头喘了两口气，飞雕递过去裂石王专用的水瓢，裂石王轻轻推开，接着说：

"这次冰山开化，大水冲来，多少生灵难逃大劫，我们这三方门户经历了许多大难，活到现在，还找到了新的猎场，天神保佑不能忘，还有我们自己在关键时刻相互协助，这是过难关的唯一道路。这是一件大事：三方不能散，更不能互斗；三方合力相助才有生路！"

几个首领从年龄上说都是晚辈，这么长时间的相处，对裂石王讲的话基本上能听明白，大家听后点头称是。

裂石王喝了口水："说不内斗，我们这些人同甘共苦，可以不内斗，可将来如何就不好说了，唯一的办法，我们不内斗的这一代，要确立下三方不变的规矩，我们必须共同敬奉'大天神'，告诉大天神，我们知道她的最高最大的威力，我们从此共同敬奉她，这个合神敬奉一定要做，否则天神是不知道我们跟随供奉，也就很难保佑我们。"

裂石王喘口气，认真地说："占卜伯和大巫姐是三方的敬奉使者，所以他们两个应该合在一起，我说的是他们两个要结亲立户，永不分离，为我们的同盟操办敬奉大事。他们的后代也是专门供奉占卜；如没有后代，就要从小教会童男童女，世代如此，只有这样，大天神才会相信我们永远敬奉的诚意！"

头领们听后，目光转向，看着大巫姐和占卜伯，七嘴八舌地说："裂石王的办法很好！就看你们是否愿意？"

少宗母拉过大巫姐，一把拿下她的眼罩，对着大巫姐说："我给你做主，这事就按照裂石王的主意办，占卜伯也是很好的男人，不会亏待你的，况且你们两个都是敬神告天的人，大天神是一个，你们也必须合体在一起。"

大巫姐说："到了新家园，必须要有专用敬神告天的场地神台，这样我们才能做好结盟的供奉大事！"

裂石王插话一个音："对！"

天日三十说："大巫姐、占卜伯放心，敬神告天是三方结盟后共同的大事，必须有一个专用的长久场地，这个场地是三家最先搭建的，我们叫它神供。你们的居穴也是一起搭好！"

裂石王赞许说："好，就叫神供！占卜伯原来的女人在途中死了，与大巫姐结亲立户供奉敬神告天是理所当然的，你同意吗？"

占卜伯点头对裂石王表示感谢，转身问大巫姐："大巫姐愿意吗？"

大巫姐站起来拉着占卜伯的手，走到大家的面前，低头承诺，抬头说："大家说好了，到了新猎场要先搭建神供！"

头领们很高兴，一致说："放心，我们一定先搭建神供。"

少宗母忽然说："日月宗和黑石族都有自己的神兆牌，现在三方合盟，供奉大天神，我们应该有一个共同的神兆牌才对，将来我们三方必定人多势众，在外狩猎未必相识，有这个共同的神兆就说明我们是一个合盟的人，敬奉的是一个大天神。"

裂石王和大首领同时说："对！要有一个共同的神兆牌！"

大首领接着说："流浪帮本来没有什么神兆牌，现在看来我们也是一个长久的宗门了，正好需要一个供奉的神兆牌！"

天日三十见夜风一直没有说话，问他有什么看法。夜风接过问题回答："共同的神兆牌肯定是要有，要想一个三方都能接受的图形。这个图形应该包括三方各自的神灵，等于是三方神灵汇聚敬奉大天神，保佑我们三方的每一个人！"

大家叫占卜伯占卜看卦象，确定图形。

占卜伯说不能用一个卦象当作图形，因为卦象是多重意思，变化太多，只能指示一个方向，判定凶吉。占卜伯拉着大巫姐一起观星象，看看苍天的启示。

大巫姐和占卜伯一同走到一个暗处，仰头观望，片刻又闭上了眼睛，再次突然睁开，口中念念有词，半闭着眼睛；大巫姐与占卜伯低语，占卜伯点头称是，回到空地很庄严地做了占卜仪式，卜卦三次，每次都认真查看。大巫姐则半闭着眼庄严地站在一边默默地看着。

占卜伯站起来，与大巫姐低声商量了几句，随后走到几位首领面前，看着裂石王说："我们接受上天的启示，合神是正途，我们在向北方走，大巫姐抬头看到最亮的星辰合体，那是一只神兽，神兆应是三方合体。"

大头领说："我们流浪帮原来居无定所，人无常数，没有什么神兆啊！"

少宗母插话说："占卜伯说是神兽，我看你们狩猎敬神时戴在头上的狼头就是你们的神兆吧！"

大头领笑着说："你说得对，按头领算这流浪帮也存在有几代了，据说自从戴上狼头狩猎，运气就好了！弟兄们都认为这狼头有灵性，能保佑我们，所以从此狩猎不打狼，头上戴着的狼头都是狼群外争内斗留下的死狼，也有老了离群的孤狼，死在原野里。狼是有灵性的，你看黄毛大头那群狼就看出来了。行，狼头就是我们流浪帮的神兆！"

夜风一个呼哨，做了个手势，一个年轻的流浪帮猎手送过来一个带皮的狼头。

夜风说："我看到了那个共同的神兆，你们看。"

夜风把狼头放在轮架子上面，拿过少宗母和飞雕的神兆牌，日月宗的牌子在上，黑石族在下，夜风指着日月宗牌子上的日月说："这是神兆的眼睛！"

又指着黑石族牌子上的黑石说："这是牙！三方神兆合一，不可分离！"

天日三十拿起神牌比画了一下说："大家看看，我看着很好！"

裂石王点头说："三兆合一，缺一不可，好啊！"

大头领说："好啊，让花豹和好手做一块，确定新猎场后，三方共同敬神告天时，让三方都知道，这是我们共同的神兆！"

少宗母对裂石王说："三方结盟共神，这是大事，要有新规禁忌，不能等到禁忌被冲犯后再立规矩，一切都晚了，死几个人是小事，三方散伙甚至打起来就是大难了！"

裂石王说："对！我说当务之急——共神立规矩——就是这个意思，没有规矩和盟必定短命！结盟共神后，三方的活法差不多了，我以为日月宗的系挂记代办法很好，可以继续沿用，只是后代要记到男人名下了！"

少宗母说："裂石王说得对，原来是母姐留在宗门内，具夫外出结亲；今后是母姐被礼取进具夫门不归，后代是母姐、具夫共同养大，具夫也知道谁是自己的后代，宗门世代延续已经放到具夫那里，系挂依照具夫延续才清楚明白，更要紧的是具夫知道是自己的后代，就会尽心竭力共同抚养！"

天日三十说："少宗母对这些系挂世代延续比较清楚，我觉得原来日月宗的结亲，有了孩子，母姐知道是自己的，是哪个具夫的？母姐和具夫都不知道，具夫回到宗门与姐妹们养育本宗的孩子！现在这样的结亲，具夫猎手们肯定知道结亲女人，知道自己的孩子，就会好好地与母姐一起养育自己的孩子！这是好事啊！"

裂石王摆摆手说："黑石族一直都是小门户自己养孩子，女人哺乳喂养称为母，男人负矛执斧狩猎称为父，男女偷情是门户争端起源，我看新的结盟必定是男女结亲，立门分户。这样，就要用日月宗的宗门禁忌办法，一定要禁忌同系结亲，各户之间要严惩男女偷情，否则争端不断，必将大难临头。"

众首领都认为裂石王说得对，在确定了居住地新猎场后结盟共神！

花豹和好手应召过来，领受制作结盟共神的神兆牌。

众首领又当着裂石王的面，在一起确定了定禁忌立规矩的办法。大家认为虽然现在的分户很像是黑石族的活法，但是三方立门结盟又很像是大水前日月、黑白二宗门，只是把日常的结亲变成了共同居住互助，依照系挂礼取结亲的同盟。

大家商定供奉大天神，把日月宗和黑石族的规矩禁忌合在一起，确定禁忌规矩，让同盟长久，生命长久。

第四十八章　宗门变　系挂移

准备出发的前两天，裂石王去世了，各门的首领带领各户的父母，一起到黑石族营地送别告天。

已经结亲立户的占卜伯和大巫姐主持祭奠，在升天火化的木柴堆旁，依照传统的方式进行。虽然黑石族与日月宗的方式略有不同，用火焰焚化升天都是一样的。

飞雕继承成为新一代裂石王，双手捧着那把象征权威的黑石斧，庄严肃穆，眼睛中充满泪水；整个黑石族都陷入悲痛中；裂石王的女人坐在柴堆边，两个孩子一男一女站在旁边。裂石王的女人原本决心要自焚，陪着裂石王一起走。最终是少宗母的劝导让她决定留下，养育裂石王两个年龄不大的孩子，这两个孩子和母亲都在迁徙中先后去世。

天日三十、夜风与裂石王关系很好，失去这样一个长者，心情十分沉重，陪着飞雕一同落泪。

裂石王在烈火熊熊中升天而去。裂石王的女人突然冲向火堆，飞雕和少宗母和几个猎手把她拉住，这个女人倒在少宗母的怀里放声大哭，引起一片哭声……

不远处，黄毛大头一群狼伏在地面，发出悲鸣的声音。

少宗母跟着一起流眼泪，心情忧郁看着怀里的女人：女人原来只为母亲子女哭，今后又要为自己的具夫哭，想到这，她不禁抬头看了一下大头领。

两天后，三方人聚集在一起，开始寻找新猎场，新的居穴地。

一路上的艰难险阻都在首领们的共议下顺利解决。沿途还收救了一些走散的小群体，这些群体小的是五六个人，最大的群体也不过十一二人，显然是在大水和其他如长毛怪一样的食人族的冲击猎杀中失散的群体；这些群体没有老弱，都是年轻力壮，否则逃不出来；群体中男多女少，武器落后，语言杂乱，比不上三方结盟的人多和武器精良，故而都愿意归顺三方结盟同行。

最初，少宗母和一些具夫不愿意收留这些流浪者，增加结盟的负担，还可能为了生存和结亲搞突然袭击。但是，三方头领商定，这些是来自不同族群落魄之人，相互之间语言不通，不可能结伙攻击三方中的任何一方；前方情况不明，到底还有多少矮猴子、长毛怪这样的食人族，所以需要壮大群体；只要三方结盟牢不可破，相信外来户只能依从谋生，不敢做必败无疑的偷袭。猎手们有一句话，"遇猛兽，力不足，藏起来，躲着走"。与这些离散群体比起来，三方结盟肯定是不可战胜的"猛兽"。

最后决定，让这些收救来的人归为一个群体，跟着走，狩猎采摘为生，遇到危险攻击，共同防卫进攻。最终的连比画带表演，这些人似乎是明白了怎么回事，二十多人，跟在后面；看到三方的迁徙方式，牛拉着轮架子、硬弓利矛、一群狼跟随左右，猎手们相互关照，女人们人人都能得到照顾，猎物充盈，还有充足的盐，跟随者们羡慕不已。

初来乍到，跟随者看到三方和盟有盐吃，一个大的头领拿着皮毛前来营地，讨要换取一些盐。盐拿到后，看见一个轮架子中装着拳头大小的鹅卵石，就问花豹，这些石头干什么用？花豹笑着说："这是'抛蛋'！"随即拿了一块石头朝着远方抛出去。

这个头领看了花豹扔出石头距离，摇摇头，拿出随身带的抛石绳带，兜住一块比半个拳头小一点的石头，举在头顶旋转，抛出，比花豹用手抛出去的远很多。跟随者们都露出得意的笑容。花豹笑了笑，表示夸赞，因为语言不通，花豹并不愿意解释太多，麻烦！

二三天后狩猎，远处山坡上有一群岩羊，猎手们都看到了，跟随者们用抛石绳猎取，但距离太远，根本无法伤及岩羊，甚至岩羊回头看了两眼后，不加理睬；此时，日月宗的猎手们推来两个抛石轮架子，找平整地面架设好；猎手们兜上两兜子鹅卵石，同时拉动抛石架，石块像两群鸟飞了出去；抛架撞击的声音让岩羊们抬起头张望，并没有看到无声飞来的石块，片刻，飞石落下，两兜子石块覆盖一片，砰砰作响，两三只岩羊被石头砸倒在地，其他的四散而逃。

在一旁看到这个效果的跟随者们，这才知道"抛蛋"的威力，发出惊奇赞叹！

日月宗的几个猎手们上山坡取回猎获的岩羊，两只受伤的青灰色的大角羊在艰难地逃命，被猎手们补箭猎杀一并抬回，一共三只羊，两大一小。

三方同盟的首领们商量了一下，把一只大羊送给了跟随者们，跟随者们喜出望外，很感激。但是，跟随者是几个小群体结合在一起的，只是三方和盟把他们归拢在一堆，在分食这只大羊的时候，各群争吵，很快就扭打成一团。三方首领让黑豹带着几个猎手把他们分开，语言不通，说不清到底是为什么打起来，黑豹感觉他们的争斗不仅仅是为了分羊肉，似乎还有其他的缘由。

黑豹回到三方营地，说明了情况，也说了自己的担心，这些跟随者来自各部，一旦有的吃了，就互不服气，肯定还有因争抢女人引发的冲突。黑豹看到争吵的男人们，指点着那几个女人，女人好像很恐惧，围成一团躲在一旁。

大头领说："夜里监视他们，他们可能会在夜里动手，这些可能有抢亲族！"

"什么是抢亲族！"黑豹问。

"跟我们流浪帮差不多！"大头领说，"有所不同的是，我们抢亲完后，再送回去，被抢亲的知道女人能回来，尤其日月黑白宗这样的母系族，知道母姐能回来，只是没收到礼物，并不担心女人的命。抢亲族可不是这样，抢了女人的就带走了藏起来，除非女人舍命逃跑；完后男人们都要找这个抢亲女人结亲，这女人怎么能活下来？所以各门都防备这种抢亲族。"

飞雕问："你怎么能看出来'抢亲族'？"

"抢亲族的女人少，有几个肯定是被拴在一起！"

果然，夜里发出呼喊格斗的怪声，几个男人要抢掠一个小群体中的两个女人，被发现后，双方发生了格斗。

三方和盟的猎手在大头领和夜风、飞雕带领下，制止双方的格斗。通过被抢一方的连喊带比画，夜风等人大致知道确实有抢亲族，趁着黑夜，过来抢亲，双方发生格斗，几个猎手受了伤。

夜风问大头领怎么办。大头领悄悄地说："先平息争斗，天亮后驱逐抢亲族；他们必定不满，不知道他们什么时候偷袭，跟着我们就是祸害！如果抢亲族对驱逐不满，那就干脆围猎射杀，免得以后受害！"

天日三十同意夜风和大头领的办法。当晚无事。

第二天上路，三方猎手在途中埋伏等待，抢亲族七八个男人走过来被三方猎手围住，果然，群里有两个脚被拴在一起的女人，神色沮丧惊慌。

三方猎手把这两个女人带到一边，做出手势让抢亲族的男人离开此地。抢亲族明白了被驱赶的意思，突然大怒，扑过来要与三方猎手们打斗。猎手们依照计划迅速闪到两边，埋伏的弓箭猎手从隐蔽物后面走出，飞箭齐发，抢亲族纷纷中箭，倒在地上。三方和盟的猎手上前拔出自己的箭矢，抢亲族受伤的男人大声惨叫。猎手们没有继续砍杀，他们知道，一旦受伤，在荒野中几乎没有生还的可能，流血、感染、发烧，闻到伤口味道的野兽围攻，百分之百死亡。

天日三十指着这些被射杀的抢亲族，告诉三方和盟的所有人，为什么要射杀他们。三方和盟的猎手们斗志昂扬，其他几群跟随者显然听不懂讲什么，但知道这是对夜里抢女人争斗的惩罚，都表现出敬畏的神情。

这是几个首领们商量出来的办法，利用射杀抢亲群，解救被掠女人，震慑跟随者，告诉他们跟随求生的规矩和禁忌。当然，也是告诉所有三方和盟的猎手们，绝不能冲犯禁忌！

天日三十讲完后，那个女人被抢、猎手被伤的小群很感激，首领捧出几条狐狸皮送给天日三十，嘴里不断地说着一些日月宗听不懂的感激话语。

天日三十知道这个头目的报答意思，但又不愿意让他认为是为他们报仇而射杀这几个抢亲族的人，天日三十拿了一条狐狸皮，转手送给了少宗母，其余皮毛一概退回，表示不要谢恩礼物。

这种做法使那个小群的跟随者非常感动，头领一声令下，集体趴在地上表示感谢。天日三十和三方和盟犹如天神一般。远古先民愿意折服于强者，只要认定了这是超强的力量，他们就会奉为神力而信服，轻易不会改变。这个小群的举动说明他们折服于三方和盟，愿意与和盟生死相随。

经过这个"内部清除"，和盟的猎手明白了规矩的厉害，尤其是流浪帮的猎手们规矩了很多，立户结亲也让具夫猎手们生活变得稳定，有了随时要关照的责任。

两个被解救的女人总是跟着女人们行动，或者追着少宗母，她们看出少宗母是女人的领袖。少宗母当然对她们也很照顾。

一天经过一处干净温暖的浅水区，女人们聚集在一起找了个地方，都清洗了自己。少宗母发现姐妹两个都已经成熟，美貌而健壮。少宗母与大头领一说，让飞雕和另外一位年轻的猎手领走姐妹。大头领认为是好事，就带着飞雕到了自己棚架，让飞雕接纳这两个女人中的一个。飞雕的女人在与长毛怪搏杀中，跌落山崖受伤而死。飞雕经过一段时间的悲伤，终于缓过来了，看了姐妹俩，选中了姐姐。姐妹俩当然很愿意与救命恩人结亲立户，当晚，和盟猎手聚在一个中央篝火边，载歌载舞，宣告黑石族飞雕和一个猎手与被解救的姐妹的结亲立户，整个仪式是按照黑石族的传统办理；这个传统就是向所有人宣示，尤其是对男人，这两个女人已经入户有了归属，不可再提亲骚扰。

这姐妹俩原来族群是母系家族，男人们想通过这两姐妹结亲，不断收礼；被黑石族礼取后没有礼物收了，他们感到很困惑，但又不敢招惹三方和盟的任何一方，踌躇盘桓，不知如何是好。

天日三十看出来了，就把他们几个叫过来，告诉他们可以礼取三方和盟的女人，但女人看不上不同意就不能礼取；语言不通，很费事才说明白；跟随者知道这次收到的礼物是礼取大礼，以后不会再送；但可以自己带着礼物来，要求"礼取"愿意跟走的女人。几个男人商量一下，点头同意了。

事情很顺利，皆大欢喜。

欢快的篝火旁，首领们确定下来，向平缓的高处行进，找到新的家园！

一路上走过来，三方和盟首领们感到自己是第一批踏上这片土地的外来者。这里很富庶，水源充沛，植物茂密，气候温暖，动物繁多，三方和盟的狩猎采摘收获丰富，大家已经喜欢上这个地方。

这一天，探路前行的猎手返回说前面发现一片有人居住过的地方，有烧火残留的灰烬，成堆的兽骨，还有搭建的地棚。但是，没有活人。

大家提高警戒，加快速度到了这个遗迹。

确实如同探路猎手说的，残迹的一切说明这里曾经居住过人群，根据地棚翻出的土，时间似乎并不长久；几个首领四周探查一遍，聚在一起燃起篝火，开始宿营。

首领们根据留下的地棚数量，认为这个群落应该有二十左右的成人，根据火堆遗迹看，这是一个立户共食的部落；看到兽骨残迹，这些人猎杀的大多是中小型动物，以羊、鹿、兔子、鱼为主，看到鱼骨就知道这里的鱼够大；遗迹不远处就是成片的树林灌木，周边残留着枯枝朽木，这群人没有砍伐大树的"习惯"，也许是不具备砍伐工具，这里有足够的燃料，枯树朽木已经够用，不远处有大片的树木。

第四十九章 "红角"土著在此

扒皮刀和花豹几个猎手从树林里回来，急急忙忙，显然是发现了什么。

大家会合到一处，扒皮刀指着不远处的树林说，那边有茂密的树林，但是树木够粗不够高，他们讲了一个惊人的场景：树林里面有一个湖，湖水清澈，里面有很多鱼，在岸边的一个泥坑中，有几具尸体，男人、女人，还有孩子，大多是割喉而死！

天日三十问："估计死了多少天了？"

扒皮刀回答："看着被野兽啃咬剩下的尸体，大多只剩下头和手脚，看不到血水。"

少宗母追问："你怎么知道是割喉的呢？"

另外一个猎手说："身上肉厚的地方已经没有什么了，只剩下骨头了！脖子没肉的地方有明显的伤痕，像是刀斧砍的！"

大头领问："去查看清楚，确定附近是不是有大群的食人族！"

"对！"天日三十说，"要知道长期住在这里，我们的对手是什么东西！"

夜风建议天日三十和少宗母、大头领带着猎手们留下，照顾女人们，自己和飞雕一起去看看："说不准这些畜生就在附近，照顾好女人们很重要！我们腿脚利落，看看就回来了！"

大家同意这个安排，夜风和飞雕、扒皮刀、黑豹几个猎手前去探查。

到了死尸残留的地方，夜风等人围着周边认真查看，又上了旁边的一个山坡，黑豹上了一棵高树上，四处张望，发现了远处有烟雾升腾，似云似烟；招呼飞雕上树观看，随后，下到地面，折返回去。

首领们围在一起，听夜风飞雕的探看结果和看法。

探查的猎手已经讨论了一路，已经有了一致赞成的结果，夜风说：

"死尸的样子确实和扒皮刀说的一样，到四周认真查看，没有发现烧火后的灰烬，没有就地烤吃的痕迹，应该说杀人的不是食人族，如果是吃生肉的大畜生，尸体肯定碎成很多块，而这些死人还没有四分五裂；我们查看周围，有很多狼、熊、豹的爪印，尤其是狼爪印多，这些尸体是被狼群吃干净的。到底是谁割断脖子，我们在一处高坡的地方发现了一些人的脚印，从脚印上看，他们穿和我们差不多的靴子！这些人会不会是断脖子的那群？如果是，我们要防备好！到底是有多少？是不是大畜生？"

首领们在一起商定对策，大家都觉得这地方好，眼前的遗迹说明这些冤鬼选择了这个好地方，只是遭了其他群落攻击猎杀。

飞雕说到自己和黑豹在树上看到的烟雾，因为有相当远，不能确定是否是烟火点燃的烟雾，需要小心提防。

经过面对长毛怪和矮猴子的猎杀，让三方和盟很有信心在未来的猎杀中取胜，首领们决定密切防卫周围的动静，居住地点就选定在这附近。

选定地点后，首先修建的就是足以让三方和盟保命取胜的坚固围圈，第二修建的就是供奉"大天神"告天台，然后修建各个门户的安身之处。

新居住地很快就找到了，在距离树丛有一定距离的高处，有一处相对平坦的地方，这里地面没有大水流过的痕迹，面对着树林，旁边低处一条宽阔的河流，绕了一个弯跌落到悬崖下面，形成宽阔的瀑布。

这道悬崖的前面被三方和盟选作建立坚守的大围圈，后方的悬崖很长；猎手们找到有一条隐蔽的小山径，可以通过攀爬到达悬崖下方的水潭边，这里的悬崖有两棵树的高度，从上面可以看到，早上一群又一群的飞禽走兽到这里饮水，深潭中有着各种鱼游动。

大家一起动手，一个关键时刻可以救命的围圈很快就搭建起来，在里面储存了足够的石块、麻绳和干木；花豹和好手带领母姐女人们，做了两条可以通到下方的软梯，当围圈被围困后，族人可以下到下面取水，提取猎物上山，一切都为一旦遇到强敌，可以坚守。即使不敌也可以逃生。

在三方和盟确定定居点的同时，在那烟雾升起的地方，聚集着长期居住在此地土著群体；由于大水的缘故，几个部族改变了原来的居住活动地点，引发了土著群体之间为了生存土地猎场的争斗，几次较大规模的争斗后，获胜的一方通常是大群体，失败的一方，成年男性在搏斗中大量死亡，剩下的雄性，除了抱在女人怀里的幼小，统统被杀死，女人们则成为女奴。

这个获胜的大群体曾经是几个相互结亲的群居体，不是真正意义上的母系，没有传统严格的禁忌规则，血缘关系混乱，除了与外群交配，群体内部也混乱交配。

由于个体、群体之间的争斗，死亡经常发生；但是，群体生存需要壮大力量，群体聚集分化，女奴不断增加；群体内部因为各种利益，主要是占有女奴和食物分配，经常发生个体、小群体的争斗。

但是，这些大小群体并没有意识到这种内外争斗的危害，始终不自觉地遵循丛林法则，胜者为王；在这种原则运行下，原来的土著大群，已经分化成十几个为了生存下去的小群，而这些小群还在不停地分化组合；未来的命运很明显，要么结盟，要么逃离，在洪水滔天的时候，泯灭的结局随时发生。

三方和盟看到的那个遗迹，正是从大群逃出的小群，却在新的居住地发生内部争斗，夜间偷袭者突然动手，将对立的人割喉后，又逃回了大群，与其他群混在一起。当然，这个过程和结果是后来才知道的。

三方和盟到来，并且搭建围圈的动作，已经传到了这个大群中，状况被描绘为外来者来了，人不少，要抢占猎场，外来者在悬崖瀑布边搭建了瞭望台，必须前往抢掠驱赶。这种建议很容易被所有群体接受，这些经过内部争斗搏杀的胜利者，很容易认为所有外来者的都是该死的抢掠者，自己才是这块土地上的主人，以往的胜利让他们认为对手必定是弱者。各群的首领很快做出决定，杀光外来者，抢走他们的财物和女人，谁抢到就是谁的！

想象中的胜利让这些人兴奋不已，彻夜狂欢吃肉和交配，时而发出争抢叫嚣和女人的惨叫。这一晚上，为了平息争抢，三个女奴被砍死，其他的女奴胆战心惊。

三方和盟这一边，在占卜伯、大巫姐的监看下，和盟合神的敬奉告天台子建好，并为占卜伯、大巫姐搭建了"居穴"，其实这已经不是以往在洞穴里的居住地了，而是在平地高处向下挖半人深圆坑，挖坑出来的土石，堆在圆坑周边夯实成为矮墙和挡水围子，上面再盖上棚顶，遮风挡雨，庇荫保温。大水没下来前，黑石族最原始的地穴是依山坡搭建的长方形的，经过吸取各个群体宿营搭建的经验，形成这样圆形的；飞雕的女人叫来自己妹妹，一起为这个圆形地坑的进口做了防水台阶，最终改造成了这个样子，大家称它是居棚。

占卜伯和大巫姐很高兴，当晚入居，并在告天台上做了一个小规模的问事占卜。经过三次占卜，占卜伯神情沉重说："有凶兆，会有凶事来临！"

首领们关心地问："什么样的凶事？"

占卜伯说："地灾，外凶，火上！"

天日三十说："来到一个新地方，不会那么顺利，地灾？我看就是这个地方什么畜生要找咱们的麻烦！去看看咱们的围圈，能不能防火，这是关键！"

"大首太说得对！"大头领接着说，"这几天搭建大围圈着急，会有草木露在外面，全部砍断，涂上烂泥，在多准备石块、飞矛，设好陷阱尖桩！"

夜风说："我和飞雕、黑豹商量过，咱们的围圈前面地势较低，原本是河道，大水冲下来的石块挡住水流向悬崖拐弯，我们可以把石块搞出一道缺口，如果矮猴子太多，我们可以敞开缺口，让河水回到原来的河道，帮我们守住围圈；为了保险，我们可以在河道边再设一道低围圈，投飞矛，射箭，矮猴子冲过来顶不住了，猎手们就回大围圈，那边敞开水流，把矮猴子全都泡在水里！"

大首领问："水不留情，放水过来会不会把我们自己的围圈淹了？"

飞雕说："我们看了，围圈不会被水淹没，却会被大水围住，只有等矮猴子逃跑，我们再堵住缺口，水就会退了！"

天日三十说："水闸很重要，离我们的围圈有多远？"

夜风回答："有'两三投'远！要派人专门开敞！"

夜风说的"两三投"指的是距离，一投就是一般猎手投出长矛的距离，成年猎手投长矛距离都在三十米以上，两三头就是将近今天的百米。

天日三十问："两三投可是不近，猎手开闸后怎么回来呢？"

"大首太，你忘了？"夜风笑着回答，"咱们可是日月宗，有飞杀手，上面没有树不能飞，我们就跳下悬崖往下飞，飞过来再爬上悬崖不就行了，对不对？"

一直听着的少宗母高兴地插话了："对啊，你们太棒了！"

天日三十笑着说："我明白了，好办法啊！一根大树伸出去，吊上绳子，绳头放在跳崖的地方，敞开水闸后，猎手系上绳子跳崖，飞荡到围圈下方，软梯爬上来，对不对？谁想的？"

黑豹说："夜风和飞雕。"

飞雕笑着说："主要是夜风，搭建围圈时，我看他老在四周看，问他干什么，夜风说：'这么好的地方怎么就会白白给咱们？上次看到的烟雾大概就是一堆当地的矮猴子，要防着点儿！'然后我们就商量着这次怎样狩猎！"

大头领高兴地说："有这样一群人，这地方肯定就是咱们的了！"

因为占卜伯占卜的凶卦，众首领的决定，搭建地棚停了，转头全部加固围圈，开凿出水口，加拦木当水闸，储备石块箭矢，随时准备土著"矮猴子"的出现。说是矮猴子，其实三方和盟的猎手们并不知道可能来进攻的到底是不是"矮猴子"，只是与矮猴子在河边搏杀了两次，大家认为这地方的土著很可能还是"矮猴子"，其实这批人与三方和盟是差不多的智人，不过是处在旧石器晚期、新石器早期，工具也是各种石器打造的刀斧矛箭。

远古时期，一个关键性的小小进步，就会决定了两个群体争斗间的胜负生死，决定一个种群是否能够延续下去，这种生存的优胜劣汰很残忍，却对人的进步有很大作用，进步者获得生存的概率更高。

三方和盟的生存就是相互取长补短，还有花豹、好手这样主动发现新工具的制作者，三方和盟是在黑石族磨制石头箭镞的带领下，开始了弓与箭的改良，箭矢杀伤距离更大、更准、更强，因此成为常用的普及性武器。

胜利与生存是一种关联密切的逻辑结果。

土著群体出发了，最明显的特征是出征的男人脸上涂着红黑相间的图案。他们手举着长矛，矛头顶着长角雄羊的头骨，粗壮的雄羊角像长矛的矛尖，这些人正是拿这种羊角当作矛尖，这群人的宗族名号除了他们自己无人知道，他们的语言简短高亢；当三方和盟远远见到他们时，每个人的脸上都从鼻子下涂着向外长的红尖角，天日三十说："这是红角族吗？"三方和盟的猎手们就此称呼他们是"红角族"。

第五十章 决战红角族

红角族的男人们也是兽皮裹身，主要是羊皮；有几个顶着公羊头骨，应该是头领。这里的长角羊比较多，这种长角羊比较凶猛，交配季节雄性相互攻击确定优先交配权；母羊生下小羊，群体对幼仔的守护严密，遇到土狼攻击，长角羊为了幼仔会殊死搏杀，哪怕自己被咬死，也要把尖角刺进对手的皮肉内，或许红角族常常看到这种情景，知道长角羊的那两只角的厉害。大多数红角族的男人手持羊角长矛，腰挂羊角锥刀，这种刀主要是吃饭护身的工具，握在手里很舒服，在烤肉时可以又刺又割，撕扯下来一块肉；肯定是因为羊角比石头轻长，一些人把羊角别在腰里，这就是短剑，用来刺杀；看上去他们石器武器反而不多，当然，加工羊角比加工石头要容易高效，却不如石制武器坚硬而有重量。

　　红角族也有弓箭，因为身高相对矮小，弓比日月宗的小，而且没有经过三方和盟那样的硬弓助力改造，攻击距离和力度要差了许多。

　　红角族有一点明显是优势，男人数量多，这是几个族群合起来的群体，而且经过内部争斗淘汰，剩下的都是年轻力壮的猎手。

　　一个清晨过后太阳升起的上午时分，红角族出现在三方和盟围圈的外面。因为是从一个缓慢的大坡走上来，三方和盟的猎手们首先看到的是一堆脸上涂着红角图案的脑袋。他们站在和盟猎手们新建的那道外围矮墙的远处，几个"羊角头骨"聚在一起商量了一下，排成横排，喊着口号，举着长矛，走过来了。

　　和盟外围的猎手在夜风的带领下，隐蔽在矮墙后面，弓箭在手，飞矛靠在矮墙上，等待发射攻击的号令。

　　快到矮墙的地方，红角族停下，搭弓射箭，这些箭射过来，在和盟猎手看来距离不近，射在矮墙上，也可以插入土堆，但因为箭头重量匹配不好，一些箭矢速度不够，常看见横着落地，几乎没有杀伤力，看样子，红角族的弓箭攻击力不如三方和盟。

　　围圈上，天日三十看到"红角族"越走越近，担心对方射箭伤害到矮墙后的猎手，一声令下，四架抛石机分别抛石，砰砰砰！撞击横杠的声音让红角族猎手们感到惊奇，他们不知道这几乎同时发出的声音意味着什么。有人发现了飞过来的石头，只能抱头躲避，但为时已晚，四兜子石头落地时散开，打击面积很大，几个红角族当场被砸倒不起，还有头破血流的，一群红角族纷纷后退。

　　没多长时间，红角族分成小团队，头顶树枝编成的顶盖，再次喊叫着冲过来！这次他们没有放箭，直接朝着矮墙冲过来；四架抛石机朝四个方向抛石，打击面积马上变小了，杀伤力大幅下降。红角族冲了过来，夜风一声令下，弓箭手站起来朝四个方向射箭！箭如飞蝗，当场射倒几个跑在前面的红角族。

　　红角族没想到这个不起眼的矮墙后面藏着弓箭手，几个前面的猎手倒下，后面的开始迟疑，有的掉头就跑，还有就地趴在土堆草丛后面；戴羊角头的头目在后面拿着长矛阻挡逃回的猎手，指挥其他的猎手射箭。

一段时间后，红角族重新聚集，分成四群，一列长蛇，除了脑袋上戴着树枝编顶盖，靠前面的几个还手持藤条草编成的"盾牌"，再次攻了上来！红角族人数确实是挺多，而且这些人确实与长毛怪、矮猴子不同，能接受教训，想出应对办法。

距离矮墙太近，围圈抛石有可能伤到自己人；射箭对顶盖盾牌的红角族威胁不大；这种无计可施的结果鼓舞了红角族，这些家伙大喊着口号，一字长蛇，快步向前。夜风看着这四条"人蛇"队伍，大喊让飞矛手到"人蛇"两侧，从侧面投掷飞矛杀伤进攻者。

红角族不知矮墙背后喊什么，认为这都是惊恐的叫声，信心十足继续靠近。因为担心弓箭进攻，红角族一个挨着一个，弓腰挺矛，保持队形，叫喊着向前走！

红角族的这种进攻还是很有团队力量的，大喊口号，壮己胆慑敌魄，一般的部族确实不是对手，只能逃之夭夭，被猎杀剿灭。但三方和盟准备充分，大部分招数还未用出，此时依照夜风的指挥，分成几组蹲在墙后等待夜风发令。

进攻的红角族已经进入了进攻距离，夜风左手一指，大喊一声，左面的四组八名投矛手跳出矮墙，几步助跑，一声呐喊，飞矛出手，红角族马上停住脚步，用盾牌遮挡！但是距离太近了，飞矛以极快速度飞过来，分别刺中三四个进攻者，有一个被飞矛当胸穿透，倒地扭曲；其他两三个被刺中腿臂的，抱着受伤的肢体，大喊大叫；进攻被阻止停住了；后面的红角族不知发生了什么，戴好护具压了上来！

夜风大喊一声，右手一挥，猎手们在矮墙后，手持飞矛，几步助跑，从对手的右侧投出，这次人多，十几支飞矛几乎同时投出，要命的是前面一轮是从左面进攻，红角族进攻者把注意力放在第一轮飞矛方向，等到明白飞矛从另一个方向飞来，已经有几个人被刺中倒地号叫，进攻者士气丧失，一窝蜂逃回，后面的红角族刚刚看明白，就被逃回的人冲乱了"阵脚"，一片混乱。

几个戴着羊头骨的头领异常愤怒，又叫又骂，聚在一起，大喊大叫；两个带头跑回，倒地不起的伤者，被就地砍杀，因此，红角族内部似乎有了分歧对立，分成两个阵营在对着喊叫。

围圈里面井然有序，除了用抛石架扔了许多石头，其他的猎手只是站在围圈上面看着夜风带猎手围猎，纷纷对天日三十说，要下去帮忙投矛；天日三十看着夜风在外围的狩猎指挥，认为猎手们没有必要出去支援；当红角族向后退却的时候，围圈上下一片欢呼。

趁着红角族退却间隙，少宗母建议给外围送食物，天日三十马上派出猎手扛着烤肉、烤鱼送到外围矮墙内，猎手们大块吃肉，向围圈上的自己的女人的招手，上下内外就像是结亲狂欢。

到了太阳落山的时候，仍然不见红角族身影；在矮墙后面的猎手燃起一堆篝火，准备过夜；篝火熊熊，猎手们还沉浸在白天的胜利中；入夜，夜风安排了一个猎手观看，自己回到围圈与众首领商定下一步办法。夜风还有一件事要关照，荇花要临产了，她自己不懂，生过孩子的母姐和一个会接生的母姐告诉她，就是这几天，孩子就要出生了。夜风晚上要回围圈看看在疲乏中的荇花。

白天的狩猎太疲乏了，换了一个站岗瞭望的，不自觉地靠在矮墙上睡着了。

咔嚓！咔嚓！树枝折断的声音惊醒了一个猎手，抬头一看，两个红角族已经跳进矮墙内，还有一排已经站上矮墙，外面有更多的红角族！

惊醒的猎手大叫一声，拿起头下的短斧，忽地一下站起来；两个进来的红角族挺长矛刺过来，猎手躲过一矛，却被另一矛刺中肚子，猎手大叫一声，投出手中的短斧，砍中刺矛的红角族面部；红角族捂着脸倒下；猎手一发狠从腹中拔出矛头，举起来朝墙上的一个红角族投去，那个红角族应声倒在墙外，但更多的红角族跳过墙来，和猎手们打成一团，叫声不断！

围圈上的猎手们被惊醒，夜风、飞雕、大首领领着十几名强悍的猎手冲了出来！

有生力量的到来，让和盟的猎手占了上风，但是红角族的猎手不断涌进，眼看就要把和盟猎手包围！夜风看到不利，大喊撤回；与此同时，围圈上的男女也在大喊撤回！

三个首领同时发出协同撤回的命令，没有倒下的猎手与首领们一道形成一个团队，且打且退；这几个首领都知道，如果不与进攻者拉开距离，混战在一起，围圈上的猎手们无法帮助自己；他们迅速后撤与红角族拉开一定空间，好在他们可以公开大喊口令，反正对方听不懂是什么意思；靠近围圈的时候，上面的猎手们开始喊着口号，往下投矛、射箭，红角族的进攻被遏制了；和盟的猎手迅速从边门回到围圈里面，这时已经损失了几个猎手。

看到自己的具夫没有回来，女人们开始哭喊，少宗母等了片刻，看哭喊不停，大声呵斥那几个女人"闭嘴"！

少宗母在女人中是有权威的领袖，几个女人的哭喊变成抽泣，少宗母说："现在不是哭的时候，上去杀红角族，给你们的男人报仇去！"

矮墙以内的地方，已经被红角族偷袭，格斗中的尸体已经被扔到矮墙外；为了躲避射箭和抛石架，白天，红角族顶着草编顶盖躲开一定的距离；夜间经常跑到墙下向围圈内投火棒、射箭，虽然依照以前的经验，三方和盟在围圈顶部加了绳网，几乎没有什么伤亡，但是每次骚扰都让围圈内紧张起来。

为了提前预知，加大靠近围圈的困难，引河水的闸门打开了。打开那一天，巨大的流水声惊动了红角族，他们看到几个猎手正在开闸放水，号嚎叫着追过去！

和盟猎手借助荡绳依次回到围圈；红角族眼看和盟猎手腰系长绳，跳下悬崖，荡然飞去，只能是目瞪口呆，无计可施；想堵住流水口，围圈里的抛石架不断地抛过石头，红角族不断有人受伤，缺口不断被砸开，最后只能放弃撤离，眼看着大水灌满了原来的河道，继续漫过来，从围圈的另一边找到缺口，坠下悬崖，围圈前面全都是水，形成一个水塘。

多天过来，红角族依然没有撤离，他们在等候。

围圈里很多人感到奇怪，紧张，这些红角族为什么不撤离？大头领认为这是红角族的一种战术，围困。狼群有这种特点，遇到强大的对手猎物，就僵持围困，等待对方食物消耗殆尽，再进行围猎捕杀。红角族认为我们没有食物补充，他们不知道我们可以下到下面，在潭水里捕到大鱼，我们在下面烧火烤鱼是对的，对面的红角族不知道啊！

这场争取生存空间的群体争斗进入僵持，就像是双方都不能取胜的猎手，站在对手的对面，等待对方倒下。

第五十一章　宗门依旧　系挂更新

这天黄昏的时候，围圈底下的一个小窝棚，少宗母和两个母姐正在忙碌；窝棚里传来一声声婴儿的啼哭，荇花生了一个女孩。

少宗母高兴地举起湿漉漉的孩子，大声叫夜风过来。夜风露面了。

少宗母大声说："夜风，这是你的孩子，也是日月宗新系挂上的第一个孩子！"

夜风双手接过孩子，反复看，眼中充满了泪水……突然，跪在地上，把孩子举过头顶，交给天日三十："这是日月宗的孩子！"

黑豹对身边的大头领说："夜风还在想着小鱼呢！"

几天过去了，僵持依旧。这天晚上，红角族忽然喊声大作，各种尖叫，留在围圈上的猎手不能贸然出去查看，只能派出猎手，把状况告诉下面的首领。

首领们爬上悬崖进了围圈眺望，也看不出所以，只能守着围圈，防止红角

400

族偷袭，一夜未眠。

喊叫声渐渐没了，随着晨曦到来，红角族的篝火失去了光芒。

围圈上的首领们商量，是否下去探查一下，到底发生了什么。

天日三十不赞成主动下去探查，理由是涉水过去再回来，很困难，万一红角族追上来投掷长矛，人在水中无法躲避，就地等待，到晚上看他们的篝火是不是依旧烧起来？如果篝火灭了没有再升起来，说明的是没人过夜了，第二天早上在过去查看，万无一失。到现在，不到万不得已，不能拿猎手的命冒险！

大家赞成大首太的说法，继续留在围圈上等待事态的变化。

太阳完全升起来了，山川大地万物，在阳光下明暗相间变化，一一露出本色。

水顺着闸口汩汩流动，远处是瀑布坠落深潭的声音。

忽然，几个红角族手持长矛从坡下上来了！围圈上的猎手马上就发现了他们，搭弓持矛，严阵以待。

红角族从下往上走，先露出头，然后肩腹腰腿，最后，几个身材健壮的红角族猎手，站在那堵矮墙上！他们一言不发，把手上提着的东西拿到前面，亮给围圈上看！

围圈上的猎手们定睛一看，那是一颗颗红角族的人头！

随后，一个戴着羊角面具的首领模样的人，把手中的人头抛进池水中，其他人也先后把自己手中的首级抛进池水，在羊角面具首领带领下，高举长矛，有节奏地喊了起来，矮墙外的红角族，也跟着举矛呼喊；随后，头领转身跳下矮墙，墙上的红角族跟着首领跳下矮墙，渐渐走远。

围圈上的和盟首领们静静地看着眼前发生的一切，看着一颗颗头颅落入水中，感到震惊：发生了什么？

首领们分析大概是红角族内部发生了争端，争端的原因或许是为了食物，或许是为了女人，或许是因为争论到底"战"还是"走"？一旦爆发，一发而不可止，一个混乱而没有约束的群体内部，流血死亡是经常发生的，内斗常常是一个群体灭亡的重要原因。

首领们认定：红角族内斗是因为攻击造成很大伤亡，主张撤离的与坚持进攻的打起来了，大部分成员看到对手难以战胜，主张撤离，争论不下，把几个坚持进攻的斩杀。

天日三十疑惑地说："自觉力量不足，可以悄悄撤走，为什么要告诉我们他们杀了自己人，然后走了呢？"

大头领沉吟道："大首太说得对，他们完全可以悄悄走，没必要告诉我们。他们把脑袋提到我们面前扔到水里，这大概是告诉我们：我们把与你们对抗的杀了，现在我们走了。他们要告诉我们不要追杀，我们不想与你们对抗了！"

少宗母说："这是一个合理的说法，不想留下日后没完没了的仇家对手！"

其他首领认为这个说法有道理。

众首领带着一群猎手顺着红角族撤离的路走过去，到了红角族夜间宿营的地方，一片狼藉，几具尸体排列在火堆上，已经烧成半灰残骨，一个砍头的石墩子，血迹已干，可以看出这里曾流下许多的鲜血。

大首领看着残留的一切，对几个首领们说："应该是分成两派，一派要打，一派要走；要走的一派人多，半夜突然发起进攻，随即就把对立派处决了。要走的这一派认定打杀没有收获，还要死伤很多人；要打的这一派应该是要复仇的，他们有重要的人物被杀了！"

天日三十问："哪个是他们的重要人物？"

黑豹说："放水的那一天，有个粗壮的红角族，脖子上戴着串兽骨，在矮墙后面督战，被我们的石头砸中脑袋，马上有几个红角族把他抬走了，看样子这是一个大头目？"

大首领说："咱们不知道，知道的也被砍了脑袋，走远的红角族大概永远都不会回来了，为什么争斗，为什么砍头，永远没人知道了！"

天日三十感叹："族内争斗，必死无疑！我们是幸运的！"

红角族消失了，和盟的男男女女走出围圈。

晚上，篝火通明，天日三十把白天看到的红角族的惨况，告诉大家，把众首领的分析判断告诉大家，结论就是三方和盟，敬奉共神；确定规矩，相互扶助；宗门兴旺，生地永兴。

花豹和好手做好了那个新的和盟神兆牌：威武狼头，日月为眼，裂石宽大，构成牙齿。大家看到后，都说和盟神兆牌很好，一起动手，把神兆牌固定在敬神台正中；神兆的后面是大巫姐的那根继承下来的神杖。

根据大巫姐和占卜伯的说法，天神高而无形，人只能感觉到他的存在和保护，风雨雷电、高山大川都是他的力量体现；大巫姐把她那根做法事的神杖加长，顶端绑了一连串的五彩玉石，还有各种漂亮的羽毛，风吹过来，玉石发出清脆的声音，羽毛飞舞飘荡，神气十足。大巫姐说："告天就是通过这根神杖传递到天上去！"

人们按照首领们划定的宗门区域，搭建了各户地棚，站在山上，回望营地，整齐有序，那根神杖像一面旗帜，迎风招展。

这一天，周边的花开了，众首领确定，晚上为共神祭告苍天的大日子。三方成为三个宗门，启用新的系挂！

晚上的篝火堆了四堆，三小围着正中的大堆，敬神台的和盟图徽前面竖起了三根树干。

大巫姐和占卜伯穿着敬神的服饰，庄严肃穆，三方各自站立在自己的宗门的火堆后面，每个人都持着一个火把。夜风身边站着荇花，荇花怀里抱着刚刚出生的婴儿。婴儿正在熟睡中。

大巫姐和占卜伯开始了敬神告天的仪式。占卜伯坐在和盟图徽前面的一块岩石上，大巫姐双手抱着一个火把，围着和盟图徽行走，几圈后，站定在占卜伯的面前，虔诚地等待着占卜预言。

占卜伯非常认真地按照起卦的仪式，连卜三卦。随后起身站起来面对神杖，说出卦辞。意思是说今天是敬神告天的大日子，上天已经把天意告诉我们凡人，我们听见了，并一定照天神的意思行事。

在大巫姐的招呼下，三方首领走上神台，高举火把过头顶，向和盟图徽深深地鞠躬。随后，首领转过身，对着自己宗门的男人女人们，高举火把，每高举一次，人们就发出一声呼应。

五次后，站在宗门最前面的一对男女托起宗门系挂走上神台，另外一对男女托着捆扎在一起的麻绳——一根麻绳意味着一个族人——跟随者走上神台；走到三根树立的立木前，前面的两个男女举起系挂横木，后面两个男女把系挂捆在立木上。

日月宗，黑石族，狼头帮，一共三个宗门系挂。日月宗的最丰富。

这时，少宗母上前，呼唤苈花。

苈花抱着刚出生的婴儿，一个女孩儿，走上神台，把孩子递给少宗母，少宗母看着孩子，满脸喜悦，大声说："这是日月宗新系挂的第一个孩子，她是夜风和苈花的后系！"

少宗母把孩子放入苈花的怀中，拿了一根麻绳，上面系着一颗鲜红的种子，转身把系挂绳子拴在夜风的那根麻绳系挂上，与这根麻绳并列拴在一起的是苈花的那根麻绳系挂，父母的系挂，用孩子的系挂连接在一起。

人们高举火把大声欢呼，声音在远古的旷野中回荡着。

三方宗门的系挂在风中飘荡……

后　记

三方和盟在此地获得了休养生息，人口增加，势力壮大。

三方和盟后依照盟誓确立了禁忌规则，没有发生三方内部冲突。

后来，经天日三十的提议，夜风被选为和盟的盟主，继任夜风的下一代盟主是少宗母和大头领的儿子。和盟盟主一定要三方的首领们同意，必须是一个有能力有远见的猎手。

没多少年，天日三十感到自己老了，就主动把大首太的位置禅让给黑豹，黑豹称为天日三十一，天日三十二是花豹和小芹的儿子。

花豹与小芹一直在一起，花豹后来又做了许多有用的工具，改良了轮架子，能够被牛驾辕使用。

少宗母和大头领的感情一直很好，大头领在一次狩猎中受伤，感染去世，少宗母再也没有找男人，但他们的后代很有出息，成为狼头族首领后，又成为和盟的盟主；少宗母直到去世，始终掌管着狼头族。

飞雕坚守裂石王的规则，改变了很多老父系的规则缺陷，对破坏盟约族规的严加处理，其中包括裂石王的子女，黑石族成为和盟的中坚。

大巫姐和占卜伯有了后代，大巫姐生育能力很强，生了男女六个，孩子们都一直是三方和盟的通神使者，地位很尊贵，前提是能预测，说得准。

扒皮刀找到了自己的女人，有了一堆儿女；他发挥特长，驯养牛羊，训练黄毛大头群狼和狼的后代，这群狼以后就成为三方和盟忠实的伙伴；黄毛大头也许就是狗的老祖宗之一。

……

但是，大洪水依旧凶猛。三方和盟在新居住地停留多年后，大水再度汹涌来袭；三方和盟卷起宗门系挂，带着和盟神兆牌，再次踏上迁徙之路，寻找新的生存之地。这是多少代以后发生的事情了，这时候的三方和盟首领到底是谁？发生了什么？宗门系挂记载得清楚，故事都在和盟的"传说"中。

【完】